PERNILLA ERICSON

IM STURM

Ein Fall für Lilly Hed

Aus dem Schwedischen
von Friederike Buchinger

SCHERZ

Aus Verantwortung für die Umwelt hat sich der S. Fischer Verlag zu einer nachhaltigen Buchproduktion verpflichtet. Der bewusste Umgang mit unseren Ressourcen, der Schutz unseres Klimas und der Natur gehören zu unseren obersten Unternehmenszielen.

Gemeinsam mit unseren Partnern und Lieferanten setzen wir uns für eine klimaneutrale Buchproduktion ein, die den Erwerb von Klimazertifikaten zur Kompensation des CO_2-Ausstoßes einschließt.

Weitere Informationen finden Sie unter: www.klimaneutralerverlag.de

FSC www.fsc.org
MIX
Papier | Fördert gute Waldnutzung
FSC® C083411

Erschienen bei FISCHER Scherz
Frankfurt am Main, Juli 2023

Die schwedische Originalausgabe erschien 2021 unter dem Titel »Släcka Liv« im Verlag Romanus & Selling, Stockholm

Satz: Pinkuin Satz und Datentechnik, Berlin
Druck und Bindung: CPI books GmbH, Leck
Printed in Germany
ISBN 978-3-651-00110-7

Einfach nur ein weiterer verregneter Herbst.

1

3. September FOLKBLADET

Ein Spaziergang im Wald – und plötzlich war überall Rauch: »Ich bekam Panik.«

Die riesigen Schlagzeilen über den Waldbrand bei Lycksele, nur wenige Kilometer entfernt, füllten die gesamte Titelseite der zerknitterten Tageszeitung. Der Feuerwehr war es gelungen, einen Mann zu retten, der sich verirrt hatte. Gunnar Dörner strich mit seiner faltigen Hand das Papier glatt und trank den letzten Schluck aus seiner Kaffeetasse. Der Waldbrand war inzwischen wohl unter Kontrolle. In diesem Sommer hatte es so viele Feuer und Elend gegeben, eine Hitzewelle, die kein Ende zu nehmen schien. Da waren die sinkenden Temperaturen des Herbstes mehr als willkommen. Gunnar schlief auch viel besser, seit es nicht mehr so warm war. Er hatte Hitze noch nie gut vertragen, nicht mal in der Blüte seiner Tage. Überhaupt war es für viele Menschen, Tiere und Pflanzen ein Segen, endlich nicht mehr in dieser Glutsonne braten zu müssen. Er warf einen zufriedenen Blick durch das Küchenfenster in den Garten, auf die üppigen Verbenen und Cosmeen in der Abenddämmerung, die immer noch blühten. Wie eine Bestätigung, dass der Herbst wirklich gekommen war, landeten ein paar Regentropfen auf der Fensterscheibe. Die grauen Wolken am Himmel hatten dieselbe Farbe wie sein Haus. Der Regen wurde schnell mehr und beim Gedanken an die Temperatur im Schlafzimmer fiel Gunnar die Aufgabe des Abends wieder ein. Ein ganzer Berg Bettwäsche wartete in der Waschküche darauf, sortiert und zusammengelegt zu werden. Worauf er allerdings überhaupt keine Lust hatte, war die Laken zu mangeln. Aber außer ihm würde ja ohnehin niemand merken, dass sie zerknittert waren. Gunnar Dörner schlief allein.

Er schob den Stuhl zurück, warf die Zeitung in die Altpapierkiste und stellte seine Tasse in die Spülmaschine. Im Radio auf der Fensterbank lief der Sender P1. Ein Jingle verkündete, dass es jetzt achtzehn Uhr war, und dann folgte das Lied einer Dame, die offenbar Laleh hieß und sang, dass alles gut werden würde.

Gunnar steckte die Füße in ein Paar warme Hausschuhe, der Steinboden in der Waschküche war immer so kalt. Neuerdings verlegten die Leute ja sogar im Keller Fußbodenheizung, hatte er gehört, aber er kam sehr gut ohne diesen neumodischen Kram zurecht. Er ging in den Flur und machte die Kellertür auf. Dort unten hatte er eine gut ausgerüstete Waschküche, mit Waschmaschine, Trockner und sogar einer Wäschemangel. Gunnar hatte das ganze Zeug für einen Spottpreis übernommen, als die Nachbarin vor knapp einem halben Jahr völlig überraschend verstorben war und ihre Kinder das alte gelbe Haus so schnell wie möglich loswerden wollten. Aber noch war niemand Neues nebenan eingezogen, und der nächste Nachbar befand sich ein ganzes Stück entfernt.

Die mit Teppich belegte Treppe endete am grauen, rauen Kellerboden, seine Hand tastete nach dem Lichtschalter über dem Handlauf, und die Deckenlampe ging an. Gunnar öffnete den Wäschetrockner, aus dem ihm warme Luft und der wohlige Duft von Waschmittel entgegenströmten, und machte sich an die Arbeit.

Eine Viertelstunde später lag ein hoher Stapel gefalteter, sortierter Wäsche vor ihm auf der Waschmaschine. Von oben drang gedämpftes Gedudel aus dem Radio herunter, das er sich zur Gesellschaft angelassen hatte. Gerade lief etwas Jazziges von Monica Zetterlund. Dann nahm er ein leises, knackendes Geräusch wahr, und plötzlich wurde es um ihn herum schwarz. Der Song riss mitten im Refrain ab. Es herrschte absolute Stille.

Erschrocken schnappte Gunnar nach Luft und fasste sich an die Brust. Sein Herz klopfte. Die Dunkelheit machte ihm Angst. Das war schon immer so gewesen, schon seit seiner Kindheit. Noch dazu waren seine Augen über die Jahre schlechter geworden, und er sah nachts gar nicht mehr gut.

Er streckte tastend die Hände aus, versuchte, das Unbehagen abzuschütteln, das in ihm heraufkroch. Es war ja nur eine Sicherung, die rausgeflogen war. Aber die Dunkelheit in dem fensterlosen Raum war genauso kompakt, als hätte er die Augen zum Schlafen zugemacht. Also stellte er sich die Waschküche vor, drehte sich um und suchte sich mit einer Hand an der Wand den Weg zur Treppe. Dort probierte er ein paarmal den Lichtschalter, aber wie erwartet tat sich gar nichts. Mit einem festen Griff um den Handlauf stieg er vorsichtig nach oben, nahm mit Bedacht eine Stufe nach der anderen. Das Letzte, was jetzt passieren durfte, war, dass ein alter Mann wie er im Dunkeln die Treppe hinunterfiel und sich ein Bein brach, dachte Gunnar.

Als er nach oben kam, war der Himmel draußen dunkelblau und dämmrig, die großen Fenster waren die einzige Lichtquelle. Der Regen rann in Strömen an den Scheiben hinunter, und außer dem gedämpften Prasseln war in der Stille nichts zu hören. Im ganzen Haus war es stockfinster.

Hatte er die Taschenlampe nicht in den Putzschrank geräumt? Ein leises Geräusch ließ ihn erstarren. Sein Herz fing wieder an zu rasen. War die Katze unbemerkt durch die Katzenklappe ins Haus gekommen?

»Simone, miez-miez-miez, komm zu Herrchen«, rief er fragend, aber schnell verstummte er wieder. Seine Stimme klang so seltsam hohl in der Dunkelheit, als würde sie gar nicht zu ihm gehören. Das Scharren hatte aufgehört, und es rührte sich auch nichts. Also machte er sich wieder auf die Suche nach der Taschenlampe, aber obwohl er den ganzen Schrank durchwühlte, bekamen seine Finger den rettenden Kunststoffgriff nicht zu fassen.

Es war so schwer, etwas zu erkennen. Gunnar stellte sich auf die Zehenspitzen, und zu seiner Erleichterung fand er wenigstens die Blechdose, in der er seine Sicherungen aufbewahrte. Die solide Dose fest an die Brust gedrückt, ging er in die Küche. Hier, im schwachen Licht, das durchs Fenster fiel, würde er bestimmt finden, wonach er suchte. Ein erneutes Geräusch hinter ihm ließ Gunnar zusammenzucken, und er drehte sich um. Die Hände, die die Dose hielten, wurden ein bisschen feucht.

»Simone?«, rief er. Seine Stimme zitterte. Seine Augen spähten in das Halbdunkel.

Die Konturen im Wohnzimmer nebenan verschwammen, Sessel und Stühle schienen plötzlich menschliche Formen anzunehmen. Mit steifen Bewegungen ging er angespannt zur Haustür, aber dann blieb er wie angewurzelt stehen. Die dröhnenden Herzschläge und das Rauschen in den Ohren übertönten erst alles andere, aber dann schnappte er heftig nach Luft. Denn jetzt hörte er es ganz deutlich – hinter ihm war jemand. Schnelle, leichte Atemzüge. Er ließ die Dose auf den Küchentisch fallen. Die Sicherungen, Batterien und Schrauben darin schepperten ohrenbetäubend laut.

Gunnar taumelte, dann fand er das Gleichgewicht wieder und

drehte sich um, ihm wurde schwarz vor Augen, und er ballte instinktiv die Fäuste. Der Atem eines Menschen streifte seine Wange. Und plötzlich wusste er, wen er vor sich hatte, und seine Angst verwandelte sich in eine Mischung aus Erleichterung und Erstaunen.

»Aber warum bist du …«

Die Antwort war nur ein Flüstern in seinem Ohr.

Dann zerschnitt körperwarmer Stahl den Baumwollstoff seines Hemds. Silbriges Metall blitzte auf und färbte sich rot, verschwand erneut. Gunnar sah seine eigenen Hände, die Worte in die Luft zeichneten, während sein Blickfeld immer kleiner wurde. Die Dunkelheit, vor der er sich so fürchtete, wurde immer größer, verschluckte ihn Stück für Stück. Sein letzter Atemzug war nur noch ein schreckensstarres Zischen.

2

OKTOBER

Die Deckenlampe spiegelte sich für einen Augenblick im Bildschirm, bevor der Film anfing, der in ein träumerisches, sommerwarmes Licht getaucht war.

Die Streuobstwiese mit Apfelbäumen stand in voller Blüte, ein Meer aus weißen und hellrosa Blütenblättern. Einige segelten herunter und landeten auf Liv Kaspis kurz geschnittenen dunkelroten Haaren. Leuchtend, wie kleine, helle Lichter. Livs sonnengebräunte Arme bildeten einen scharfen Kontrast zu ihrem kurzen weißen Baumwollkleid. Dazu trug sie schlichte Sandalen. Aber das Outfit passte zu ihr, es betonte ihre langen Beine und die muskulösen Schultern. Der groß gewachsene Mann neben ihr, Rickard Falke, sah in seinem hellgrauen, gut sitzenden Anzug, mit hellblauem Hemd und Einstecktuch, dagegen bedeutend festlicher aus. Die beiden waren umgeben von Menschen mit strahlenden Gesichtern, auf einigen Wangen glänzten Freudentränen. Aber der Mann neben Liv schien nur Augen für sie zu haben.

»Nun, Rickard«, sagte eine ältere Frau, die eine elegante Bluse mit Schleifenkrage trug, und dann sagte sie noch mehr, aber ein Teil ihrer Frage ging im plötzlichen Triller einer Amsel unter, der klang wie ein spontaner Freudenausbruch. »... zu lieben, in guten wie in schlechten Zeiten?«

»Ja«, antwortete er sofort und nach einer kurzen Pause: »Darf ich sie jetzt küssen?« Alle um sie herum lachten, und, ohne auf Antwort zu warten, küsste sich das frisch verheiratete Paar unter dem großen Jubel der Umstehenden.

Kriminalkommissarin Liv Kaspi blieb in der offenen Tür stehen und lächelte. Zog die Tür leise hinter sich zu. Das Wohnzimmer lag im Halbdunkel vor ihr, die Lampen waren alle aus. Ihr Mann Rickard saß zurückgelehnt auf dem Sofa, mit dem Rücken zu ihr und sah sich ein Video von ihrer Hochzeit an. Sie waren jetzt etwas über drei Jahre verheiratet, und noch immer rollte bei der Erinnerung an jenen Juniabend eine warme Welle von Glück durch ihren Körper. Und Rickard ging es offensichtlich ganz genauso.

Liv legte ihre Uniformjacke ab und zog ihre Turnschuhe aus. Schlich sich an ihren Mann heran, der den Blick fest auf den Laptopschirm geheftet hatte. Sie beugte sich vor, berührte mit den Lippen seine Wangen und legte die Arme um seinen Hals. Erst schnappte Rickard nach Luft, überrascht von ihrem plötzlichen Erscheinen, aber dann lachte er leise und erwiderte ihre Umarmung. Fasste sie um die Taille und zog sie zu sich aufs Sofa.

Ihr Mund fand seinen, und, ohne sie aus den Augen zu lassen, schob er den Computer weg. Der Kuss wurde inniger. Liv war manchmal immer noch überrascht, wie heftig ihr Verlangen nach ihm war. Als könnte sie nie genug von ihm bekommen. Sie war immer ein hitziger Mensch gewesen. Mit Rickard schienen die ständigen Entladungen noch häufiger geworden zu sein, als ob ununterbrochen neue Funken entzündet wurden. Ab und zu überforderte es sie, wie viel sie für ihn empfand und er für sie. Rasch knöpfte Liv ihre Uniformbluse auf, öffnete ihren BH und zog ihm das T-Shirt über den Kopf. Seine Hände schlossen sich um ihre

Brüste, er küsste erst die eine, dann die andere, und sie hörte sich selbst stöhnen. Er machte den Knopf ihrer Hose auf, rutschte tiefer und flüsterte lachend zwischen ihren Beinen:

»Versuch, leise zu sein. Felicia ist endlich eingeschlafen.«

Eine Stunde später lag sie ausgestreckt in Rickards Arm, das Kinn auf seiner nackten Brust. Strich mit den Fingern durch seine dunkelbraunen, leicht gewellten Haare. Ein sachter Sprühregen vor dem Fenster sorgte für eine gemütliche Geräuschkulisse.

»Hatte sie schon wieder Probleme mit dem Einschlafen?« Liv hob den Kopf und sah ihn mit ihren grünen Augen fragend an.

Er nickte.

»Aber es wird langsam besser. Sie hat tausend kleine Rituale, alle Kuscheltiere müssen an einem ganz bestimmten Platz liegen, aber wenn ich ganz ruhig bin, dann kommt sie irgendwann auch zur Ruhe.«

Es war Liv, die Felicia zuerst kennengelernt hatte, als das Mädchen über sein Alter gelogen hatte, um sich für das Kampfsporttraining anmelden zu dürfen, das Liv an einem Abend in der Woche leitete. Liv selbst nahm jetzt mit vierunddreißig immer seltener an Wettkämpfen teil, aber junge Mädchen in brasilianischem Ju-Jutsu, in Kickboxen und Ringen zu trainieren bestärkte sie nur noch mehr in ihrer Liebe zum Sport. Felicias Anblick hatte die Erinnerung an sie selbst wachgerufen, an das kleine, dünne Mädchen, das eingeschüchtert und ängstlich zum ersten Mal in Javiers Kampfsportstudio erschienen war. Selbstverteidigung zu lernen war ein Bestandteil der Trauerarbeit gewesen, nachdem Liv ihre große Schwester verloren hatte, und ein Hobby geworden, durch das sie lebenslange Freundschaften und ein neues Selbstvertrauen gewonnen hatte.

Felicia trug eine andere dunkle Last mit sich herum, eine psychisch kranke Mutter, die weder Trost noch Unterstützung geben konnte, als ihre Tochter in der Schule gemobbt wurde. Hartnäckig, mit verbissener Dickköpfigkeit, war Felicia immer wieder im Training aufgetaucht. Das kleine Mädchen war Stück für Stück stärker geworden, selbstsicherer, und Stück für Stück hatte sie sich geöffnet und mehr von ihrer Lebenssituation erzählt. Felicias häusliches Umfeld war schädlich für das Kind. Ihre Mutter betäubte den inneren Schmerz immer öfter mit Alkohol und Drogen, und nach allem, was die Elfjährige ihr erzählte, war es Liv für unmöglich gewesen, nicht zu reagieren. Danach war die Verantwortung für Felicia erst hin und her geschoben worden, und als sich das Jugendamt schließlich an Liv wandte, hatte sie Rickard nur die eine Frage gestellt: Können wir uns um Felicia kümmern? Sie hatte geahnt, wie seine Antwort lauten würde.

Rickard hatte selbst erlebt, wie es war, in einem gewalttätigen Elternhaus aufzuwachsen. Als Liv und er sich kennenlernten, galt er als Schlüsselfigur im kriminellen Milieu, er war der Mann für alles, mit einem großen Netzwerk. Auszusteigen und neu anzufangen war schwer und gefährlich gewesen, aber heute lebte Rickard ein völlig neues Leben und betrieb zusammen mit Freunden Barbershops in Stockholm, Göteborg und Sydney. Als Liv ihn gefragt hatte, bekam er sofort leuchtende Augen, und er hatte keine Sekunde gezögert. Felicia war mit ein paar wenigen Habseligkeiten und auf zittrigen Beinen in ihren Alltag getreten. Sie war in ein Haus voller Musik gekommen, in dem viel gelacht wurde und eigentlich immer jemand zu Besuch war, aber in dem es vor allem jede Menge Liebe gab. Im ersten Stock wohnte Livs beste Freundin Maya, inzwischen zusammen mit ihrer Partnerin Karin. Der ausgebaute Dachboden, den Liv bis dahin als Trainingsraum genutzt hatte, wurde geteilt und zum Spielzimmer für Felicia und ihre Freundinnen umfunktioniert. Das Wohnzimmer im Erdgeschoss wurde mit einer Schiebetür verkleinert, so dass Felicia ein eigenes Zimmer hatte, direkt neben Liv und Rickard. Nach und nach bekam die blasse, hohläugige Elfjährige einen aufrechteren Gang, sie redete lauter und aß größere Portionen. Ihr fröhliches Lachen war eine Belohnung, auf die zu warten sich gelohnt hatte.

Amüsiert beobachtete Liv, wie das Mädchen Rickard um den kleinen Finger wickelte, aber sie erinnerte ihn auch immer wieder daran, wie wichtig Regeln und Routine waren. Und sie liebte ihn nur noch mehr, wenn sie ihm dabei zusah, wie er mit Felicia einen Comic zeichnete, den er ihr dann lebhaft und mit unterschiedlichen Stimmen für jede Figur laut vorlas.

»Wie war es heute im Job?«, fragte Rickard jetzt und schob sich ein Kissen unter den Kopf.

Liv war gerade dabei, ihm zu erzählen, dass sie mit Hilfe der angeheuerten Researcherin Aminah auf einem guten Weg war, ein größeres Pädophilen-Netzwerk einzukreisen, als sie von einem energischen Klopfen an der Haustür unterbrochen wurde. Sie verstummte und setzte sich auf. Rickard hob den Arm und warf einen Blick auf seine digitale Armbanduhr. Es war 21:45 Uhr.

»Wer kommt denn um diese Zeit noch vorbei?«

Liv hob ahnungslos die Schultern, warf sich hastig die Bluse über, machte wenigstens einen Knopf zu und zog ihre Hose an. Als sie sich der Milchglasscheibe der Haustür näherte, sah sie die Umrisse einer groß gewachsenen Gestalt im Licht der Außenbeleuchtung, geschützt von einem Regenschirm. Sie murmelte ein kurzes Stoßgebet, dass ihre nackte Brust nicht allzu deutlich durch den hellblauen Stoff schimmern möge, stopfte den letzten Zipfel der Bluse in die Hose und öffnete die Tür.

Draußen stand ihre direkte Vorgesetzte, Magda Stenlund. Eine große, breitschultrige Frau, die schon viele Dienstjahre auf dem Buckel hatte, mit Augen, die genauso grau waren wie die Haare, die sie immer in einem strengen Knoten trug. Magdas Erscheinung verströmte Autorität und Disziplin. Ihre engsten Mitarbeiter wussten aber, dass sich hinter der strikten Fassade eine ordentliche Portion Humor und ein unkonventioneller Kopf verbargen.

»Es tut mir wirklich leid, dass ich so spät noch störe, Liv. Ich habe in den letzten Stunden ein paarmal versucht, dich auf dem Handy zu erreichen, aber es scheint ausgeschaltet zu sein.«

Liv lächelte etwas verlegen und fuhr sich mit der Hand durch die roten Haare, in dem Versuch, die zerzauste Frisur in Ordnung zu bringen.

»Oh je, ja, das kann sein. Ist etwas passiert?«

»Ja, das kann man wohl sagen.«

Liv machte einen Schritt zurück und bat ihre Chefin herein, während Rickard schon Teewasser aufsetzte und die beiden Frauen dann allein ließ.

Magda hängte ihren Mantel auf und lehnte den nassen Regenschirm an die Haustür.

»Schön habt ihr es hier«, war ihr kurzer Kommentar, als sie in die Küche trat und sich an den Tisch setzte. Dann zog sie eine Mappe aus ihrer Schultertasche. Liv goss duftenden Pfefferminztee in zwei große Becher und setzte sich ihr gegenüber. Sie schickte einen dankbaren Gedanken an Maya und Karin, die heute ausnahmsweise einmal nicht ihren halben Bekanntenkreis zum Abendessen in die gemeinsame Küche eingeladen hatten.

Magda breitete zwei Papiere auf dem Tisch aus, wovon das eine aussah wie der Ausdruck eines Vernehmungsprotokolls. Dann verschränkte sie die kräftigen Arme vor der Brust und sah Liv entschlossen an.

»Ich bin hier, um dich vorzuwarnen. Du wirst eine interne Auftragsanfrage bekommen, und ich denke, du solltest sie ablehnen.«

3

Liv zog die Augenbrauen hoch und lehnte sich auf dem Stuhl zurück.

»Und warum?«

Magda Stenlund sah sie ein wenig abwartend an und beantwortete Livs schnelle Frage mit einer Gegenfrage.

»Hast du schon mal von der *Operation Speerspitze* gehört?«

Zuerst schüttelte Liv den Kopf, aber dann fiel es ihr wieder ein.

»Doch, warte, ich habe in unserer Fachzeitschrift irgendwas darüber gelesen. Und in den Zwanzig-Uhr-Nachrichten kam es auch. Jemand von der Gewerkschaft hat sich kritisch geäußert. Worum ging es noch mal?«

Magda tippte mit einem unlackierten Fingernagel auf das Vernehmungsprotokoll.

»Die Führungsetage hat beschlossen, sogenannte Spitzenkompetenzen zur Unterstützung loszuschicken, wenn irgendwo Mordermittlungen ins Stocken geraten sind. Auf dem Papier klingt das ja erst mal gut. Aber wenn man das Ganze ein bisschen zynisch betrachtet, dann erkennt man schnell, dass es um Fälle geht, die große mediale Aufmerksamkeit auf sich gezogen haben, aber bislang keinerlei Ergebnisse vorweisen können. Wenn du mich fragst, ist das eine PR-Kampagne und sonst gar nichts.«

Ihre Chefin konnte ein Schnauben nicht zurückhalten, bevor sie fortfuhr:

»Für viele in der Truppe ist das nichts anderes, als die Kollegen den Wölfen zum Fraß vorzuwerfen, weil schon die Maßnahme an sich die bisherigen Ermittler wie Idioten dastehen lässt. Man öffnet einer Medienattacke ja Tür und Tor, wenn man das so rausposaunt. Unsere Leute fühlen sich allein durch den Namen der Operation provoziert. Wie ein Gewerkschaftsvertreter angemerkt hat, sollte Spitzenkompetenz in den verschiedenen Abteilungen selbstverständlich auch so bereits vorhanden sein.«

Magda schien Livs Körpersprache unbewusst zu imitieren und lehnte sich jetzt ebenfalls auf dem Stuhl zurück.

»Man wird dich bitten, dich in den Fall Gunnar Dörner einzuklinken, einem fünfundsiebzigjährigen Mann aus Skageby, der ermordet wurde. Mehr als anderthalb Monate sind vergangen, und die Ermittler treten immer noch auf der Stelle. Gleichzeitig macht seine Tochter Klara eine wahnsinnige Welle in der Presse. Sie hat ihren Vater gefunden, erstochen in seiner Küche.«

Liv nickte, nicht ohne Mitgefühl.

»Ich habe davon gelesen. ›Jemand hat meinen Vater umgebracht, und die Polizei dreht Däumchen und tut nichts‹, so etwas in dem Stil.«

Magda überflog das Blatt, das sie vor sich hatte, schien von Absatz zu Absatz zu springen.

»Ja, genau. Am Tatort wurden keine DNA-Spuren gefunden, die Hintertür zum Balkon war aufgebrochen, und es wird vermutet, dass der Mörder dort ins Haus eingedrungen ist. Auf dem Balkon wurden Fußabdrücke in Schuhgröße 44 gefunden, aber die Spuren enden dort. Es gibt keine Zeugen, da das Nachbarhaus seit langem leer steht. Die Kollegen waren schnell mit den Hunden vor Ort, aber der Regen hatte die meisten Duftspuren vermutlich längst weggespült, denn weit sind sie nicht gekommen.

Es fehlen ein paar Wertsachen, Schubladen wurden durchwühlt. Feinde sind nicht bekannt. Die Tochter hat ein Alibi. Sie arbeitet bei einem ambulanten Pflegedienst und war zur Tatzeit auf ihrer Runde. Die Polizei hat neue Fahrzeuge im Umkreis überprüft, Mobilfunkdaten ausgewertet, Anwohner befragt, Zeugen gesucht und ein Hinweistelefon eingerichtet, sämtliche Kleinkriminellen kontrolliert, die sich in der Gegend herumtreiben, ja, sie haben alles gemacht, was man normalerweise macht. Außerdem ist es ein kleines Dorf. Fremde Gesichter fallen auf.«

Liv verzog das Gesicht.

»Und ich nehme an, jetzt gehen die Kollegen davon aus, dass es eine dieser Einbrecherbanden war, die von Ort zu Ort ziehen?«

Magda brummte etwas, das man als Zustimmung deuten konnte, legte das Blatt auf den Tisch und sah Liv direkt in die Augen.

»Ich bin verdammt zufrieden mit deinem Einsatz bei uns im Dezernat. Du weißt, was ich von deiner Arbeit halte, auch wenn ich dir das viel zu selten sage. Schon allein was du in der letzten Woche zusammen mit Aminah auf die Beine gestellt hast, imponiert mir enorm. Du musst nicht versuchen, anderer Leute unlösbare Fälle aufzuklären, um deine Karriere voranzutreiben. Die Führungsetage will dich natürlich haben, weil du gut bist, aber wenn wir ehrlich sind, wollen sie auch ausnutzen, dass man dich kennt, Liv. Aber du bist ihnen nichts schuldig.«

Liv verzog ein wenig den Mund. Vor ein paar Jahren war sie Teil eines Ermittlerteams gewesen, dessen erfolgreiche Arbeit großes Medieninteresse geweckt hatte. Seitdem war sie immer noch ein gern gesehener Gast in Fernseh- und Rundfunkdiskussionen und wurde oft um Kommentare gebeten oder sollte Fragen beantworten. Ihr war sehr wohl bewusst, dass so etwas intern einerseits gut ankam, aber andererseits auch vielen Kollegen ein Dorn im Auge war. Deshalb wählte sie sehr sorgfältig aus, welche Anfragen sie zusagte. Jetzt beugte sie sich vor und erwiderte den festen Blick ihrer Chefin.

»Du bezeichnest es als PR-Kampagne, aber für die Angehörigen spielt es doch keine Rolle, aus welchen Gründen einer Ermittlung zusätzliche Ressourcen zugeteilt werden. Hauptsache, es trägt dazu bei, den Fall aufzuklären. Außerdem ist das ja keine neue Methode, auch wenn sie es jetzt so aussehen lassen.«

Magda kräuselte die Lippen, aber dann gab sie mit einem Nicken zu, dass sie recht hatte.

»Und diese Tochter, Klara, hat allen Grund, verzweifelt zu sein«, fuhr Liv fort. »Spuren erkalten schnell, und nach fast zwei Monaten ohne Anhaltspunkte sieht das ziemlich düster aus.«

Erneutes Nicken.

»Liv, ich widerspreche dir nicht. Ohne Zweifel verdient die Frau jede Hilfe und Unterstützung. Aber alles an diesem Fall schreit *Mission Impossible.* Was wollt ihr denn noch mehr tun, was nicht schon getan worden ist? Das Einzige, was ihr erreichen werdet, sind Reibereien in der Truppe. Die Leute werden sagen, dass du das nur machst, um dein Ego zu befriedigen.«

»Sagt man das nicht immer über Frauen, die sich nicht der Gruppe unterordnen wollen? Und wenn wir den Mörder fangen, kann es uns doch egal sein, was ein paar Kollegen darüber denken?«

Draußen hatte der Regen zugenommen und trommelte jetzt rhythmisch gegen die Scheiben. Magda lachte leise.

»Das ist gründlich schiefgegangen, oder? Ich bin hergekommen, um dir zu sagen, dass der Fall eine Sackgasse ist und es nicht deine Aufgabe ist, für die Polizei die PR-Arbeit zu machen, aber stattdessen habe ich deine Neugier geweckt.«

Liv rieb sich die sommersprossige Wange, bevor sie Magdas Lächeln erwiderte.

»Du hast total versagt.«

4

Fahle Leuchtstoffröhren erhellten den Raum im Stockholmer Stadtteil Södermalm.

Sonderermittlerin Selma Vågh schaute in ihre Aufzeichnungen, setzte an, um etwas zu sagen, überlegte es sich anders und beugte sich vor. Ihre braunen Augen waren freundlich.

»Geht es Ihnen gut, Frau Hed? Sie sehen ein bisschen blass aus. Sagen Sie gern Bescheid, wenn Sie eine Pause machen möchten.«

Lilly Heds ganzer Rücken war nass geschwitzt, obwohl die Klimaanlage auf Hochtouren arbeitete. Sie zog am Kragen ihrer klein karierten Bluse, fächelte sich etwas Luft zu. Sie hatte das Gefühl, als würde ihr Herz in der Halsgrube feststecken. Sie war Kommissarin, eine verdammt gute. Ihr Lebenslauf war ein deutlicher Beleg dafür. Leitende Ermittlerin beim Landeskriminalamt. Jüngste Sektionschefin, die es je in der Nationalen Einsatzabteilung gegeben hatte. Die Aufklärung der Brandstiftungen in Nynäshamn letzten Sommer hatte in ganz Schweden für Schlagzeilen gesorgt. Sie war erfahren, in der ganzen Truppe respektiert. Und so ängstlich wie noch nie in ihrem Leben.

Auszusprechen, was ihr Ex-Freund, Oberstaatsanwalt Svante Sandström, ihr vor über einem Jahr angetan hatte, fühlte sich an, als müsste sie eine sorgsam errichtete Mauer mit bloßen Händen einreißen. Es bereitete ihr körperliche Schmerzen. Dahinter befand sich eine Frau, die erst psychisch und dann physisch misshandelt worden war. Lilly hatte selbst so viele Zeugenaussagen aufgenommen, war in so vielen Wohnungen und Häusern gewesen, in denen die Gewalt direkt unter der Oberfläche gebrodelt hatte. Hatte das Entsetzen in den Augen so vieler Klägerinnen gesehen und es ruhig und vorsichtig geschafft, sie zum Erzählen zu bewegen. Und jetzt saß sie hier und kämpfte mit sich selbst. Mit der Scham, der Angst, der Unruhe. Ein Hauch Trauer war auch mit dabei. Trauer darüber, dass das, was bis zu einem gewissen Punkt die größte Liebe ihres Lebens gewesen war, ein Umwerben, wie sie es noch nie zuvor erlebt hatte, in Gereiztheit, Zorn, Kontrollzwang, Gewalt und Bedrohung umgeschlagen war.

Schnell trank sie einen Schluck Wasser aus dem Glas, das vor ihr stand, schlang die dicken, blonden Haare zu einem nachlässigen Knoten im Nacken zusammen. Holte tief Luft.

»Es war vor etwa anderthalb Jahren, als er anfing, mir Angst zu machen.«

Die Ermittlerin Selma Vågh sah sie aufmerksam an.

»Auf welche Weise?«

»Als wir ein paar Monate zusammen waren, reagierte Svante immer heftiger. Ständig suchte er nach Fehlern, und sei es nur, dass ich eine kleine Nudel in der Spüle übersehen hatte. Ich wurde vorsichtiger in seiner Nähe. Er konnte furchtbar wütend werden und schob es darauf, dass er im Job so unter Druck stand. Aber eine Nacht ist mir besonders in Erinnerung geblieben. Ich wachte davon auf, dass er mich anschrie und mit der Faust gegen das Kopfende des Betts schlug. Es war die Nacht vor einer wichtigen Gerichtsverhandlung, und er fühlte sich gestört, weil ich mich im Schlaf bewegt hatte. Danach lag ich stocksteif da und wagte die ganze Nacht nicht mehr, mich zu rühren. Aber das war erst der Anfang.«

Sie gingen Ereignisse, Daten, Nachweise durch. Gespeicherte Nachrichten. Fotografien von Blutergüssen. Mögliche Zeugen. Davon gab es nicht viele, da Lilly wie so viele andere in ihrer Situation enorm geschickt darin gewesen war, die Fassade nach außen hin zu wahren. Svante war ein Gesellschaftsmensch. Häufig ein geschätzter Gast auf exklusiven Einladungen oder edlen Abendessen mit anderen einflussreichen Juristen. Vor anderen konnte er Lilly in den Himmel heben, nur um sie niederzumachen, sobald sie die Wohnungstür wieder hinter sich zugemacht hatten. Am Ende hatte Lilly ihrem eigenen Urteil nicht mehr vertraut, ihrer eigenen Stimme. Sie war so still geworden, hatten ihre Freunde gesagt. Hatte sich zurückgezogen. Der erste Schlag war nach einer feuchtfröhlichen Party gefallen. Sie hatte einen Barkeeper um Feuer gebeten. Hatte über eine Bemerkung von ihm gelacht und sich die Zigarette von ihm anzünden lassen. Die Ohrfeige hatte sie auf dem Rücksitz im Taxi nach Hause getroffen, obwohl der Fahrer vermutlich alles mitbekam. Aber einer gewissen Gruppe Menschen der schwedischen Gesellschaft schenkte Svante gar keine Beachtung. Und Lilly war wie betäubt gewesen.

»Willst du vielleicht auch noch mit diesem Barkeeper ficken? Hat es sich gut angefühlt, mich vor allen meinen Freunden so zu demütigen?«, hatte er gezischt.

Hier notierte Selma Vågh einen potenziellen Zeugen.

Es war nicht bei einer Ohrfeige geblieben. Lilly hatte schnell gelernt, die blauen Flecken zu verbergen und Erklärungen dafür zu erfinden. War genauso darauf bedacht gewesen wie Svante, dass niemand davon erfuhr. Lange hatte sie gehofft, dass es nur eine vorübergehende Krise war, dass ihre Beziehung irgendwann wieder so werden würde, wie sie am Anfang gewesen war. So himmelhoch jauchzend, schwindelerregend schön. Ab und zu blitzte das alte Gefühl auf. Ab und zu war es genauso wundervoll. Sein Blick, der so wach und intelligent war, strahlte wieder vor Liebe. Aber es war nie von langer Dauer und fast wie eine Erleichterung, wenn er ihr auf irgendeine Weise weh tat. Denn dann war er derjenige, der um Entschuldigung bitten musste, dann musste er sich nach ihr richten. Für eine kleine Weile. Es war ein krankes Leben, das sie führten, im Rückblick war ihr das klar.

Ihr Freundeskleis war immer weiter geschrumpft, weil Lilly sich bei niemandem mehr gemeldet hatte. Ihr Selbstvertrauen war am Boden. Als sie es endlich schaffte, die Beziehung zu beenden, hatte sie keine Anzeige erstattet. Aber Svante hatte sie nicht in Ruhe gelassen. Überall war er aufgetaucht. Als sie seine Handynummer blockierte, besorgte er sich eine neue.

Hier notierte Selma Vågh die Nummern, unter denen Svante Lilly kontaktiert hatte, alle mit derselben Nachricht:

Glaub ja nicht, dass das hier vorbei ist, nicht mal für eine Sekunde.

Lilly hatte eine glänzende Karriere in Stockholm aufgegeben und eine bedeutend einfachere Stelle bei der Polizei in Nynäshamn angenommen, nur um sich selbst Luft zum Atmen zu verschaffen. Ihre Drohung, ihn anzuzeigen, und die Angst vor einem beschädigten Ansehen waren die einzige Möglichkeit gewesen, den Oberstaatsanwalt Svante zum Rückzug zu bewegen. Aber obwohl sie den Kontakt abgebrochen hatte und weggezogen war, hatte er weiter versucht, sie zu sabotieren. Svantes Tentakeln reichten weit. Er war ein alter Bekannter ihres neuen Chefs, Bertil Strömberg, und ein paar wenige Worte des berühmten Svante Sandström hatten Bertil genügt, um an seiner jüngsten Neueinstellung zu zweifeln. War Lilly wirklich so gut, wie ihr Lebenslauf glauben machte? Wirkte sie nicht ein wenig labil? Ihren Ex schließlich anzuzeigen war eine Erleichterung gewesen, aber gleichzeitig hatte sie das Gefühl gehabt, als würde sie sich ins Moor begeben, ohne zu wissen, wo der Untergrund fest genug war, um sie zu tragen.

Schließlich war sie fertig mit ihrer Aussage. Lilly sank auf dem Stuhl zurück. Sie war vollkommen erschöpft, als hätte sie gerade einen Langstreckenlauf absolviert. Dabei war das erst der Anfang.

Als die Tür hinter ihr zufiel und sie statt in die bläulich weißen Lampen des Gebäudes wieder in die klare Herbstsonne blinzelte, blieb sie einen Moment auf dem Bürgersteig stehen. Sie wartete darauf, dass ihr Herzschlag wieder einen ruhigeren Takt fand. Rieb sich die verschwitzten Hände an den Jeans ab und betrachtete ihre abgekauten Fingernägel. Eine schlechte Angewohnheit, die Svante hasste und die sie während ihrer gesamten Beziehung geradezu zwanghaft weitergemacht hatte, obwohl es ihn so offensichtlich nervte. Nach der Trennung hatte sie damit aufgehört. Aber im selben Moment, in dem sie Svante angezeigt hatte, hatte sie wieder mit dem Nägelkauen angefangen. Vielleicht aus Angst. Vielleicht um sich auf eine seltsame Art selbst daran zu erinnern, dass ihr Körper nur ihr allein gehörte und niemandem sonst. Lilly konnte es selbst nicht sagen, und natürlich sahen ihre Nägel furchtbar aus, aber jetzt gerade war ihr das scheißegal. Sie ballte die Hände.

Für die Jahreszeit war das Wetter ziemlich mild und nachdem es mehrere Wochen hartnäckig geregnet hatte, schien endlich die Sonne. Der leichte Wind war trotzdem so kühl, dass sie ihren Anorak über die karierte Bluse zog. Sie machte den Dutt wieder auf, und ihre Haare fielen schwer und lockig auf ihren Rücken herunter. Nach einem Blick auf die Armbanduhr ging sie zügig die Torkel Knutssonsgata hinunter, wo ihr Auto parkte. Noch immer fühlte sich das, was sie getan hatte, irgendwie unwirklich an. Als wären die Worte, die über ihre Lippen gekommen waren, gar nicht ihre. Obwohl sie alles das, was diese Worte beschrieben hatten, tatsächlich erlebt hatte. Sie zuckte zusammen, als das Handy in der Brusttasche ihrer Jacke vibrierte, und sie holte tief Luft, um sich zu sammeln, bevor sie es herauszog. Sie sah auf das Display. Ein vertrauter Name leuchtete ihr entgegen. Es war der Psychologieprofessor Jeff Wilson, von dem sie viel über Täter gelernt hatte, die Feuer als Waffe verwendeten. Sie hatten schon länger nicht mehr miteinander gesprochen. Aber sie hatte immer mal wieder an den freundlichen und sehr engagierten Professor gedacht, der in San Francisco lebte und ihr bei der Jagd auf einen mordenden Brandstifter eine große Hilfe gewesen war. Sie tippte auf das grüne Telefonsymbol, um das Gespräch anzunehmen, und blieb stehen.

»Lilly! Wie geht es Ihnen?«

Jeff Wilsons Stimme am anderen Ende wurde von Klappern und einem pfeifenden Geräusch begleitet, aber der 55-jährige klang gut gelaunt. Lilly sah das breite, bärtige Gesicht vor sich, das sie auf der Internetseite der Universität gefunden hatte. Neugierige, intelligente Augen, eingerahmt von Lachfalten, buschige Augenbrauen und eine Brille mit dünnem Metallgestell.

»Hi, Jeff, mir geht es gut. Und selbst? Wie geht es Ihnen?«, fragte sie und merkte, dass sich ihre Stimme noch nicht wieder ganz gefangen hatte. Die Erlebnisse und Gefühle, die sie sich gerade wieder ins Bewusstsein hatte rufen müssen, lagen schwer auf ihr. Zum Glück schien Jeff nichts zu merken.

»Das freut mich zu hören. Ich bin immer noch nicht über diese ganze Sache mit den Brandstiftungen in Nynäshamn hinweg. Was für ein Fall!«

Er machte eine kurze Pause, um Luft zu holen.

»Mir selbst geht es gut, danke, aber durch das Wetter hier konnte ich meine Pläne leider nicht umsetzen. Ich bin in Baton Rouge, Louisiana, um an einer Konferenz teilzunehmen. Ich bin einer der Hauptredner. Aber wir haben dieses Jahr eine brutale Orkansaison. So schlimm war es noch nie. Unglaubliche Schäden. Und jetzt sieht es so aus, als wäre der nächste Orkan im Anmarsch, ein großer, der seinem Namen alle Ehre macht, und alles wird eingestellt. Ich kann nicht einmal mein Flugticket umbuchen, weil alle Flugzeuge am Boden bleiben müssen. Ich werde wohl für ein paar Tage bei einem Kollegen unterkriechen müssen.«

Er schnalzte verärgert mit der Zunge, und jetzt erkannte sie auch deutlich das Heulen des Windes im Hintergrund.

»Aber der eigentliche Grund meines Anrufs ist, dass ich die Anfrage von zwei schwedischen Universitäten bekommen habe, im Frühling eine Gastvorlesung zu halten. Die eine davon ist in Stockholm, und da würde ich gern mit Ihnen einen Kaffee trinken, wenn Sie Zeit und Lust haben?«

Lilly lächelte.

»Sehr gern, das würde mich freuen, Jeff.«

»Ich hoffe, in Schweden ist das Wetter besser? Ich habe gehört, dass einer der Stürme nach Europa weiterziehen soll, ein echter Riese.«

»Ach ja? Das wusste ich nicht. Aber von solchen Orkanen wie in Amerika sind wir zum Glück ja bislang verschont geblieben.«

»Und sonst ist es bei Ihnen auch ein bisschen ruhiger geworden, Lilly? Jetzt, wo der Fall gelöst ist?«

Seine Tonlage war gedämpfter, als hätte er trotz allem gemerkt, dass irgendetwas nicht ganz in Ordnung war. Sie zögerte, wollte den Psychologieprofessor nicht anlügen, der das Potenzial hatte, ein Freund zu werden.

Im selben Moment, in dem sie antworten wollte, hörte sie einen kurzen, scharfen Pfiff hinter sich und drehte sich um.

Liv Kaspi stieg aus einem zivilen Polizeiwagen und hob die Hand zum Gruß. Lilly nickte ihr zu,

»Jeff, ich habe jetzt leider keine Zeit mehr. Eine Freundin von mir ist gerade gekommen. Aber sagen Sie mir auf jeden Fall rechtzeitig Bescheid, wann Sie nach Schweden kommen.«

Der Amerikaner sagte noch etwas, das Lilly nicht mehr verstand, und sie drückte das Gespräch weg.

Liv Kaspi kam auf sie zugejoggt. Die jungenhaft kurz geschnittenen roten Haare hoben sich wie ein Ausrufezeichen gegen den asphaltgrauen Hintergrund ab, und ihre grünen Augen leuchteten warm. Sie trug Sportleggings, Kapuzenjacke, darüber einen Anorak mit Tarnfleckenmuster und wadenhohe Sneaker. Umarmte Lilly so fest, dass ihr die Luft wegblieb.

»Wie ist es gelaufen?«, fragte Liv.

»Gut, glaube ich. Das Wichtigste habe ich gesagt.«

Wie immer war Lilly von der Ausstrahlung ihrer Freundin beeindruckt. Livs Auftreten war herzlich und herausfordernd zugleich. Eine Frau, die ihren eigenen Weg ging. Mehr als einmal hatte sie Liv um die selbstverständliche Sicherheit beneidet, mit der sie sich bewegte. Aber sie wusste auch, dass es jetzt, wo ihre Freundin da war, nicht länger nötig war, die Fassade aufrechtzuhalten. Die Gefühle wallten erneut in ihr hoch, und Tränen brannten hinter ihren Augenlidern.

Liv legte den Arm um sie.

»Wie geht es dir?« Die Frage war freundlich, direkt.

Lilly beschloss, ehrlich zu sein: »Das alles ist so verdammt schwer für mich. Als Polizistin. Mehr als einmal habe ich gedacht: Wie bin ich hier gelandet? Und ich habe keine Antwort darauf. Ich fühle mich so nackt.«

Die Freundin drückte sie.

»Wie meinst du das?«

Lilly schluckte.

»Alle werden es erfahren. Noch mehr Kollegen, natürlich, aber heute Morgen ist mir erst so richtig bewusst geworden, dass das hier in den Medien landen wird. Ein Reporter hat angerufen und wollte mit mir über meine Anzeige reden, da Svante so ein hohes Tier ist. Ich habe nur ›kein Kommentar‹ gesagt und aufgelegt, aber ... Ich bekomme Panik.«

Liv sah ihr fest in die Augen.

»Du bist nicht allein, hörst du?« Sie drückte wieder Livs Schulter, wie um ihren Worten Nachdruck zu verleihen. »Und egal was passiert, wir werden es schaffen. Immer schön einen Schritt nach dem anderen. Den ersten hast du jetzt schon geschafft. Und mal ganz ehrlich – wer hat wirklich Grund zur Panik, dass diese ganze Geschichte in den Medien landen könnte?«, sagte Liv und lächelte sie an.

Der Tränennebel lichtete sich. Das Atmen wurde leichter. Lilly umarmte Liv, und ihre Freundin erwiderte die Umarmung.

Sie hatten gemeinsam die Ausbildung bei der Polizei gemacht, hatten auf den stinkenden Matten in der Sporthalle miteinander gerungen, dieselben Schulbänke gedrückt. Bei Krawallen gemeinsam Ketten gebildet, waren bei Einbrüchen und häuslicher Gewalt als Erste vor Ort gewesen. Ihre Mitschüler im selben Jahrgang hatten sie »LL« genannt oder auch »die Späherin und die Kriegerin«, mit Blick auf ihre hervorstechenden Eigenschaften. Die analytische, sorgfältige, stille Lilly. Die sture, kämpferische und nicht selten ihrem Bauchgefühl folgende Liv. Später hatten sie unterschiedliche Richtungen eingeschlagen, sich für verschiedene Karrierewege entschieden. Lillys Beziehung mit Svante hatte den Abstand zwischen ihnen weiter vergrößert. Aber seit einiger Zeit waren sie wieder in Kontakt miteinander. Liv war inzwischen eine bekannte Kriminalkommissarin, die eine Reihe aufsehenerregender Fälle gelöst hatte und seitdem oft in den Medien zitiert wurde.

Bei Liv hatte Lilly auch die Anzeige gegen Svante erstattet, weil sie wusste, dass sie ihr vertrauen konnte.

»Hast du Zeit für einen Kaffee?«, fragte Liv jetzt und nickte zu einem Café gegenüber. »Ich würde gern eine Sache mit dir besprechen.«

Lilly schnitt eine Grimasse.

»Ich habe nachher noch einen Termin mit meinem Chef«, sagte sie zögernd. »Ich sollte mich eigentlich auf den Rückweg nach Nynäshamn machen.«

»Bertil weiß, dass du später kommst«, sagte Liv unbekümmert.

Lilly zuckte zusammen und sah ihre Freundin mit gerunzelter Stirn an.

»Hast du mit meinem Chef geredet?«

Liv zeigte auf die windgeschützte Außenterrasse, wo einige wenige Gäste zusammengekauert im Schein der Wärmelampen saßen.

»Wir setzen uns nur kurz da drüben hin«, sagte sie.

Sie gingen über die Straße, Lilly sank auf einen Stuhl und kaute an einem Fingernagel, während sie darauf wartete, dass Liv mit zwei Tassen Kaffee und dem Gebäckstück, das sie bestellt hatte, zurückkam. Es störte sie, dass Liv mit Bertil gesprochen hatte, ohne erst mit ihr zu reden. Auch das war eine Folge ihrer Beziehung mit Svante. Es fiel ihr verdammt schwer, Leuten zu vertrauen. Selbst einer guten Freundin, obwohl sie ja wusste, wie impulsiv Liv war und dass sie zu Spontanentscheidungen neigte.

Sogar ihr Freund, der Feuerwehrmann Jesper Hansson, hatte sich erst durch die Mauer kämpfen müssen, die sie um sich herum errichtet hatte. Seit sie einmal von jemandem, den sie geliebt hatte, so vernichtet worden war, fiel es ihr sehr viel schwerer, daran zu glauben, dass etwas, das man vor ihr verheimlichte, mit guten Absichten geschah. Sie hatte oft mit ihrem Kontrollbedürfnis zu kämpfen, mit den rein körperlichen Reaktionen, die gewisse Situationen hervorriefen. Jetzt rührte sie eine Spur zu schnell mit dem Löffel in ihrem Kaffee herum, und ein paar Tropfen spritzten auf den Tisch. Liv ließ sich ihr gegenüber auf den Stuhl sinken, legte die Unterarme auf den Tisch und beugte sich vor.

»Also, ich musste mit deinem Chef sprechen, um herauszufinden, ob für das Ganze überhaupt die nötigen Voraussetzungen gegeben sind. Und das sind sie. Und er stimmt mir zu, dass es eine gute Idee sein könnte. Vor allem wenn man bedenkt, was du gerade durchmachst.«

Lilly merkte, wie sie innerlich brodelte.

»Wovon redest du?«, fragte sie scharf.

Liv grinste breit, völlig unbeeindruckt von ihrem unübersehbaren Ärger.

»Du bist die beste Ermittlerin, die ich kenne. Du bist verdammt schlau und unglaublich analytisch, und ich habe gezielt um dich gebeten. Wenn du willst, dann fahren wir beide, du und ich, Anfang nächster Woche nach Skageby. Wir werden ausgeliehen. Sagt dir die Operation Speerspitze etwas?«

Überrumpelt trank Lilly einen Schluck Kaffee, um Zeit zu gewinnen. Ihr Ärger wich einer wachsenden Neugier. Natürlich hatte sich schon von der Operation Speerspitze gehört. Ein Projekt, bei dem es darum ging, die Ermittlerteams in besonders schwierigen Fällen zu verstärken, in denen die Kollegen offensichtlich in einer Sackgasse steckten. Es hatte sie in den Fingern gejuckt, sich daran zu beteiligen, als sie davon gelesen hatte, das musste sie zugeben. Auch wenn viele sich durch das Projekt provoziert fühlten und sich darüber beschwerten.

Schnell und effektiv schilderte Liv ihr den Fall des erstochenen Gunnar Dörner, und ein paarmal musste Lilly sie bitten, etwas zu wiederholen, um alle Schritte und Maßnahmen zu erfassen, die bislang unternommen worden waren. Ihr Interesse wuchs weiter.

»Ich habe mich umgehört. Falls es tatsächlich ein Einbrecher auf der Durchreise gewesen sein sollte, dann hat er sich sein Opfer schlecht ausgesucht. Ein billiger Gebrauchtwagen, und laut Protokoll lässt nichts am Haus vermuten, dass dort Gegenstände von größerem Wert zu holen sein könnten. Trotzdem ist alles gründlich durchwühlt worden«, sagte Liv.

»Dann denkst du also, dass vielleicht jemand einen Tipp bekommen hat, dass etwas Wertvolles im Haus ist?«, überlegte Lilly und faltete die Finger um ihre Kaffeetasse.

»Möglich. Oder der Mörder hat etwas ganz anderes gesucht.«

Liv lehnte sich zurück und sah sie gespannt an.

»Also was sagst du?«

Lilly betrachtete ihre Freundin einen Augenblick unter gesenkten Augenlidern heraus. Liv hatte eindeutig besser begriffen als sie selbst, wie wichtig es war, dass sie jetzt, wo die Anzeige ihren Lauf nahm, etwas zu tun hatte. Sich nicht die ganze Zeit als Opfer fühlte, sondern sich auf das konzentrierte, was sie am besten konnte. Vielleicht war ihr Chef zu demselben Schluss gekommen, als er zugestimmt hatte, sie gehen zu lassen. Und sie war sich auch sicher, dass Liv niemals nur aus Nettigkeit um ihre Mitarbeit bitten würde. Ihre Freundin wusste, was sie konnte.

Lilly lächelte.

»Guter Pitch, Kaspi. Ich bin dabei.«

5

Das Auto glitt in den Hamniksvägen und am Sushi-Imbiss vorbei, in den Fenstern glitzerten Lichterketten. Wolken zogen in großen grauen Fetzen über den Abendhimmel, als Lilly in die Ängsgatan bog und sich dem Leuchtturm näherte, der in Nynäshamn von allen nur Jammerturm genannt wurde. So hieß er, weil das ganze Projekt von Anfang eine unerwünschte Fehlkonstruktion gewesen war, aber schließlich durfte er doch unten am Wasser stehen bleiben und diente jetzt als Unterkunft für zahlende Gäste. Der Turm war eine ungewöhnliche Bleibe, aber Lilly hatte sich hier schnell wie zu Hause gefühlt. Sie war eingezogen, als sie auf der Suche nach einem neuen Umfeld, einem neuen Leben war. Zu jener Zeit hätte Lilly nicht gedacht, dass sie jemals den Mut haben würde, jemandem zu erzählen, was sie hinter sich gelassen hatte.

Sie parkte den Wagen und stieg aus. Eine Möwe schrie in der Ferne. Das Wasser war vollkommen still, der Wald gegenüber stand genauso dunkel und stumm da. Das Küchenfenster der stattlichen Villa, in der ihre Vermieterin Hilda Enbom residierte, leuchtete heimelig, und auch hinter dem runden Fenster im Erdgeschoss des Leuchtturms brannte Licht. Das elf Meter hohe, rot gestrichene Gebäude hatte nie einem Schiff den Weg gewiesen, aber es überragte dennoch trotzig die umliegenden Häuser wie eine vielbeschäftigte Dame, die nicht bereit war, sich vor irgendjemandem zu verbeugen. Ein Schilfgürtel trennte den Leuchtturm vom Wasser, und rund um den Sockel waren hohe Felsen und Büsche. Lilly atmete tief ein, als sie das Auto mit der Fernbedienung abschloss. Ein Windstoß wehte ihre langen blonden Haare über die Schultern, und für einen kurzen Moment schloss sie die Augen. Eine Etappe hatte sie heute geschafft. Bald stand ihr die nächste bevor. Sie hatte sich entschieden, gegen Svante vorzugehen, und jetzt gab es kein Zurück mehr. Aber insgeheim musste sie sich eingestehen, dass sie panische Angst davor hatte, was ihr Ex unternehmen würde, wenn seine Macht und seine Stellung ernsthaft bedroht wurden. Nachdem sie das Schweigen gebrochen hatte.

Sie schauderte und ging auf den Leuchtturm zu, aber auf halbem Weg stockte sie, als ihr ein anderer Gedanke kam. Sie hatte das alles viel zu lange allein mit sich herumgetragen, und vielleicht gab es andere, denen es genauso ging. Sie kannte nur den Namen einer seiner früheren Partnerinnen: Svantes Ex-Frau Margot Lidner. Er war immer sehr wortkarg gewesen, wenn er von ihr gesprochen hatte. Sie waren nur drei Jahre verheiratet gewesen, es gab keine gemeinsamen Kinder, und sie hatten, soweit Lilly wusste, auch keinen Kontakt mehr, seit die Scheidung rechtskräftig und das Mobiliar aufgeteilt worden war. Hatte Margot während der kurzen Ehe dasselbe erlebt wie sie? Lilly zog ihr Handy heraus, googelte den Namen und stellte fest, dass ihre Kontaktdaten über die üblichen Nummern- und Adressdienste nicht zu finden waren. Aber bei der Polizei verfügte man in solchen Fällen ja noch über andere Mittel und Wege. Und das, was sie auf dem Herzen hatte, war vielleicht einen Anruf wert, dachte Lilly und steckte ihr Handy wieder ein.

Sie überquerte die unebene Wiese, die sich immer noch nicht so ganz von dem Brand vor zwei Monaten erholt hatte. Auch der Baum neben dem Leuchtturm trug noch deutlich die Spuren des

Blitzeinschlags. Nach diesem trockenen, heißen Sommer hatte er dem aufziehenden Gewitter nicht viel entgegenzusetzen gehabt. Und gerade als die schlimmste Trockenheit endlich überstanden war, wurde das müde Grün schon von den trüben Herbstfarben abgelöst.

Sie griff nach der Türklinke und stellte fest, dass der Leuchtturm nicht abgeschlossen war. Vor ein paar Monaten hätte ihre Hand in diesem Moment nach der Dienstwaffe getastet. Aber jetzt wusste sie, wer in dem runden Zuhause auf sie wartete. Der Feuerwehrmann Jesper war die vierte Person, die sie in Nynäshamn kennengelernt hatte, und als sie jetzt durch die Tür trat, ließ er das zerfledderte Taschenbuch von Don Winslow sinken, mit dem er es sich auf dem Bett gemütlich gemacht hatte.

»Hej«, begrüßte er sie lächelnd. »Erzähl! Wie ist es heute gelaufen?«

»Gut. Glaube ich«, sagte sie und zog sich die Schuhe aus.

Sie erinnerte sich an ihren ersten Eindruck von dem großen, sehnig-muskulösen Mann, der ungefragt auf ihrem Grundstück aufgetaucht war, um sie zu bitten, sich einen Brand näher anzusehen, weil er den Verdacht hatte, es könnte sich um Brandstiftung handeln. Ihre anfängliche Verärgerung hatte nicht lange angehalten. Mit seiner Liebenswürdigkeit, dem freundlichen Ausdruck in seinen eisblauen Augen und dem Engagement für seine Heimatstadt hatte der Feuerwehrmann sie schnell von sich überzeugt. Mit der Zeit waren sie sich nähergekommen. Sie hatten beide ihr Päckchen zu tragen. Lilly, die damit beschäftigt war, nach der Beziehung mit Svante die Trümmer ihres alten Lebens zusammenzufegen. Jesper, der sich nach dem Krebstod seiner Frau Hals über Kopf in die Arbeit gestürzt hatte. Es war Lilly schwergefallen, sich Jesper zu öffnen, den Mut zu haben, nicht nur seinen, sondern auch ihren eigenen Gefühlen zu vertrauen. Sie hatte sich nicht vorstellen können, je wieder einem anderen Menschen ihre verletzliche Seite zu zeigen. Sehr lange hatte sie sich selbst etwas vorgemacht, was ihre Gefühle für Jesper betraf. Und dann hatte er das einzig Richtige getan: hatte sich zurückgezogen, ihr Raum gegeben, um sich zu entscheiden. Und schließlich war alles ganz einfach gewesen.

Jetzt setzte sie sich auf das ordentlich gemachte Bett, ganz dicht neben ihn. Strich mit der Hand über seinen Hemdsärmel, beugte sich vor und drückte sanft ihre Lippen auf seine. Jespers Dreitagebart kratzte, aber sein Mund war weich. Er ließ das Buch los, richtete sich ein wenig auf, nahm ihren Kopf in die Hände und erwiderte ihren Kuss. Sie hielt seine Arme fest, setzte sich rittlings über ihn und spürte, wie sein Atem schneller wurde. Aber plötzlich stoppte Jesper und zog sich ein Stück zurück und schob sie für einen Moment von sich weg. Im sanften Licht der Lampe, die in der Ecke stand, schimmerten seine Augen golden.

»He, versuch jetzt nicht vom Thema abzulenken. Ich will wissen, wie es heute gelaufen ist.«

Lilly seufzte und stützte die Hände hinter sich auf dem Bettüberwurf ab. Gestand sich ein, dass sie selbst ja auch das Bedürfnis hatte, über ihre Aussage zu reden. Das Ganze kreiste immer noch in ihrem Kopf herum, und, wenn auch widerwillig, war sie Jesper dankbar dafür, dass er das erkannt hatte.

»Ich bin froh, dass ich so einen guten Nebenklägerbeistand habe. Die Frau ist knallhart. Und die Sonderermittlerin ist auch super, hartnäckig, aber respektvoll, ich hätte den Job selbst nicht besser machen können. Aber es ist schwer. Mir wird langsam bewusst, was ich alles verdrängt habe. Obwohl sich hinter all diesen Erinnerungsfetzen mögliche Beweise verstecken könnten. Wie ein Taxifahrer, an den ich überhaupt nicht mehr gedacht habe, obwohl er ja eindeutig ein Zeuge ist. Und ich glaube, dass es noch mehr Fäden gibt, an denen wir ziehen können. Zum Beispiel Svantes Ex-Frau.«

Jesper nickte und streichelte ihren Arm, während sie ihm von ihren Befürchtungen erzählte, die nicht nur Svante selbst betrafen. Der Oberstaatsanwalt hatte schon früher demonstriert, wie weit sein Einfluss reichte, über welche Macht er verfügte, als er Kontakt zu ihrem Chef aufgenommen hatte.

Sie brach mitten im Satz ab und richtete sich auf.

»Aber es gibt noch mehr Neuigkeiten.« Sie fuhr sich mit der Hand durch die langen Haare, biss sich auf die Lippe. »Vielleicht hätte ich das besser gleich erzählen sollen – ich werde nämlich eine Weile verreisen.«

Jesper sah sie überrascht an.

»Wohin denn?«

»Nach Nordschweden, um genau zu sein nach Lilla Skageby im Bezirk Västerbotten. Zusammen mit Liv, meiner Kollegin, mit der ich zusammen auf der Polizeischule war. Am Montag geht es los. Und tatsächlich kann ich dir auch noch nicht sagen, wie lange wir weg sein werden, vielleicht ein paar Wochen. Mein Chef hat schon sein Okay gegeben. Wir sollen die Kollegen dort oben bei den Ermittlungen in einem Mordfall unterstützen.«

Ein Funken von Wiedererkennen blitzte in Jespers Blick auf.

»Geht es um diesen alten Witwer, der in seinem Haus erstochen wurde? Ich habe davon gelesen. Schreckliche Geschichte.«

Lilly nickte, aber es fiel ihr schwer, sich nicht anmerken zu lassen, wie sehr sie sich darüber freute, so begehrt zu sein, zu einem so wichtigen Fall hinzugezogen zu werden.

»Für die Anklage gegen Svante ist der Grundstein gesetzt, jetzt wird es eine Weile dauern, bis die nächsten Schritte nötig werden. Mir gefällt der Gedanke, eine Weile hier rauszukommen. Weg von allem hier, du weißt schon.«

Jesper schob das Kinn nach vorn.

»Von allem...?«, fragte er in gespielt enttäuschtem Ton.

Sie lachte.

»Nein, natürlich wirst du mir fehlen. Ich werde dich jeden Abend anrufen. Aber das hier fühlt sich richtig an. Mit Liv wegzufahren. Sie schafft es immer, mich aufzumuntern oder mich mal zu schütteln, wenn es nötig ist.«

Er nickte, und sein Blick verriet deutlich, was er für Lilly empfand. Sie beugte sich vor und nahm ihn in den Arm. Spürte ihre Herzen im gleichen Rhythmus schlagen.

»Allein die Vorstellung, Svante vor Gericht gegenüberzustehen ... wie soll ich das schaffen? Manchmal macht es mich so wütend, wie feige ich geworden bin. Dabei weiß ich ja, dass ich nicht so denken darf. Anderen Frauen in meiner Situation würde ich doch auch keine Vorwürfe machen. Aber es ist nicht so einfach, das zu lassen.«

Jesper hörte ihr zu. Er versprach ihr, für sie da zu sein. Und mehr musste Lilly nicht wissen.

6

»IST DAS WAHR?«

Liv drehte sich vor der Kantine um und blickte auf die breite Gestalt ihres Kollegen Helge Sund. Er lehnte am Türrahmen und betrachtete seine Fingernägel, was vermutlich irgendwie Gleichgültigkeit demonstrieren sollte

»Ist was wahr?«, fragte sie.

»Dass du jetzt zur Speerspitze gehörst.« Helge schnaubte verächtlich. »Haben sie es geschafft, dir einzureden, dass du besser Mörder fangen kannst als deine Kollegen?«

Sein Lächeln änderte nichts an dem beißenden Ton in seiner Stimme, eher im Gegenteil. Liv musterte ihn von Kopf bis Fuß.

»Es ist nicht das erste und sicher nicht das letzte Mal, dass jemand eine Ermittlung unterstützt. Also mach dich nicht lächerlich.«

»Nein, aber es ist das erste Mal, dass so etwas von derartigem Mediengetöse begleitet wird. Und das ist es doch, was du willst, oder etwa nicht?«

Der Kollege starrte sie durchdringend an.

Helge Sunds Karriere war in den letzten Jahren ins Stocken geraten, und da Liv mit seiner Frau zusammenarbeitete, wusste sie ganz genau, welche Posten er unbedingt gewollt, aber nicht bekommen hatte. Sie wog ab. Wenn sie ihn jetzt in die Ecke drängte, dann würde er unter den Kollegen nur noch mehr über sie herziehen. Andererseits hatte sie Männer mit Minderwertigkeitskomplexen noch nie leiden können, und sie hatte nicht die Absicht, für ihn eine Ausnahme zu machen.

Sie lächelte.

»Wenn man gute Arbeit abliefert, dann fällt das eben manchmal auf. Vielleicht versuchst du es auch mal?«

Sie drehte sich um und schulterte ihre Sporttasche. Ignorierte das empörte Schnauben ihres Kollegen.

Der Geruch von Schweiß und altem Leder schlug Liv entgegen, als sie die schwere Stahltür zum Kampfsportstudio *Slagverk* aufzog.

Dieser Ort war für sie wie ein zweites Zuhause, und sie lief mit schnellen Schritten die abgetretene Steintreppe hinunter. Eine wohlige Mischung aus Adrenalin und Vorfreude strömte jedes Mal durch ihren Körper, wenn sie zum Training ging.

Hierher kam sie, um sich auszupowern, um ihre Technik zu verfeinern, den Kopf freizubekommen und Energie zu tanken. Kampfsport war ihr Lebenselixier. Besonders jetzt, am Anfang eines neuen Falls, brauchte sie das Training noch mehr als sonst. Auf dem Weg hierher waren ihre Gedanken um den toten Mann in Skageby gekreist. Danach waren sie eher widerwillig zu den Reaktionen ihrer Kollegen auf ihre Entscheidung, den Einsatz anzunehmen, gegangen. Von da aus waren sie zu Felicia gewandert, der es so viel besser zu gehen schien, seit sie bei ihnen war. Nur um dann wieder zu dem Fall zurückzukehren. Wer erstach einen alten Mann in einem abgelegenen Haus? Selbst wenn Einbrecher auf frischer Tat ertappt wurden, passierte so etwas extrem selten. Meistens ergriffen sie einfach die Flucht. Welches Motiv steckte hinter einem so brutalen Gewaltverbrechen? Hatte sie, wie Magda befürchtete, einen unlösbaren Fall übernommen?

Das Sportstudio war in den letzten Jahren renoviert worden,

aber ohne seinen rustikalen Charme einzubüßen. Der Trainingsbereich, weiß gestrichen und mit chromglänzenden Geräten, ging in eine kleine Pantryküche über und von dort in den großen Kursraum, in dem eine größere Gruppe gerade eine Judostunde beendet hatte. In einer Ecke auf einer erhöhten Plattform thronte der Boxring, rund um die dicke Trainingsmatte baumelten schwere Säcke an Ketten von der Decke. Die zwanzig Teilnehmer des Judokurses kamen auf dem Weg zu den Duschen an ihr vorbei, manche von ihnen kannten sie und begrüßten sie. Auf Wandregalen lagen Handschuhe und Schlagpolster, an den Wänden hingen vergilbte Plakate von legendären Kämpfen. Viele der Meister, die auf den Bildern zu sehen waren, kamen auch lange nach ihren aktiven Wettkampfzeiten immer noch in Javiers Gym, um in Form zu bleiben. Liv warf ihre Sporttasche in die Ecke und hörte ein leises Lachen hinter sich.

»Ich habe mich gerade gefragt, wo eigentlich meine beste Sparringspartnerin steckt.«

Ihr Gesicht hellte sich auf, und sie drehte sich um.

»Hej, Javier!«

Der riesige Besitzer des *Slagverk* kam mit ausgebreiteten Armen auf Liv zu und zog sie an sich. Der Stoff seines Judo-Oberteils war nass geschwitzt, aber das störte sie nicht. Sie hatte so viele Stunden an diesem Ort verbracht, hatte mit so vielen Gegnern Schweiß, Rotz und Blut getauscht, dass Körperflüssigkeiten ihr wirklich nichts mehr ausmachten.

Javiers braune Augen strahlten sie an, und sie legte freundschaftlich ihre Hand auf sein Ringer-Ohr. Strich ihm über die Wange, wo eine verblasste Narbe an eine Messerstecherei in seiner Jugend erinnerte. Er hatte ihr so viel beigebracht, sie auf eine andere Art genauso großgezogen wie ihre Eltern. Zwischen Javier und ihr bestand ein besonderes Band, eine Freundschaft, die sich eher wie Familie anfühlte.

»Wie geht es dir? Kommst du überhaupt noch zum Schlafen, seit du wieder Vater geworden bist?«

»Ne«, gab er lachend zu.

Der weiße Judoanzug verdeckte seine vielen Tätowierungen, aber jetzt zog er einen Ärmel hoch und zeigte seine neueste Errungenschaft am Handgelenk: die Initialen der jüngsten Tochter.

»Hübsch. Aber wenn du jetzt müde bist, habe ich gleich leichtes Spiel mit dir, oder?«, sagte sie spöttisch.

Er stieß eine Mischung aus Lachen und Schnauben aus und ging ihre Wasserflaschen auffüllen. Liv zog sich währenddessen schnell ihren Anzug an. Knotete sich den schwarzen Gürtel um die Taille. Brasilianisches Jiu-Jitsu stand auf dem Trainingsplan.

Sie wärmten sich auf. Laufen auf der Stelle, Springseil, schnelle Füße in explosiven Bewegungen. Javier nutzte sein eigenes Körpergewicht, um Livs Puls in die Höhe zu treiben. Er stellte sich vor ihr auf, sie hob ihn an, trug ihn ein kurzes Stück und setzte ihn wieder ab. Schon bald lief ihr der Schweiß den Rücken hinunter, und die kurzen dunkelroten Haare klebten ihr in der Stirn. Sie dehnten sich und wärmten ihre Muskulatur auf der dicken grünen Matte auf. Dann gingen sie zum Sparring über. Wenn Liv eine Chance gegen Javiers überlegene Kraft und sein Gewicht haben wollte, musste sie ihre Schnelligkeit und Wendigkeit einsetzen und jede Gelegenheit nutzen, die sich ihr bot. Sie bewegten sich blitzschnell, ineinander verschlungen auf der feuchten Matte. Parierten die Attacken des anderen in kontrollierten Bewegungen. Schließlich gelang es ihr, Javier in einem Winkel zu fixieren, der schmerzhaft genug war, um ihn zum Abklopfen zu zwingen. Sofort lockerte sie ihren Griff, grinste zufrieden und das Ganze fing wieder von vorn an.

Als eine Stunde um war, legten sie eine Pause ein, und Javier reichte ihr ein Handtuch. Liv trocknete sich das Gesicht ab und stellte dabei fest, dass ihre Wange brannte, mit der sie unsanft auf der Matte gelandet war. Im Eifer des Gefechts bemerkte sie solche Sachen meistens gar nicht.

Die beiden Freunde ließen sich auf den Boden sinken, lehnten sich an die Wand und leerten die letzten Tropfen aus ihren Wasserflaschen.

»Und du bist jetzt also Pflegemama? Wie fühlt sich das an?«, begann Javier das Gespräch und sah Liv von der Seite an.

Sie stellte die Trinkflasche neben sich und legte die Hände entspannt auf die Oberschenkel.

»Ich bin ja wirklich kein großer Gefühlsmensch, aber Felicia ist so toll. Sie rührt mich wirklich. Neulich hat sie zu Rickard gesagt: ›Ich habe noch nie jemanden Papa genannt. Ist es okay, wenn ich dich Papa nenne?‹ Da mussten wir uns beide auf die Zunge beißen, um nicht loszuheulen.«

Javier bekam feuchte Augen, und Liv erzählte schnell weiter, den Blick fest auf die abgegriffenen Taue des Boxrings gerichtet.

»Es sind die kleinen Dinge. Ich habe gehört, wie sie sich mit Maya darüber unterhalten hat, was sie später mal werden will, wenn sie groß ist. Sie redet überhaupt viel mehr und lacht öfter. Das ist schön zu sehen. Aber mir war nicht bewusst, wie sehr ich mich verändern würde.«

Sie drehte sich zu Javier um, und ihr Gesicht war ernst.

»Ich habe das Gefühl, mich in eine Löwenmutter zu verwandeln. Ich will sie vor allem beschützen, und ich wäre imstande, jeden umzubringen, der auch nur versucht, ihr weh zu tun. Das ist eine Seite an mir, die ich überhaupt noch nicht kannte.«

Javier grinste breit, immer noch sichtlich gerührt.

»Das ist ganz normal. Dagegen kann man nichts tun«, sagte er.

»Sie ist nur immer noch zu brav. Sie muss doch auch mal wütend werden. Türen knallen«, warf Liv ein.

Javier lachte auf.

»So wie du früher, meinst du? Vergiss nicht, dass sie jetzt bei ihrem großen Vorbild wohnt. Die Mädchen in ihrer Trainingsgruppe sagen oft, dass sie neidisch auf Felicia sind. Ich kann mir vorstellen, dass sie riesigen Respekt vor dir hat. Aber mit der Zeit wird sie sicher auch noch lernen, Türen zu knallen. Im Moment ist sie vermutlich noch vollauf damit beschäftigt, bei euch anzukommen und sich von dem Chaos zu erholen, in dem sie vorher gelebt hat.«

Liv presste die Lippen zusammen.

»Ich werde so wütend, wenn ich daran denke, dass sie so lange bei dieser Frau sein musste.«

Vor ihrem inneren Auge sah sie Felicias leibliche Mutter vor sich. Sie war ihr nur einmal begegnet. Eine kaputte Frau, die offenbar nicht fähig war, sich um ein Kind zu kümmern. Laut, nervös, voller Ausreden, verwirrt. Unter anderen Umständen hätte Liv bestimmt Mitleid mit ihr gehabt. Aber unter diesen Umständen nicht.

»Felicia hat genau das getan, was so viele Kinder tun«, sagte Javier und fuhr sich mit dem Handtuch über die verschwitzte Stirn. »Sie hat mit allen Mitteln versucht zu vertuschen, wie schlimm es zu Hause in Wirklichkeit war.«

Liv nickte. Sie hatten so etwas beide schon öfter erlebt. Sie als Polizistin, er bei vielen Freunden in seiner Kindheit. Allein das Leben zu erwähnen, das Felicia hinter sich gelassen hatte, machte Liv wütend, und sie wechselte schnell das Thema. Außerdem wollte sie hören, was Javier zu dem Mordfall einfiel, in den sie sich einklinken würden und der sie zunehmend beschäftigte.

»Javier, ich brauche mal deine Hilfe. Ich denke über einen Fall nach. Stell dir vor, du willst einen alten Mann ausrauben. Er wohnt allein in seinem Haus und es gibt weit und breit keine Nachbarn – warum bringst du ihn am Ende um?«

Für Javier war es nichts Neues, dass sie ihm irgendwelche Überlegungen zuspielte, die mit ihrem Job zu tun hatten, und er sah nicht im Geringsten überrascht aus. Er war unter Kriminellen aufgewachsen, hatte den Kampfsport von Menschen gelernt, die sich ihren Lebensunterhalt mit Raub und Mord verdienten. Ihre skrupellose Welt ließ sich leicht auf Livs Fragen übertragen.

»Will ich ihn nur ausrauben? Dann bringe ich ihn nicht um. Damit würde ich ja riskieren, ein Feuer zu entfachen, das um ein Vielfaches schlimmer ist als ein einfacher Raub. Am liebsten wäre es mir, wenn ich mir die gewünschte Beute holen könnte, während er gar nicht zu Hause ist. Aber wenn er da ist ... dann bin ich maskiert, fessele den Alten an einen Stuhl und hole mir, was ich haben will. Finde ich es nicht gleich, dann drohe ich ihm.«

»Aber trotzdem bringst du ihn um. Also was ist der Grund?«

»Er hat mich gesehen, womöglich sogar erkannt. Weil ich zu seinem Umfeld gehöre. Das ist die einzige Erklärung, die ich mir vorstellen kann. Vielleicht brauche ich seine Hilfe, um meine Beute zu finden, und fühle mich danach gezwungen, den Zeugen aus dem Weg zu räumen.«

Er machte eine Pause.

»Ja, oder ich hasse den Mann aus irgendeinem Grund. Aber das klingt geisteskrank, wenn du mich fragst. Wer zur Hölle bringt einen alten Mann um?«

Liv nickte langsam.

»Ganz genau. Und warum benutzt du ein Messer?«

Javier zuckte mit den Schultern.

»Wir sind hier nicht in den USA. Zum Glück. Hier in Schweden ist es immer noch deutlich schwieriger, an Schusswaffen zu kommen. Für Pistolen braucht man Geld, Kontakte, damit ist man viel leichter aufzuspüren. Messer gibt es überall.«

Javiers rasierter Schädel glänzte im Schein der Neonröhren, der Schweiß lief ihm immer noch die Schläfen hinunter. Nachdenklich rieb er sich mit dem Handtuch über die Glatze.

»Aber das bringt mich noch auf eine andere Idee. Vielleicht steckt wirklich etwas Persönliches dahinter.«

Liv legte den Kopf schief, nickte ihm zu, dass er fortfahren sollte. Sie schätzte Javiers Fähigkeit, Verbrechen ganz nüchtern zu betrachten.

»Was meinst du?«

Ihr Freund verschränkte die Arme vor der Brust.

»Pistolen sind unpersönlich. Du kannst jemanden aus großer Entfernung erschießen, dabei kapiert deine Zielscheibe ja oft nicht mal mehr, was überhaupt passiert. Mit einem Messer dagegen musst du ganz nah heran. Du riechst dein Opfer, hörst den Atem, hast womöglich sogar Blickkontakt. Es ist auch ein größeres Risiko, ein richtig krasser Adrenalinschub. Aber jemand, der von Hass getrieben ist und sein Opfer leiden sehen will, der wählt das Messer, verstehst du? Uralte Rachevorstellungen, die bis heute Bestand haben, dass jemand mit seinem Blut für etwas bezahlen soll.«

Liv saß einen Augenblick schweigend da und dachte über das nach, was Javier gerade gesagt hatte. Nickte schließlich.

»Danke. Ich habe jetzt einiges, worüber ich nachdenken kann.«

Sie stand auf, streckte ihrem Freund die Hand hin und half ihm hoch.

»Ach, übrigens, Rickard kocht heute Abend. Hast du Lust vorbeizukommen?«

Javiers Gesicht hellte sich zu einem breiten Grinsen auf.

»Aber immer doch.«

7

Das kleine Haus war das letzte in einer langen Reihe von kleinen, einfachen Einfamilienhäusern, die alle in den 1960er Jahren eilig errichtet worden waren, als die örtliche Papierfabrik florierte und im großen Stil Arbeiter rekrutierte. Viele Leute waren damals von weit hergekommen. Ein Großteil aus Finnland, aber es waren auch Arbeitskräfte aus Südamerika und Südeuropa angereist. Im Takt mit den wachsenden Einkommen waren die Häuser seitdem stetig umgebaut und renoviert worden, hatten Verandas bekommen. Mit der Pleite der Papierfabrik waren viele der alten Bewohner weggezogen, aber zumindest in einigen Häusern lebten jetzt Mitarbeiter der Brauerei. Zu jedem Grundstück gehörte ein rechteckiger Garten, umgeben von sorgfältig geschnittenen Hecken, die jetzt bereits den Großteil der Blätter verloren hatten. Während der heißen Sommermonate waren die meisten Familien mit ihren Kindern an die Küste gefahren. Aber nur die wenigsten hatten das Bedürfnis gehabt, eine Auslandsreise zu buchen. Warum weit weg ins Warme fahren, wenn es Sonne im Übermaß auch zu Hause gab?

Inzwischen waren alle zurück, und Hockeytore und bunte Plastikeimer lagen vergessen auf den schmalen Asphaltstreifen zwischen den Häusern, wie Müll, den die Wellen angespült hatten. Es war friedlich und ruhig in der Straße. Die Art von Stille, die sich einstellt, wenn alle, die sich vor Ort befinden, am Tisch sitzen und zu Abend essen.

Mit einer Ausnahme. Jemand stand draußen und beobachtete, was drinnen vor sich ging.

In Emil Niskanens Küche brannte Licht. In der sanften Abenddämmerung wirkte es fast, als befände er sich in einem hell erleuchteten Schaufenster. Der Siebenundsechzigjährige ging zwischen Herd und Küchentisch hin und her. Schüttete Nudeln ins kochende Wasser. Stellte sich einen Teller hin. Er bewegte sich ein wenig steif und ruckartig, der Rheumatismus in den Gelenken schien sich heute besonders bemerkbar zu machen. Einen Großteil seines Arbeitslebens hatte er in der Papierfabrik verbracht, aber die Schmerzen im Körper hatten ihn schließlich gezwungen, die angebotene Frührente anzunehmen.

Das alles wusste der Jemand.

Auch, dass es für ein paar Monate eine Frau in Emils Leben gegeben hatte. Nach wochenlangem Briefwechsel war sie aus Russland zu ihm gezogen, hieß es, aber offenbar hatte sie schnell genug von ihm gehabt und war wieder abgehauen. Die Nachbarn hatten eine Weile getuschelt, verschiedene Gerüchte waren im Umlauf gewesen, aber dann war es wieder ruhig um ihn geworden. Alles war, als wäre die fremde Frau nie da gewesen. Emil galt als Eigenbrötler, einer von denen, die man freundlich grüßte, aber mit denen man sich nur selten länger unterhielt. Die Leute hielten ihn für einen Sonderling, für einen von der harmlosen Sorte.

Die Person saß nicht allzu weit weg in einem Auto und beobachtete, was Emil Niskanen tat.

Der Siebenundsechzigjährige griff nach einer Zeitung, die auf der Arbeitsplatte lag, und schrieb etwas hinein. Vielleicht tüftelte er an einem Kreuzworträtsel herum oder einem Sudoku. Nichts an Emils Bewegungen deutete darauf hin, dass er auch nur im Geringsten ängstlich, gestresst oder besorgt war. Nichts deutete daraufhin, dass er etwas von seinem bevorstehenden Tod ahnte. Obwohl Gunnar Dörner erst vor wenigen Monaten einen grausamen Tod gestorben war, hatte er die Verbindung noch nicht erkannt. Hatte eins und eins noch nicht zusammengezählt, obwohl das bedeutend einfacher war als das Zahlenrätsel, das er gerade auszufüllen schien.

Auch Gunnar stand die Verwunderung ins Gesicht geschrieben, als er ins Dunkle starrte und auf einmal erkannte, was er vor sich hatte. Das Messer hatte leicht und wendig in der Hand gelegen, Dörners Körper war weich wie Butter gewesen, ohne jeden Widerstand. Er hatte nicht einmal versucht, sich zu wehren. Vielleicht weil er wusste, dass er es nicht anders verdient hatte. Dass es gerecht war, dass jemand seinem Leben ein Ende setzte und ihn in ewige Dunkelheit hüllte.

Dasselbe Schicksal erwartete Emil Niskanen. Die Dunkelheit, das Messer. Und wenn es irgendetwas gab, das daran erinnerte, was Niskanen getan hatte, dann musste es weg.

8

Lilly warf einen Blick auf die Digitalanzeige des Weckers, der auf dem Regalbrett neben ihrem Bett stand. 06:44. In einer Stunde sollte sie Liv abholen, um die Autofahrt nach Skageby anzutreten, die ungefähr zehn Stunden dauern würde. Das Sonnenlicht war an diesem Morgen ganz besonders golden, es sickerte durch die ungleich geformten Fenster und spiegelte sich in der Wendeltreppe, die nach oben in den Turm führte. Sie setzte sich auf die unterste Stufe, um ihren Kaffee zu trinken, und schaute aus dem Fenster zu Hildas Haus hinüber. Draußen am Busch hingen immer noch ein paar vereinzelte welke Blätter, die nass glänzten. Es war ein strahlend schöner Herbsttag, perfektes Reisewetter, und eine spannende Aufgabe erwartete sie. Und doch war Lilly irgendwie bedrückt. Sie entschied sich, für die Fahrt ihre Uniform anzuziehen. Das gab ihr ein gutes Gefühl. Das Dienst-Outfit verlieh ihr immer eine gewisse Sicherheit, wie eine dickere zweite Haut.

Jesper war schon im Morgengrauen von seinem Handywecker geweckt worden.

»Pass auf dich auf. Du wirst mir fehlen«, hatte er gesagt und ihr einen Kuss gegeben. Dann hatte er sich eilig auf den Weg zur Feuerwache gemacht und sie mit ihren Grübeleien allein zurückgelassen, die sie daran hinderten, noch einmal einzuschlafen. Lange lag sie eingerollt in dem schmalen Bett und starrte an die hohe Leuchtturmdecke. Sie hatte Svantes Ex-Frau immer noch nicht angerufen, obwohl Livs Researcherin Aminah keine zehn

Minuten gebraucht hatte, um auf magische Weise ihre Kontaktdaten zu beschaffen. Der Zettel mit Margots Telefonnummer lag wie glühende Kohlen in der Innentasche von Lillys Jacke, aber sie hatte sich einfach noch nicht getraut, zum Hörer zu greifen. Sie dachte darüber nach, woran das lag. Wovor hatte sie Angst? Sie ließ die Gedanken schweifen, während sie Kleider und Schuhe in eine Tasche stopfte. Zuletzt quetschte sie noch ihr Waschzeug daneben und zog mit etwas Mühe den Reißverschluss zu. Mit einem Mal wusste sie ganz genau, was sie zögern ließ. Denn was, wenn sie Margot anrief, ihr erzählte, worum es ging, und diese Frau sich überhaupt nicht in dem wiederfand, was Lilly ihr schilderte? Was, wenn Lilly die erste Frau war, die Svante körperlich und seelisch misshandelt hatte? Dann musste es an ihr liegen. Strahlte sie etwas aus, das sie zum Opfer machte, zu jemandem, den man Stück für Stück unterdrücken und einschränken konnte? Oder, schlimmer noch, hatte sie diese Seite in ihm erst hervorgerufen? Bei diesem Gedanken biss sie die Zähne zusammen, weil sie wusste, woher er kam. Das hatte Svante ihr eingeredet.

»Du lässt mir keine Wahl, Lilly«, hatte er immer wieder gesagt, mit diesem halb bedauernden, halb verbitterten Tonfall. »Hättest du nur auf mich gehört, mein Liebling, dann hätte ich das hier jetzt nicht tun müssen.« Dann folgten der Schlag, die Ohrfeige, der Tritt in den Magen.

Eine plötzliche Woge von Wut wallte in ihr auf, sie griff nach ihrem Handy, holte sich den Zettel mit der Nummer, gab die Ziffern ein und tippte auf die Taste mit dem grünen Hörer. Zwei Freizeichen ertönten. Das Herz schlug ihr bis zum Hals. Ihr Atem ging kurz und schnell. Als Margot sich mit einem fragenden »Ja, hallo?« meldete, klang Lillys Stimme zunächst viel zu hell.

»Hej, spreche ich mit Margot Lidner?« Lilly räusperte sich, versuchte, eine normale Tonlage zu finden, schaffte es schließlich. »Also, mein Name ist Lilly Hed, ich bin Polizistin. Es tut mir leid, dass ich Sie so früh störe. Ich rufe im Zusammenhang mit einer Ermittlung an, aber mein Anliegen ist gleichzeitig auch etwas sehr Persönliches.«

»Ja, ich bin Margot Lidner. Worum geht es denn genau?«

Die Frau am anderen Ende der Leitung klang misstrauisch. Lilly hatte beim Googeln Bilder von ihr gesehen. Margot arbeitete als Assistentin der Geschäftsführung, wirkte elegant und kühl, trug meistens teure Kostüme und den blonden Pagenkopf stets sorgfältig geföhnt. Schmale Statur, um nicht zu sagen dünn. Am Telefon waren keine Hintergrundgeräusche zu hören, keine anderen Stimmen. Vermutlich war sie noch zu Hause, machte sich fertig, um ins Büro zu fahren.

Wie tastete man sich mit einer solchen Frage an eine fremde Frau heran? Es gab keinen Weg, irgendetwas daran zu beschönigen, also sagte Lilly es einfach, wie es war.

»Ich habe Svante Sandström wegen körperlicher und seelischer Gewalt angezeigt. Sie waren drei Jahre lang mit ihm verheiratet. Und ich wüsste gern – bitte entschuldigen Sie, dass ich so direkt bin –, ob er Sie auch misshandelt und unter Druck gesetzt hat?«

Lilly konnte deutlich hören, wie die Frau am anderen Ende der Leitung nach Luft schnappte. Dann blieb es für ein paar Sekunden still.

»Wie sind Sie an meine Nummer gekommen?«, fragte Margot plötzlich, und ihre Stimme klang schwer und belegt.

»Das war nicht schwer, da ich wie gesagt selbst Polizistin bin«, räumte Lilly ein.

»Ich will, dass Sie meine Nummer löschen, und rufen Sie mich nie wieder an«, sagte Margot hart. Dann legte sie auf.

Völlig überrumpelt starrte Lilly ihr Handy an. Eine deutlichere Antwort auf ihre Frage hätte sie kaum bekommen können. Sie wusste alles über die Panik, die Margot so offensichtlich verspürte. Über den Wunsch, die Tür zu verschließen, den Versuch, die Vergangenheit hinter sich zu lassen. Zu fliehen.

Es war dumm gewesen, sie nicht aufzusuchen, um von Angesicht zu Angesicht mit ihr zu sprechen. Aus lauter Feigheit hatte sie das Ganze vom falschen Ende her angefangen. Und zwar, das musste sie zugeben, plump. Sie hätte genauso wenig den Mut gehabt, sich einem völlig fremden Menschen zu öffnen und über ihre schmerzhafte Vergangenheit zu sprechen. Aber es gab hier eine Geschichte, die sie brauchte, für die Anzeige und für sich selbst. Nur, was konnte sie jetzt noch tun, um Margot Lidner dazu zu ermutigen, ihre Erlebnisse mit ihr zu teilen? Von Skageby aus bei ihr vorbeizufahren war ausgeschlossen, also musste sie ganz einfach dafür sorgen, diesen Fall so schnell wie möglich aufzuklären. Lilly warf einen Blick auf den Wecker und stellte fest, dass sie wirklich losmusste. Inzwischen war es halb acht. Sie schnappte sich die gepackte Sporttasche, zog sich eine Strickjacke über die Uniform, trat aus der Tür in die wärmende Herbstsonne und schloss sorgfältig hinter sich ab. Auf dem Handydisplay leuchtete eine gut gelaunte Nachricht von Liv auf. Lilly versuchte, die düstere Stimmung abzuschütteln, aber ihr Herz klopfte immer noch.

9

Lilly verband ihr Handy über Bluetooth mit dem Autoradio, um einen Podcast über den Orkan Katrina und seine Folgen für New Orleans im Jahr 2005 weiterzuhören. Die Sprecherstimme berichtete von gewaltigen Wassermassen, die die Schutzwälle einfach weggerissen hatten, über das nachfolgende Chaos, das Gewalt und Plünderungen mit sich gebracht hatte, aber auch von heldenhaften Einsätzen der Zivilbevölkerung. Lilly schickte einen Gedanken an Jeff Wilson. Sie hoffte, dass der Orkan, wegen dem er gerade in Louisiana festsaß, nicht halb so heftig war wie seinerzeit Katrina. Sie lenkte ihren VW ID.3 auf die Straße, zuerst in Richtung Skärsgårdshotel, wo ihre Vermieterin wie jeden Montag beim Büchertausch-Brunch mit ihren Freundinnen saß.

Sie fand die quirlige, grauhaarige Hilda mit fünf anderen Frauen um die 70 an einem Ecktisch im Speisesaal ins Gespräch vertieft. Sie war nicht zu übersehen. Wie üblich trug sie ein buntes Kleid, diesmal ein leuchtend grünes mit weißen Ärmeln. Die alte Frau strahlte, als sie Lilly entdeckte.

»Hallo, meine Süße! Ich habe gerade Kerstin Ekmans neuen Roman ergattert. Hast du auch ein Buch zum Tauschen dabei? Dann kannst du mitmachen.«

Dann verdunkelte sich ihre Miene.

»Ach nein, du reist ja heute ab, oder?«

Lilly nickte und begrüßte rasch Hildas Freundinnen, die sie neugierig musterten. Vermutlichen wussten sie, wer sie war, wenn nicht aus Hildas Erzählungen, dann, weil sie die Schlagzeilen über die Festnahme der Brandstifterin verfolgt hatten, die während des Glutsommers in der kleinen Stadt ihr Unwesen getrieben hatte. Ein Fall, den Lilly unter Einsatz ihres Lebens gelöst hatte. Jetzt sah sie Bewunderung und Entzücken in den fünf Augenpaaren, die ihr entgegenblickten. Lilly lächelte zurückhaltend und wandte sich dann wieder an Hilda.

»Ich wollte mich nur kurz von dir verabschieden und dich noch mal daran erinnern, zwischendurch die Blumen zu gießen, wenn du es schaffst. Ich kann ja noch nicht so richtig absehen, wie lange ich wegbleiben werde.«

»Das werden langweilige Abende, ohne dich drüben im Leuchtturm«, sagte Hilda missmutig und streichelte Lillys Arm.

Lilly drückte kurz ihre faltige Hand, dann machte sie sich eilig auf den Weg. Sie nahm Kurs auf Rottnerosbacken in Farsta, das Reihenhaus, in dem Liv Kaspi »mit der ganzen Bande« wohnte, wie ihre Kollegin es immer lachend ausdrückte.

Mit ein wenig Hilfe des Navis hielt sie kurz darauf vor dem Reihenhaus an, das von Bäumen und Büschen umgeben war. Der Zaun war weiß gestrichen und die Steinplatten, die zur Haustür führten, glänzten im Sonnenschein. Noch bevor Lilly aus dem Auto ausgestiegen war, ging die Tür auf. Zwei Frauen kamen heraus, die eine kannte Lilly, es war Livs Freundin Maya. Also musste die andere wohl Mayas Partnerin sein. Als Nächstes kam Rickard, mit einem schmächtigen Mädchen im Schlepptau, das sich laut lachend an seinen Rücken klammerte: Felicia, die sich jetzt auf den Boden rutschen ließ und neben ihn stellte. Die Letzte in der Reihe war Liv, zivil gekleidet mit Baseballjacke, Hemd und abgewetzten Jeans, über der Schulter eine geräumige Ledertasche. Sie umarmte die beiden Frauen, küsste Rickard so lange, dass die anderen auf dem Treppenabsatz mit den Augen rollten, und drehte sich dann zu dem Mädchen um, das jetzt ganz ernst war. Sie drückte die Kleine an sich, und beim Anblick von Felicias dünnen Ärmchen, die sich fest um Livs Hals schlangen, hatte auch Lilly einen dicken Kloß im Hals. Es war ganz offensichtlich, dass diese zwei sich sehr lieb hatten.

Schließlich richtete Liv sich wieder auf, sagte ein paar abschließende Worte und steuerte dann zügig auf Lillys Wagen zu. Sie sank neben ihrer Kollegin auf den Beifahrersitz und krächzte:

»Hej! Fahr los. Ich will nicht, dass sie mich weinen sehen. Mann, ist das peinlich.«

Lilly warf ihr einen verständnisvollen Blick zu und gab Gas.

Skageby lag ein Stück nördlich von Vilhelmina und Lycksele. Laut Navi würde die Fahrt über die E4 etwa acht Stunden und fünfundzwanzig Minuten dauern. Der Klima-Podcast war schnell gegen einen Countrymarathon ausgetauscht worden. Johnny Cash und June Carter sangen bejubelt von Häftlingen live im Folsom-Gefängnis, und das Ganze in einer Lautstärke, dass die Lautsprecher zu Livs trommelnden Händen vibrierten. Mit dem Erreichen der Autobahn hatte sie es sich bequem gemacht, die Turnschuhe auf das Armaturenbrett gelegt, und sang mit. Mit schmalen Augen registrierte Lilly den Dreck, der von Livs Schuhsohlen bröselte und sich vor der Windschutzscheibe verteilte. Liv schien ihren Blick zu bemerken, grinste entschuldigend und nahm die Füße hastig wieder nach unten.

Auf halber Strecke, nach einer kurzen Essenspause an einer Raststätte, tauschten sie, und Liv übernahm das Steuer. Willie Nelson sang irgendetwas Sentimentales, und Lilly drehte die Lautstärke herunter und kramte die Akte mit den Ermittlungsunterlagen aus der Tasche.

»Gunnar Dörner ist früh verwitwet. Seine Frau Hedda ist vor über zwanzig Jahren an Krebs gestorben, und er hat danach nie wieder geheiratet. Keine neue Partnerschaft, keine Ex weit und breit. Keine Verwandten vor Ort. Er hat allein mit seiner Tochter Klara gewohnt, bis sie von zu Hause ausgezogen ist. Die Tochter sagt, dass es über viele Jahre nur sie beide gegeben habe ...«

Lilly stockte mitten im Satz, erschrocken darüber, wie sehr sie sich selbst in dieser Beschreibung wiederfand. Sie wusste, was es mitunter hieß, Teil einer Familie zu sein, die nur aus zwei Personen bestand. Sie hatte selbst nur eine vage Ahnung, wer ihr Vater war, ein Name, beiläufig erwähnt, ein paar verschwommene Polaroid-Bilder. Ihre nachdenklichen dunkelblauen Augen und die markanten Wangenknochen hatte sie von diesem Mann geerbt, dem sie nie begegnet war. Lillys Mutter Eva war während ihrer wilden Partyjahre in Paris schwanger geworden und gerade rechtzeitig zur Entbindung nach Schweden zurückgekehrt. Lillys Kindheit und Jugend im Stockholmer Vorort Skärholmen hatten ganz und gar ohne Vaterfigur stattgefunden. Ihre Mutter hatte immer gesagt: »Männer sind ein herrlicher Zeitvertreib, aber wir zwei kommen viel besser alleine zurecht.« Lillys Mutter war sinnlich und hatte einen scharfen Verstand, aber ihre Bemerkungen waren oft von einem bissigen Unterton geprägt. Je älter Lilly wurde, umso mehr hatten sie sich voneinander entfernt, waren beide nicht in der Lage gewesen, Verständnis füreinander aufzubringen, aber in letzter Zeit war das Mutter-Tochter-Verhältnis entspannter geworden, freundschaftlicher. Das freute Lilly. Denn trotz allem war Eva ja ihre Mutter, und einen Vater hatte sie nicht.

Lilly merkte, dass Liv in ihre Richtung schielte, und beeilte sich fortzufahren.

»Es gab keine Anzeigen wegen Drohungen oder Ähnlichem im Vorfeld des Mordes, tatsächlich liegt nichts vor, was darauf hindeutet, dass Gunnar Dörner in Gefahr war. Auch das Bild, was die Kollegen von seinem letzten Abend zeichnen, erscheint vollkommen unauffällig. Um 17:21 Uhr hat er den Werbeanruf eines Mobilfunkanbieters entgegengenommen und das Angebot kurz angebunden abgelehnt, das Gespräch wurde aufgezeichnet. Das ist das letzte Lebenszeichen. Seine Tochter Klara war arbeiten, als der Mord begangen wurde, sie ist bei einem ambulanten Pflegedienst angestellt. Diese Aussage wurde von der betreffenden Klientin bestätigt, außerdem wurde Klaras DNA überprüft. Sie hat ihren toten Vater gefunden und die 112 verständigt.«

Lilly biss sich auf die Lippe.

»Ich kann Klaras Wut darüber verstehen, dass die Ermittlungen nicht von der Stelle kommen. Es ist eine besondere Situation, mit nur einem Elternteil aufzuwachsen, erst recht, wenn gar keine anderen Verwandten greifbar sind. Da entsteht leicht ein Gefühl von ›wir gegen den Rest der Welt‹.«

Nachdenklich fügte sie hinzu: »Ich habe gestern einen Artikel über andere komplizierte Mordfälle an kleinen Orten gelesen. Da gab es zum Beispiel diesen Familienvater, der auf einmal die fixe Idee hatte, er müsse Menschen töten, und dann 2017 ein älteres Ehepaar in Mantorp umgebracht hat. Was, wenn es so eine Geschichte ist? Wenn es jemand war, den niemand auf dem Schirm hat, weil er einfach einem spontanen Einfall gefolgt ist?«

»Ich denke, wir sollten uns alle Türen offen halten«, antwortete Liv. »Was wissen wir über Skageby?«

Das Pressematerial über Skageby war dürftig. Lilly beschrieb alles, was sie gefunden hatte, und Liv hörte aufmerksam zu, während sie mit den Fingern im Takt zur Musik auf das Lenkrad trommelte. Eine eher oberflächliche Reportage in *Dagens Nyheter* aus dem Jahr 2008 erwähnte Skageby. Es ging um junge Frauen, die es vom Land in die Großstädte zog, wo sie studieren konnten und Arbeit fanden. Um die Männer, die zurückblieben. Ohne Partnerinnen. Da gab es ein paar Stimmen aus Skageby. Junge Männer, die in die Fußstapfen ihrer Väter getreten waren, die in der 1932 gegründeten Papierfabrik arbeiteten. Junge Männer, die ihren Heimatort noch nie verlassen hatten. Die sich mit Hilfe von Apps und Zeitungsannoncen in anderen Teilen des Landes oder im Ausland Frauen suchten. 2017 war eine andere Reportage erschienen, über eine Geburtsklinik in der Region, die geschlossen werden sollte. Über Frauen, die nun viel zu weite Wege bis zur nächsten Entbindungsstation zurücklegen mussten. Eine gewisse Maria aus Skageby war vom *Aftonbladet* interviewt worden. Sie war außer sich vor Wut: »Wenn ihr wollt, dass hier draußen Kinder sterben, dann macht nur weiter so.« Aber die größte Aufmerksamkeit in den Medien war Skageby im Jahr 2018 zuteilgeworden. In einem Jahr, in dem Hitze und Waldbrände die Schlagzeilen bestimmten, war die kleine Gemeinde von einer noch schlimmeren Katastrophe getroffen worden. Die Papierfabrik hatte Konkurs angemeldet. 323 Jobs waren verschwunden – auf einen Schlag. Ein Industriestandort, der nach und nach seinen Zweck verloren hatte, weil Zeitungen immer öfter digital gelesen wurden und Hochglanzwerbebroschüren aus der Mode gekommen waren. Viele sprachen davon umzuziehen. Aber gleichzeitig war eine leise Hoffnung gekeimt. Die Whiskybrennerei im Ort wollte sich vergrößern. So mancher rechnete mit einem Hauen und Stechen um die wenigen offenen Stellen. Nach 2018 hatte es dann noch mal ein Interview über die Whiskyproduktion in einem Wirtschaftsmagazin gegeben. Davon abgesehen war es still um den kleinen Ort gewesen.

Bis jetzt. Der Mord an Gunnar Dörner hatte Skageby plötzlich zurück in die Medienlandschaft befördert.

»Skageby hat ungefähr 1200 Einwohner«, sagte Lilly und legte sich ein Luftbild des Dorfes auf die Knie.

Es zeigte eine Wohnsiedlung, die vermutlich irgendwann in den 60er Jahren entstanden war, ein paar Mehrfamilienhäuser, freistehende Anwesen und kleine Einfamilienhäuser. Es gab einen Pub, der an einem kleinen Marktplatz gelegen war, ein paar Geschäfte, eine Grund- und Mittelschule, ein kleines Industriegebiet, in dem auch die Brennerei angesiedelt war, eine Selbstbedienungstankstelle und ein paar größere Wohnblöcke, die verstreut am Rand des dichten Waldes standen. Das braune Gelände mit den Werkhallen der ehemaligen Papierfabrik sah aus, als hätte es dort irgendwann mal gebrannt. Einsame Schornsteine ragten in den Himmel. Als hätte jemand das ganze Ding vor Wut angezündet, nachdem die Arbeitgeber kapituliert hatten. Ansonsten gab es noch eine kleine Holzkirche am Ortsrand, aber das war auch schon alles, wie Lilly feststellte.

Skageby war von allen Seiten von Wald umgeben. Eine breite Straße führte ins Dorf hinein und eine schmalere Straße wieder hinaus.

Liv nickte, ganz auf den Verkehr konzentriert.

»Fuck!«, platzte sie plötzlich heraus und sah Lilly kleinlaut an. »Hast du die Basisstation eingepackt? Ich weiß nicht mal mehr, wann ich mein Diensthandy das letzte Mal aufgeladen habe.«

Was sie meinte, war die leistungsstarke Funkausrüstung, die sie im Dienst verwendeten und die aussah wie ein kleines Mobiltelefon. Aber Lilly musste zugeben, dass auch sie die Ladestation zu Hause vergessen hatte, was sie stark an ihrem sonst so zuverlässigen Ordnungssinn zweifeln ließ.

Vielleicht hatte das Gespräch mit Svantes Ex sie doch heftiger erschüttert, als sie sich eingestehen wollte, dachte sie.

»Na ja. Wir können unsere Geräte sicher bei den Kollegen laden«, sagte Liv tröstend und zeigte stattdessen auf den Blick, der sich vor ihnen auftat.

»Schön, oder?«

Lilly murmelte zustimmend. Die Aussicht war großartig. Der Herbst hatte die Bäume in leuchtend bunte Farben gehüllt, die einen an loderndes Feuer denken ließen, gemischt mit dem intensiven Grün der hohen Nadelbäume. Hier und da waren noch Spuren der Waldbrände zu sehen, dunkle Flecken im Unterholz. Zwischendurch öffnete sich die Sicht, und Felder lösten den Wald ab, erstreckten sich kahl wie abgedeckte Tische zwischen den Entwässerungsgräben. In Gedanken ging Lilly ihre übrige Ausrüstung durch. Sie waren zurzeit besonders gut ausgestattet. Außer der Dienstwaffe, Pfefferspray, Schlagstock und Handfesseln standen ihnen jetzt sogar Elektroschockpistolen zur Verfügung, sogenannte Taser. Eine wirkungsvolle Waffe, die man sowohl in der Nähe als auch aus größerer Entfernung einsetzen konnte und die eine Person vorübergehend mit 1,3 Milliampere außer Gefecht setzte. Sämtliche Polizisten im Außendienst hatten solche Taser zugeteilt bekommen, und während einer Testphase durften jetzt auch Mitarbeiter der anderen Abteilungen Elektroschockwaffen einsetzen, darunter Liv und Lilly. Lachend hatte Liv erzählt, dass Felicia das gelbe Ding als »Weltraumpistole« bezeichnet hatte. Lilly war in Gedanken am Ende ihrer Packliste angekommen und seufzte erleichtert. Außer der Ladestation hatte sie nichts Wichtiges vergessen.

Die Stunden vergingen. Sie fuhren an Raststätten vorbei, an riesigen Lagerhallen mit Outlet-Verkäufen und Schildern, die auf

Ladestationen für Elektroautos hinwiesen. Aber die meiste Zeit ging es einfach nur geradeaus.

»Du«, sagte Lilly, »hast du eigentlich mitbekommen, dass für Nordschweden eine Sturmwarnung rausgegeben wurde? Ich habe heute früh in den Kurznachrichten davon gelesen.«

»Keine Ahnung, notfalls müssen wir uns eben gut festhalten. Wie heißt noch mal der Typ, den wir anrufen sollen, wenn wir da sind?«, fragte Liv.

Lilly blätterte in den Unterlagen.

»Mats Hjälm von der Mordkommission. Seine Nummer steht hier ganz oben. Er und ein weiterer Kollege aus derselben Abteilung arbeiten noch an dem Fall, anfangs waren es natürlich sehr viel mehr.«

»Kennst du ihn?«, fragte Liv. »Mir sagt der Name gar nichts.«

»Ich hatte ein paarmal mit ihm zu tun, als ich noch beim Landeskriminalamt war. Ich würde Mats als chronisch mürrischen Nordschweden beschreiben. Er mag es, wenn alles so läuft, wie er es gewohnt ist. Aber er ist sorgfältig, und er arbeitet hart.«

Liv grinste.

»Klingt vielversprechend. Ich habe mit Sicherheit schon Schlimmeres erlebt.«

Der Wald links und rechts der Straße wurde langsam dichter, riesige Tannen und Kiefern warfen lange Schatten auf den Asphalt. Ein Schild vor ihnen machte sie darauf aufmerksam, was das Navi ihnen bereits angekündigt hatte. Skageby war nur noch acht Kilometer entfernt.

10

Auf dem Weg in den Ort kamen sie an der Whiskybrennerei vorbei. Hohe Zäune umgaben das große gelbe Ziegelgebäude, das wie ein behäbiger Zuschauer auf einer Anhöhe saß, als sie sich Skageby näherten. Vor ihnen öffnete sich der Blick auf die kleine Ortschaft. Sie sahen die hohen Schornsteine der verlassenen Papierfabrik im Zentrum, alle Gebäude, die rundherum aus dem Boden gewachsen waren.

Jetzt erkannte auch Liv, was Lilly ihr von dem Foto ausgehend beschrieben hatte: Die Fabrik hatte gebrannt. Wie dunkle Aschesäulen ragten die Schornsteine in den Himmel, ein düsteres Mahnmal vergangener Größe.

Das Auto fuhr weiter auf das Dorf zu. Dunkler Wald schloss Skageby von allen Seiten ein. Hier lebten laut Bevölkerungsstatistik knapp 1300 Personen, zu Skagebys besten Zeiten waren es fast 4000 gewesen. Der Ortskern war schnell erreicht. Hier standen funktionale dreistöckige Mehrfamilienhäuser neben kleinen alten Backsteinhäusern.

»Wir laden erst unser Gepäck aus, oder? Wessen Haus war das noch mal, das wir hier nutzen dürfen?«, fragte Lilly, die ziemlich müde auf dem Beifahrersitz saß. Das monotone Brummen des Motors hatte eine einschläfernde Wirkung auf sie beide, und noch dazu hatte die Fahrt länger gedauert als erwartet.

»Das Haus gehört Edith, einer Frau, für die ich mal gearbeitet habe«, sagte Liv und warf einen Blick auf das Navi, um sich zu vergewissern, dass sie auf dem richtigen Weg waren. Sie kamen an hübschen, flachen Sandsteinhäusern vorbei, an denen Kletterrosen und Efeu dunkelgrüne Muster an die Fassaden zeichneten. Liv konnte sich gut vorstellen, was für ein schöner Anblick das war, wenn im Sommer alles in voller Blüte stand.

Sie schlängelten sich in langsamem Tempo die Straßen entlang, näherten sich dem Ortsrand, als Lilly schließlich die Hand hob.

»Älvsgatan 3. Okay, das hier muss es sein.«

Liv grinste breit.

»Das ist wahrlich kein übler Schuppen, den man uns da zur Verfügung gestellt hat!«

Das Haus, vor dem sie standen, war eine moderne zweistöckige weiße Villa mit rotem Ziegeldach, umgeben von knorrigen Apfelbäumen und kleinen Blumenbeeten mit Heidekraut, alle ordentlich und gepflegt. Das Wohngebiet war nicht groß und wurde von einem Wäldchen eingerahmt, die sauberen Fassaden leuchteten im Sonnenschein. Aber überall dazwischen standen Häuser, die offensichtlich unbewohnt und verrammelt waren, wie Liv bemerkte. So wie das genau gegenüber. Das Gestell mit dem »Zu Verkaufen«-Schild lag umgekippt auf der Wiese und hatte schon Rost angesetzt. Das verlieh der Gegend etwas Beklemmendes, obwohl alles so hübsch und sauber war.

Sie parkten in der Garageneinfahrt und stiegen aus, fanden den Schlüssel wie abgesprochen hinter der Regentonne an der Hausecke.

Liv schulterte ihre Tasche und übernahm die Vorhut, sehr darauf bedacht, im Hausflur als Erstes die Schuhe auszuziehen. Die Einrichtung war hell und hübsch. Der erste Raum war das Wohnzimmer mit üppig breiten weißen Sofas und offenem Kamin, auf dem eleganten Tisch standen mehrere Kerzenhalter. Liv nahm sofort den Kamin unter die Lupe, aber er diente leider in erster Linie dekorativen Zwecken – die Holzscheite wurden von einem notdürftig versteckten Elektrokabel betrieben. Die Freundinnen setzten die Hausbesichtigung fort. Die Küche war in denselben Farben gehalten wie der Wohnbereich, es gab viel Weiß und glänzendes Metall, einzelne kleine Details signalisierten teures Design.

»Hier ist alles so weiß, dass ich jetzt schon Angst habe, irgendetwas zu verschütten«, sagte Liv und fügte hinzu: »Die Schlafzimmer sind oben. Soweit ich weiß, gibt es drei Stück, wir werden uns also nicht um die Betten streiten müssen.«

Lilly nickte erfreut, und sie gingen die Treppe hoch. In zwei der Zimmer standen Doppelbetten. Jede von ihnen suchte sich eins davon aus, und dann ließen sie ihre Taschen vor die geräumigen Schränke fallen, die wenig überraschend ebenfalls weiß waren.

»Wer wohnt denn normalerweise hier?«, fragte Lilly neugierig.

»Ich glaube, sie vermietet es immer nur befristet. Edith hat Kohle, sie besitzt überall im Land Häuser.«

»Ja, wer hat, der hat. Was meinst du, wollen wir los und Mats Hjälm Hallo sagen? Ich habe ihm eine Nachricht geschickt, dass wir angekommen sind.«

»Können wir uns gleich am Tatort mit ihm treffen? Ich würde mich gern als Erstes dort umsehen«, sagte Liv und war schon auf dem Weg die Treppe hinunter.

Die Fahrt zu dem Haus, in dem Gunnar Dörner gewohnt hatte, führte sie über einen Abzweig in den Wald, noch weiter aus dem kleinen Ort hinaus. Das graue Anwesen lag ziemlich einsam, und dem verwilderten Garten nach zu urteilen war das nächste Nachbarhaus schon sehr lange unbewohnt. Die Absperrbänder der Polizei waren schon von weitem zu sehen. Gunnars Haus sah gepflegt aus, genau wie das ganze Grundstück, das von dichtem Nadelwald umgeben war. Nichts an diesem Ort wirkte, als wäre dies der Schauplatz eines der meistdiskutierten Mordfälle des Landes. Die Sonne stand inzwischen schon tief am Himmel und tauchte alles in goldenes Licht.

Chefermittler Mats Hjälm erwartete sie schon. Er stand an den Dienstwagen gelehnt vor dem Haus, und seine Körpersprache verriet eine gewisse Zurückhaltung.

Der Nordschwede hatte raspelkurze, blonde Haare und einen Bart, sein Gesicht war rot und ein bisschen aufgedunsen, als würde er sich beim Alkohol nicht gerade zurückhalten, sein Brustkorb war breit, wirkte fast viereckig in seiner Uniform.

Er verzog keine Miene, als Liv und Lilly direkt vor dem großen Grundstück parkten und auf den Kiesweg ausstiegen. Erst als Liv ihm eine Hand entgegenstreckte, bewegte er sich, machte einen Schritt nach vorn und drückte kräftig zu. Liv hatte es schon immer albern gefunden, wenn Männer absichtlich fest zudrückten, vermutlich weil sie hofften, dass man vor Schmerz quietschte. Diesen Gefallen tat sie ihm nicht, sondern lächelte kühl und stellte sich vor.

»Dann ist die Speerspitze jetzt also da. Wie schön«, sagte Mats mit steifem nordschwedischem Akzent.

Neben ihr verschränkte Lilly die Arme vor der Brust. Liv lag schon ein bissiger Kommentar auf der Zunge, aber ihr wurde im selben Moment bewusst, wie sich das hier für Hjälm anfühlen musste. Hier kamen sie aus Stockholm, um in die Ermittlungen einzugreifen, als hätten bislang nur hilflose Stümper an dem Fall gearbeitet. Egal wie man die Situation betrachtete, das tat mit Sicherheit weh.

»Danke, dass du extra für uns hier rausgekommen bist. Ich

würde gern hören, was du über den Fall denkst«, sagte sie stattdessen und lächelte. »Wirklich schade, dass wir null Treffer bei den DNA-Spuren haben.«

Mats schien sie einen Augenblick zu mustern, um herauszufinden, ob sie sich über ihn lustig machte, aber dann entspannte er sich. Er nickte Lilly zu, offensichtlich erinnerte er sich an sie.

»Na dann«, sagte er kurz angebunden, aber nicht mehr ganz so grimmig, und hob die Hand, um ihnen den Weg zur Haustür zu zeigen, aber dann stockte er plötzlich und fluchte.

»Verdammt.«

Das Knirschen im Kies verkündete, dass jemand im Anmarsch war. Sie folgten seinem Blick und drehten sich um. Eine Frau kam mit raschen Schritten von einem parkenden Auto auf sie zu.

Der Wind zerzauste ihre langen silberblonden Haare, und als sie die Strähnen mit einer genervten Bewegung zur Seite strich, kam ein blasses, herzförmiges Gesicht mit verbitterter Miene zum Vorschein. Die Frau war Mitte 30, aber die tiefen Sorgenfalten zwischen ihren Brauen und die Schatten unter ihren Augen ließen sie deutlich älter wirken. Sie war groß und sehnig, ihre Arme ragten wie Stangen aus dem weiten blauen Kittel heraus, der wie die weiße Hose zu ihrer Pflegedienstuniform gehörte. Sie hielt die Hände zu Fäusten geballt dicht am Körper. Ihre ganze Erscheinung wirkte, als würde sie eine schwere Last mit sich herumtragen. Das musste Dörners Tochter Klara sein, dachte Liv, als die Frau auf sie zukam.

»Ich wollte hören, ob Sie inzwischen mehr herausgefunden haben«, sagte sie atemlos, ohne sich vorzustellen. Sie richtete ihre Worte direkt an Mats Hjälm und beachtete die fremden Frauen gar nicht.

Mats presste die Lippen zusammen.

»Meine beiden Kolleginnen hier sind gerade aus Stockholm eingetroffen«, sagte er und klang dabei eine Spur defensiv.

Liv gab Klara die Hand und stellte sich vor, Lilly folgte ihrem Beispiel und fasste kurz zusammen, was der Grund ihrer Anwesenheit war.

»Sie sollen wissen, dass dieser Fall hier oberste Priorität hat. Wir werden absolut alles tun, das in unserer Macht steht, um den Täter zu finden«, sagte Lilly mit großem Ernst.

Klara hatte große, dunkle Augen, die ihr als junge Frau vermutlich etwas Elfenhaftes verliehen hatten. Jetzt schien darin ein neuer Funke zu erwachen.

»Danke«, sagte sie. »Ja, ich erinnere mich wieder. Ich hatte irgendwo gelesen, dass Verstärkung kommen soll. Das sind also Sie.«

»Wir würden uns gern mit Ihnen treffen und uns mit Ihnen über Ihren Vater unterhalten. Vielleicht finden wir gemeinsam doch noch weitere Hinweise, denen wir nachgehen können«, fügte Lilly hinzu, und Liv registrierte, dass Mats die Lippen zu einem noch schmaleren Strich zusammenpresste als ohnehin schon.

»Sie haben meine Nummer ja«, sagte Klara mit einem Nicken in Richtung Mats. »Ich habe heute wieder über Papas Fall in der Zeitung gelesen. Da stand, dass der Mörder meinen Vater bestohlen hat. Tatsächlich waren es vor allem Mamas Sachen, die verschwunden sind, wenn ich mich recht entsinne.«

»Was fehlt denn?«, klinkte Liv sich ein.

»Meine Mutter hatte ein Schmuckkästchen, das mit blauem Stoff bezogen war, Papa konnte sich nicht davon trennen. Es stand all die Jahre auf seinem Regal im Schlafzimmer. Das scheint nicht mehr da zu sein. Und ein Kästchen auf dem Tisch im Flur, wo er immer Kleingeld und Kassenbons aufbewahrt hat. Aber das habe ich der Polizei auch schon gesagt.«

»Wir haben alles protokolliert«, warf Mats eilig ein.

»Weitergekommen sind Sie trotzdem nicht, oder?«, entgegnete Klara, und ihre Enttäuschung darüber war deutlich zu hören.

Sie hatte etwas Rastloses an sich, dachte Liv. Als wüsste sie nicht so richtig, wohin mit sich, mit ihrer Unruhe und Frustration.

»Nein, das stimmt, seit gestern hat sich nichts Neues ergeben«, sagte Mats, und sein Ton ließ durchblicken, dass er mit seiner Geduld langsam am Ende war.

Liv warf ihm einen missbilligenden Blick zu und wandte sich freundlich an Klara.

»Lilly und ich werden Sie bald kontaktieren.«

Klaras große Augen musterten erst die eine, dann die andere neue Ermittlerin, vielleicht in der Hoffnung, noch mehr zu erfahren, aber schließlich nickte sie.

»Ich habe die Katze jetzt zu mir geholt. Papas Katze Simone«, seufzte sie.

Keiner von ihnen wusste mit dieser Information etwas anzufangen, deshalb nickten sie nur.

»Na ja. Dann danke.« Klara seufzte wieder und machte auf dem Absatz kehrt.

Sie sahen ihr nach, als sie davoneilte, und drehten sich dann wieder zu der grauen Hausfassade um. Zarte hellblaue Gardinen schützten das Erdgeschoss vor neugierigen Blicken, vor der schwarz gestrichenen Eingangstür lag noch ein Teil der Polizeiausrüstung. Reste eines Zeltes, das die Spurensicherung mitgebracht hatte, ein Kasten mit Schutzkleidung, eine Schachtel mit Test-Sets. Unter dem Vordach blieben sie stehen und zogen sich Schutzanzüge an. Mats Hjälm erklärte, dass Klara zugestimmt hatte, das Haus so lange unangetastet zu lassen, wie die Ermittlungen es erforderten.

Wenn man einen Tatort betrat, bewegte man sich immer möglichst nah entlang der Wände, um nicht aus Versehen wichtige Spuren zu zerstören. Und Spuren waren tatsächlich viele gefunden worden. Sowohl in den Innenräumen als auch auf der Rückseite des Hauses hatte man erdige Fußabdrücke von Herrenschuhen Größe 44 sichergestellt, erinnerte sich Liv. Wahrscheinlich feste Stiefel. Sie betraten das anspruchslos eingerichtete Haus, in dem vor allem viel Kiefernholz und viel karierter Stoff zu finden waren. Vom Hausflur aus ging es geradeaus weiter direkt ins Wohnzimmer, während man durch ein rundes Fenster in der Wand schon einen Blick in die Küche werfen konnte, die sich gleich auf der rechten Seite befand. Livs erste Wahrnehmung war der Geruch von Eisen. Obwohl das Blut schon lange getrocknet war, konnte man es immer noch deutlich riechen. So musste es auch Klara vor anderthalb Monaten ergangen sein, als sie ihren Vater tot aufgefunden hatte.

Sie stellten sich in die offene Küchentür und Liv sah, wie Lilly das Gesicht verzog. Es war kein schöner Anblick.

Verschiedene Markierungen grenzten den Tatort genauer ein. Das eingetrocknete Blut hatte den hellen Boden dunkel gefärbt. Es war bis auf den weißen Kühlschrank gespritzt und hatte unter dem Küchentisch einen großen Fleck hinterlassen. Außerdem war mitten in all dem Rot-Schwarz der Abdruck eines Körpers zu erkennen, der offenbar um sich geschlagen hatte.

»Zwei Stiche, einer in den Bauch, einer ins Herz. Zielsicher«, sagte Mats. »Laut Rechtsmedizin war er schon nach wenigen Minuten tot.«

Lilly ging in die Hocke.

In der dunklen, eingetrockneten Lache war schwach ein geriffeltes Muster erkennbar. Eine weitere schmale Blutspur zog sich über den hellen Küchenboden bis zu der Metallleiste, die den Raum vom Hausflur trennte.

Lilly sah konzentriert aus.

»Irgendeine Idee?«, fragte Liv.

Ihre Kollegin richtete sich wieder auf und klopfte sich ein paar unsichtbare Staubkörner vom Overall. Räusperte sich.

»Der Mörder ist nicht sofort nach den tödlichen Stichen abgehauen, sondern ist erst über die Lache gestiegen, nachdem das Blut bereits Gelegenheit hatte, sich ein ganzes Stück auszubreiten. Oder der Mörder hat den Raum verlassen und ist später noch mal zurückgekommen.«

Liv signalisierte ihr fortzufahren.

»Wer auch immer Dörner erstochen hat, wollte mit anderen Worten ganz sichergehen, dass er auch wirklich tot ist.«

11

Die Stille im Raum wurde von Lillys klingelndem Handy unterbrochen, ein Grillenzirpen, das nach Aufmerksamkeit verlangte. Sie angelte das Telefon aus ihrer hinteren Hosentasche und warf einen Blick auf das Display. Um diese Zeit erwartete sie keinen Anruf. Sie runzelte die Stirn, entschuldigte sich und ging nach draußen in den Flur.

»Ja, hallo?«

Am anderen Ende war es still.

»Hallo?«, sagte sie noch einmal.

Erst als sie sich das andere Ohr zuhielt und das Handy fest an den Kopf presste, gelang es ihr, die leise Unterhaltung ihrer Kollegen nebenan in der Küche auszublenden. Sie hörte schweres Atmen in der Leitung.

»Hör auf damit«, flüsterte eine Stimme plötzlich, so leise, dass sie nicht erkennen konnte, ob es sich um eine Frau oder einen Mann am anderen Ende der Leitung handelte.

Dann brach die Verbindung ab. Das Herz schlug ihr bis zum Hals, als sie das Handy wieder einsteckte. Sie stellte sich wieder in die offene Küchentür, und Liv sah sie forschend an.

»Was war denn?«

»Keine Ahnung. Ich habe so gut wie nichts verstanden. Vielleicht verwählt.«

Liv schien sich mit der Erklärung zufriedenzugeben.

Lilly wusste nicht einmal selbst, warum sie nicht erzählen wollte, was gerade eben passiert war. Sie versuchte, das seltsam lähmende Gefühl abzuschütteln, das sie erfasst hatte.

Wahrscheinlich hatte es gar nichts zu bedeuten. Vielleicht ein paar Kinder, die einfach wahllos Leute anriefen und sich einen Spaß erlaubten. Aber das Zusammentreffen der Ereignisse ließ sie schaudern. Ausgerechnet als sie das Haus eines ermordeten Mannes betrat, bekam sie einen anonymen Anruf. Und trotzdem hatte ihr erster Gedanke Svante gegolten. Aber sie konnte sich jetzt nicht mit ihrem eigenen Fall beschäftigen, sie war hier im Dienst. Sie hatte einen Auftrag. Sie fuhr sich mit der Hand durch die Haare, zwang ihren Puls mit reiner Willenskraft, sich zu beruhigen. Warf einen Blick in ihre Notizen.

»Ich würde gern eine zweite Analyse der DNA-Proben anfordern, auch von Klaras, und zwar diesmal ein erweitertes Profil. Man weiß nie, was man vielleicht findet.«

Hjälm seufzte nur. Dann klingelte sein Handy, und er ging nach draußen in den Garten, um mit seinem Kollegen zu telefonieren Als die Tür hinter ihm zugefallen war, wandte sich Lilly an Liv.

»Wollen wir uns den Rest des Hauses ansehen?«

Methodisch und mit Handschuhen ausgerüstet, gingen sie das Erdgeschoss durch. Ein paar Details weckten Lillys Aufmerksamkeit. Sie machten sich Notizen, diskutierten untereinander. Einige Dinge waren bereits von den Kollegen bei der früheren Dokumentation des Tatorts vermerkt worden, andere nicht.

Am Bücherregal im Wohnzimmer stockte Lilly. Es war ein ziemliches Monstrum aus dunklem Holz, in dem etliche Nachschlagewerke standen, die alt genug aussahen, um Erbstücke zu sein, aber der Großteil der gebundenen Bücher stammte aus den Zweitausender Jahren. Lilly murmelte die Titel leise vor sich hin. *Ich gehöre nur mir* von Åsa Linderborg. *Bessere Zeiten* von Susanna

Alakoski. *Eine andere Zeit, ein anderes Leben* von Leif G W Persson und *Populärmusik aus Vittula* von Mikael Niemi. *Spür die Angst* von Jens Lapidus.

»Und was sagt dir Gunnars Büchersammlung?«, fragte Liv leicht belustigt.

»Dass ihn das Thema Arbeiterklasse interessiert hat und dass er in den Zweitausendern noch Geld für Bücher hatte, aber später offenbar nicht mehr. Oder er hat sein Interesse an Literatur verloren. Da steht kein einziger neuerer Titel. Aber schau mal«, platzte sie heraus.

Das dunkle Regal war von einer dünnen Staubschicht bedeckt, aber vor fast jedem Buch war das Holz erkennbar glänzender und dunkler.

»Jemand hat alle Bücher herausgezogen. Wahrscheinlich um nachzusehen, ob dahinter etwas versteckt ist. Wir müssen überprüfen, ob das unsere Kollegen waren«, sagte Lilly nachdenklich.

Sie machten sich eine entsprechende Notiz und gingen weiter.

Im oberen Stock stand ein Doppelbett, das eindeutig nur von einer Person genutzt worden war. Es gab nur eine Decke und nur ein Kopfkissen auf einer Seite des Betts. Das Bettzeug war ordentlich glatt gestrichen, als wartete es auf einen Übernachtungsgast. Die Blumen auf der Fensterbank waren schon lange hinüber. Durch die dünnen Gardinen drang nur noch ein Teil der Abendsonne. Im Zimmer war es schummrig und stickig, es roch nach Staub. Neben dem Bett stand ein großer Kleiderschrank mit Schiebetüren. Liv öffnete ihn und gab Lilly ein Zeichen, sich das anzusehen.

Hemden, Hosen, ein paar Strickjacken. Aber die Sachen an der Stange waren zusammengeschoben worden und hingen dicht gedrängt auf einer Seite. Auf dem Boden standen mehrere Schuhkartons, allesamt offen.

»Denkst du dasselbe wie ich?«, fragte Lilly.

»Jemand hat die Klamotten aus dem Weg geräumt und die Schuhkartons durchwühlt. Schreib das auch auf. Es macht ja den Eindruck, als hätte dieser Jemand das ganze Haus sehr gründlich durchsucht.«

»Mm. Ich habe das Gefühl, dass die Person es auf etwas viel Wichtigeres als nur Wertsachen abgesehen hatte«, sagte Lilly und tippte mit dem Kugelschreiber auf den Notizblock.

Sie zog die obere Schublade des Nachttischs heraus. Darin lagen ein Rabattcoupon, eine Lesebrille und ein Handyladegerät. Dann fiel ihr Blick auf eine kleine weiße Schachtel. Sie erkannte die Verpackung sofort. Schlaftabletten. Allein der Anblick weckte schreckliche Erinnerungen. Vor nicht allzu langer Zeit hatte sie selbst das Zeug gebraucht, um schlafen zu können. Die Angst, dass Svante wieder bei ihr auftauchen könnte, hatte sie nachts wach gehalten. Aber diese Tabletten wären fast ihr Tod gewesen, als man sie mit einer hohen Dosis vergiftet hatte. Vorsichtig drehte sie die Schachtel um. Das Verfallsdatum war schon seit ein paar Jahren abgelaufen, eigenartig, dass Gunnar sie aufgehoben hatte. Eine einsame Pille war noch im Blister. Sie schloss die Schublade wieder und nickte Liv zu, die in der Tür auf sie wartete.

Sie gingen wieder nach unten in die Küche, wo Mats Hjälm ihnen kurz und knapp bestätigte, dass kein Kollege im Bücherregal oder Kleiderschrank irgendetwas von der Stelle bewegt hatte.

Lillys Blick fiel auf ein Kästchen, das direkt vor dem Fenster auf dem Küchentisch stand.

»Was ist da drin?«, fragte sie.

Mats warf einen ungerührten Blick auf die Blechkiste.

»Da sind nur Dörners Fingerabdrücke dran. Schrauben, Batterien, Sicherungen, lauter Kleinkram. Vielleicht hat er irgendwas darin gesucht, als er angegriffen wurde. Hört mal, die Kollegen aus Östersund haben durchgegeben, dass ein Sturm aufzieht, seid ihr …«

Lilly spürte, wie ihr Puls schneller wurde, und Liv starrte sie überrascht an, als sie Mats schroff ins Wort fiel.

»Hast du gerade Sicherungen gesagt?«

»Ja«, bestätigte er, nicht ohne Ungeduld in der Stimme.

»So könnte der Mörder in die Nähe seines Opfers gekommen sein. Er oder sie hat den Hauptschalter im Sicherungskasten ausgeschaltet. Gibt es irgendwelche Hinweise, wo Gunnar Dörner sich befunden hat, unmittelbar bevor er umgebracht wurde?« Lilly räusperte sich, es war sonst nicht ihre Art, so besserwisserisch zu sein, aber sie fühlte einfach, dass sie da einer Sache auf der Spur war.

»Es lag ziemlich viel gefaltete Wäsche unten im Waschkeller«, sagte Mats, der tatsächlich langsam neugierig wurde.

Lilly hastete aus der Küche. Im Flur fand sie, was sie vorher schon aus dem Augenwinkel wahrgenommen hatte. Hinter einer weißen Tür in der Wand verbarg sich der Sicherungskasten. Sie hatte Handschuhe an und öffnete die Tür. Neben den üblichen Sicherungen gab es einen Hauptschalter, in Form eines kleinen grauen Hebels.

Während sie zurück in die Küche ging, dachte sie laut weiter nach, registrierte, dass sie die volle Aufmerksamkeit ihrer Kollegen hatte.

»Es ist Abend, im Haus brennt Licht. Der Mörder steht draußen, sieht, wie Gunnar Dörner in den Keller geht. Er verschafft sich Zutritt zum Haus, schaltet den Strom aus. Das bedeutet, dass Gunnar nach oben kommen muss, um das Problem zu beheben. Gunnar denkt natürlich, dass eine Sicherung rausgeflogen ist. Er tastet sich zu der Blechdose mit den Ersatzsicherungen vor und nimmt sie mit in die Küche ans Fenster, weil es dort wenigstens ein bisschen heller ist und er besser sehen kann. Dank der Dunkelheit ist es für den Mörder ein Leichtes, sich unbemerkt anzuschleichen. Hier neben dem Küchentisch geht er zum Angriff über.«

Sie verstummte, wartete auf die Reaktionen ihrer Kollegen.

»Klingt gut«, setzte Mats freundlich an, »nur dass Klara ausgesagt hat, dass es im Haus hell war, als sie angekommen ist. Deshalb ist sie auch davon ausgegangen, dass ihr Vater zu Hause ist. Sie hatte vorher mehrmals versucht, ihn anzurufen, wie sie uns erzählt hat.«

Lilly nickte, antwortete ihm in ebenso freundlichem Ton.

»Der Mörder musste aus irgendeinem Grund das Haus gründlich durchsuchen. Also hat er – oder sie – sich vergewissert, dass Gunnar auch wirklich tot ist, und dann den Strom wieder eingeschaltet.«

»Nicht schlecht, Speerspitze«, sagte Mats und trommelte mit den Fingern auf die Wandleiste. »Wir nehmen Fingerabdrücke von der Hauptsicherung.«

12

Lilly telefonierte, sie klang effektiv und ein bisschen förmlich. Liv tippte darauf, dass am anderen Ende ihr Chef in Nynäshamn war. Sie waren gerade im Begriff, vor Ediths Haus in der Älvsgatan aus dem Auto zu steigen, als sie ein lautes Rumpeln hörten.

Liv drehte den Kopf und sah ein Stück die Straße hinunter eine hochschwangere Frau. Ihre Papiertüte mit Einkäufen war am Boden aufgerissen und jetzt lagen Konservendosen, Milchtüten und ein Paket Mehl auf der Straße verstreut. Liv knallte die Autotür zu, gab Lilly ein Zeichen, dass sie gleich wieder da sei, und eilte der Frau zu Hilfe. Sie war um die dreißig, hatte die dunklen Haare zu einem Knoten zusammengenommen und hielt sich den runden Bauch, als sie sich keuchend nach unten bückte.

»Hej. Moment, ich mache das schon«, sagte Liv schnell, ging in die Hocke und stapelte sich die Lebensmittel auf den Arm.

Die Frau sah erst überrascht und dann erleichtert aus.

»Oh, danke! Jetzt, wo die Entbindung immer näher rückt, bunkere ich Vorräte wie ein Hamster. Aber diesmal habe ich meine Tüte wohl ein bisschen zu voll gepackt.«

»Kann passieren«, ächzte Liv und legte ihr Kinn oben auf den Warenberg, um alles unter Kontrolle zu halten. »Wir wohnen im Haus gleich dort drüben, und du?«

»Ich wohne direkt hier«, sagte die Frau. »Ich bin so dankbar für die Hilfe. Ich heiße übrigens Malin.«

Liv stellte sich ebenfalls vor und folgte der Frau über den Kiesweg zu dem hellblauen Haus neben ihrem. Es war romantisch eingerichtet, mit zarten, geblümten Tapeten und einem üppigen Strauß weißer Rosen auf dem Tisch in der Diele. Ein Kinderwagen, der noch in Plastikfolie eingewickelt war, stand unter der Treppe und schien darauf zu warten, endlich zum Einsatz zu kommen. Liv setzte die Lebensmittel sachte nacheinander auf der Arbeitsfläche in der Küche ab und wandte sich dann wieder an Malin.

»So, das war alles. Ich glaube, es ist alles heil geblieben.«

Malin stöhnte wieder und hielt sich den Bauch, murmelte etwas von »diesen verflixten Vorwehen«. Sie stützte sich an der Spüle ab und holte ein paarmal tief Luft, dann schenkte sie ihnen beiden ein Glas Wasser ein.

»Hast du niemanden, der dir mit den Einkäufen helfen kann? Oder … gibt es nicht vielleicht einen Lieferservice?«, fragte Liv vorsichtig und trank einen Schluck. Dachte im Stillen, dass Malins Bauch aussah, als könnte es jeden Moment so weit sein.

Malin schüttelte den Kopf, lächelte. Das Unwohlsein, das sie eben noch verspürt hatte, schien verflogen zu sein.

»Nein. Hier gibt es nur mich. Das Kleine ist durch eine Samenspende entstanden. Gleich der erste Versuch war ein Volltreffer«, sagte sie und strich sich über den Bauch, bevor sie fortfuhr.

»Meine Eltern leben in Örnsköldsvik, sie kommen erst zu Besuch, wenn das Baby auf der Welt ist. Bis dahin muss ich allein zurechtkommen. Ich habe einen Webshop, über den ich gebrauchte Möbel und verschiedene andere Sachen verkaufe. Ich arbeite von zu Hause aus. Das klappt super. Du kannst dir nicht vorstellen, was man hier in der Gegend auf den Flohmärkten alles findet! Ich hübsche die Sachen dann nur noch ein bisschen auf und verkaufe sie teuer an irgendwelche Stockholmer. Aber du hast recht, ich sollte vielleicht langsam anfangen, mehr online zu bestellen. Wobei ich das meiste ja schon organisiert habe. Für die Hausgeburt mit meiner Doula ist auch schon alles vorbereitet«, fügte sie stolz hinzu.

Liv nickte und machte ein, wie sie hoffte, beeindrucktes Gesicht. Dass eine Hausgeburt in ihren Augen eine ziemlich riskante Angelegenheit war, behielt sie für sich. Aber vielleicht hatte sie sich doch verraten, denn mit einem energischen Nicken ergänzte Malin: »Auf der Entbindungsstation in Lycksele herrscht ja chronischer Personalmangel, deshalb fühlt sich dieser Weg für mich am sichersten an. Wir sind das Ganze tausendmal durchgegangen, meine Doula und ich. Und ich selbst bin auch in diesem Haus zur Welt gekommen. Meine Eltern haben hier gewohnt, bevor sie in die Stadt gezogen sind und ich das Ganze übernommen habe. Meine Mutter hat erzählt, dass ihre Geburt hier traumhaft war. Diese Wände verströmen eine gute Energie.«

»Meine Kollegin Lilly und ich wohnen vorübergehend nebenan«, sagte Liv schnell. »Wir wissen noch nicht, wie lange wir bleiben werden, aber klopf einfach an, wenn du etwas brauchst.«

»Danke, das ist nett.«

Malin musterte sie neugierig.

»Wieso wisst ihr nicht, wie lange ihr bleiben werdet?«

Liv zuckte mit den Schultern.

»Wir sind dienstlich hier. Es wird sich erst noch zeigen, wie lange der Einsatz dauert.«

Ein Funken von Wiedererkennen blitzte in Malins Blick auf.

»Warte mal, du bist Kommissarin, oder? Ich glaube, ich habe dich schon mal im Fernsehen gesehen.«

Ihre Augen wurden groß.

»Du bist bestimmt hier, um diesen Mordfall zu lösen! Jetzt

weiß ich auch wieder, wo ich dich gesehen habe! Das waren große Schlagzeilen über einen Vergewaltiger, den du festgenommen hast.«

Liv war Malins offensichtliche Bewunderung ein bisschen unangenehm, und sie bemühte sich, das Gespräch schnell auf den Fall zu lenken.

»Kanntest du Gunnar Dörner?«

»Ne. Also, ich kannte ihn vom Sehen und Guten-Tag-Sagen, aber mehr auch nicht. Er war eher ein Einzelgänger. Aber wer hätte denn geahnt, dass hier bei uns so etwas passieren würde? Also ich glaube ja nicht, dass es jemand aus dem Ort war, sondern einer ... der gerade zufällig vorbeigekommen ist.«

»Die Raubmord-Theorie«, sagte Liv und nickte. »Ja, die Gegend macht ansonsten einen sehr friedlichen Eindruck.«

Ihr wurde bewusst, dass Lilly sich bestimmt schon langsam fragte, wo sie steckte, und wünschte Malin noch einen schönen Abend. Die Frau sah enttäuscht aus, offensichtlich hätte sie sich gern noch länger unterhalten. Liv zog die Eingangstür hinter sich zu und ging gleich darauf nebenan durch das Gartentor. Der Nachteil an den Ermittlungen in aufsehenerregenden Fällen war, dass sie Aufsehen erregten, dachte sie.

Als sie ins Haus kam, stand Lilly im Flur. Sie hatte die Polizeiuniform gegen Jeans und ein geblümtes T-Shirt getauscht.

»Was hältst du von einem Abstecher in den Pub? Irgendetwas Interessantes erfährt man an solchen Orten doch eigentlich immer.«

»Vor mir aus gern«, sagte Liv.

13

Rickard saß allein in der Küche und sah zu, wie sich draußen die Dämmerung senkte. Auf der Fensterbank brannte eine von Mayas geliebten Duftkerzen, aber das war die einzige Lichtquelle. Er konnte sie und Karin oben im ersten Stock diskutieren hören. Sie hatten davon gesprochen, dass sie umräumen wollten und ihm ihre ehrgeizigen Pläne geschildert. Er fragte sich, wie viel sie davon tatsächlich umsetzen würden. Jetzt gerade klangen sie wie zwei aufgeregte Vögel. Das Scharren und Rumpeln der Möbel wurde von Rufen und Gelächter unterbrochen. Mayas Lachen war laut und hell, wie ein Papagei. Das ihrer Freundin leiser, wie das sanfte Gurren einer Taube. Es war nicht zu überhören, dass die beiden immer noch sehr verliebt ineinander waren.

Er vermisste Liv jetzt schon. Sie brachte eine Ruhe, ein Gleichgewicht in sein Leben, das immer ein wenig aus der Spur zu geraten schien, wenn sie nicht bei ihm war. Vor allem waren es ihr sonniges Gemüt, ihre bodenständige Art und ihre Fähigkeit, geradeheraus zu sagen, was sie dachte. Sie war das Puzzlestück, von dem er nicht einmal geahnt hatte, dass es ihm fehlte. Er hatte so viele belanglose Affären gehabt, er wusste zu beeindrucken und hatte immer bekommen, was er wollte. Aber noch nie hatte er Angst gehabt, jemanden zu verlieren. Liv war die Erste.

Ein leises Geräusch hinter ihm riss ihn aus seinen Gedanken. Er drehte sich um. Felicia stand in der Tür, in Schlafanzughose und Shirt, die Haare verstrubbelt.

»Kannst du nicht schlafen?«, fragte er überrascht. Sie hatten vor über einer halben Stunde gute Nacht gesagt.

»Nein. Ich habe mein Dämonenjäger-Buch zu Ende gelesen, und Maya und Karin sind so laut.«

»Soll ich nach oben gehen und den beiden sagen, dass sie leiser sein sollen?«

Felicia schüttelte den Kopf. »Es ist ja fröhlicher Lärm. Nicht mal wenn sie streiten, klingen sie richtig böse.«

Er schob den Küchenstuhl zurück, klopfte auf den Platz neben sich, und Felicia setzte sich zu ihm. Kauerte sich zusammen, die Arme um die hochgezogenen Knie geschlungen. Sie sah Rickard ernst an.

»Bei meiner früheren Mama waren die Geräusche nie fröhlich, wenn ich im Bett lag. Manchmal hat sie geweint. Manchmal habe ich Schläge gehört. Manchmal Chaos. Und wenn jemand in mein Zimmer gekommen ist, habe ich so getan, als würde ich schlafen. Meistens haben sie mich dann in Ruhe gelassen.«

Er holte tief Luft, als Felicia ihre »frühere Mama« erwähnte, wie sie ihre Mutter inzwischen meistens nannte. Sie erzählte nicht oft von ihr, aber wenn sie es tat, dann versuchte er einfach nur zuzuhören, ihr zu zeigen, dass er sie verstand, aber sich nie anmerken zu lassen, wie weh es ihm tat. Dass er selbst auch all diese Dinge durchlebt hatte, war tausendmal leichter zu ertragen, als dass sie in dieser Hölle gewesen war. »Erwachsene, die sich so benehmen, sollten keine Kinder haben«, sagte er schließlich.

»Ich weiß«, sagte sie mit einer fast gleichgültigen Geste, die eher zu einer älteren, welterfahrenen Frau zu gehören schien. »Aber jetzt bin ich ja hier.«

Felicia beugte sich vor und sog den Kerzenduft ein.

»Mm. Riecht gut. Nach Rosen.«

Sie ließ sich wieder zurücksinken und sah ihn mit großen Augen an.

»Hast du Angst, wenn Liv weg ist, um Mörder zu fangen?«, fragte sie, und der angespannte Tonfall verriet ihm, dass seine Antwort wichtig war. Vielleicht war es auch das gewesen, was sie in Wirklichkeit wach gehalten hatte.

Er lächelte.

»Ich mache mir eher Sorgen um den Mörder«, sagte er, und Felicias Mund verwandelte sich zu einem breiten Grinsen, kleine perlweiße Zähne im Dunkeln.

»Aber Liv fehlt mir immer, wenn sie nicht da ist«, fügte Rickard hinzu. »Obwohl wir zwei ja super zurechtkommen, du und ich, stimmt's? Und die beiden Schreihälse da oben.«

Sie nickte und gähnte. Er beugte sich vor und pustete die Kerze aus, die Hand um die Flamme gewölbt.

»Und jetzt bringen wir dich wieder ins Bett. Und keine Dämonenjäger mehr heute Abend. Ja, ja, ich weiß, du bist sowieso fertig mit dem Buch«, sagte er schnell, als die Elfjährige den Mund aufmachte, um zu protestieren.

14

Der örtliche Pub war zentral am Marktplatz gelegen, dem einzigen Platz, den es in Skageby gab. Vor der Tür gab es ein paar einfache Sitzgelegenheiten, drinnen war es warm und laut.

Es war Montag, trotzdem saßen ganze zwölf Personen in der Kneipe, die einem klassischen britischen Pub nachempfunden war. Die Pandemie hatte Tourismus und Nachtleben auf der ganzen Welt in die Knie gezwungen, Abstandhalten war zur Pflicht geworden und das Wüten des Virus hatte sich immer weiter in die Länge gezogen. Aber seit die Bevölkerung erfolgreich geimpft worden war, hatten die Menschen das Bedürfnis, sich zu treffen, Restaurants und Bars waren gut gefüllt. Geblieben waren die diskreten Flaschen mit Handdesinfektionsmittel neben den Kassen.

Jetzt drehten sich neugierige Blicke nach Liv und Lilly um, als sie an die Bar gingen, um zu bestellen und sich umzusehen.

Schachbrettartig gefliester Boden in Weiß und Rot, Newcastle-Fahnen an den Wänden, Fish und Chips auf der Speisekarte und fünf Sorten Bier vom Fass. Ein gut gelaunter Mann hinter dem Tresen, dessen Akzent seine britische Herkunft verriet, unterhielt sich mit einem schwarzhaarigen Riesen, der sich kurz darauf allein an einen Tisch ganz hinten im Lokal setzte. Vielleicht war der Mann hinterm Tresen ja mit der Frau verheiratet, die gerade dabei war, die Tische abzuwischen?

Liv und Lilly bestellten sich beide ein Leichtbier vom Fass und setzten sich in eine der Ecknischen aus dunklem Holz, die ihnen einen guten Überblick über den Raum bot. Auch wenn es Lillys Idee gewesen war hierherzukommen, war Liv bewusst, dass es ihre Aufgabe war, Kneipengespräche mit Fremden zu führen. Lillys blonde Mähne, ihre auffälligen Wangenknochen und ihr eher zurückhaltendes Auftreten eigneten sich dagegen hervorragend als Köder. Sie mussten nicht lange warten.

Drei Männer zwischen 40 und 50 kamen durch die Tür, lachten laut. Ihre Latzhosen verrieten, dass sie direkt von der Arbeit kamen. Liv suchte sich den Lautesten der drei aus, hob ihr Glas und prostete ihm zu. Er grinste in ihre Richtung und stieß seinen Kumpel an, der zu dem dunkelhaarigen Riesen hinüberglotzte. Liv unterdrückte ein Grinsen, als sie sah, wie der Laute hastig die linke Hand in die Tasche schob, um seinen Ehering abzustreifen. Nachdem die Männer ihr Bier bezahlt hatten, kamen sie zu ihnen geschlendert.

»Na, so allein hier, Mädels?«

Noch armseliger konnte ein Anmachspruch wirklich nicht sein.

Liv lächelte breit.

»Ja, aber jetzt nicht mehr, oder?«

Die Männer, mit kurz geschorenen Haaren und unterschiedlich ausgeprägter Gesichtsbehaarung, setzten sich zu ihnen, so dass Lilly und Liv ganz hinten an der Wand landeten.

»Ich habe euch noch nie hier gesehen. Seid ihr neu? Oder nur zu Besuch?«, leitete der Verheiratete das Gespräch hoffnungsvoll ein und stellte sich dann als Lars vor.

»Zu Besuch«, antwortete Liv sonnig. »Sagt mal, bekommt ihr alles mit, was hier im Dorf so passiert?«

Versteckt unter der Tischkante aktivierte sie die Aufnahmefunktion ihres Handys, das auf ihrem Schoß lag, um alles mitzuschneiden. Nur für den Fall, dass bei der Unterhaltung irgendetwas Interessantes herauskommen sollte.

»Doch, ja«, sagte der Größte und Breitschultrigste von ihnen, der neben Lilly saß. »Wir wohnen alle seit über 20 Jahren hier.«

Sie erfuhren, dass er Jonas hieß, und der etwas Stillere mit dem spießigen Schnäuzer stellte sich als Mikael vor.

Liv legte die Ellenbogen auf den Tisch, schob den Kopf nach vorn und sah die Männer gespannt an.

»Also, dann muss ich euch was fragen ... Wir haben vorhin etwas über diesen Mordfall gelesen, über den alle reden. Kanntet ihr diesen Gunnar Dörner?«

Lars kam in Fahrt.

»Ob ich ihn kannte? Ich habe für den alten Sack gearbeitet. Zehn Jahre ist das jetzt her. Habe ihm die Küche saniert, als er einen Wasserschaden hatte.«

Liv fiel die Wortwahl auf.

»Du mochtest ihn wohl nicht, was?«

Lars wurde bewusst, dass er mit seiner Wortwahl ziemlich danebengegriffen hatte, und ruderte ein wenig zurück.

»Naja, was heißt schon mögen. Er war einfach wahnsinnig knausrig. Hat wegen jeder Krone, die wir im Vorfeld vereinbart hatten, hinterher herumgejammert und wollte mich herunterhandeln. Dörner hatte immer ein Notizbuch in der Hosentasche und hat jede Kleinigkeit aufgeschrieben. Ich habe das Ding nur noch sein Sparbuch genannt.«

Liv hob interessiert die Augenbrauen. Lars trank einen Schluck Bier und winkte ab.

»Er hat irgendwas von Verwandtschaft in seiner Heimat Österreich erzählt, die er angeblich finanziell unterstützen müsste. Aber ich glaube, das war nur eine Menge Gerede, um den Preis zu drücken. Wenn du wüsstest, was für Räuberpistolen meine Kunden mir manchmal auftischen, weil sie die Rechnung nicht bezahlen wollen.«

Lars fuhr mit seinen Geschichten über geizige Kunden fort, und Liv und Lilly wechselten einen schnellen Blick. Das hier war vielleicht tatsächlich eine Spur. Lilly unterbrach seinen Wortschwall mit einem sanften Lächeln.

»Hatte er denn Feinde hier im Ort?«

»Wer? Gunnar?« Lars sah sie verblüfft an. »Ne, nicht dass ich wüsste. Er war ja selbst Handwerker, Maler, bis sein Rücken irgendwann schlapp gemacht hat. War wohl eher ein ruhiger Typ und ziemlich zurückhaltend. Keiner, der großartig auffällt«, erklärte er mit einem Schulterzucken. »Wie ausgerechnet der zu so einer bildhübschen Tochter gekommen ist, versteht auch kein Mensch. Schließlich war ihre Mutter ja auch kein Augenschmaus, was mein Alter so erzählt hat«, fügte er feixend hinzu.

»Echt? Sieht seine Tochter so gut aus?«, köderte Liv ihn weiter.

»Ja, die hat als Teenager in Stockholm gemodelt. Ich kann mich erinnern, dass sie mit 16 oder 17 in einem Modemagazin war. Das war damals ein Riesending. Darüber haben hier alle geredet. Aber am Ende ist dann wohl doch nicht mehr draus geworden, jedenfalls ist sie schon ziemlich lange wieder zurück in Skageby«, warf Jonas ein.

Liv dachte für sich, dass die so offensichtlich unglückliche Frau, der sie begegnet waren, in ihrer Jugend also eine ganz andere Ausstrahlung gehabt hatte. Und dann war sie der vermutlich brutalen Konkurrenz der Modewelt ausgesetzt worden, und nun musste sie auch noch damit fertigwerden, dass ihr Vater in seiner eigenen Küche erstochen worden war.

»Sie kümmert sich um meine Mutter. Sie arbeitet beim Pflegedienst. Das macht sie sehr gut«, wandte der bis dahin so stille Mikael ein.

Liv leerte ihr Glas in drei tiefen Zügen, schob es von sich weg und zog ihre tarnfarbene Jacke wieder an.

»Jungs, es war echt nett mit euch, aber wir müssen jetzt los.«

Lilly nickte und wirkte erleichtert. Vielleicht, weil sie sich in der Ecke zwischen den Männern etwas eingeengt gefühlt hatte. Liv schämte sich ein bisschen, dass sie das nicht bedacht hatte. Dabei hatte Lilly ihr erzählt, dass solche Situationen sie triggerten und unter Stress setzten. Kein Wunder, nach allem, was sie erlebt hatte.

Von den Männern war Lars eindeutig am meisten enttäuscht.

»Aber es ist doch gerade so gemütlich? Wollt ihr nicht doch noch auf eine Runde bleiben?«, versuchte er, sie zu überreden.

»Ja«, klinkte Jonas sich ein, »ihr habt uns ja noch nicht mal verraten, wie ihr heißt.«

Die Männer rührten sich keinen Millimeter und schienen zu hoffen, sie mit einer Charmeoffensive doch noch überzeugen zu können. Liv sah aus dem Augenwinkel, wie Lilly tief Luft holte.

»Es hilft alles nichts. Wir müssen morgen früh raus. Habt noch einen schönen Abend«, sagte Liv betont fröhlich und drückte Lars' Beine mit einer Kraft beiseite, die ihn zu überraschen schien. Lilly folgte ihr schnell, mit einem knappen Schritt über seine Knie.

Als sie aus dem Pub kamen, setzte gerade leichter Hagel ein, der sich sacht auf ihre Haare legte und Muster auf ihren Schuhen bildete. Der Niederschlag nahm zu, immer heftiger prasselten die weißen Körner auf den Asphalt. Liv schaltete die Aufnahmefunktion ihres Handys aus und klopfte ihrer Freundin leicht auf die Schulter. Sie rannten zum Auto.

15

Innerhalb von Sekunden schien der Himmel sich zu verdunkeln. Der Wind frischte auf, und aus den schweren Wolken fiel ein gleichmäßiger Teppich aus kleinen glasähnlichen, halb durchsichtigen Körnern.

Eine Gestalt wich ein paar Schritte zurück und setzte sich wieder ins Auto. Die Scheinwerfer waren aus, der Motor auch.

Unaufhörlich prasselte der Hagel herunter, legte sich wie ein weißer Kranz auf die Scheibenwischer, aber die Sicht auf das Haus blieb weitgehend frei. Der bläuliche Schein des Fernsehers tauchte Niskanens Wohnzimmer in hellblaues Licht. Erinnerungen wurden wach. Eine Hand, zum Gruß gehoben, auf dem Weg zum Supermarkt oder in die Kirche. Ein paar Worte, die auf einem Wohltätigkeitsbasar gewechselt wurden. Emil Niskanen, der half, Brandschneisen zu schlagen, der anpackte, als die Waldbrände des Sommers den Ort bedrohten. Freundlich, still, harmlos, diesen Eindruck hatte er vermittelt. Aber Emil Niskanen war alles andere als harmlos, dachte die Gestalt.

Dies war der zehnte Besuch, und die Beobachtungen heute Abend hatten etwas Wichtiges bestätigt. Emil Niskanen war ein Gewohnheitsmensch. Jeden Abend kochte sich der Siebenundsechzigjährige um exakt dieselbe Uhrzeit sein Abendessen und aß es in aller Einsamkeit. Dann folgten ein paar Stunden Kreuzworträtsel, Lesen oder sein bevorzugtes Fernsehprogramm »Guten Abend«. Niskanen empfing nur äußerst selten Gäste, schien nicht viele Freunde zu haben. Gegen halb elf ging er ins Bad und machte sich bettfertig, spätestens um elf knipste er das Licht aus. Das Letzte, was Niskanen vor dem Schlafengehen tat, war, die Tür abzuschließen. Wenn er morgens die Zeitung aus dem Briefkasten holte, dann schloss er sie wieder auf, und von diesem Moment bis zum späten Abend blieb das Haus unverschlossen. Ein Gewohnheitsmensch fand Sicherheit in festen Routinen. Emil Niskanen wusste nicht, dass ihn seine sorgsam einstudierten Abläufe das Leben kosten würden.

16

»Er soll Verwandte in Österreich gehabt haben, die er finanziell unterstützt hat. Habt ihr euch das angesehen?«

Lilly sah Mats Hjälm über den Rand ihres Kaffeebechers aus Edelstahl an. Sein gerötetes Gesicht strahlte in dem fahlen Morgenlicht eine gewisse Müdigkeit aus, aber gleichzeitig schien er sich mit den Gedanken an die Verstärkung aus der Hauptstadt abgefunden zu haben. Er hatte ihnen sogar ein gutmütiges Lächeln geschenkt, als er ihre Funkhandys entgegengenommen und an die Ladestation gehängt hatte.

Jetzt zog ein eisiger Wind durch den Garten und wehte das letzte Laub von den Büschen neben dem Eingang. Das nächstgelegene, nach wie vor unbewohnte Nachbarhaus zeichnete sich als grauer Umriss zwischen den hohen Bäumen ab. Wolken hingen wie dünne Schleifen am Himmel. Es war ein kühler Morgen, Lillys Handydisplay zeigte 09:20 Uhr an, und sie waren gerade an Gunnar Dörners Haus angekommen. Lilly blieb stehen und betrachtete es nachdenklich, schlang sich den gelben Strickschal, den sie im Schrank ihrer Vermieterin Edith gefunden hatte, enger um den Hals. Mit diesem Zuhause, das so weit außerhalb des ohnehin schon kleinen Ortes lag, war Gunnar ein leichtes Opfer gewesen, dachte sie. Wer auch immer ihn getötet hatte, konnte ihn im Schutz der Dunkelheit bequem beobachten und den richtigen Zeitpunkt abpassen. Sie wurde von Robert aus ihren Gedanken gerissen, der anderen Hälfte von Mats' Zwei-Mann-Team, der nur kurz kam, um ihnen mitzuteilen, dass er gleich wieder zurück sei. Er machte nicht viel Aufhebens um sich, im Gegenteil. Robert, der aus Umeå stammte, war ziemlich sparsam mit Worten. Aber der schlaksige Mann hatte einen freundlichen Blick, und sein Dreitagebart zeugte davon, wie selten er nach Hause kam, seit die Ermittlungen begonnen hatten. Jetzt schleppte er den Teil der Polizeiausrüstung, der bereits fertig gepackt vor dem Haus stand, in einen alten Volvo V40 und fuhr los. Lilly ging davon aus, dass es sein Privatwagen war, den er aus irgendeinem Grund dienstlich nutzte. Vielleicht ein weiteres Zeichen für die begrenzten Mittel der Polizei hier oben?

Mats griff nach der Thermoskanne, um seinen Becher aufzufüllen, bevor er ihre Frage beantwortete.

»Ja, haben wir, aber da war nichts Brauchbares dabei. Bei dieser Verwandten handelt sich um eine behinderte Schwester, für die Gunnar nach dem Tod der gemeinsamen Eltern die Verantwortung übernommen hat. Die letzte Überweisung liegt drei Jahre zurück. Nachdem sein Rücken hinüber war, hat er einiges an Beihilfe bekommen, aber das Geld ist dann wohl trotzdem knapp geworden. Wir haben das nicht weiterverfolgt. Es gibt ja keinerlei Hinweise auf irgendeine kriminelle Aktivität in Verbindung mit den Überweisungen. Sie wurden regelmäßig ausgeführt, allerdings waren die Beträge vor zehn, fünfzehn Jahren noch ein bisschen höher als zuletzt.«

Lilly fegte ein wenig altes Laub weg und setzte sich auf die Treppe vor dem Haus.

»Lebt die Schwester noch?«

»Nein, wie gesagt, vor drei Jahren gestorben. Muss ziemlich schwer behindert gewesen sein, auf dem geistigen Niveau eines Kindes. Irgendetwas Angeborenes.«

Mats ließ den Becher sinken und sah sie durchdringend an.

»Habt ihr eigentlich die Unwetterwarnungen gesehen? Ist ja gestern schon reingekommen, ich hab sie euch weitergeleitet.«

Lilly, die zugeben musste, dass sie die Job-E-Mails vom Vortag noch nicht gecheckt hatte, schüttelte den Kopf. Liv, die neben ihr saß, sah genauso fragend aus.

»Es hat doch gestern schon ordentlich gehagelt und gestürmt. Ich dachte, das wäre der angekündigte Sturm gewesen?«

Mats schüttelte den Kopf und angelte sein Handy aus der Tasche, rief die Nachricht auf und zeigte ihnen die Schlagzeilen auf dem Display. Das *Aftonbladet* brüllte ihnen förmlich entgegen:

> ***Warnstufe Orange ausgeweitet – Norrbotten, Västerbotten und Västernorrland:***
> *Gewitter, Sturm, heftige Regenfälle, es kann zu Störungen in der Stromversorgung kommen. Das Unwetter wird die genannten Provinzen im Laufe des Abends erreichen und voraussichtlich bis in den Morgen andauern …*
> *Noch schlimmer trifft es die Region Mittelschweden, für die mittlerweile die rote Warnstufe ausgerufen wurde. Mit Überschwemmungen durch Starkregen ist zu rechnen.*

Er verzog das Gesicht, griff sich ins Kreuz.

»Um das vorherzusagen, hätte ich nur meinen Rücken befragen müssen. Das Elend habe ich von meinem Vater geerbt, und der war sein Leben lang Waldarbeiter. Wir spüren sofort, wenn was Fieses im Anmarsch ist. Mein Vater hat schon früh über das Klima geredet und was die Erderwärmung anrichten wird. Er hat damals schon gesehen, dass es nicht gut um unsere Wälder bestellt ist. Jetzt ist der Boden nass und weich und wenn es nur ein bisschen windet, dann fallen die Bäume ja schon um wie Dominosteine. Und dazu noch dieser Starkregen.«

Liv öffnete den Mund, um eine Frage zu stellen, aber Lilly lenkte den Fokus zurück auf die Ermittlungen.

»Wir haben im Dorf gehört, dass dieser Gunnar ein Geizhals war. Hat er sich vielleicht mit jemandem um Geld gestritten?«

Mats sah sie überrascht an.

»Im Dorf gehört? Seit wann seid ihr hier? Gestern?« Er fuhr sich mit den Fingern über den kurz rasierten Schädel.

»Sparsam war er, so viel steht fest. Er hat alle Ausgaben in seinen Heften notiert, hat sich strikt an seinen Haushaltsplan gehalten. Aber er hat seine Schwester auch über viele Jahre mit Geld unterstützt, vielleicht also deshalb. Gunnar hat ja als Maler gearbeitet, aber über Ärger mit Auftraggebern ist nichts bekannt.«

»Gibt es eine Liste der Personen, für die er gearbeitet hat?«, erkundigte sich Liv.

Mats ließ den Becher sinken.

»Ja, die gibt es. Es sind Familien mit Kindern, alleinstehende Männer, ein paar Firmen. Ich schicke sie euch rüber.«

»Danke.«

Lilly stand auf, wollte gerade etwas sagen, als ein eingehender Anruf auf Mats' Funkgerät sie unterbrach. Er rief mit dem Handy zurück und schaltete auf Lautsprecher, während er seinen Becher abstellte.

»Wir haben einen Treffer«, hörten sie Robert mit knisternder Stimme sagen. »Komm in die Kvarnbäcksgatan 23. Das hier willst du dir nicht entgehen lassen.«

Mats drehte sich zu Lilly und Liv um.

»Los.«

Sie stiegen in Mats' Wagen, und mit quietschenden Reifen bog er auf die Straße ein und ließ das Haus mit wesentlich höherer Geschwindigkeit hinter sich, als erlaubt war. Lilly beugte sich nach vorn.

»Worum geht es denn?«

»Das werden wir gleich wissen«, sagte er nur, aber der Tatendrang in seiner Stimme war nicht zu überhören.

Sie fuhren um das Waldstück hinter Gunnars, bogen in eine Seitenstraße und folgten dem Weg gute drei Kilometer weit. Schließlich hielten sie vor einem hohen Zaun, der zusätzlich mit Hühnerdraht gesichert war. Das Tor wurde durch eine Art Sensor geöffnet, und sie fuhren auf das Grundstück.

Das große Holzhaus war rot gestrichen mit weißen Elementen, außerdem gab es noch mehrere kleinere Nebengebäude. Robert kam auf den Vorplatz und winkte sie zu sich. Inzwischen hatte der Wind kräftig aufgefrischt, und sein langer Körper sah aus wie ein schwankendes Schilfrohr. Als sie aus dem Auto stiegen, hörten sie lautes, helles Hundegebell. Damit erklärte sich auch der Hühnerdraht. Ein Rudel kläffender Yorkshire-Terrier kam aus einem abgetrennten Bereich an den Zaun geschossen, während sich eine kleine Frau mit rundem Pagenkopf zu Robert gesellte, die einen sehr handfesten Eindruck machte. Unter dem Arm hielt sie einen silbernen Laptop, die andere Hand hob sie zum Gruß.

»Hej, Mats, ich habe die Überwachungskameras jetzt erst überprüft. Tut mir leid, dass ich mich nicht früher gemeldet habe.«

Mats drehte sich zu Lilly und Liv um.

»Bei Rut gab es schon öfter Einbruchsversuche. Deshalb hat sie eine Genehmigung für die Kameras«, erklärte er schnell.

Er zeigte auf zwei kleine Kameras, die in der Nähe des Eingangs am Zaun befestigt waren. Ein diskretes Schild wies ordnungsgemäß darauf hin, dass das Areal überwacht wurde.

»Sie haben versucht, meine Welpen zu klauen. Das hat mich so wütend gemacht«, fügte Rut hinzu und streckte ihre Hand aus, um Liv und Lilly zu begrüßen. Dann klappte sie den Laptop auf, den sie inzwischen auf einem Unterarm balancierte, und fuhr mit dem Finger über das Touchpad. Ein großer, schlaksiger Mann in den Zwanzigern tauchte in der Tür des Haupthauses auf und nickte ihnen zu. Er trug Arbeitskleidung und als er sich umdrehte, sahen sie, dass er einen langen geflochtenen Zopf hatte.

Rut lachte.

»Darf ich vorstellen: der Grund, warum ihr hier seid.«

Lilly sah sie fragend an, und die Frau erklärte schnell, was sie meinte.

»Laut Vorschrift darf man die Aufzeichnungen der Kameras nicht länger als drei Tage speichern, und eigentlich ist es die Aufgabe des Praktikanten, das ist Egon, sich darum zu kümmern. Deshalb dachte ich natürlich, dass das Video schon längst gelöscht wäre, so wie es sein soll. Das habe ich ja auch gesagt, als ihr mich danach gefragt habt«, fügte sie entschuldigend hinzu und fuhr dann fort: »Aber jetzt hat sich herausgestellt, dass Egon total vergessen hat, dass er dafür zuständig ist. Zum Glück für euch.«

Das Gebell wurde lauter, und sie drehte sich zu den Hunden um.

»Ruhe jetzt!«

Robert grinste und beugte sich zu dem Bildschirm vor, während er gleichzeitig am Deckel seiner Tabakdose herumfummelte.

Rut klickte einen Dateiordner auf, der mehrere Videodateien enthielt, die nach Datum sortiert waren. Dann sah sie Liv und Lilly an.

»Ich habe auch Lichtsensoren. Die reagieren, sobald jemand in die Nähe kommt. Die müssen in der Mordnacht auch angegangen sein, aber das bemerke ich nie. Ich habe mich so daran gewöhnt, dass ich gar nicht mehr darauf achte. Das Licht geht ja auch bei jedem Wildschwein oder Fuchs an. Das passiert fast jede Nacht. Und Gunnars Haus ist ja trotz allem eine ganze Ecke weg.«

Sie runzelte die Brauen, strich ein paarmal mit dem Finger über das Touchpad und klickte schließlich eine der Dateien an.

»Hier. Es geht ganz schnell. Kurz vor zehn Uhr abends.«

Sie spielte das Video ab, das den ganzen Bildschirm ausfüllte. In Schwarz-Weiß erschien die Straße vor dem Grundstück, ein Teil des hohen Zauns. Ein paar Regentropfen hinterließen verschwommene Spuren auf der Linse. Auf einmal wurde die unförmige Dunkelheit von grellem Licht zerrissen, eingerahmt von langen, tiefdunklen Schatten. Etwas hatte die Sensoren ausgelöst. Eine hochgewachsene, schwarz gekleidete Gestalt glitt am Auge der Kamera vorbei und verschwand sofort im Gebüsch, womöglich verschreckt von dem plötzlichen Licht. Die Schritte waren groß, die Bewegungen geschmeidig.

Rut spulte zurück und spielte die Sequenz ein zweites Mal ab, Bild für Bild, und pausierte die Aufnahme, als die schwarz gekleidete Gestalt erschien. Lilly achtete auf jedes Detail, während Robert die Augenbrauen hob und leise pfiff. Hochgezogener Schal, der das Gesicht verbarg, eine Art Jacke mit Kapuze, schlanke Statur, schwarze Jogginghose – weiß leuchtende Ziernähte – und dunkle Schuhe. Vielleicht die festen Stiefel in Größe 44, deren Abdrücke dokumentiert worden waren.

Mats sprach jetzt schnell und angespannt.

»Auf jeden Fall interessant. Sowohl der Zeitpunkt als auch der Kleidungsstil, der an eine Maskierung erinnert. Damit haben wir womöglich eine Täterbeschreibung und den Zeitpunkt, wann der

Mörder Dörners Haus verlassen hat. Verdammt, das hier ist wie ein Jackpot. Schick uns das Ding sofort rüber, Rut, wir können die Bildqualität bestimmt noch verbessern.«

Die Hundezüchterin grinste breit.

»Ich wusste doch, dass du dich freuen würdest. Aber ich habe noch etwas.«

Sie drehte den Kopf und rief ihren Praktikanten.

»Egon! Komm mal bitte!«

Es dauerte ein paar Sekunden und dann streckte Egon den Kopf wieder aus der Tür.

»Was ist denn?«

Rut winkte ihn zu sich und wandte sich dann an Mats.

»Ich wäre gar nicht auf die Idee gekommen, das zu erwähnen, aber Gunnar und ich hatten kurz vor seinem Tod noch Kontakt. Er hat mich ein paarmal angerufen, weil er überlegt hat, sich einen Hund zu kaufen.«

Sie drehte sich wieder zu Egon um.

»Du hast ihn ein paar Wochen vor seinem Tod getroffen. Erzähl mal, was du mir vorhin gesagt hast.«

Egon trat von einem Fuß auf den anderen, schien sich unwohl zu fühlen.

»Na ja, also wir sind uns zufällig auf dem Marktplatz begegnet, und da wollte er wissen, ob wir demnächst wieder einen Wurf erwarten würden. Es schien ihm sehr wichtig zu sein.«

Rut sah aufmerksam erst Robert und dann Mats an, der sich mit keiner Miene anmerken ließ, was in seinem Kopf vorging.

»Ich dachte, es wäre vielleicht gut, wenn ... ihr das wüsstet.«

Die Polizisten nickten.

Sie bedankten sich bei Rut und setzte sich ins Auto, um die neuen Informationen zu besprechen. Lilly war die Erste, die den

Mund aufmachte, nachdem alle die Türen hinter sich zugeschlagen hatten.

»Wir haben nach Hinweisen gesucht, dass Dörner sich bedroht gefühlt hat. Das hier könnte einer sein. So ein kleiner Kläffer ist eine perfekte Alarmanlage.«

»Oder er war einfach nur einsam. Er scheint sich ja kaum mit jemandem getroffen zu haben, seit er in Rente war«, wandte Robert ein, und Mats brummte zustimmend. Aber der neue Funke von Zuversicht in seinem Blick war immer noch da. Das hier würden sie sich genauer ansehen. Robert stieg in seinen eigenen Wagen um und fuhr voran vom Hof.

Erheblich aufgemuntert machten sie sich auf den Weg zum provisorischen Hauptquartier des Ermittlerteams. Skageby war zu klein für eine eigene Polizeiwache, und sowohl Mats als auch Robert wohnten normalerweise in Umeå und arbeiteten dort bei der Kripo. Das zweistöckige Haus, das man ihnen hier zur Verfügung gestellt hatte und das ihnen jetzt als Büro diente, hatte früher die Redaktion der Lokalzeitung beherbergt, die schon vor vielen Jahren eingestellt worden war. Im oberen Stock gab es zwei Besprechungszimmer, die sich gut für Vernehmungen eigneten, ein kleineres, das durch eine Glaswand vom Hauptraum abgetrennt war, und einen größeres. Im Erdgeschoss befand sich eine kleine Teeküche, es gab einen Kopierer und ein paar Schreibtische. Der Boden war mit einem verfleckten grauen Teppich ausgelegt, der eindeutig schon bessere Zeiten gesehen hatte. Ein ungemachtes Klappbett verriet, wo Mats seine Nächte verbrachte.

Eine Dreiviertelstunde später hatten sie jedes einzelne Standbild aus Ruts Film herausgezogen, es vergrößert und die Qualität verbessert. Obwohl die hochgewachsene, schlanke Gestalt auf den Bildern den Kopf größtenteils von der Kamera abgewandt hatte, gab es doch ein Detail, das den Verdacht erhärtete, dass sie es hier mit dem Täter zu tun hatten.

»Seht ihr das?«, fragte Lilly die anderen, als sie im größeren der beiden Besprechungsräume saßen. »An dieser dunkleren Kante unter der Kapuze müsste man, aus diesem Winkel betrachtet, eigentlich die Umrisse eines Gesichts erkennen. Aber man sieht nichts. Das heißt, die Person trägt irgendeine Art von Maske.«

Die anderen nickten.

»Wir müssen die Bilder und eine Täterbeschreibung veröffentlichen. Vielleicht hat jemand diese Gestalt gesehen«, sagte Mats.

Lilly spürte eine neue Energie bei den beiden Kommissaren, jeder noch so kleine Durchbruch machte ihnen Hoffnung. Aufgaben wurden verteilt. Und es gab noch mehr zu berichten. In Gunnar Dörners Sicherungskasten hatte man Teile eines Fingerabdrucks gefunden, der weder mit Gunnar noch seiner Tochter Klara übereinstimmte.

»Aber leider kein Treffer im Register«, sagte Robert bedauernd und strich sich mit der Hand über den Dreitagebart.

Das machte Lillys Theorie immer wahrscheinlicher, wie Mats betonte. Es war denkbar, dass der Mörder im ganzen Haus den Strom ausgeschaltet hatte, um Gunnar aus dem Waschkeller zu locken und sich seinem Opfer unbemerkt zu nähern.

Gleichzeitig wurden die Warnmeldungen über den aufziehenden Sturm in immer kürzeren Abständen aktualisiert, ihre Handys auf dem Tisch vibrierten, die Bildschirme leuchteten auf. Auch die internen Warnungen kamen jetzt immer häufiger.

»Der schwedische Wetterdienst warnt vor orkanartigen Böen

und Starkregen mit Überschwemmungen im nördlichen Mittelschweden – betroffen sind die Provinzen Värmland, Dalarna und Gävleborg.« »Das meteorologische Institut warnt vor schweren Gewittern und Sturmböen in der Region Norrbotten, Västerbotten und Västernorrland.« »In der Provinz Gävleborg werden rund um die Wohngebiete Schutzwälle errichtet.« »Vor Ort in Gävle: Es besteht die Gefahr von überfluteten Häusern und Kellern, mit weiteren Sturmschäden ist zu rechnen.«

Über den Tisch hinweg wurden Blicke gewechselt.

»Wann haben sie gesagt, erreicht uns der Sturm?«, fragte Robert und schob sich ein neues Päckchen Snus unter die Lippe.

»Irgendwann im Laufe des späteren Abends«, knurrte Mats, der auf seinem Stift herumkaute, während er weiter das Bild des Tatverdächtigen musterte.

Robert hatte erzählt, dass er, solange die Ermittlungen noch andauerten, im Haus seines Bruders in Skageby wohnte. Langsam schien er nervös zu werden.

»Hört mal, ganz ehrlich? Ich glaube, ich mache mich jetzt auf den Heimweg. Bei meinem Bruder auf dem Grundstück steht so viel unbefestigter Krempel herum. Und der findet es bestimmt nicht toll, wenn ich zulasse, dass seine Sachen kaputtgehen.«

»Einverstanden. Wir machen morgen weiter«, entschied Mats und beugte sich zu Liv und Lilly.

»Roberts Bruder ist Bezirksmeister im Schwergewichtsboxen, ein Kerl wie ein Baum. So groß wie Robert, aber doppelt so breit. Mit dem legt sich keiner freiwillig an. Und unser Robert hier ist ja eher nicht der Typ, der einen Bären mit der bloßen Hand erwürgt, wie man so schön sagt.«

Lilly grinste bei dem Bild, das Mats zeichnete, aber auch über Livs offensichtliche Unzufriedenheit mit seinem Beschluss. Ihrer

Freundin gelang es gerade so, den Unmut für sich zu behalten, bis sie die Treppe hinuntergegangen waren und wieder im Auto saßen, um zu Ediths Haus zurückzufahren.

»Wie schlimm kann das schon werden? Ein kleines Unwetter, mehr nicht«, platzte Liv heraus.

Lilly runzelte die Stirn.

»Okay, Stadtkind. Ich verstehe, dass du noch nie ein richtiges Unwetter erlebt hast, aber das hier kann übel werden. Ich denke, das ist der Sturm, von dem mein Freund Jeff gesprochen hat.«

»Ja, von mir aus, dann müssen wir den eben aussitzen. Aber was heißt hier eigentlich Stadtkind? Du bist doch genauso viel Asphalt wie ich?«, giftete Liv zurück, was Lilly mit einem Lachen beantwortete.

Sie fingen wieder an, über den Fall zu reden und über die Fingerabdrücke im Sicherungskasten, aber beim Anblick, der sich ihnen bot, als sie durch das Dorf fuhren, verstummten sie. Es windete inzwischen deutlich kräftiger, und die wenigen Leute, die noch durch die leeren Straßen nach Hause eilten, sahen sich besorgt um. In den Gärten schleppten die Menschen Stuhlauflagen und Werkzeuge nach drinnen, bauten Trampoline ab und holten Flaggen ein. Ein kleiner Junge, der mit seinem Fahrrad loswollte, wurde von seinem sichtlich gestressten Vater ausgeschimpft, der fuchtelnd zu den dunklen Wolkenbergen zeigte. Es war nicht zu übersehen, dass die Bevölkerung in Skageby besorgt war.

Der Himmel verdunkelte sich zunehmend. Als sie vor Ediths Haus aus dem Auto stiegen, spürten sie, dass auch der Wind noch weiter aufgefrischt hatte. Die ersten Regentropfen streiften Lillys Wangen.

Liv hastete ins Haus, verschwand nach oben in ihr Zimmer und kam in Laufklamotten wieder nach unten. Rote Jacke, blaue Leggins, leuchtend blaue Sportschuhe. Lilly sah sie mit großen Augen an.

»Willst du etwa *jetzt* laufen gehen?«

»Ich liebe es zu joggen, wenn es richtig windig ist. Das gibt so einen guten Widerstand«, sagte Liv schulterzuckend. »Außerdem habe ich meine Tage, und gegen die Unterleibsschmerzen gibt es keine bessere Medizin.«

Lilly kannte Liv gut genug. Wusste, dass sie beinhartes Training liebte, die körperliche Herausforderung suchte. Liv ging oft laufen, wenn andere lieber zu Hause blieben, selbst spät in der Nacht. Weder Dunkelheit noch raues Wetter konnten sie davon abhalten, und Lilly war klar, dass ihre Freundin eine erfahrene Läuferin war. Dennoch breitete sich ein Gefühl von Unbehagen in ihrem Magen aus, als sie Liv loslaufen sah.

Lilly klappte ihren Laptop auf und setzte sich damit an den Küchentisch, um die Zeit zu nutzen, während sie auf Liv wartete. Es vergingen ein paar Minuten, sie schob ein paar Dateiordner auf dem Desktop von links nach rechts und kaute am Fingernagel. Das leise Ticken der Küchenuhr an der Wand wurde zunehmend von den Geräuschen übertönt, die draußen immer lauter wurden. Das Pfeifen des Windes klang wie ein leises, aber durchdringendes Heulen, das sich Stück für Stück durch die Wände bohrte. Im Garten hinter dem Haus schepperte und rumpelte etwas, und Lilly wollte gerade nachsehen, was es war, aber sie kam nicht weit. Die Haustür flog auf, und da stand Liv. Ihre Beine waren schlammverspritzt, ihr Blick nervös.

»Ich bin kaum von der Stelle gekommen. Und dann ist ein Trampolin auf mich zugeflogen«, keuchte sie und stützte sich an der Wand ab.

»Was?«

»Eins von diesen richtig großen Biestern, die aussehen, als würden sie eine halbe Tonne wiegen. Es hätte mich von der Straße gefegt, wenn ich mich nicht mit einem Hechtsprung zur Seite gerettet hätte. Ich glaube, ich … ich bleibe lieber drinnen«, sagte Liv und schälte sich schnell aus der Jacke und zog ihre Schuhe aus. Lilly fiel auf, wie blass ihre Freundin war. Sie gab ihr ein Zeichen, mit in die Küche zu kommen und sich zu setzen.

»Puh, wie gruselig. Dieser Sturm ist wirklich kein Spaß. Und kalt ist es auch geworden. Ich setze uns Teewasser auf.«

Liv nickte kurz und ließ sich an den Küchentisch sinken, schaltete das Radio an, das auf der Fensterbank stand, und landete mitten in den Lokalnachrichten.

»Im Augenblick gibt es große Probleme mit dem Durchkommen. Zahlreiche umgestürzte Bäume blockieren die Straßen, die Menschen werden dringend gebeten, in den Häusern zu bleiben. Zeitgleich wurde mit Blick auf den Katastrophenschutz und die Verteilung der Ressourcen bei nationalen Krisen auch heute wieder Kritik an der Regierung laut…«

Immer wieder ließ der Wind die Fensterscheiben klirren. Dann hörten sie erneut das laute Scheppern und standen auf, um nachzusehen. Hinter dem Haus gab es eine große Holzveranda, eine dichte Buchsbaumhecke rahmte den gepflegten Rasen ein. Die Quelle des Lärms war schnell gefunden. Ein Fahrrad war aufs Grundstück geweht worden und hatte sich klappernd in den Stufen der Verandatreppe verkeilt.

»Das wird hässliche Macken geben. Ich gehe raus und hole es«, sagte Liv. Das war typisch Liv, dachte Lilly. Wenn sie ausnahmsweise mal etwas aus der Bahn geworfen hatte, dann wollte sie sich so schnell wie möglich erneut damit konfrontieren. Vorsichtig äußerte sie ihre Bedenken, aber ihre Freundin hatte die Schiebetür zum Garten schon aufgeschlossen, die ihr von einer Böe förmlich aus der Hand gerissen wurde. Der Wind brüllte ihnen entgegen, und Lilly wich instinktiv zurück. Geduckt ging Liv auf die Terrasse hinaus, musste kämpfen, um gegen die heftigen Böen anzukommen. Sie packte das Fahrrad und presste das Vorderrad an ihren Körper, um nicht weggeweht zu werden. Mühsam schaffte sie den Rückweg, klammerte sich am Türrahmen fest und Lilly nahm ihre Hand und zog sie das letzte Stück. Liv lehnte das Rad an die Wand, dann stellte sie sich breitbeinig auf und versuchte, die Tür wieder zuzuziehen, als ein dröhnender Donner losbrach, gefolgt von dem Geräusch splitternden Holzes. Der große Ahorn auf dem Nachbargrundstück war auf den Zaun gestürzt, der jetzt bedenklich schief stand. Wie ein sperriger Schild ragte die Krone in den Himmel, einzelne Wurzeln wehten im Wind und Erde wirbelte durch die Luft. Mit vereinten Kräften zogen sie die Tür zu und schlossen sie ab.

Liv sah Lilly an.

»Wir können erst wieder vor die Tür, wenn das hier vorbei ist. Wir hätten besser nachsehen sollen, was wir an Vorräten im Haus haben.«

Eilig gingen sie in die Küche und sichteten die Lebensmittel. Mehr als die Zutaten für das Abendessen und ein paar Sachen zum Frühstück hatten sie noch nicht in den Kühlschrank geräumt, aber in den Schränken vorn am Fenster wurden sie fündig. Mehrere Reihen Konservendosen standen aufeinandergestapelt. Weiße Bohnen in Tomatensoße, verschiedene Nudelsoßen und Ravioli, Gemüsekonserven und Erbsensuppe.

»Wer auch immer vor uns hier gewohnt hat, war zum Glück vorausschauend«, sagte Liv lachend, die sich jetzt auch umziehen ging und in abgewetzten Jeans und einem rot karierten, gefütterten Flanellhemd wieder nach unten kam.

Die Deckenlampe flackerte, als wollte sie ihren Worten Nachdruck verleihen. Sie setzten sich an den Küchentisch und tranken im Schein des Stövchens ihren Tee. Hörten die Nachrichten, die vor umgestürzten Bäumen auf Bahnschienen, Häusern und Straßen warnten. Gleichzeitig war ein Starkregengebiet mit Wucht über Värmland, Dalarna und Gävleborg hinweggezogen. »... verlassene Autos, die in den Wassermassen stecken geblieben sind, überschwemmte Brücken«, sagte ein Reporter über die Lage in Gävle. »Ich befinde mich hier vor einer Grundschule, deren Dach dem Gewicht des Wassers nicht standgehalten hat und eingebrochen ist ...«

Immer wieder wurde die Bevölkerung aufgefordert, zu Hause zu bleiben. Die Dunkelheit draußen wurde immer dichter, und sowohl Rickard als auch Jesper riefen an. Lilly und Liv mussten beide gewissenhaft versichern, dass es ihnen gut ging und dass sie ausreichend mit Essen versorgt waren.

»Macht euch keine Sorgen um uns«, sagte Lilly über den heulenden Wind hinweg und wickelte sich die Strickjacke, die sie sich übergezogen hatte, enger um den Körper.

Um Viertel nach elf informierte der Nachrichtensprecher darüber, dass weitere Starkregengebiete in einigen Landesteilen weitreichende Verkehrsbehinderungen sowie Schäden an Gebäuden verursacht hatten. Sie beschlossen, schlafen zu gehen. Ihnen war beiden nicht mehr nach Reden zumute, mitgenommen vom Ernst der Lage. Lilly schickte einen Gedanken an all die Rettungskräfte des Landes, bevor sie das Licht ausmachte und ihr Handy im Dunkeln leuchten sah. Sie wusste nur allzu gut, wie gefährlich ihre Arbeit war, vor allem unter solchen Umständen. Draußen dröhnte der Wind, begleitet von einem seltsamen Knacken. Ab und zu rumpelte es leise, als würde etwas gegen die Hauswand prallen und dann weiterfliegen. Aber schon bald wurde der Wind von einem anderen Geräusch übertönt: lautem Donner. Das erste Krachen ging Lilly durch Mark und Bein, es fühlte sich an, als würde das ganze Haus beben. Das Gewitter schien überhaupt kein Ende mehr zu nehmen. Lilly hielt sich das Kissen über den Kopf. Es brauchte ewig, bis sie endlich Ruhe fand.

17

Mats Hjälm konnte überall schlafen. Den Kopf ablegen, die Augen zumachen, weg war er. Das war schon immer so gewesen. Während seiner Zeit bei den Küstenjägern hatten seine Kameraden immer viel Spaß mit dieser Fähigkeit gehabt: »Legt Hjälm in die Schneewehe, dann kann er ein Nickerchen machen.« Damals vor der Scheidung hatte er seine Frau damit verärgert. Wie konnte er einfach abschalten, während sie sich neben ihm hin und her wälzte, weil die schwindenden Gefühle und das wachsende Schweigen zwischen ihnen sie wach hielten? Der Schlaf war Mats' Freund.

Die rauschenden Böen des Sturms und die dröhnenden Donner hatten ihn deshalb nur wenig gestört, als er auf seinem schmalen Feldbett in dem Büro lag, das seit über einem Monat als provisorische Polizeistation und Ermittlungszentrale diente. Aber das hier konnte nicht einmal er verschlafen. Ein durchdringender, heulender Lärm hatte ihn aus seinen Träumen gerissen. Verwirrt richtete er sich auf, zerrte die Decke weg, die sich zwischen seinen Beinen verfangen hatte, stand so schnell auf, dass er sich kurz sammeln und mit den Händen auf den Knien abstützen musste, weil ihm schwindelig wurde. Der pochende Herzschlag in den Ohren schien das schrille Heulen beinahe zu übertönen. Es war der Feueralarm. Für einen Moment war er wie gelähmt. Wo brannte es? Erst da bemerkte er auch den beißenden Rauchgeruch. Hastig griff er nach seiner Hose, zog sich das erstbeste Hemd über, sprang in seine Schuhe, stürmte durch den oberen Stock und durch die offene Glastür ins Treppenhaus. Wie angewurzelt blieb er stehen, als wäre er gegen eine Wand gelaufen. Dichter Rauch quoll ihm entgegen, er hustete und wehrte sich, zog sich seinen Pullover hoch über den Mund und setzte seinen Weg nach unten fort. Stolperte durch die Eingangstür, weg vom Rauch, weg von dem brennenden, erstickenden Gefühl in der Brust. Der Sturm stürzte sich auf ihn, raubte ihm die Sicht. Er suchte Halt an einer Hauswand, hustete, keuchte.

Im flackernden Schein der Straßenlaterne wurde das Bild schnell klarer. Ein riesiger Baum lehnte sich schwer gegen die Hauswand, hatte die alte Belüftungsanlage aus der Verankerung gerissen, die außen an der Fassade befestigt war, und eine Scheibe eingeschlagen. Wasser strömte aus einer heruntergebrochenen Regenrinne, rauschte die Straße hinunter. Aber was Mats brennende Augen vor allem sahen, war etwas anderes. Der Rauch drang aus dem leer stehenden Büro im Erdgeschoss, Wand an Wand mit den Räumen, die die Polizei angemietet hatte. Dort drinnen war die Sprinkleranlage angesprungen, das konnte er durch das kaputte Fenster erkennen, dicker schwarzer Qualm quoll nach draußen, Flammen waren nicht zu sehen. Das Heulen des Feuermelders hallte zwischen den Häusern wieder, nur das Tosen des Sturms war noch lauter. Hatte es einen Kurzschluss gegeben? Die Gedanken in seinem Kopf waren wie Brei. Mats stemmte sich gegen den Wind. Wo hatte er den Feuerlöscher gesehen? Es fiel ihm wieder ein, und endlich verließ ihn diese seltsame Starre, die ihn bis eben fest in ihrem Griff gehalten hatte. Er hastete wieder nach oben, schnappte sich den Feuerlöscher hinter der Glastür. Die Tür zu dem leer stehenden Büro aufzubrechen war ein Leichtes. Alles war voller Rauch, ausgehend von einem schwelenden Feuer, das schon erstickt worden war. Der Raum lag in grauem Dunkel da. Überall tropfte es auf den Boden und die wenigen Möbel. Die Sprinkleranlage hatte ganze Arbeit geleistet. Die Wände direkt an der Tür waren schwarz verkohlt, bis hoch unter die Decke. Er ertränkte die letzten Stellen, die noch glühten, in Löschschaum. Währenddessen dämmerte ihm ganz langsam, was für ein Glück er gehabt hatte. Hätte sich das Feuer schneller im Haus ausgebreitet, wäre er vermutlich nicht mehr rechtzeitig zu sich gekommen. Oder das Ergebnis monatelanger Ermittlungsarbeiten wäre komplett vernichtet worden. Er zuckte zusammen. Drehte sich um und rannte los, schleuderte den leeren Feuerlöscher einfach beiseite.

»Verdammt!«, schrie er aus vollem Hals.

In der alten Besenkammer im Erdgeschoss, direkt neben dem Treppenhaus, schloss er jeden Abend das ungefährliche Polizeimaterial ein, fast alles außer ihren Dienstwaffen. Dort hingen ihre Geräte an den Ladestationen, und Robert und er bewahrten beide ihre Schlüssel dort auf. Es war einfach praktisch gewesen, alles im Erdgeschoss griffbereit zu haben, wenn man nur schnell im Büro vorbeifahren wollte, um etwas zu holen. Jetzt verfluchte er diese Entscheidung.

Als er ins Treppenhaus zurückkam, hatte sich der Rauch weitgehend verzogen, und seine Befürchtungen bestätigten sich sofort. Die Tür zur Besenkammer war schwarz. Er kramte hektisch den Schlüssel heraus, verbrannte sich die Finger an der heißen Oberfläche, aber das Schloss rührte sich nicht. Also trat er die Tür ein, und der Gestank von verbranntem Plastik schlug ihm entgegen. Alles war ein einziges, verkohltes Durcheinander. Die Ladestationen waren geschmolzen, die Kabel nur noch ein großer Klumpen. Eine der Schutzwesten glühte immer noch. Die Wand zum Nebenraum war schwarz. Vielleicht hatte er sich getäuscht. Vielleicht war der Kurzschluss hier passiert, und das Feuer hatte sich von der Kammer aus über die Lüftung ausgebreitet. Er verschaffte sich einen kurzen Überblick über das Ausmaß des Schadens und fluchte laut. Die digitalen Funkgeräte mitsamt der Basisstation waren zerstört. Sämtliche Computer waren in Rauch aufgegangen, bis auf den einen, der oben neben seinem Bett stand. Eine Kiste mit Schutzanzügen war hinüber, aber da hatte er noch mehr in Reserve. Hinter ihm rüttelte der Sturm mit neuer Kraft an der Haustür, brüllte ihn an. Es gelang ihm nicht einmal mehr, sich darüber zu freuen, dass er mit dem Leben davongekommen war. Zum ersten Mal, seit das Unwetter losgebrochen war, bekam Mats wirklich Angst. Ihre einzige sichere Verbindung zur Außenwelt war gekappt.

18

Liv schlief tief, als ein unangenehmes Geräusch sie plötzlich weckte. Das unablässige Pfeifen des Windes und die brutalen Donnerschläge des Gewitters waren von einem heftigen Prasseln abgelöst worden. Der Regen klatschte stoßweise gegen die Scheiben. Aber dieser Lärm war sehr viel schriller gewesen. Und er war sehr nah.

Sie machte die Augen auf, ein wenig benommen, und versuchte sich zu orientieren. Gleich neben ihr auf dem Nachttisch sollten eigentlich die roten Ziffern des Radioweckers leuchten, aber um sie herum war nichts als konturlose Dunkelheit. Es dauerte ein paar Sekunden, bevor ihr klarwurde, was sie aus dem Schlaf gerissen hatte. Offenbar hatte sie den Warnton des Radioweckers gehört, weil der Strom ausgefallen war. War eine Sicherung rausgeflogen? Sie setzte sich im Bett auf, tastete nach ihrem Handy, das ebenfalls auf dem Nachttisch lag. Als sie es in die Hand nahm, leuchtete das Display auf und verbreitete sein bläuliches Licht in dem dunklen Zimmer. Aber es hielt auch eine unerfreuliche Nachricht bereit: Der Akku wurde nicht länger geladen und, was Liv endgültig nach Luft schnappen ließ: kein Netz. Es war 01:37.

Liv war jetzt hellwach. Sie schob die Bettdecke beiseite und stellte die Füße auf den kühlen Boden. Sie fröstelte und schnappte sich das Sweatshirt vom Stuhl neben dem Bett und zog es über den Kopf, stieg dann in ihre Sportleggins. Sie fror immer noch, schlang sich die Arme um den Körper. War der Strom im ganzen Haus ausgefallen? Und warum hatte ihr Handy keinen Empfang mehr?

Sie tastete sich in den dunklen Flur hinaus. Die Tür zu Lillys Zimmer war zu, dahinter war alles still. Der Flickenteppich fühlte sich angenehm weich unter ihren nackten Füßen an.

Sie überlegte, Lilly zu wecken, als lautes Klopfen sie mitten im Schritt erstarren ließ. Ihr ganzer Körper stand unter Hochspannung. Das war nicht der Wind gewesen, der etwas Schweres gegen die Hauswand geschleudert hatte. Jemand war an der Tür, mitten in der Nacht, mitten in diesem Unwetter. Eine kurze Pause, dann klopfte es wieder, noch kräftiger als beim ersten Mal. Als hätte die Person dort draußen Panik. Der Regen prasselte immer heftiger gegen die Fenster.

Es dauerte ein paar Sekunden, dann öffnete Lilly ihre Schlafzimmertür. Sie zuckte kurz zusammen, als sie realisierte, dass Liv direkt vor ihr stand.

»Was war das?«

Lilly sah verschlafen und verwirrt aus. Sie stand mit zerzausten blonden Locken da, mit nichts als einem Top und einer Unterhose an. Das Kopfkissen hatte einen langen Abdruck auf ihrer Wange hinterlassen.

Liv, die mehr Zeit gehabt hatte, um richtig wach zu werden, zeigte auf die Jeans, die zusammengefaltet auf Lillys Reisetasche lag.

»Zieh dich an. Wir gehen runter und sehen nach.«

»Bewaffnet?«, fragte Lilly, während sie sich hastig die Hose überstreifte.

»Nein.«

Es klopfte erneut. Das Erdgeschoss lag grau und dunkel vor ihnen, als sie die Treppe heruntereilten. Auch in der Diele gingen die Lampen nicht an, also sorgte Liv mit ihrem Handy für Licht. Sie sahen, wie sich die Klinke der Haustür bewegte, als versuche die Person dort draußen mit allen Mitteln, sich Zutritt zu verschaffen.

Liv drehte sich zu Lilly um, runzelte die Stirn. Ging zur Tür, zog den Riegel zurück. Der Wind drückte die Tür auf.

Unter dem Vordach stand ihre Nachbarin Malin vor einer Wand aus Wasser. Mit einer Hand hielt sie sich den dicken Babybauch, ihr Gesicht war kreideweiß. Sie trug eine Art rosafarbenes Nachthemd und war von oben bis unten durchnässt. Die Haare klebten an ihrem Kopf, und die nackten Füße steckten in dünnen Sommersandalen. Es schüttete in Strömen. Trotz der Dunkelheit konnten sie sehen, dass sich die Wiese vor dem Haus bereits in einen See verwandelte. Lilly und Liv machten einen Satz nach vorn, schnappten sich Malin und zogen sie mit vereinten Kräften in den Hausflur. Der Regen peitschte ihnen entgegen, und draußen vor dem Gartentor flog klappernd ein Plastikstuhl vorbei, der sich weiß von der umgebenden Dunkelheit abhob. Im ganzen Wohngebiet brannte kein einziges Licht, auch die Straßenbeleuchtung war tot. Liv schloss die Haustür mit einem bohrenden Gefühl von Unruhe in der Brust.

Malin taumelte und ging auf dem Dielenteppich in die Hocke. Als sie den Blick hob, waren ihre Augen geweitet vor Angst.

»Vor einer halben Stunde ist meine Fruchtblase gepatzt, der Strom ist ausgefallen und ich kann nicht telefonieren«, keuchte sie.

Sie zitterte, man sah die Gänsehaut an ihren nackten Armen.

»Es tut so weh. Und die Abstände werden immer kürzer. Könnt ihr für mich anrufen?«

Liv sah sie erschrocken an.

»Hast du … Wehen? Wir haben auch kein Netz.«

Lilly zuckte zusammen. Von all dem hier hörte sie gerade zum ersten Mal.

Malin sah völlig verstört aus. Sanft nahmen die beiden Frauen sie jeweils an einem Arm, halfen ihr auf und brachten sie in die Küche, wo sie fast schon auf einen Stuhl stürzte. Sie wimmerte, hielt sich den Bauch und sah sie verzweifelt an.

»Ich hätte meine Doula sofort anrufen sollen, als die Wehen eingesetzt haben. Sie wohnt gut fünf Kilometer außerhalb.«

Liv und Lilly wechselten einen Blick, und Liv ging vor Malin in die Hocke.

»Du, telefonieren geht nicht. Wenn du willst, können wir natürlich versuchen, mit dem Auto zu ihr oder ins nächste Krankenhaus zu fahren, aber es besteht die Gefahr, dass wir irgendwo auf dem Weg stecken bleiben. Bevor der Strom ausgefallen ist, gab es jede Menge Meldungen von umgestürzten Bäumen. Vielleicht werden wir das hier alleine schaffen müssen.«

»Nur wir drei? Aber ... Könnt ihr so was?«

Liv wollte diese Frage nicht so richtig beantworten, also sagte sie nur:

»Wir stehen das bis zum Ende mit dir durch. Oder sollen wir versuchen, uns auf den Weg zu machen?«

Malin schüttelte den Kopf und sank am Küchentisch in sich zusammen, als ihr bewusst wurde, was das hieß. Sie würde ihr Baby hier zur Welt bringen müssen, ohne die Hilfe ihrer Doula.

Lilly eilte nach oben und kam mit Handtüchern und trockenen Sachen zurück, damit Malin sich umziehen konnte. Liv schnappte sich Decken und Kissen im Wohnzimmer. Sie zündeten Kerzen an und stellten sie auf den Küchentisch, von wo aus sie den Raum in ein sanftes Licht tauchten. Gemeinsam richteten sie nach Malins Vorgaben ein Lager auf dem Küchenboden her. Draußen prasselte der Regen mit neuer Energie. Malin legte die Hände auf den Bauch und schrie laut auf.

»Ich muss versuchen, mich daran zu erinnern, wie ich … atmen soll. Es fühlt sich an, als wäre es bald so weit. Ich dachte, es würde viel länger …« Sie biss die Zähne zusammen und verzog das Gesicht vor Schmerz. Mehrere lange Sekunden vergingen, bis sie wieder etwas sagen konnte. »… dauern.«

Sie hielt sich an Liv und der Tischkante fest und ließ sich auf das improvisierte Bett auf dem Boden sinken, stöhnte und stieß zischend Luft zwischen ihren Zähnen hervor.

Lilly nahm ihre Hand, und Liv erinnerte sich plötzlich an etwas, das sie irgendwo gesehen hatte, sprang auf und rannte ins Badezimmer. Sie brauchte die Handytaschenlampe, um sich zu orientieren. Ganz unten in einem Regal stand eine hohe Holzkiste, sie war mit einem weißen Kreuz auf grünem Grund gekennzeichnet. Liv stellte die Box vor sich auf den Boden und klappte sie auf. Bingo. Desinfektionsmittel, Verbandsmaterial, Schere und verschiedene Schmerztabletten. Sie eilte zurück und kniete sich neben Malin, die in dem alten T-Shirt, das sie in einem der Schränke gefunden hatten, inzwischen kräftig schwitzte.

»Wir haben Paracetamol und Ibuprofen. Willst du von jedem eine nehmen?«

Malin nickte verbissen. Liv stand auf und ging zum Kühlschrank, der ebenso dunkel und tot war, wie alle anderen Geräte. Die Lebensmittel darin würden nicht lang überleben, aber darüber würden sie sich später Gedanken machen. Sie nahm eine Saftpackung heraus, füllte ein Glas und reichte es Malin zusammen mit den Tabletten.

Malin schluckte die Pillen mit gierigen Schlucken und sank stöhnend zurück in die Kissen.

»Hier kommt die nächste. Oh … oh…«

Sie kniff die Augen zu, griff nach Livs ausgestreckter Hand und drückte sie so fest, dass ihre Finger weiß wurden. Dann schrie sie auf und zog die Beine an.

Es war Liv wirklich ein Rätsel, wie Frauen das Risiko einer Hausgeburt auf sich nehmen konnten, ob mit oder ohne Doula. Und hier waren sie nun, im Sturm auf sich allein gestellt.

»Ich kann nicht glauben, dass das hier gerade passiert«, flüsterte Malin, als sie wieder reden konnte. Sie war jetzt komplett schweißgebadet. Dann schrie sie wieder auf, und ihr war anzuhören, wie hilflos sie sich fühlte. »Oh, Scheiße, ich schaffe das nicht! Das geht nicht! Es tut zu weh!«

»Doch, du schaffst das«, sagte Liv mit einer Ruhe, die sie sonst gar nicht von sich kannte. Von irgendwoher hörte sie dabei das Echo von Javiers Stimme, die Sicherheit, die er ausstrahlte, wenn sie in einem Match unterlegen war und der Schmerz sie zu überwältigen drohte. Einen besseren Vergleich als das hatte sie nicht.

»Denk immer nur an den nächsten kleinen Schritt«, sagte sie. »Und einfach weiteratmen.«

Lilly kühlte Malins Stirn und Nacken mit einem feuchten Handtuch. Liv flößte ihr einen Schluck Saft ein. Ein paar Minuten vergingen. Malin wappnete sich für die nächste Wehe, brüllte und trommelte mit den Fersen auf den Boden.

»Oh, mein Gott«, stöhnte sie.

Liv drückte ihre Hand, nickte ihr ermutigend zu. Lilly erinnerte sie immer wieder daran, das Atmen nicht zu vergessen. Keine von ihnen ließ sich auch nur im Geringsten anmerken, wie nervös sie war. Sie wechselten nur ab und zu ein paar hastige, ängstliche Blicke. Was, wenn es zu Komplikationen kam? Was, wenn das Kind falsch lag oder nicht atmete, wenn es auf die Welt kam? Was sollten sie dann tun?

Der Regen peitschte gegen die Scheiben, als wollte er zu den drei Frauen in die Küche einbrechen.

19

Bei der Behörde für Katastrophenschutz war man höchst besorgt. Die Sturmwarnung war rechtzeitig herausgegeben worden, um Todesfälle, so gut es ging, zu verhindern. Die Bevölkerung hatte Zeit gehabt, sich vorzubereiten. Aber es lagen schon jetzt zahlreiche Meldungen von Sturmschäden vor, und ebenso unerfreulich waren die Nachrichten, was der Starkregen in Dörfern und Städten vor allem im nördlichen Mittelschweden angerichtet hatte. In Gävle, Edsbyn, Rättvik und Bollnäs waren Wohnhäuser und Gebäude überschwemmt worden und Straßentunnel vollgelaufen, ein Mann war ums Leben gekommen, weil sein Keller unter Wasser stand und ein defektes Kabel alles unter Strom gesetzt hatte. Eine Grundschule in Gävle war komplett zerstört. In der Nacht hatten die Rettungsdienste die wichtige Mitteilung an die Bevölkerung herausgegeben, aufgrund der großen Niederschlagsmengen in ihren Häusern zu bleiben. In mehreren kleinen Gemeinden in Nordschweden war aufgrund heftiger Gewitter die Stromversorgung ausgefallen. Die Elektrizitätsgesellschaft hatte mitgeteilt, dass es einige Zeit dauern würde, alles wieder zum Laufen zu bringen. Auch das Mobilfunknetz war durch Blitzeinschläge in wichtigen Funkmasten in einigen Regionen zusammengebrochen. Bäume blockierten Schienen und Straßen in Norrbotten, Västerbotten und Västernorrland.

Es wurde immer offensichtlicher, dass die Schutzvorkehrungen bei Unwetterlagen in Schweden noch lange nicht ausreichten.

Aber war es überhaupt möglich, sich auf derartige Situationen vorzubereiten? Allein die Gemeinden vom Wasser zu befreien, die am härtesten betroffen waren, erforderte jede Menge Ressourcen und zusätzliches Personal. Ein paar kleine Ortschaften waren durch umgestürzte Bäume derweil vollständig von der Außenwelt abgeschnitten. Aber jetzt galt es, die vorhandenen Kräfte zu verteilen und dafür zu sorgen, dass die Hilfe dort ankam, wo sie am dringendsten benötigt wurde.

20

Es war Morgen. Sanfter Nieselregen fiel auf das Glasdach der Terrasse, aber Rickard bekam keinen Tropfen ab. Er saß hinter dem Haus und drehte seine Zigarettenschachtel in den Händen. Er hatte lange nicht mehr geraucht, hätte sich gar nicht mehr an dieses letzte Päckchen in der Schreibtischschublade erinnert, wäre der Anruf nicht gewesen, der ihn vor einer Stunde erreicht hatte.

Durch die offene Tür hörte er Felicia einen Popsong trällern, sie war mit irgendeiner Art Online-Karaoke am iPad beschäftigt. Die Schule fing heute erst später an, aber Felicia fiel es nicht schwer, sich so lange allein zu beschäftigen. Ihre klare Stimme, die ab und zu von perlendem Lachen unterbrochen wurde, brachte ihn dazu, eine Zigarette aus der Schachtel zu klopfen, sich zwischen die Lippen zu stecken und die hohe Flamme des Sturmfeuerzeugs aufflackern zu lassen. Er krempelte sich die Hemdsärmel hoch und nahm einen tiefen Zug.

Der Anruf hatte ihn um halb acht aus dem Schlaf gerissen. Es war seine Kontaktperson beim Jugendamt gewesen. In einer anderen Zeit, die sich anfühlte, als wäre es ein anderes Leben gewesen, hatte Rickards seine Brötchen damit verdient, die richtigen Leute mit dem zu versorgen, was sie gerade brauchten. Manchmal auch nur mit Informationen. Er hatte sich ein großes Netzwerk aufgebaut und längst nicht nur Kunden aus dem kriminellen Milieu bedient. Die Angewohnheit, sich überall nützliche Ansprechpartner zu sichern, hatte er beibehalten, und als Felicia in ihr Leben getreten war, hatte er seine Kontaktperson bei der zuständigen Behörde aufgesucht. Er hatte die Frau gebeten, ein Auge auf Felicias Fall zu haben und ihn auf dem Laufenden zu halten. Er hatte ihrem Bruder mal einen entscheidenden Gefallen getan und wusste, dass er sich auf sie verlassen konnte.

Als das Handyklingeln ihn geweckt hatte, dachte er zunächst, es wäre Liv, und hatte sich gemeldet, ohne auf das Display zu schauen. Aber dann hatte er die leise, fast flüsternde Stimme der Abteilungsleiterin am anderen Ende der Leitung gehört. Er hatte sie vorsichtshalber mit einem anonymen Prepaidhandy versorgt, damit sie ihn jederzeit anrufen konnte.

»Ich bin gerade auf dem Weg ins Büro. Du hattest mich ja gebeten, dich zu informieren, wenn es Neuigkeiten in Bezug auf Felicia gibt. Gestern ist etwas passiert, aber ich bin nicht früher dazu gekommen, dir Bescheid zu sagen.«

Rickards Herz hatte sofort angefangen, schneller zu schlagen, und er hatte sich im Bett aufgesetzt, das Handy fest ans Ohr gepresst.

Hastig und unverändert leise hatte sie ihm berichtet, worum es ging.

»Felicias Mutter macht Probleme. Sie behauptet, sie würde keine Drogen mehr nehmen und will ihre Tochter zurück. Sie scheint es wirklich ernst zu meinen. Sie hat sogar regelmäßige Drogentests beantragt, um nachzuweisen, dass sie clean ist.«

Rickards Herz war für einen Augenblick stehen geblieben, und er hatte die Augen zugemacht, als er sie fragte:

»Kannst du irgendetwas für uns tun?«

Die Stimme am anderen Ende klang bedauernd.

»Ich habe Akteneinsicht, aber der Fall liegt nicht in meiner Zuständigkeit. Es tut mir leid, Rickard.«

»Okay. Halt mich auf dem Laufenden. Ich will wissen, wann sie mit diesen Drogentests anfängt und ob sie wirklich ernst zu nehmen ist.«

»Versprochen. Ich muss jetzt auflegen.«

Hinter ihm wurde Felicias Stimme lauter, sie setzte gerade zum Refrain an. Sie sang genauso hingebungsvoll wie ihr Idol Zara Larsson, und ihre Freundin stieg online mit ein.

Rickard fühlte sich, als würde in ihm etwas zerbrechen. Allein die Vorstellung, dass man ihnen Felicia wieder wegnehmen könnte, war unerträglich. In dem Moment, als das Mädchen durch ihre Tür getreten war, hatte er sich geschworen, dieses Kind zu beschützen. Er glaubte nicht eine Sekunde daran, dass die vorgebliche Abstinenz ihrer Mutter von Dauer sein würde, nicht einmal dann, wenn sie jetzt alle Tests bestehen sollte. Seine eigene Kindheit war geprägt von all den Erwachsenen, die große Versprechungen gemacht und sie dann doch nicht gehalten hatten. Die zurück in die Sucht getaumelt waren. Aber vielleicht würde Felicias Mutter es schaffen, die Fassade lange genug aufrechtzuerhalten, um ihre Tochter zurückzubekommen. Die Vorstellung war erschreckend. Felicia hatte nicht ein einziges Mal angedeutet, dass sie zu ihrer Mutter zurückwollte. Im Gegenteil.

Er hatte in der letzten Stunde mehrmals versucht, Liv anzurufen, aber er landete jedes Mal direkt auf der Mobilbox. Das war die zweite Sache, die ihn beunruhigte. Das schwere Unwetter, das alle Nachrichtenseiten beherrschte, all die Berichte über Überschwemmungen, Stromausfälle, Störungen im Zugverkehr und nicht passierbare Straßen. Rickard nahm sein Handy und tippte erneut auf das grüne Telefonsymbol neben ihrem Namen. Aber es kam wieder nur ihre aufgenommene Ansage.

»Hej, du weißt ja, wie das mit dem Piep funktioniert ...«

Er seufzte und wartete den Piepton ab.

»Ruf mich bitte zurück, Liv«, war alles, was er sagte.

Rickard drückte die Zigarette auf den Holzfliesen aus und stand auf. Er würde sein Versprechen halten. Er wusste nur noch nicht, wie.

21

TAG EINS

Es war gegen acht Uhr morgens. Das Licht, das der Tag mit sich brachte, war grau und fahl, als müsste sich auch der Himmel erst noch von den Entladungen der letzten Stunden erholen. Ganz beruhigt hatte sich das Wetter noch nicht. Ab und zu brachte ein Windstoß die Scheiben zum Vibrieren. Aber die Geräusche von draußen wurden von dem durchdringenden, unzufriedenen Weinen in der Küche übertönt.

Ein lang gezogenes, klägliches Geschrei, das schnell verstummte, als der kleine Babymund nach endlosem Suchen und Wühlen endlich seinen Platz an der Brust gefunden hatte. Geschlossene Augen, zufriedenes Saugen und drei Frauen, die erschöpft auf dem Küchenboden saßen, umgeben von einem Chaos aus nassen, blutigen Handtüchern, Lappen und fleckigen Kissen.

Die Geburt hatte länger gedauert, als sie zunächst gedacht hatten, und Malin übermenschliche Kräfte abverlangt. Auf irgendeine unerklärliche Weise hatte sie die Schmerzen ausgehalten und konzentriert gepresst. Die Sekunden, in denen das Köpfchen auf einmal sichtbar wurde, waren beinahe unwirklich gewesen, dachte Lilly. Aber das Ganze war auch eine deutlich glitschigere Angelegenheit gewesen, als sie es sich je hätte vorstellen können. Die Plazenta, die jetzt in einer Plastiktüte im Hausflur lag, war ein regelrechter Schock gewesen.

Im Durcheinander dieser Nacht hatten die beiden Freundinnen ihre Rollen gefunden. Liv hatte Malin von hinten gestützt, hatte ihr die Hand gehalten und ihr Mut gemacht. Lilly, die den Platz am Fußende eingenommen hatte, hatte versucht, sich das medizinische Notfalltraining ins Gedächtnis zu rufen, das sie während der Ausbildung absolvieren mussten, und hatte die Sekunden zwischen den Wehen und dem Pressen gezählt.

Vor 40 Minuten war Malins Tochter zur Welt gekommen, gefolgt von der Nachgeburt. Das kleine Mädchen hatte offensichtlich einen großen Appetit. Sie war klein und verschrumpelt und hatte ein beeindruckendes Büschel dunkelblonder Haare auf dem Kopf. Während sie gierig trank, ruderte sie mit dem Händchen in der Luft herum. Lilly dachte im Stillen, dass es etwas Magisches hatte. Wie der Körper funktionierte. Dass in einem Moment drei Personen im Raum waren und im nächsten schon vier. Das Wunder des Lebens.

Malin war blass und müde, aber sie strahlte vor Glück. Ab und zu rieb sie sich eine Träne aus den Augenwinkeln.

»Wisst ihr, worüber ich gerade nachdenke?«, sagte sie und sah ihre Tochter an. »Ihren Namen. Was haltet ihr von Livly?«

»Oh, aber das musst du doch jetzt noch nicht entscheiden«, wandte Lilly eilig ein, die merkte, wie nah sie selbst den Tränen war.

Irgendwann war das kleine Mädchen satt und schlief augenblicklich ein, ohne die Brust seiner Mutter loszulassen.

»Willst du dich nicht hinlegen und dich ein bisschen ausruhen?«, fragte Liv.

Sie hatten Malin das Sofa im Erdgeschoss hergerichtet, damit der Weg in die Küche und ins Badezimmer nicht so weit war. Keine von ihnen dachte auch nur im Traum daran, sie jetzt nach Hause zu lassen. Nicht, solange es keinen Strom gab und Malin so erschöpft war. Ihre Handyakkus waren zwar noch geladen, aber sie hatten nach wie vor kein Netz, sämtliche elektrischen Geräte waren tot und auch den Kühlschrank würden sie in Kürze ausräumen müssen. Im Bad hatten sie eine Taschenlampe aufgestellt. Ein schneller Blick auf die umliegenden Häuser zeigte, dass es dort genauso übel aussah. Niemand im Wohngebiet schien das Haus verlassen zu haben.

Sie halfen Malin, auf das Sofa umzuziehen, zogen die Vorhänge vor und deckten sie zu. Püppi, wie Liv das kleine Mädchen vorübergehend getauft hatte, bekam einen großen Korb als Bett, den sie mit festen Kissen ausgepolstert hatten und neben die frischgebackene Mama stellten.

Malin war schon eingeschlafen, kaum dass sie die Augen zugemacht hatte, und Liv und Lilly schlichen leise aus dem Zimmer.

»So etwas will ich echt nicht noch mal erleben«, flüsterte Liv, während Lilly gleichzeitig herausplatzte: »Stell dir mal vor, du müsstest da selbst durch!«

Für einen Moment sahen sie sich an, beide ganz benommen vor Müdigkeit, und mussten plötzlich lachen. Lilly presste sich die Hand vor den Mund, um Malin nicht zu wecken. Die Freundinnen nahmen sich fest in den Arm. Dann gingen sie in die Küche, wo sie eilig anfingen, aufzuräumen und sauber zu machen.

»Ich habe schon einige Frauen mit Vollgas und Blaulicht in die Geburtsklinik eskortiert, aber ich war noch nie bei einer Entbindung dabei. Und ich hatte wirklich Angst, dass etwas schiefgeht, aber es war auch ein tolles Erlebnis«, sagte Lilly.

Liv nickte.

Als der Adrenalinpegel nach den dramatischen Geschehnissen der Nacht wieder gesunken war, machte sich ein Gefühl totaler Erschöpfung breit.

»Wer weiß, wie lang Däumeline schläft? Wie sollten versuchen, auch ein paar Stunden Schlaf nachzuholen«, sagte Liv und gähnte herzhaft.

Sie wankten die Treppe hoch. Lilly kroch unter ihre Decke, wartete auf das übliche Herzklopfen, das sie so oft beim Einschlafen spürte. Auf die Unruhe im Körper, die seit der Zeit mit Svante nie ganz verschwunden war. Auf das Gefühl, gejagt zu werden.

Aber es war, als hätte jemand den Rollladen heruntergelassen. Sie fiel sofort in einen traumlosen Schlaf, während draußen der Wind am Haus rüttelte.

22

Die verkohlten Wände sahen im Tageslicht noch schlimmer aus. Der Baum lehnte sich schwer gegen das schwarz gefleckte Haus. Es roch nach verbranntem Plastik, verbranntem Holz, verbranntem Stoff. Der Wind zerrte an denen, die draußen auf der Straße standen.

»Du musst dir wirklich keine Vorwürfe machen. Was hättest du tun sollen?«

Roberts Stimme war freundlich. Der Kollege stand neben Mats, die Hände tief in den Taschen vergraben. Er sah betroffen aus, auch wenn er gerade versuchte, ihn zu trösten. Der Verlust der Funkausrüstung kam in dieser Lage einer Katastrophe gleich. Das Kommunikationssystem war entwickelt worden, um in allen Situationen einsatzbereit zu sein, die Akkuladung hielt besonders lang, und das Funknetz hielt jeder Witterung stand. Mats Hjälm rieb sich mit schwieliger Hand das Gesicht, seine Augen waren müde und geschwollen, und er blinzelte in dem grellen Licht. Sie hatten so viel wichtige Technik verloren, sogar Livs und Lillys Geräte. Und hier stand er jetzt, er, der sich so über das Erscheinen der Speerspitze aufgeregt hatte. Über die Kolleginnen aus Stockholm, die sich in seine Zuständigkeiten einmischen würden, und nun war es ausgerechnet seine Entscheidung, die für dieses Chaos verantwortlich war, dachte Mats. Ein paar wenige Lichtpunkte gab es trotzdem. Wie durch ein Wunder war der obere Stock nahezu unbeschadet davongekommen, abgesehen vom Rauchgeruch, den er versuchte aus dem Haus zu bekommen, in dem er jedes einzelne Fenster im Gebäude aufgerissen hatte.

Er hatte die ganze Nacht und den Morgen damit verbracht, Glutherde zu löschen und immer wieder zu kontrollieren, ob es noch irgendwo schwelte. Ein weiterer Feuerlöscher war dafür draufgegangen. Lange hatte er sich eingebildet, dass es in den Wänden brannte, das Rauschen des Sturms war in seinem aufgebrachten Kopf zu dem Geräusch eines gewaltigen Flammenmeers geworden. Auf seinen Irrwanderungen durch die Räume war ihm das Morgenlicht schließlich mehr als willkommen gewesen. Zum ersten Mal in seinem Leben hatte er keine Ruhe gefunden, nicht einmal dann, als er sich vergewissert hatte, dass der Brand wirklich gelöscht war. Mehr als alles andere fühlte Mats sich machtlos. Überfordert von der Situation, in der sie sich befanden.

Robert hatte ihm gerade berichtet, was er gesehen hatte, als er mit dem Auto durch den Ort gefahren war. Mindestens zwei weitere Brände hatte der Sturm verursacht, eine Garage und ein leerstehendes Wohnhaus waren ausgebrannt und qualmten immer noch. Den Nachbarn zufolge war in den Feuern aber wohl niemand zu Schaden gekommen. Bäume lagen wie Mikadostäbchen auf den Straßen. Überall flogen Schrott und Gerümpel herum. Sowohl die Landstraße als auch die kleinere Zufahrtstraße nach Skageby waren durch Windbruch blockiert. In der kleinen Gemeinde kochte und brodelte es vor Angst und Sorge. Hier und da hatte Robert angehalten und war ausgestiegen, um mit den Leuten zu reden. Das Dach eines Stalls war eingebrochen, er hatte Menschen getroffen, die Feuerholz trugen, die sich von Nachbarn Bargeld leihen mussten, an Brunnen ihre Eimer mit Wasser füllten.

»Man kommt sich vor, als wäre die Welt untergegangen«, knurrte Robert.

23

Der Körper war weiß und aufgedunsen. Die Leiche hatte etwas über einen Tag im Wasser gelegen, war auf den Grund gesunken, hatte sich mit Gas gefüllt und war wieder an die Oberfläche gestiegen. Helle graue Haare schwebten im dunklen Wasser wie ein Heiligenschein um den Kopf. Als Jesper die Leiche drehte, um sie leichter bergen zu können, vermied er es, dem Toten ins Gesicht zu schauen. Das machte es einfacher. Weniger Bilder, die man hinterher nicht mehr aus dem Kopf bekam.

Der Notruf war vor 20 Minuten eingegangen. Eine Privatperson hatte vor Bedarö eine Person im Wasser gemeldet. Die Seerettung war vor der Feuerwehr eingetroffen, hatte den Körper geortet und unter Aufsicht gehalten. Jesper griff nach einem Kleidungszipfel, unterdrückte das Ekelgefühl, als er mit dem Handschuh die nackte, bleiche Haut streifte. Er machte das hier nicht zum ersten Mal, aber es war nie angenehm. Das Schlauchboot schwankte, als er sich über den Rand beugte, er fand sein Gleichgewicht wieder und bekam die Leiche zu fassen. Er hörte, wie sich hinter ihm sein junger Kollege leise wimmernd direkt in die Wellen übergab. Eine grimmige Falte bildete sich zwischen Jespers Augenbrauen, er seufzte. Kalle war noch nicht bereit für Einsätze wie diesen.

Es kostete Jesper einige Mühe, den Toten an Bord zu hieven. Es folgte eine kurze Lagebesprechung mit dem Notarzt per Telefon. Es bedurfte keiner Diskussion, keine Herz-Lungen-Massage der

Welt konnte diesen Mann hier ins Leben zurückholen Sein aufgequollener Körper hatte bereits Besuch von irgendwelchen Tieren gehabt.

Jesper beeilte sich, den Verunglückten nach allen Regeln der Kunst einzupacken. Zuerst wickelte er den Körper in eine Decke, ohne dabei in die leeren hellblauen Augen zu blicken, die in den Himmel starrten. Die Angehörigen des Mannes hatten Alarm geschlagen, aber zu spät. Als sich das Unwetter über Nynäshamn zusammenbraute, hatte der Fünfundfünfzigjährige wohl beschlossen, in aller Hast noch sein Motorboot in Sicherheit zu bringen. Die unheilvolle Kombination aus leichter Alkoholisierung und hohen Wellen war ihm dann zum Verhängnis geworden. Er war über Bord gegangen und ertrunken. Sein Körper war zwischen einigen aus dem Wasser ragenden Felsen hängen geblieben. Das Unwetter hatte Nynäshamn nicht annähernd so hart getroffen wie andere Teile des Landes, aber trotzdem hielten etliche umgestürzte Bäume auf den Straßen und vollgelaufene Keller sie auf Trab. Und jetzt das.

Jesper verschloss den Leichensack aus Kunststoff, gab ihm einen mitleidigen Klaps. Am Kai wartete schon die Polizei, die sich um die Identifizierung des Toten kümmern würde. Jesper hob die Hand, um sich bei der älteren Frau zu bedanken, die sich im Boot neben ihnen befand, eine der Freiwilligen bei der Seerettung. Sie erwiderte seinen Gruß und drehte ab.

Mit einem verständnisvollen Lächeln sah Jesper nach dem Mann, der mit etwas Abstand zu ihm saß und sich gerade den Mund abwischte. Kalle war neu auf der Wache, frisch ausgebildeter Feuerwehrmann und der Clown der Mannschaft. Und einer, der von Anfang an große Töne gespuckt hatte. Es gab keinen Brand, den er nicht schneller gelöscht hätte, kein Autowrack, das er nicht hätte aufschneiden können, keine Leiche, mit der er nicht klargekommen wäre.

Aber beim Anblick des aufgedunsenen Körpers im Wasser war Kalle sofort grün im Gesicht geworden. Er hatte gemurmelt, dass er wohl etwas Schlechtes gegessen habe und sich dann weggedreht. Jesper erinnerte sich daran, wie er selbst als Neuling unter einen still stehenden Zug geschickt worden war, um die Leiche eines Selbstmörders zu bergen. Es war schrecklich gewesen, aber er hatte sich zusammengerissen und seinen Job gemacht. Er hatte den Test bestanden, seiner Mannschaft gezeigt, wer er war. Wenn der Alarm losging, legte jeder von ihnen sein Leben in die Hände der anderen, das war ihnen allen bewusst. Die Kollegen hatten ihm hinterher anerkennend auf den Rücken geklopft und ihm ihren Respekt ausgesprochen. Vielleicht, das musste Jesper sich eingestehen, war es auch ein Test gewesen, Kalle auf diesen Einsatz mitzunehmen. Aber die Truppe war nicht mehr so ein Macho-Verein wie damals, als er angefangen hatte, und davon profitierten sie alle. Kalle würde sich das Erlebte bei den extra dafür ausgebildeten psychosozialen Beratern von der Seele reden können. Und nächstes Mal klappte es dann sicher schon besser, dachte Jesper.

In drei Stunden ging eine lange, intensive Dienstschicht zu Ende. Eine Sache blieb danach noch zu tun. Jespers Körper schrie nach Schlaf, aber seine Gedanken waren ganz woanders. Zweimal hatte er im Laufe des Morgens versucht, Lilly zu erreichen. Der Sturm hatte letzte Nacht ziemlich heftig gewütet und hatte in der Region, in der sie sich aufhielt, schwere Schäden hinterlassen. Er konnte ihre höfliche, kurz gefasste Ansage auf der Mobilbox jetzt schon nicht mehr hören. Natürlich war sie vernünftig und hatte das Haus nicht mehr verlassen, als es richtig schlimm geworden war. Aber ein Sturm war auch dann noch gefährlich, nachdem er längst abgezogen war. Bäume stürzten unerwartet und im Bruchteil einer Sekunde um. Menschen, die überhaupt nicht damit rechneten, dass sie ein Risiko eingingen, und sich einfach unbedarft im Freien aufhielten, liefen Gefahr, verletzt zu werden. Das Schlimmste war, dass er sie nicht erreichen konnte. Alles, was er wollte, war ihre Stimme zu hören, den Unterton eines Lächelns, wenn sie ihm sagte, dass er sich keine Sorgen machen sollte. Ihr selbst gelang es hingegen besser, sich nicht anmerken zu lassen, wenn sie in Sorge war, aber hinter ihrer ruhigen, freundlichen Art verbarg sich eine ständige Wachsamkeit. Manchmal machte ihn das wütend, der Gedanke, dass ein Mann schuld daran war, dass sie so fühlte.

Er zog ein Papiertaschentuch heraus und reichte es der Gestalt in Einsatzkleidung neben sich, die immer noch grün um die Nase war und kläglich an der Aufbewahrungskiste lehnte. Jesper klopfte Kalle aufmunternd auf die Schulter.

»Einmal kräftig schnäuzen. Und weitermachen. Wir fahren jetzt nach Hause.«

Er setzte sich ans Steuer. Das Handy neben ihm vibrierte ständig, interne Meldungen und Berichte gingen ein. Er blätterte ein paar davon mit dem Daumen durch und nickte Kalle zu, dass er das Steuer übernehmen solle. Kleinlaut tat der Kollege, worum er gebeten worden war, der Motor dröhnte zur Antwort laut auf, und sie schossen über das Wasser davon. Jesper las mit gerunzelter Stirn. Die meisten Einsatzkräfte forderten die Starkregenschäden in Mittelschweden mit einem Todesfall und mehreren Verletzten. Aber das waren nicht die Meldungen, die ihn am meisten interessierten. Schließlich fand er, was er gesucht hatte. Skageby war eins von mehreren Dörfern, die vollkommen isoliert waren. Bäume versperrten die Zufahrtsstraßen und der Stromausfall erstreckte sich nach Blitzeinschlägen über das gesamte Areal, auch Mobilfunkmasten waren beschädigt.

Im selben Augenblick klingelte sein Handy. Er nahm das Gespräch an, und eine Frauenstimme meldete sich am anderen Ende.

»Hej, Jesper, hier ist Eva.«

Es dauerte ein paar Sekunden, bis er kapierte, mit wem er sprach. Eva, Lillys Mutter, der er nur ein paarmal begegnet war, seit er und Lilly zusammengekommen waren, und das fast immer unter dramatischen Umständen. Sie war eine charmante Frau, kreativ und ein bisschen speziell, aber sie hatte erst spät im Leben erkannt, dass es höchste Zeit war, das Verhältnis zu ihrer Tochter zu verbessern.

Mit durchgefrorenen Fingern drückte er sich das Telefon dichter ans Ohr, hielt die Luft an, um trotz des Motorenlärms zu verstehen, was sie sagte.

»Hej, Eva. Ist bei dir alles in Ordnung?«

»Ja, mir geht es gut, aber ich hatte das Bedürfnis, dich anzurufen, weil ich mir solche Sorgen mache. Ein Mann hat bei mir angerufen und sich als Kollege von Lilly vorgestellt. Er hat nach ihr gefragt und sagte, er könne sie nicht erreichen.«

»Du bist wahrscheinlich als nächste Angehörige eingetragen. In dem Ort, wo Lilly gerade ist, gibt es Probleme mit der Stromversorgung und das Mobilfunknetz ist zusammengebrochen«, erklärte er schnell.

»Ja, und ich habe ihm gesagt, dass sie doch gerade in Skageby ist und ihr Handy im Augenblick nicht funktioniert«, sagte Eva schnell und fuhr dann hastig fort: »Aber dann ist etwas ganz Komisches passiert. Ich meinte dann nämlich noch, dass ich seinen Namen nicht richtig verstanden hätte, weil ich dachte, er hätte nur vergessen, sich eingangs vorzustellen. Aber da hat er nur noch danke gesagt und einfach aufgelegt. Ist das nicht merkwürdig? Habe ich jetzt etwas Falsches getan?« Sie machte eine Pause. »Denkst du, das war jemand, der … ihr etwas tun will?«

Es war noch gar nicht lange her, dass Lilly in Verbindung mit einem Fall in Gefahr geraten war. Diese Erinnerung machte Eva sicher noch zu schaffen, dachte Jesper. Er antwortete mit einer Ruhe in der Stimme, die ihn selbst überraschte.

»Es war bestimmt nur ein gestresster Kollege. Lillys Job ist wichtig, es gibt wahrscheinlich viele, die gerade versuchen, sie zu erreichen. Sie wird sich melden, sobald die Telefone wieder funktionieren«, sagte er, und Eva schien sich damit zufriedenzugeben. Sie beendeten das Gespräch.

Er steckte das Handy ein. Sein unruhiger Puls war durch Evas Anruf nur noch weiter gestiegen. Schlafen konnte er ein andermal. Er musste sich auf irgendeine Weise vergewissern, dass es Lilly gut ging.

24

Mit einem Gefühl von Unwirklichkeit trat Liv auf die Treppe vor dem Haus. Ein grauer Dunstschleier lag über den Dächern, sanfter Nieselregen befeuchtete ihre Wangen. Sie fuhr sich mit der Hand durch die roten, zerzausten Haare. Ihr Kopf war so schwer, als hätte sie die Nacht durchgefeiert. Der Sturm war abgeflaut, trotzdem kam es ihr vor, als würde sie sich in einem Wachtraum befinden, als sie sich umsah. Sie schauderte. Es sah aus, als wäre eine gewaltige Faust durch den Ort gefegt, ein Hieb, der die Zeit gestoppt und die Menschen in einen Ausnahmezustand versetzt hatte. Alle möglichen Sachen waren aus den Gärten gerissen worden und lagen überall auf dem nassen Asphalt verstreut herum. Ein Rechen, ein Dreirad, ein Sitzkissen. Sie hörte aufgebrachte Stimmen aus dem Nachbarhaus, eine Frau, die sich lautstark über zerbrochene Fenster und Wasser in der Speisekammer aufregte. Regenwasser gab es zumindest reichlich, dachte Liv. Die Fässer waren voll, und sie hatten ein paar extra Eimer hinter dem Haus aufgestellt, um die Tropfen aufzufangen.

Jemand rief seinem Nachbarn zu: »Funktioniert dein Handy?«, »Nein, kein Netz«, lautete die finstere Antwort.

Liv drehte sich um und sah zu den beiden Frauen im Wohnzimmer, die neben dem Schlafplatz von Däumeline knieten.

»Mein ganzer Körper fühlt sich an, als wäre ich von einem Zug überrollt worden, aber sonst ist alles supi«, hatte Malin gesagt.

Sie hatten ihr versprochen herauszufinden, ob es eine Möglichkeit gab, sie ins Krankenhaus zu bringen. Auch wenn Däumeline ein gesundes und munteres Kind zu sein schien, drängte Malin darauf, die wichtigen Vorsorgeuntersuchungen machen zu lassen, um sich zu vergewissern, dass auch wirklich alles in bester Ordnung war. Aber je nachdem wie es auf den Straßen aussah, war das leichter gesagt als getan.

Davon abgesehen bereitete ihnen die Toilette Probleme, die nach einmal Spülen nicht mehr funktionierte, und der Kühlschrank war abgetaut. Das gesamte Wohngebiet war stillgelegt. Allein die grundlegendsten Dinge zu organisieren würde sie eine ganze Weile beschäftigen.

Liv schob die Nase in den Ausschnitt ihres langen T-Shirts mit dem Aufdruck »Simon says relax« und verzog das Gesicht. Sie roch nach Schweiß. Ihre Tage hatte sie außerdem auch noch. Selten hatte sie sich so sehr nach einer ausgiebigen, heißen Dusche gesehnt, stattdessen stand ihr eine Katzenwäsche mit aufgefangenem Regenwasser bevor. Sie zog die Tür hinter sich zu und ging ins Bad.

Rasch wusch sie sich in der Duschwanne ab, mit Seife und Wasser aus einem der Eimer. Sprühte sich mit Lillys Deo ein. Zog sich eine Strickjacke über das T-Shirt, das sie schon den ganzen Morgen angehabt hatte, dazu Jeans. Das musste reichen.

Das Frühstück bestand aus einer Dose weiße Bohnen in Tomatensoße für jede von ihnen. Das Toilettenproblem lösten sie mit einem Plastik-Nachttopf, den Lilly in der Waschküche entdeckt hatte. Sie platzierten ihn auf einem Hocker im Bad, und jede war selbst dafür verantwortlich, ihn nach Gebrauch hinter dem Haus sauber zu machen, wo sie eine Grube zur Abfallentsorgung ausgehoben hatten. Für den Augenblick war das ausreichend.

Ein Nachbar klopfte an und fragte, ob sie noch Kerzen hatten, und sie gaben etwas von ihrem üppigen Vorrat im Küchenschrank ab. Liv kramte einen großen Müllsack heraus, räumte alle Lebensmittel aus dem dunklen Kühlschrank und warf sie weg. Sie sah dabei ziemlich unzufrieden aus, die Hälfte der Sachen war nicht einmal angebrochen. Lilly nahm sich währenddessen den Berg schmutziger Handtücher vor, wusch sie behelfsmäßig mit Seife und Regenwasser und hängte sie zum Trocknen auf.

Schließlich waren sie fertig, und Lilly widmete sich wieder dem Kuscheln mit Däumeline.

»Wollen wir los?«, rief Liv nach nebenan ins Wohnzimmer.

»Wir bleiben nicht lange weg«, hörte sie Lilly Malin versprechen. »Sollten die großen Straßen passierbar sein, dann kommen wir sofort zurück und holen dich.«

Lilly, in gemustertem Polo-Shirt und Leggins, steckte die Arme in eine leichte Steppjacke und zeigte Liv, dass sie die Autoschlüssel schon hatte. Ihre blonde Mähne stand in alle Richtungen ab, und ihre Augen waren dick geschwollen und müde, aber gleichzeitig leuchteten sie vor Glück.

Lilly setzte sich ans Steuer, während Liv sich anschnallte und ihr Handy aus der Hosentasche kramte. Sie betrachtete es missmutig, während der Wagen auf die Straße bog. Der Akku war voll aufgeladen, wenigstens etwas. Auch ohne Netzempfang stellte das Handy ein gutes Hilfsmittel für alles mögliche andere dar. Sie beschloss, mit der Akkuladung sparsam umzugehen und das Telefon die meiste Zeit ausgeschaltet zu lassen. Zum jetzigen Zeitpunkt war absolut unklar, wie lange ihre Situation noch so bleiben würde. Ein paar Stunden? Einen Tag? Mehrere Tage?

»Wir sind einfach in die Steinzeit zurückgeworfen worden, verdammte Scheiße.«

Jetzt war es an Lilly zu feixen.

»Da gab es weniger Autos. Aber sonst gebe ich dir recht. Es ist total krass, wie verwundbar unsere Gesellschaft eigentlich wirklich ist. Knips den Strom aus, und alles liegt brach.«

Sie fuhren an unbeleuchteten Häusern vorbei und stellten fest, wie das diesige Tageslicht der ganzen Gegend etwas Gespenstisches verlieh. Hier und da stiegen Rauchfahnen in den Himmel. Hausbesitzer, die sich darüber freuen durften, einen offenen Kamin oder Holzofen zu haben. Die Straße vor ihnen war wie leergefegt, in der kleinen Gemeinde war kaum ein Fahrzeug unterwegs. Der Asphalt war feucht, wie ein dunkler Strich lag die Strecke vor ihnen. Überall hatte der Sturm seine Spuren hinterlassen. Umgestürzte Bäume, zerbrochene Fensterscheiben, Gegenstände, die der Wind losgerissen und fortgetragen hatte, lagen herum. Menschen räumten auf mit düsterer Miene und versuchten, das Chaos zu beseitigen. Die Besiedelung wurde dünner. Sie erreichten die Anhöhe mit der Whiskybrennerei, nahmen den Abzweig, der Richtung Autobahn führte. Dann schnappten sie unisono nach Luft.

Die mächtige Kiefer blockierte fast die gesamte Fahrbahn in beide Richtungen. Die gewaltigen Äste sahen aus wie Arme, die sich hilflos in die Luft streckten, Wurzeln ragten in alle Richtungen. Der Wald grenzte hier dicht an die Straße, und der umgestürzte Riese hatte eine Lücke in die Mauer aus Bäumen gerissen, die aussah wie ein ausgefallener Schneidezahn. Lilly bremste ab und blieb ein paar Meter vor dem Baum stehen. Um das Monstrum aus dem Weg zu räumen, brauchte man eine Seilwinde oder eine Forstmaschine mit Kran. Allerdings sah sie dahinter noch mehr Windbruch quer über der Straße liegen, Nadelbäume und diverses anderes Gehölz.

»Gibt es noch einen anderen Weg?«, setzte sie an, aber sie verstummte abrupt, als die nächste hohe Kiefer krachend auf der Straße landete, direkt neben der ersten. Die Erschütterung beim Aufprall war bis ins Auto zu spüren.

Lilly legte den Rückwärtsgang ein, schaute nach hinten und wendete den Wagen in einer schnellen, rotierenden Bewegung. Sie warf Liv einen gehetzten Blick zu.

»Ich habe nicht die Absicht zu warten, bis noch einer auf unseren Köpfen landet«, sagte sie, und Liv nickte.

»Nein, darauf bin ich auch nicht scharf. Mann, das ist echt gruselig.«

Es gab noch eine kleinere Straße, aber sie mussten nicht einmal näher heranfahren, um zu erkennen, dass es aussichtslos war. Entwurzelte Bäume, die sich ineinander verkeilt hatten und andere, die sich schon bedenklich tief über den Asphalt neigten und aussahen, als könnten sie jederzeit umkippen.

Mit Vollgas fuhren sie nach Skageby zurück.

»Malin und Püppi werden wahrscheinlich noch eine ganze Weile auf ihre Untersuchung warten müssen, aber wir können wenigstens Windeln und Babypuder besorgen, wo wir gerade eh unterwegs sind«, sagte Lilly.

Liv verzog das Gesicht.

»Hast du denn Bargeld? Wenn die Geschäfte genauso wenig Strom haben wie der Rest der Gegend, dann kannst du das mit der Kartenzahlung nämlich vergessen.«

»Mist, daran habe ich nicht gedacht«, sagte Lilly seufzend. »Aber ja, drei-, vierhundert Kronen habe ich, glaube ich, noch.«

EINGESCHRÄNKTE ÖFFNUNGSZEITEN.
REINIGUNGS- UND AUFRÄUMARBEITEN LAUFEN.
RESERVEGENERATOR IST UNTERWEGS.

Das handgeschriebene Schild an der Tür war mit Gelb und Rot unterlegt und leuchtete ihnen schon von weitem entgegen.

Der kleine Supermarkt schien auf den ersten Blick geschlossen zu sein, aber bei genauerem Hinsehen war im Inneren Bewegung zu erkennen. Liv und Lilly stellten den Wagen in der Nähe des Eingangs ab. Auf dem kleinen Parkplatz standen nur wenige Autos, aber drinnen in dem halbdunklen Lebensmittelgeschäft herrschte reges Treiben. Ein Mann mit kräftigem Schnauzbart und autoritärer Stimme stand vorn am Eingang neben den aufgereihten Einkaufswagen und verteilte Aufgaben, seine Arme ausgestreckt wie ein Drehkreuz. Zwei junge Kerle mit Schürzen hörten ihm zu und machten sich Notizen. Sie wirkten beide nervös.

»Ihr nehmt sämtliche Frischwaren aus der Kühlung und werft sie hinten in die Container. Dann räumt ihr Konserven und Trockenwaren in die Regale. Außerdem müssen wir vor dem Laden einen Stand mit Obst und Gemüse zum halben Preis aufbauen. Holt dafür den Tisch aus dem Pausenraum. Ich gehe währenddessen ins Lager und sortiere alles aus, was weggeworfen werden muss.«

Der Schnauzbart seufzte schwer und wandte sich an die Verkäuferin, die schon eine ganze Weile versuchte, eine Frage loszuwerden und sich endlich Gehör verschaffen konnte.

»Nein, nur Bargeld. Und nein, wir schreiben auch nicht an. Wir können ja nicht mal die Kasse öffnen. Die Waagen funktionieren nicht. Nichts funktioniert. Hol dir den Taschenrechner und die Geldkassette, damit die Leute wenigstens das Nötigste einkaufen können.«

Die Verkäuferin eilte los, und ihr Chef, der Lilly und Liv bemerkte, machte ihnen Platz.

»Oh, tut mir leid. Es ist ein bisschen chaotisch im Augenblick.«

Taschenlampen und aufgeladene Solarlampen waren in den Gängen aufgestellt worden. Die Regale sahen gruselig dunkel und endlos lang aus, es war gar nicht so leicht, sich zwischen den Waren zurechtzufinden. Hier und da war eine Konservendose auf den Boden gefallen. In der Nähe der Kasse fanden sie schließlich, wonach sie gesucht hatten. Zwei Packungen Windeln in der kleinsten Größe und eine Dose Babypuder landeten im Einkaufskorb.

»Nimm die Schnuller da auch noch mit«, sagte Lilly gerade, als lautes Gepöbel sie verstummen ließ.

»Das ist ja wohl das LETZTE!«, brüllte eine Männerstimme.

Sie liefen eilig um die Ecke und sahen die Verkäuferin. Sie saß an der Kasse, teilweise beleuchtet vom Licht einer Taschenlampe, und hatte erschrocken die Hände gehoben.

Der Mann, der vor ihr stand, war um die 60 und vermutlich betrunken oder high, denn er schwankte leicht. Jetzt stützte er sich mit beiden Händen auf das Warenband und beugte sich vor. Seine Jacke hatte dunkle Flecken, sein Hemd war schief geknöpft, die stahlgrauen Haare ungekämmt und sein Gesicht dunkelrot angelaufen.

»Was seid ihr denn für KOMIKER, dass man bei euch nicht anschreiben lassen kann? Das hier ist eine Notlage, habe ich gesagt!«

Die Sachen, die er auf Pump kaufen wollte, waren ein Zwölferpack Bier, ein Brot und drei Dosen braune Bohnen.

Liv ging dazwischen.

»Liv Kaspi, Polizei. Kann ich hier behilflich sein?«

Er drehte den Kopf, hatte offensichtlich Probleme, in der Dunkelheit den Blick zu fixieren. Sein Atem roch übel, als er den Mund aufmachte.

»Ne, mit dir rede ich nich.«

Er wandte sich wieder der eingeschüchterten Verkäuferin zu, die Liv bittend ansah.

»Und du kleine Schlampe schreibst jetzt meine Sachen auf, sonst kracht's!«

Liv legte eine Hand auf seinen Arm.

»Sie hat Ihnen schon erklärt, dass das nicht geht. Und jetzt raus hier.«

Er richtete seinen glasigen Blick wieder auf Liv und verpasste ihr plötzlich einen harten Stoß gegen die Brust. Überrumpelt taumelte sie ein paar Schritte zurück und merkte, wie ihr der Geduldsfaden riss. Einer der nervösen Jungs tauchte kurz am Rand ihres Blickfeldes auf, aber er war genauso schnell wieder verschwunden. Hinter sich hörte sie Lilly, die irgendetwas davon sagte, den Ladeninhaber zu holen. Liv sah den Mann durchdringend an.

»Hören Sie auf, sich hier zum Affen zu machen«, sagte sie scharf. »Wir beide verlassen jetzt diesen Laden. Sofort.«

In den Augen des Mannes erwachte etwas, und die Reaktion ließ nicht lange auf sich warten. Er holte aus und schlug zu, aber diesmal war sie vorbereitet. Sie duckte sich, tänzelte rückwärts, um auch der nächsten Attacke auszuweichen.

»Das ist jetzt ein Witz, oder?«, fragte sie, als er auf sie zukam.

Dann machte sie einen Schritt nach vorn und zielte auf sein Knie. Sie traf ihn direkt oberhalb der Kniescheibe. Der Mann stoppte sofort. Während die Nachricht des intensiven Schmerzes noch nicht ganz in seinem benebelten Hirn angekommen zu sein schien, setzte sie zu einem Uppercut an, legte ihr ganzes Gewicht in die Bewegung und fällte ihn wie einen Baum. Er knallte auf den Boden, riss dabei einen Zeitungsständer mit sich, der mit ohrenbetäubendem Krachen umkippte. Lilly und der Ladeninhaber kamen herbeigeeilt, und Letzterer richtete seine Taschenlampe auf das Gesicht des Mannes.

»Ich dachte, du würdest vielleicht Verstärkung brauchen«, sagte Lilly atemlos zu Liv. Sie schaute zu dem Mann hinunter, der jetzt zusammengekauert auf dem Boden lag und sich das Knie hielt. »Aber offensichtlich war das nicht der Fall. Denkst du nicht, du hast es vielleicht ein bisschen übertrieben? Wie geht es ihm?«, fragte sie leiser.

Liv ging in die Hocke, packte den Kerl an den Armen und richtete ihn ein wenig auf. Er leistete keinen Widerstand, sondern murmelte nur zusammenhangloses Zeug vor sich hin.

»Ihm wird morgen hier und da etwas weh tun, aber er wird es überleben«, sagte sie nach einem kurzen Check.

Lilly durchsuchte die Kleidung des Mannes.

»Oha, was haben wir denn da?«

Im Schein der Taschenlampe hielt sie seine Geldbörse hoch und – deutlich interessanter – ein Butterflymesser mit nietenverziertem Schaft.

»Das macht dann Bedrohung, tätlicher Angriff auf eine Amtsperson, tätlicher Widerstand, Verstoß gegen das Waffengesetz«, seufzte Liv. »Aber wir können ihn ja nicht festnehmen. Wir haben ja nicht mal eine provisorische Arrestzelle.«

Lilly nahm ihr Handy, schaltete es ein und fotografierte den Personalausweis des Mannes. Sverker Persson. Geboren 1960. Sie schaute zu Liv hoch.

»Nein, festnehmen können wir ihn nicht. Im Augenblick ist alles im Ausnahmezustand. Er bekommt erst mal noch eine Galgenfrist.« Liv steckte das Messer ein, schob die Geldbörse zurück in die Innentasche von Sverker Perssons Jacke.

Lilly sah die Verkäuferin freundlich an.

»Sein Brot und die Konservendosen können Sie mit auf unsere Rechnung setzen«, sagte sie. »Aber das Bier bleibt hier.«

Liv nickte zustimmend. Wenn sie Sverker Persson keinen Grund gaben, in den nächsten Tagen schon wieder hier aufzutauchen, taten sie eher den Mitarbeitern als Sverker selbst einen Gefallen.

Sie bezahlten, bekamen ihre Einkäufe und in einer Extratüte die Lebensmittel für den Schläger. Sie packten ihn, eine rechts, eine links, am Arm und eskortierten den Mann unter den wachsamen Augen des besorgten Ladeninhabers nach draußen. Er stank nach altem Bier, hatte Schwierigkeiten, das schmerzende Bein zu belasten und schwankte wie ein Schilfrohr im Wind. Der Ladenchef, noch ganz erschüttert von den Ereignissen, murmelte ein Dankeschön.

»Aber wenn er nüchtern ist, ist er noch unangenehmer, müssen Sie wissen«, fügte er hinzu. »Dann hat er ganz miese Laune. Das war nicht das erste Mal, dass er jemanden bedroht hat.«

Livs Griff um Sverker Perssons Arm straffte sich. »Warum haben Sie ihn dann nicht angezeigt, wenn ich fragen darf?«

Der Ladenchef blieb in der Tür stehen. »Denken Sie, die Ordnungsmacht ist hier in Skageby in irgendeiner Form präsent? Hier gibt es ja nicht mal eine Polizeiwache. Aber ich wohne hier und muss meinen Lebensunterhalt verdienen.«

Widerwillig musste Liv zugeben, dass er in diesem Punkt nicht unrecht hatte, auch wenn sie innerlich brodelte.

»Darüber unterhalten wir uns irgendwann noch mal«, sagte Lilly versöhnlich und nickte ihm freundlich zu.

Sie führten Sverker Persson hundert Meter vom Supermarkt weg, an einem verrammelten Friseursalon und einer ebenso verrammelten Apotheke vorbei, und setzen ihn mitsamt seiner Tüte auf eine Parkbank. Er sackte in sich zusammen, blieb, ohne ein weiteres Wort und ohne ihnen noch ein einziges Mal in die Augen zu sehen, dort sitzen. Im Moment war von seinem bedrohlichen Auftreten nicht mehr viel zu merken.

»Wir behalten Ihr Messer. Die Polizei wird sich bei Ihnen melden. Am besten gehen Sie jetzt nach Hause und schlafen Ihren Rausch aus. Und hören Sie auf, sich selbst in Schwierigkeiten zu bringen«, sagte Liv und drückte unsanft seinen Arm. Er gab keine Antwort, sondern fasste sich nur an den Kopf.

Die beiden Frauen liefen eilig zurück zum Auto. Malin fragte sich bestimmt schon, wo um alles in der Welt sie so lange blieben.

25

Emil Niskanen machte ein paar Schritte nach draußen auf die regennassen Holzdielen und betrachtete besorgt das Terrassendach. Bei dem Sturm letzte Nacht war ein gewaltiger Baum auf das Grundstück gestürzt und hatte den äußersten Holzpfosten weggedrückt, der die Plexiglasplatten stützte. Jetzt neigte sich die ganze Konstruktion nach unten und verlangte sofortige Reparatur. Aber das war nicht alles. Einer der Äste war gegen das Badezimmerfenster geschlagen, das zu einem feinen Netz zersprungen war. Und er konnte noch nicht einmal in der Glaserei anrufen.

Und damit hörten die schlechten Nachrichten noch nicht auf. Die Toilettenspülung funktionierte nicht, was er zu spät bemerkt hatte, nämlich nach dem Klogang. Für einmal Spülen hatte das Wasser gereicht, aber dann war Schluss gewesen. Jetzt musste er fluchend die Kloschüssel reinigen und einen Eimer mit Deckel hinter das Haus stellen.

Vor einer Stunde hatte sein nächster Nachbar kurz bei ihm vorbeigeschaut. Den Mann hatte es offensichtlich noch härter erwischt als ihn. Eine Kiefer war auf sein Auto gekracht, und bevor er wieder mit hängenden Schultern in seinem Haus verschwunden war, hatte er noch eine verzweifelte Geste in Richtung Himmel gemacht. Viele im Dorf hatten heute das Gefühl, von einer höheren Macht bestraft worden zu sein. Bedrückt zog er die Tür hinter sich zu. Er hatte die halbe Nacht wachgelegen, eine Radiosendung verfolgt, die minütlich über die Entwicklung der Unwetterlage in

Nord- und Mittelschweden berichtet hatte. Unzählige Bäume waren umgestürzt, hatten den Zugverkehr lahmgelegt, kleinere Ortschaften abgeschnitten. Es gab massive Stromausfälle und vielerorts große Probleme mit Überschwemmungen nach den heftigen Regenfällen. Eine Vielzahl an Einsätzen sollte schnellstmöglich in die Wege geleitet werden, um die Straßen freizuräumen, hatte der Nachrichtensprecher irgendwann gegen ein Uhr informiert, die Rettungsdienste, verstärkt durch Personal mit Radladern, sollten ausrücken, sobald der Sturm nachgelassen hatte. Eine riskante Arbeit, hatte Emil gedacht. Er hatte einige Kameraden, die in der Forstwirtschaft gearbeitet hatten, auf diese Weise verloren. Hohe, instabile Bäume stellten eine große Gefahr dar. Die Bevölkerung wurde aufgefordert, sich wenn möglich zu Hause aufzuhalten, das war das Letzte, was der Nachrichtensprecher noch losgeworden war. Dann war der Strom ausgefallen und die Radiostimme verstummt. Hatte Emil allein in der Dunkelheit zurückgelassen. Resigniert hatte er den Stecker des Radios aus der Wand gezogen. War unruhig eingeschlafen, mehrmals vom Heulen des Windes wieder geweckt worden. Jetzt wurde Emil das ganze Ausmaß des Sturms langsam bewusst.

Das Dorf war isoliert. Falls etwas passieren sollte, konnte er niemanden um Hilfe rufen. Bei dieser Erkenntnis machte sich eine flatternde Unruhe in seiner Brust breit. Sein Vater war an einem Herzinfarkt gestorben. Er selbst hatte sein Herz immer als eine Art Stundenglas betrachtet, aus dem der Sand langsam herausrann. Er wusste nur nicht, wann das Glas leer sein würde. Aber in seinen Routinen hatte er Sicherheit gefunden, in den gewohnten Abläufen. Veränderungen in seinem Leben, nicht zuletzt in Gestalt von Frauen, hatten sich immer nur als problematisch erwiesen. Hatten ihm Kopfschmerzen und schlaflose Nächte bereitet. Und ein quälendes Schuldgefühl, von dem er sich nicht befreien konnte. *Nie wieder*, hatte Emil gedacht. Er fühlte sich orientierungslos, fast schwindelig. Seine Gedanken irrten hierhin und dorthin. Obwohl es Menschen in seiner Nähe gab, er hatte ja Nachbarn, machte ihm die Einsamkeit Angst. Welche ungeheure Sicherheit doch in der Gewissheit gesteckt hatte, dass er nur die Ziffern 112 tippen und das Freizeichen abwarten musste. Das wurde ihm erst jetzt bewusst. Und die Versicherungsgesellschaft konnte er auch nicht anrufen.

Den Tag über hatten sich die Nachbarn auf der regenglänzenden Straße versammelt und eine Art Krisenrat abgehalten, man hatte Konservendosen miteinander geteilt und versucht, sich gegenseitig aufzumuntern, so gut es eben ging. Aber die Frustration war gestiegen, als klar war, dass keiner von ihnen eine Ahnung hatte, wie lange sie noch ohne Strom sein würden. Das Gespräch war schnell darauf gekommen, wie unterversorgt kleine Gemeinden wie Skageby hier oben im Norden grundsätzlich waren. Eine Frau erzählte, dass sie seit dem Vortag nichts mehr von ihrem Sohn gehört hatte, der mit dem Auto von Gävle losgefahren war, um sie zu besuchen. Sie war plötzlich in Tränen ausgebrochen. Emil war ein bisschen auf Abstand gegangen, verschreckt von ihrem heftigen Gefühlsausbruch. Die anderen hatten ihr auf die Schultern geklopft oder sie in den Arm genommen, dann hatte sich die Gruppe aufgelöst.

Als sich der Abend über das Dorf senkte, wurde es auch im Haus duster. Emil nahm die Handylampe zur Hilfe. Zündete die Kerzenreste an, die er noch im Schrank liegen hatte. Man durfte Kerzen nie unbeaufsichtigt brennen lassen, das hatte sein Vater ihm beigebracht. Zum Abendessen gab es Ravioli aus der Dose, auch wenn er sich seine Mahlzeit nicht warm machen konnte.

Nach fast einem ganzen Tag ohne Strom war auch die Wärme aus dem Haus gewichen. Die Heizkörper waren kalt. Regentropfen spritzten gegen die Fensterscheiben. Emil trug eine dicke Jacke über dem Hemd, eine lange Unterhose unter der Cordhose und seine Füße steckten in Lammfellpantoffeln. Trotzdem fröstelte er, als er mit kalten Händen sein Essen löffelte. Bisher war es ein milder Herbst gewesen, er hatte noch nicht einmal die Daunendecke, geschweige denn die Winterjacken vom Dachboden heruntergeholt. Aber jetzt drang die feuchte Kühle ins Haus. Der Gedanke an eine Aufgabe, an etwas Sinnvolles, das er tatsächlich tun konnte, munterte ihn auf.

Entschlossen kratzte er die Reste aus der Konservendose, warf sie in den Mülleimer unter der Spüle und pustete die Kerzen aus. Das Handy musste wieder als Lichtquelle herhalten. 19:04, leuchtete ihm die Uhrzeit entgegen. Er steckte das Handy vorn in die Hosentasche und klappte die Bodenleiter im oberen Stock aus.

Er kletterte nach oben. Das Holz fühlte sich rau und vertraut unter seinen Fingern an. Auf dem Dachboden war es kühler als sonst, nachdem die gewöhnlichen Wärmequellen im übrigen Haus ausgefallen waren. Er schauderte, als er in die Finsternis trat, die nur von dem dünnen Lichtstrahl seines Handys durchschnitten wurde. Emil bewegte sich vorsichtig über den Dachboden, wusste aus Erfahrung, wo er seine Füße hinsetzen musste. Die Daunendecke war in einer bunten Plastikbox eingepackt. Er klemmte sie sich unter den Arm und suchte mit einer gewissen Mühe die Tasche mit den Winterjacken heraus. Dann warf er alles nacheinander die Bodenleiter hinunter und stieg wieder nach unten, mit dem Handy in der Hosentasche, so dass der obere Teil des Displays herausragte. Mühsam sammelte er den ganzen Packen wieder auf, um vorsichtig alles ins Erdgeschoss zu tragen. Er hatte gerade einen Fuß auf die erste Treppenstufe gesetzt, als das Handy tiefer in die Tasche rutschte und um ihn herum alles schlagartig pechschwarz wurde. Er stellte die Sachen ab, zog das Handy wieder hoch, platzierte es richtig. Dann machte er sich wieder vorsichtig auf den Weg nach unten, eine Stufe nach der anderen, vollbepackt mit Jacken und der Decke.

Um diese Zeit hätte er sich normalerweise vor den Fernseher gesetzt, dachte Emil, aber sich gleich in die warme Decke zu wickeln und bei Kerzenlicht Kreuzworträtsel zu lösen, war eine sehr gute Alternative.

Auf halber Treppe nahm er ein Geräusch hinter sich wahr, und sein Herz stockte. Er blieb stehen. Durch die Bewegung rutschte das Handy wieder in die Tasche, und das Licht erlosch. Die Treppenstufen verschwanden im Dunkeln. Er konnte jetzt seinen eigenen Atem hören. Für ein paar Sekunden stand er wie angewurzelt da, versuchte, seinen überhitzen Sinnen klarzumachen, dass das Knacken, das er hinter sich gehört hatte, bestimmt nur die Bodenluke gewesen war, die mit etwas Verzögerung ins Schloss gefallen war. Aber die Dunkelheit fühlte sich so kompakt an. Das Rauschen des Regens verwandelte sich in schleichende Schritte. Sein Herz schien plötzlich viel mehr Platz in seiner Brust einzunehmen. Er presste die Zunge an den Gaumen, setzte vorsichtig einen Fuß vor den anderen. Jetzt nur nicht stolpern. Aber dann hörte er noch ein leises Knacken, ein Geräusch, das er in den vielen Jahren, in denen er hier wohnte, noch nie gehört hatte. Seine Gedanken rasten. War ein Einbrecher im Haus? Ein Dieb, der versuchte, den Stromausfall für sich zu nutzen?

Jetzt achtete er nicht mehr darauf, wohin er trat, seine Füße polterten die Treppenstufen hinunter. Emil wollte nur noch nach unten, wollte das Handy aus der Tasche ziehen, eine Lichtquelle haben. Die Finsternis schien sich auszudehnen und ihn zu umschließen. War es Einbildung oder hörte er noch jemand anderen? War da noch jemand in der Dunkelheit, jemand der heftig atmete?

Er stolperte nach unten in den Flur, ließ die Kiste fallen und drehte sich um. Schnell zog er das Handy aus der Tasche. Und intensive Dunkelheit verwandelte sich in weißes Licht. Vor ihm waren die geschwungene Treppe, die Holzsprossen des Geländers und – als es ihm gelang, das Telefon ruhig zu halten – ein schwarzer, hochgewachsener Schatten.

Sein Atem war nur noch ein Gurgeln im Hals. Ein lautloser Schrei. Ein Arm schoss auf ihn zu, schnell wie eine Schlange.

Dann drang die Messerklinge durch Jacke und Hemd, der Schmerz schoss wie ein Stoß durch seinen Körper, wurde von einer Welle Adrenalin blockiert. Blut quoll über die Hände, die nach dem Bauch griffen. Die Messerklinge glitt aus seinem Körper und stieß erneut zu, direkt unterhalb des Brustkorbs.

»Nein!«, schrie er laut heraus.

Emil bekam den Messerschaft zu fassen, stemmte sich mit den Füßen in den Boden und versuchte, eine dritte Attacke abzuwehren. Es war ein Nahkampf, den er fast gewonnen hätte, trotz der brennenden Schmerzen im Körper. Aber an seinen Händen klebte überall Blut, seine Finger rutschten ab.

Die große, dunkle Gestalt schlug erneut zu. Leichte Atemzüge in der Dunkelheit.

Einmal, zweimal, dreimal. Worte wurden ihm entgegengeschleudert und als das Gesagte sein Bewusstsein erreichte, da verstand er plötzlich. Was ihm wiederfuhr, war Gerechtigkeit. Emil taumelte, stützte sich für einen kurzen Augenblick an einem warmen Körper ab. Spürte, wie ihn das Leben verließ. So nah war er seit vielen Jahren keinem Menschen mehr gekommen, das war der letzte Gedanke, der ihm durch den Kopf schoss. Klappernd fiel das Handy auf den Boden, das Licht tanzte um ihn herum, ehe es zur Ruhe fand.

Sein Stundenglas war abgelaufen. Die brennende Flamme in Emils Körper verwandelte sich in Kälte.

Die Dunkelheit kehrte zurück, tiefer als je zuvor.

26

TAG ZWEI

Egon schob die Kapuze seines Pullis zurück und strich sich die langen Haare aus den verschlafenen Augen. Dachte, wie einfach und schnell man eine Aufgabe erledigen konnte, wenn man ausnahmsweise kein Rudel unerzogener Hunde an der Leine hatte. Heute war sein freier Tag, aber selbst den verbrachte er mit Arbeit. Wobei es jetzt ohne Strom ohnehin nicht viel anderes zu tun gab. Er machte die Tür auf, die wie üblich nicht abgeschlossen war. Stellte eine braune Papiertüte mit Lebensmitteln auf den Fußabtreter. Legte Emils Wechselgeld auf den kleinen Tisch neben der Tür. Im Flur war es dunkel, die Wanduhr stand auf halb neun. Er stutzte. Im Haus roch es irgendwie anders als sonst.

Emil Niskanens Rasierwasser, Essensgeruch aus der Küche, erdige Stiefel auf dem Fußabstreifer. Diese Sachen prägten für gewöhnlich den Geruch in diesem Haus. Jetzt hing etwas Süßliches, Abstoßendes in der Luft. Egons Blick fiel auf die geschwungene Treppe, die unten vor dem Wohnzimmer endete. Vor der untersten Stufe ragte etwas hoch.

Egon zog seine Schuhe aus. Ging vorsichtig auf die zusammengesunkene Gestalt zu, die dort saß. Emils eine Hand lag in einer offenen, fast lässigen Geste da, als wollte er den Besucher bitten einzutreten. Seine Augen starrten leer ins Nichts. Die Haut war weiß und wächsern, die ersten dunklen Flecken zeigten sich. Ein nahezu schwarzer Spiegel aus Blut hatte um ihn herum auf dem Boden einen ungleichmäßigen Kreis gebildet.

Egon ging in die Hocke und starrte den Toten fasziniert an. Emils Jacke war dunkel vor Blut, die verschiedenen Stoffschichten waren an mehreren Stellen zerrissen. Egon merkte, dass er die Luft angehalten hatte, und atmete tief ein. Die süßliche Luft, die der tote Körper verströmte, schlug ihm entgegen und schien mit einem Mal seine restlichen Sinne zum Leben zu erwecken. Er musste hier weg. Er musste raus.

Egon taumelte rückwärts und verlor um ein Haar das Gleichgewicht. Er richtete sich auf und zögerte.

Alles drehte sich, weil ihm so viele Fragen auf einmal durch den Kopf schossen. Wie sollte er die Polizei und den Krankenwagen verständigen? Er konnte ja niemanden anrufen. Er musste sich ins Auto setzen und wegfahren, jemanden holen, Alarm schlagen, aber das Adrenalin rauschte so durch seinen Körper, dass er kaum stehen konnte. Doch, jetzt fiel es ihm wieder ein, er wusste, wo dieser Kripo-Typ wohnte. Dieser Mats. Er hatte eine Art Büro im Ort. An diesen Gedanken klammerte er sich, während er mit zittrigen Händen seine Schuhe anzog und aus dem Haus stolperte. Alle anderen Gedanken verdrängte er. Er brauchte zwei Anläufe, bis er es schaffte, die Tür hinter sich zuzuschließen.

Auf dem Fußabtreter im Flur stand immer noch die braune Papiertüte mit Lebensmitteln.

27

Sie waren durch ein rußschwarzes Treppenhaus gegangen, hatten überraschend unversehrte Räume betreten, die trotzdem noch nach Rauch rochen. Am Tisch hatten vier blasse, benommene Gesichter gesessen. Thema ihrer morgendlichen Besprechung war ihre verzweifelte Lage gewesen, der Verlust ihrer Funkgeräte und anderer Technik bei dem Feuer und ihre stark eingeschränkten Möglichkeiten. Die Frage, wie sie die kleine Gemeinde jetzt am besten unterstützen konnten. Mats und Robert hatten sich außerdem sprachlos angehört, wie Lilly und Liv sich den letzten Tag um eine frischgebackene Mutter und ihr Baby gekümmert hatten. Mats hatte von dem Brand berichtet und wie er und Robert sich danach die Uniformen angezogen und im Dorf Präsenz gezeigt hatten, um für Ruhe zu sorgen. Wo immer sie aufgetaucht waren, hatten sie unzählige Fragen beantworten müssen, weil die Leute von der Ordnungsmacht wissen wollten, wann sie ihr normales Leben zurückbekommen würden. Wann waren die Straßen wieder passierbar, wann kam der Strom zurück? Viele machten sich Sorgen, vor allem weil sie sich nicht bei ihren Angehörigen melden konnten. Aber zum jetzigen Zeitpunkt gab es dazu keine echten Antworten. Mit etwas betretener Miene hatte Mats gegenüber Lilly und Liv eingeräumt, er haben den Leuten versprochen, dass Hilfe unterwegs sei. Und, darauf beharrte er, das könne auch gar nicht anders sein. Selbst wenn Skageby nicht die höchste Priorität bei den Rettungsarbeiten hatte.

»Ich hoffe, du behältst recht«, hatte Lilly geseufzt, und Liv hatte ihm einen skeptischen Blick zugeworfen.

Der Ermittlungen im Fall Gunnar Dörner pausierten vorläufig. Die kritische Lage in Skageby hatte jetzt Vorrang. Darin waren sich alle einig gewesen. Liv und Lilly hatten einen kurzen Abstecher nach Hause gemacht, um nachzusehen, ob bei Malin und Däumeline keine Komplikationen aufgetreten waren. Danach waren sie beruhigt ins Büro zurückgefahren und dort auf einen aufgebrachten, hektischen Mats getroffen. Die Neuigkeit, die sie von ihm erfuhren, war ein Schock. In dem kleinen Ort war ein weiterer älterer Mann erstochen worden.

Jetzt standen sie zu dritt vorm Büro und fröstelten in dem beißend kalten Wind. Versuchten, ihre Gedanken zu ordnen.

»Wer hat ihn gefunden, hast du gesagt?«

Der Tatendrang in Livs Stimme war nicht zu überhören. Vermutlich verfolgte ihre Freundin denselben Gedanken wie sie selbst, dachte Lilly, aber sie durften jetzt keine voreiligen Schlüsse ziehen. Und doch war es nun mal Fakt, dass Egon Larsson, der Praktikant der Hundezüchterin, auch mit Gunnar Dörner kurz vor dessen Tod Kontakt gehabt hatte. Dass die groß gewachsene, schwarz gekleidete Gestalt nach der Tat ausgerechnet am Hof der Hundezüchterin vorbeigekommen war. Aber auf der anderen Seite – warum hatte Egon dann nicht dafür gesorgt, dass die Videoaufnahmen gelöscht wurden? Hatte die schwarz gekleidete Gestalt gar nichts mit den Morden zu tun? War das nur ein zufälliges Zusammentreffen? Lilly dachte im Stillen, dass kein erfahrener Ermittler allzu sehr auf Zufälle bauen würde, aber dass man sie auch nicht ganz außer Acht lassen durfte. Mats machte eine Geste in Richtung erster Stock.

»Robert ist dabei, die technische Dokumentation zu machen,

soweit das im Augenblick möglich ist. Er nimmt eine Speichelprobe von Egon, Fingerabdrücke, Sohlenprofil, fotografiert ihn, das ganze Paket. In etwa einer Stunde können wir ihn vernehmen«, sagte Mats. »Dann fährt Robert weiter in Egons Wohnung, ich habe eine Durchsuchung angeordnet. Egon lebt allein, ein Zimmer mit Kochnische, tatsächlich gar nicht weit von Klara entfernt. Wir dürfen ihn ja insgesamt maximal sechs Stunden festhalten, also lasst uns die Zeit sinnvoll nutzen.«

Der rötliche Hautton in seinem Gesicht schien eine Nuance dunkler geworden zu sein, seine gesamte kompakte Körpermasse strahlte aufgestaute Energie aus. Es lag unendlich viel Arbeit vor ihnen, dachte Lilly. Normalerweise würde der Bereitschaftsdienst der Kripo sie bei Dingen wie der Wohnungsdurchsuchung entlasten. Jetzt mussten sie alles allein machen. Zu viert.

Also taten sie, was sie konnten, mit dem wenigen, was sie hatten. Sie fingen damit an, das Gelände rund um Emil Niskanens Haus abzusperren. Unter normalen Umständen wären zu diesem Zeitpunkt jede Menge Leute vor Ort gewesen. Techniker, die sich von Kopf bis Fuß in Schutzkleidung warfen und dann auf der Jagd nach Spuren durch das Gebäude und über das Grundstück gingen. Haut, Haare, DNA, Stofffasern, all die kleinen Puzzleteile, die die Ermittlungen voranbringen konnten.

Das Beste, was sie jetzt tun konnten, war, alles für den Zeitpunkt vorzubereiten, an dem die Spurensicherung irgendwann eintreffen würde. Sie zogen sich Ganzkörperoveralls an, Überschuhe, Einweghandschuhe, Mundschutz. Bewegten sich entlang der Wände, wo der Mörder sehr wahrscheinlich nicht gewesen war. Es war jetzt der zweite Tag ohne Strom und Heizung, und sie mussten ihre Handys benutzen, um alles, so gut es ging, aus verschiedenen Winkeln zu fotografieren. Im Haus, aber vor allem auch draußen rund ums Haus. Denn bis die Kriminaltechniker den Tatort untersuchen konnten, würden die Spuren im Freien längst zerstört worden sein.

Die Leiche wurde mit äußerster Vorsicht in schützende Plastikfolie verpackt und ein paar Häuser weiter in einen abschließbaren Erdkeller gebracht, wo der Tote so kühl wie möglich aufbewahrt werden konnte. Bei ihrem Eintreffen hatte sich eine Traube von Neugierigen vor Niskanens Haus versammelt, darunter eine Nachbarin, bei der Mats sich ganz diskret nach einer Verwahrmöglichkeit erkundigt hatte. Natürlich wollte sie gern helfen und sagte, dass ihr Erdkeller bis auf ein paar Marmeladengläser leer sei. Lilly, Mats und Liv trugen den Toten zu dritt. Der Transport einer Leiche war eine unangenehme Aufgabe, die sonst nie in die Zuständigkeit der Ermittler fiel. Es war so viel Blut und der Körper eine eiskalte, leblose Last. Als er auf dem Weg in den Erdkeller auf die vorbereitete Plastikplane rollte, hörten sie Luft entweichen. Es klang wie ein Aufatmen. Lilly hielt den Blick starr auf ihre Hände gerichtet. Konzentrierte sich darauf, durch den Mund zu atmen. Als das Vorhängeschloss an der Tür des Erdkellers einrastete, entfuhr ihr ein Seufzer der Erleichterung.

Sie nahmen die Mülltüte mit Küchenabfällen genauso in Verwahrung wie die Mülltüten in den Abfalleimern, die sich in der Nähe des Hauses befanden.

Den ersten interessanten Fund machten sie auf Niskanens Veranda. Ein erdiger Schuhabdruck auf dem Weg ins Haus. Kleine Erdkrümel auch auf dem Parkettboden im Wohnzimmer. Der Abdruck war groß, Mats tippte auf Schuhgröße 44. Das Muster der Sohle zeichnete sich deutlich ab. Liv fotografierte es mit ihrem Handy.

Liv und Lilly gingen von Tür zu Tür und befragten die nächsten

Nachbarn, die inzwischen in ihre Häuser zurückgekehrt waren. Das Ergebnis war dürftig. Offensichtlich hatte Emil Niskanen am Vortag, direkt nachdem der Sturm abgeflaut war, mit einigen von ihnen Kontakt gehabt, und er war sogar dabei gewesen, als die Nachbarschaft spontan einen Krisenrat abgehalten hatte. Aber ausnahmslos alle gaben an, dass sie viel zu sehr damit beschäftigt gewesen waren, sich um ihre Häuser zu kümmern und mit dem Stromausfall fertigzuwerden, um zu bemerken, ob sonst irgendjemand in der Gegend vorbeigekommen war.

Viele waren jetzt verängstigt, wollten wissen, was passiert sei. Robert übernahm die weitere Befragung der Anwohner, die drei anderen setzten die Arbeit im Haus fort.

»Wir müssen ein Archiv mit handschriftlichen Aufzeichnungen und Notizen anlegen, alles dokumentieren«, merkte Lilly an.

Genau wie im Fall Gunnar Dörner fanden sich auch bei Emil Niskanen Hinweise darauf, dass das gepflegte Haus durchsucht worden war. Lilly sah sich um. Dunkles Holz, düstere braune Möbel, die gesamte Einrichtung schien aus den 80er Jahren zu stammen und sich seitdem nicht mehr verändert zu haben. Alles war staubfrei und sauber, aber hier und da war die Ordnung durchbrochen. Die Kleider im Schrank waren zur Seite geschoben worden, die Matratze in dem einzigen Bett schien vor kurzem angehoben worden zu sein. Das Laken hing auf der einen Seite lose auf den Boden. Manche Schubladen waren halb herausgezogen, die Schranktüren in der Diele und im Schlafzimmer standen offen. Vielleicht hatte Emil Niskanen kurz vor seinem Tod etwas gesucht. Vielleicht, was wahrscheinlicher schien, hatte sein Mörder das Haus durchsucht. Auf der Jagd wonach, fragte sich Lilly, und war er dabei erfolgreich gewesen?

Wenn man starb, wurde das eigene Leben auf links gedreht, die privatesten Dinge vor aller Augen ans Licht gezerrt, dachte sie dann. Selbst der tote Körper, der gründlich untersucht werden würde, wenn er schließlich in die Pathologie überführt worden war. Wenn man starb, kamen Dinge zutage, die man sorgsam geheim gehalten hatte. Man sollte besser hinter sich aufräumen, ehe man ging.

Sie rührten nichts an, verrückten keinen Gegenstand. Sahen sich nur das an, was offen herumlag. In den letzten Jahren seiner Berufstätigkeit hatte Niskanen als Elektriker gearbeitet, aber in einem Regal fanden sie Unterlagen seiner Versicherung, aus denen hervorging, dass er nach einem Arbeitsunfall in Frührente gegangen war. Irgendetwas mit der Schulter.

Nach Aussagen der Nachbarn gab es keine Angehörigen im Ort, die sie kontaktieren konnten. Im Regal standen alte gerahmte Schwarz-Weiß-Fotos der Eltern, mehr nicht. Keine Hinweise auf eine Partnerin, auch nicht auf eine Fernbeziehung, keine Kinder. Ein paar Verwandte in Mora und anderen Ecken von Dalarna, wie ein paar Postkarten und Briefe verrieten. Lediglich ein paar verblasste Polaroidfotos von einer dunkelhaarigen Frau deuteten darauf hin, dass es zumindest eine Liebesbeziehung im Leben des Siebenundsechzigjährigen gegeben hatte. Davon abgesehen schien Emil Niskanen ein sehr einsamer Mensch gewesen zu sein.

Auffallend einsam, fand Lilly.

»Habt ihr ein Handy gefunden?«, fragte sie.

Die anderen, Mats und Liv, schüttelten nacheinander die Köpfe. Emil Niskanen hatte kein Festnetztelefon in seiner Wohnung, also hätte irgendwo ein Handy sein müssen. Sie entdeckten das Ladegerät in einem Schrank.

Sein Auto, ein alter Fiat, der schon bessere Tage gesehen hatte, stand unverschlossen in der Garage. Die Innenausstattung war genauso braun wie die Einrichtung des Hauses, am Rückspiegel baumelte ein Wunderbaum. Auch der Wagen schien durchsucht worden zu sein. Der Inhalt des Handschuhfachs war auf den Sitz geschaufelt worden, ein abgegriffener Versicherungsschein, ein altes Päckchen Kondome und ein paar Taschentücher.

»Es gab also eine Zeit, da hatte Niskanen offenbar noch Hoffnung auf Sex gehabt«, war Mats' Kommentar, als sie fertig mit der Suche nach Fingerabdrücken waren. »Aber ich glaube, diese Marke wird schon seit Jahren nicht mehr verkauft.«

Nirgendwo lag das Handy. Es war also gut möglich, dass der Mörder es mitgenommen hatte.

»Mhm, das Handy hätten wir vielleicht orten können«, sagte Lilly seufzend und rieb sich die Stirn.

Es fühlte sich an, als müssten sie mit verbundenen Augen ermitteln, dachte sie. Oder als hätten sie eine Zeitreise gemacht, in eine Vergangenheit, bevor all die technischen Errungenschaften die Ermittlungsarbeit so viel effektiver gemacht hatten. Eine nagende Unruhe machte sich in ihr breit, eine Vorahnung, dass Liv, die so selbstverständlich im Umgang mit Menschen war, mit dieser Situation womöglich sehr viel besser klarkommen würde als sie. Lilly brauchte Daten und Fakten, auf die sie sich stützen konnte, liebte es, möglichst viele Informationen zu analysieren, in denen sich Muster erkennen ließen. Die Sicherheit, die sie sonst in der Ermittlungsarbeit verspürte, war wie weggeblasen.

Sie suchten weiter. Durchkämmten vorsichtig das Grundstück und das umliegende Gebiet bis hin zum Waldrand. Fotografierten alles, was möglicherweise von Interesse sein konnte. Und endlich fand Liv etwas. Mit einem lauten Schrei lockte sie die beiden anderen zu sich.

Im Gras lag Emil Niskanens Handy, zerstört und ohne Sim-Karte.

»Ich wüsste zu gern, was auf diesem Handy war, das wir nicht sehen sollten«, dachte Liv laut.

Sie packten es in eine Plastiktüte, arbeiteten unter Hochdruck weiter. Schließlich rief Mats das kleine Ermittlerteam zu sich.

»Wollen wir eine kleine Essenspause machen?«, fragte er.

Gesagt, getan. Zwanzig Meter vom Haus entfernt setzten sie sich in die Autos, machten die Heizung an und aßen kaltes Essen aus Konservendosen. Sie waren schweigsam. Die Frustration hing wie ein klebriger Schleier über der Gesellschaft. Mats saß allein in seinem Auto und machte die Augen zu, als er aufgegessen hatte. Vielleicht ruhte er sich aus. Vielleicht dachte er intensiv nach. Ein sachter, kühler Nieselregen hinterließ ein streifiges Muster auf den Fensterscheiben. Regen, der noch mehr Spuren des Mörders vernichten würde. Der es der Hundestaffel noch schwerer machen würde, eine Fährte aufzunehmen – wenn sie überhaupt eine herbekommen würden, dachte Lilly.

»Ich nehme an, du denkst dasselbe wie ich?«, fragte Liv und verzog das Gesicht, nachdem sie die letzte Gabel kalte Pasta geschluckt hatte.

Lilly grinste, riss ein Stück von der Küchenrolle ab, die sie mitgenommen hatte, und wischte ein paar Soßenflecken vom Autositz.

»Probier es aus, dann werden wir ja sehen.«

»Diese Morde hier haben mehrere Gemeinsamkeiten. Einsame ältere Männer, die ein bisschen abgelegen wohnen. Erstochen. Durchsuchte Häuser.«

Lilly nickte.

»Du hast recht. Ich denke dasselbe wie du.«

Sie aß weiter, wischte sich den Mund mit dem Handrücken ab. Hatte das Bedürfnis, Liv ein wenig zu bremsen.

»Aber ich denke, wir sollten zu einem so frühen Zeitpunkt keine voreiligen Schlüsse ziehen. Ein Messer ist immer noch die häufigste Waffe bei tödlichen Auseinandersetzungen. Sagen wir mal, Klara hätte ihren Vater umgebracht, weil sie das Haus wollte oder das Erbe, das bisschen, was zu holen war. Und Emil ist von jemandem getötet worden, mit dem er in Streit geraten ist oder bei dem er Schulden hatte. Dann hätten wir zwei ganz verschiedene Messermorde in ein und demselben Dorf. Es sind schon seltsamere Dinge passiert.«

Liv musste widerwillig zugeben, dass Lilly recht hatte. Dann erstarrte sie plötzlich auf dem Beifahrersitz.

»Apropos Streit – der Gedanke kommt mir eben erst. Dieser Typ, den wir gestern aus dem Supermarkt geschleift haben. Dieser Sverker Persson. Wir haben ihm sein Messer abgenommen, ich habe es noch in meiner Jackentasche.«

Sie klopfte mit der Hand auf die Uniformtasche unter der tarnfarbenen Bomberjacke.

»Weißt du noch, was der Supermarktleiter gesagt hat? ›Er ist noch unangenehmer, wenn er nüchtern ist.‹ Da dieses Nest so winzig ist, sollten wir uns wohl alle ansehen, die Gewaltpotenzial mitbringen. Wenn du mich fragst, genügt das bei der begrenzten Auswahl hier schon, um auf der Liste zu landen.«

Lilly verzog das Gesicht bei dem Gedanken, womöglich aus Versehen Beweismaterial kontaminiert zu haben.

»Du meinst, wir haben vielleicht eine Tatwaffe beschlagnahmt?«

Sie versuchte, ihre Gedanken zu ordnen.

»Mats denkt, dass Niskanen mindestens zwölf bis fünfzehn

Stunden tot war, als er gefunden wurde. Ausgehend vom Zustand der Leiche. Nur leider können wir die Stichverletzungen jetzt nicht mit der Messerklinge abgleichen«, sagte sie.

»Zuerst konzentrieren wir uns auf Egon. Aber danach will ich auf jeden Fall ein Wörtchen mit Sverker Persson reden«, beschloss Liv und fuhr sich mit der Hand durch die feuerroten Haare. »Zeit, Mats bei seiner Meditation zu stören.«

28

Egon war wahnsinnig unruhig, dachte Liv. Es fiel ihm schwer, überhaupt irgendwie auf seinem Stuhl sitzen zu bleiben. Sie befanden sich in dem kleinen, schlecht beleuchteten Konferenzzimmer, das vorläufig als Befragungsraum herhalten musste. Eine Solarlampe warf ihren matten Schein auf sein blasses Gesicht mit den hellen Augen und den langen, ungepflegten Haaren, die er nachlässig zu einem Pferdeschwanz zusammengebunden hatte. Sein Blick wanderte nervös zwischen der hellgrauen Tapete, einem Aquarell, das neben der Tür hing, und dem Schreibtisch, den sie an die Wand geschoben hatten, hin und her.

Drei Schreibtischstühle mit Rollen gab es in dem kleinen Raum, in dem der Brandgeruch zum Glück kaum noch wahrnehmbar war. Auf dem einen saß Egon, Mats reichte ihm ein Glas Wasser und setzte sich auf den zweiten. Lilly saß auf dem dritten. Liv war an der Tür stehen geblieben, lehnte mit verschränkten Armen an der Wand. Lilly sollte die Befragung leiten. Sie überflog ihre Notizen, als müsste sie noch kurz Anlauf nehmen. Insgeheim dachte Liv, dass ihre Freundin ein wenig angespannt wirkte. Lag es an den extremen Arbeitsbedingungen, unter denen nichts so funktionierte wie sonst? Oder machte ihr der Transport der Leiche noch zu schaffen? Lilly hob den Kopf, ihre Blicke trafen sich. Liv lächelte ihr aufmunternd zu. Vielleicht musste Lilly sich auch nur ein bisschen warmlaufen. Das hier war immer noch ihre Paradedisziplin.

Egon war in sich zusammengesunken, sein eines Bein wackelte ununterbrochen auf und ab, eine rastlose Bewegung, die ihm selbst gar nicht bewusst zu sein schien. War er nervös, weil er etwas zu verbergen hatte – oder war es nur die ungewohnte Situation? Liv musste sich eingestehen, dass beide Alternativen denkbar waren.

Der Mitarbeiter der Hundezüchterin trug einen rotbraunen Kapuzenpulli, schlecht sitzende Jeans und dicke braune Lederstiefel, für die er ein bisschen mehr Geld ausgegeben zu haben schien, dachte Liv. Wahrscheinlich, weil gute Schuhe wichtig waren, wenn man jeden Tag stundenlang mit den Hunden draußen war. Und er hatte große Füße. Größe 44, laut Roberts sorgsam notierten Angaben. Egons Schuhgröße passte also zu den Abdrücken auf Niskanens Veranda, was allerdings nicht auf das Sohlenprofil der Stiefel zutraf, die er gerade trug. Aber falls er den Mord begangen hatte, konnte – sollte – er natürlich Kleider und Schuhe gewechselt haben, bevor er ins Haus zurückgekehrt war, um als Zeuge in Erscheinung zu treten. Zurückzukommen und das Mordopfer zu »finden« war außerdem der perfekte Weg, DNA-Spuren zu erklären, die später am Tatort gefunden werden würden, dachte Liv.

»Ich nehme unser Gespräch auf«, begann Lilly mit leiser Stimme und schaltete die Sprachmemo-Funktion ihres Handys ein, das als provisorisches Aufnahmegerät herhalten musste. Außerdem hielt sie einen Kugelschreiber und einen kleinen Spiralblock bereit, um sich Notizen zu machen.

»Gut, Egon, lassen Sie uns damit anfangen, wann Sie den Toten gefunden haben. Um welche Uhrzeit sind Sie bei Emil Niskanen zu Hause angekommen?«

»Um halb neun«, sagte Egon. Seine Stimme war ein wenig belegt, als hätte er sie länger nicht mehr benutzt. »Mein Handyakku war leer, aber bei Emil hängt eine Uhr in der Diele«, fügte er hinzu.

»Haben Sie jemanden in der Nähe des Hauses gesehen?«

Er schüttelte den Kopf.

»Ist das ein Nein?«

Er beugte sich ein wenig näher zum Handy.

»Nein, ich habe niemanden gesehen«, sagte er laut.

Er hielt den Blick fest auf Lilly gerichtet. Ihr Tonfall war leicht, freundlich, und Liv musste ein bisschen lächeln.

»Haben Sie angeklopft?«

»Ne.« Er zuckte unsicher mit den Schultern. »Die Tür ist immer offen.«

»Und was wollten Sie bei ihm?«

»Ich hatte Emil versprochen, für ihn einkaufen zu gehen, und wollte ihm eine Tüte mit Lebensmitteln bringen. Wegen dem Sturm hatte ich mich verspätet, die Einkäufe lagen schon eine Weile bei mir im Kofferraum. Aber es waren nur haltbare Sachen, Nudeln, Konserven und so.«

»Wann hat er Sie darum gebeten, diese Sachen für ihn zu besorgen?«

Hier flackerte Egons Blick wieder, er glitt zu Liv an der Tür, zu Mats, der sich schweigend Notizen machte, und schließlich zurück zu Lilly.

»Das weiß ich nicht mehr. Also nicht mehr genau. Aber wir haben vor ein paar Tagen darüber gesprochen, als wir uns zufällig getroffen haben, und dann hat er mir eine SMS mit der Einkaufsliste geschickt und mir per App das Geld überwiesen.«

»Wo haben Sie sich getroffen?«

»Das war wohl auf dem Marktplatz. Da trifft man eigentlich immer jemanden.«

»Aber sicher sind Sie sich nicht?«

Lillys Ton war jetzt schärfer, und Egon antwortete hastig:

»Doch, es war auf dem Marktplatz. Vor ein paar Tagen.«

Derselbe Ort, an dem er angeblich auch Gunnar Dörner getroffen hatte, dachte Liv.

Lilly beugte sich vor, ließ den Kugelschreiber zwischen ihren Fingern wackeln.

»Warum hat er ausgerechnet Sie um diesen Gefallen gebeten?«

Egon zuckte wieder mit den Schultern, bemühte sich, unbekümmert zu wirken.

Doch sein Knie wippte jetzt noch schneller. Die Hände hatte er krampfhaft verschränkt in seinem Schoß abgelegt.

»Kleiner Ort, jeder kennt jeden, natürlich helfe ich da. Alter Mann und so.«

»Waren Sie befreundet, Sie und Emil?«

»Das würde ich so nicht sagen. Wir waren eher Bekannte.«

Lilly musterte Egon, zögerte mit der nächsten Frage. Mats' Stift kratzte leise über das Papier.

»Was ist Ihnen aufgefallen, als Sie ins Haus gekommen sind?«

Wieder erwiderte Egon Lillys Blick, aber nur flüchtig.

»Oh, da war dieser Geruch. Es hat so komisch gerochen, irgendwie süßlich.«

»Und dann?«

»Das Blut auf dem Boden. Zuerst dachte ich, er wäre die Treppe runtergefallen und hätte sich verletzt. Den Schädel gebrochen oder so etwas. Aber dann habe ich gesehen, dass das Blut nicht aus dem Kopf kam.« Er blinzelte ein paarmal, bevor er gedämpft fortfuhr. »Ich habe noch nie zuvor einen toten Menschen gesehen. Außer im Film.«

»Was haben Sie gedacht?«

»Dass er mich verarscht. Dass das ein kranker Scherz sein soll und dass er gleich aufspringt und mir den Schreck meines Lebens einjagt. Irgendwas in der Art dachte ich zuerst. So halloweenmäßig. Und dann ist mir bewusst geworden, wie weiß er ist. Wie Papier. Das war ekelhaft. Wobei, eigentlich war es vor allem unwirklich. Auch dass er sich überhaupt nicht gerührt hat.«

»Haben Sie keine Angst gehabt, als Ihnen klar wurde, dass er erstochen worden ist? Dachten Sie nicht, der Mörder könnte noch im Haus sein?«

Egon senkte langsam den Kopf, sog die schmalen Lippen ein.

»Nein.«

»Was haben Sie gestern zwischen 17 Uhr und 20 Uhr gemacht?«, fragte Lilly ruhig.

Er zuckte mit den Schultern, fuhr sich mit den Händen über den strähnigen Pferdeschwanz.

»Wahrscheinlich war ich bei den Hunden. Die sind völlig durchgedreht bei dem Sturm und haben ins Haus gekackt. Es war jede Menge zu putzen. Die Zwinger habe ich auch sauber gemacht. Bei uns gibt es immer was zu tun.«

»Kann das jemand bezeugen?«

»Ja, Rut.«

Sein Mund öffnete sich, schien vor der nächsten Frage zu zögern. Spucke glänzte auf seinen Lippen.

»Aber warum wollen Sie das alles wissen?«

»Wir ermitteln hier in einem Mordfall«, erinnerte Lilly ihn freundlich.

Seine hellen Augen weiteten sich ein wenig, aber die Botschaft schien dennoch nicht ganz zu ihm durchzudringen. Lilly beugte sich näher zu ihm vor.

»Haben Sie eine Idee, wer Emil Niskanen vielleicht schaden wollte?«

Er senkte den Blick, schüttelte den Kopf.

»Egon, waren Sie auf irgendeine Weise an dem Mord an Emil Niskanen beteiligt?«

Jetzt riss er die Augen auf.

»Nein!«

Sie sprach ruhig weiter.

»Man trägt eine sehr schwere Last mit sich herum, wenn man einen Menschen getötet hat. Die meisten Menschen zerbrechen daran. Sie halten es nicht aus, ein solches Geheimnis auf Dauer mit sich allein rumzutragen. Viele empfinden es wie eine Befreiung, ein Geständnis abzulegen. Wenn uns wieder die gesamte Ausrüstung zur Verfügung steht, werden wir sehr schnell eine ganze Menge Antworten finden. Aber wenn Sie etwas wissen, dann ist es besser für Sie, wenn Sie hier und jetzt mit uns darüber reden.«

Lilly durchbohrte ihn mit ihrem Blick. Er sagte nichts. Schien jetzt fast Angst zu haben, den Mund aufzumachen.

»Wissen Sie, Egon, es klingt ein bisschen unglaubwürdig, dass Sie Niskanen rein zufällig im Dorf begegnet sind, und dann hat er ausgerechnet Sie gebeten, ein paar Erledigungen für ihn zu machen. Sind Sie ganz sicher, dass Sie nicht doch mehr Kontakt zu ihm hatten?«

Eine ganze Weile saß Egon schweigend da. Verschränkte die Finger und öffnete die Hände wieder.

»Nein, okay«, sagte er schließlich. »Was das betrifft, habe ich gelogen.«

Liv, die sich gerade ein paar Bilder vom Fundort des Handys angesehen hatte, schaute auf und wartete gespannt auf die Fortsetzung. Lilly nickte ihm auffordernd zu.

»Es gibt ein paar ältere Männer im Ort, für die ich regelmäßig einkaufen gehe. Das Angebot geht normalerweise von mir aus. Sie bezahlen mich über die Swish-App oder bar. Auf diese Weise verdiene ich mir im Monat ein bisschen was dazu. Das ist Schwarzarbeit, das weiß ich. Werde ich dafür jetzt bestraft?«

Lilly beantwortete seine Frage mit einem Schulterzucken.

»Das ist eine Sache zwischen Ihnen und dem Finanzamt. Sollte das, was Sie sagen, diesmal die Wahrheit sein.« Ihr Mund hatte einen harten Zug bekommen.

»Können Sie auf irgendeine Weise belegen, dass Sie diese Vereinbarung mit mehreren Personen im Dorf haben?«

Er zögerte, sein Bein bebte heftiger denn je, aber dann hellte sich sein Gesicht auf.

»Ja. Ich habe alle Bestellungen auf einem Block notiert, der zu Hause auf meinem Nachttisch liegt.«

Sie machte sich einen Vermerk.

»Dann sind Sie also auf Emil zugegangen und haben ihm angeboten, für ihn einkaufen zu gehen, als Sie ihn auf dem Marktplatz getroffen haben?«

Egon nickte.

»Emil war am liebsten einfach nur zu Hause, das hat er immer gesagt. Ich weiß noch, dass ich dachte, er wäre ein bisschen menschenscheu. Für mich klang es fast so, als hätte er Angst, unter Leute zu gehen.«

Durch die Glasscheibe sah Liv, dass Robert gerade von der Wohnungsdurchsuchung zurückgekommen war. Er hatte eine Kiste dabei. Diskret öffnete sie die Tür und schlüpfte aus dem Zimmer. Robert knöpfte seine Jacke auf und nahm die nass geregnete Mütze ab. Liv sprach mit leiser Stimme, den Blick in den Vernehmungsraum gerichtet.

»Wie ist es gelaufen? Hast du was gefunden?«

Robert grinste.

»Oh ja, das kann man so sagen. Egon hat offensichtlich die Urnen seiner Eltern in der Wohnung herumstehen. Neben dem Bett. Zwei Stahlurnen, die aussehen, als würden sie da schon ziemlich lange Staub ansetzen und seinem Damenbesuch Angst einjagen. Falls er schon mal Damenbesuch hatte.«

Liv machte große Augen.

»Morbider Typ.«

Robert rieb sich über das stoppelige Kinn.

»Schräger Vogel, ja, aber er hatte keine Waffen in der Wohnung, weder Messer noch etwas anderes. Im Müll war auch nichts Verdächtiges. Ich habe mir seine Schuhe angesehen, die Sohlen passen alle nicht zu den Abdrücken, die wir gefunden haben. Keine Blutspuren an den Kleidern, außer an den Sachen, die er anhatte, als er den Alten gefunden hat. Es lag ein Block rum, der aussah wie eine Einkaufsliste, den habe ich mitgenommen. Ich zeige euch die Bilder, ich habe alles fotografiert.«

»Ich bin natürlich kein Techniker«, fügte er hinzu und drehte seine Mütze zwischen den Händen, »aber mir ist nichts aufgefallen, was für einen Tatverdacht ausreichen würde. Vielleicht war er wirklich nur zur falschen Zeit am falschen Ort.«

Liv schielte wieder in den Vernehmungsraum, ihr Blick blieb an Egons wackelndem Bein hängen.

»Ja, vielleicht«, sagte sie.

29

Jesper ging an den rot gestrichenen Buden unten am Hafen vorbei, die im Sommer die Touristen mit geräucherten Krabben und leckerem Fisch anlockten. Dann ragten dort die stattlichen Segelbootmasten wie Ausrufezeichen in den Himmel, Musik strömte aus den Kneipen und mischte sich mit dem Stimmengewirr aus den Außenbewirtungen der Restaurants, wo die Besucher ein Bier tranken, während sie auf ihre Fähren warteten.

Aber zu dieser Jahreszeit war der Hafen in Nynäshamn ruhig und ziemlich öde. Ein älteres Paar stand Händchen haltend am Ende der Landungsbrücke, ansonsten war keine Menschenseele zu sehen. Ein kühler Wind rötete die Wangen, aber noch würde es dauern, bis sich das erste Eis auf dem dunklen Wasser bildete. Zwei Tage waren seit dem Sturm vergangen. Zwei Tage ohne ein Lebenszeichen von Lilly, da ihr Handy immer noch nicht erreichbar war. Jesper schob die Hände in die Jackentaschen, beschleunigte seine Schritte. Er hatte sein Auto unterhalb der Kirche geparkt. Die Turmspitze des mächtigen Gebäudes aus den 1930er Jahren erhob sich hoch über die Stadt und gab die Richtung vor.

Auf dem Weg zum Parkplatz begegnete ihm Bertil Strömberg, Lillys Chef, der ausnahmsweise in zivil unterwegs war und Jeans, Strickpulli und darüber eine Steppjacke trug. Er ging schnell und sah ziemlich angespannt aus, wie Jesper auffiel. Sie hoben beide die Hand zum Gruß.

»Was hast du denn vor?«, fragte Jesper mit vielsagendem Blick auf Bertils Outfit.

»Ich habe mir freigenommen. Bei dem Sturm ist ein Baum auf mein Ferienhaus gestürzt, der Nachbar hat mir Bescheid gesagt. Ich muss hinfahren und das Chaos beseitigen. Eine Scheibe ist zerbrochen, und das Dach hat offenbar auch etwas abbekommen«, sagte er mit seinem breiten Schonen-Dialekt und dem betonten R.

»Das wird eine hübsche Stange Geld kosten«, fügte er hinzu und verzog das Gesicht.

»Du, ich muss dich noch was fragen«, wechselte Jesper das Thema, dem ein Gedanke seit gestern keine Ruhe mehr ließ. »Habt ihr bei Lillys Mutter Eva angerufen? Oder weißt du, ob das einer von euch auf der Wache war?«

Bertil sah Jesper überrascht an.

»Lilly ist doch an eine andere Dienststelle ausgeliehen. Im Moment hat sie hier gar keine Fälle, ich wüsste also nicht, warum wir ihr hinterhertelefonieren sollten. Worum geht es denn?«, fragte er und runzelte die buschigen Augenbrauen.

Lilly war unter seinem Kommando schon einmal in Schwierigkeiten geraten, und damals hatte er ihre Befürchtungen nicht ernst genommen. Man konnte merken, dass ihm diese Erinnerung jetzt durch den Kopf ging. Er wirkte besorgt.

»Ist etwas passiert?«

Jesper wollte Bertil nicht mit seiner nagenden Unruhe anstecken. Er schlug einen beiläufigen Ton an.

»Nein, ich habe mich nur gewundert. Der Anrufer hat seinen Namen nicht genannt. Es kann natürlich einfach ein alter Kollege aus Stockholm gewesen sein. Vermutlich hat es gar nichts zu bedeuten.«

Aber noch in diesem Moment traf Jesper eine Entscheidung.

Bertil sagte noch etwas über die Regenfälle in Mittelschweden, über die vielen Überstunden der Kollegen entlang der Küste, und Jesper nickte und murmelte zustimmend, aber er hörte ihm nicht mehr richtig zu. Sie verabschiedeten sich unmittelbar danach.

Gleich morgen nach der Arbeit würde er sich auf den Weg machen. Vielleicht würde Lilly ihn auslachen, den überängstlichen Freund, der herbeigeeilt kam, um sich zu vergewissern, dass alles in Ordnung war. Aber das nahm er in Kauf. In Gedanken ging er die Ausrüstung im Wagen durch. Er hatte immer Wechselkleidung im Kofferraum, einen Teil seiner Feuerwehrausrüstung, das Geländemotorrad stand festgezurrt auf dem Dachgepäckträger, Proviant konnte er sich heute Abend besorgen. Noch ein Arbeitstag, dann hatte er vier Tage dienstfrei. Er würde sich ins Auto setzen und nach Skageby fahren. Vielleicht würde er einen Teil der Strecke zu Fuß zurücklegen müssen, da die Räumarbeiten weiterhin andauerten, aber er musste ganz einfach wissen, dass Lilly unversehrt war.

30

Liv schubste in dem nächtlich dunklen Badezimmer den Nachttopf um und stieß wüste Verwünschungen aus, als der Inhalt auf den Boden spritzte. Sie riss ein langes Stück Toilettenpapier ab und wischte die Pfütze auf.

Sie fühlte sich ekelhaft und genervt. Sie hatte es satt, Kerzen durchs Haus zu tragen, um etwas sehen zu können, sobald es draußen dunkel wurde. In dem Regenwasser, mit dem sie sich gerade gewaschen hatte, war irgendein kleines Insekt herumgeschwommen. Vermutlich hatte Rickard mehrmals versucht, sie anzurufen, und jetzt gerade hätte sie wirklich gern seine Stimme gehört. Sie waren von der Außenwelt abgeschnitten, es war kalt und sie hatte die Schnauze gestrichen voll, obwohl gerade mal zwei Tage vergangen waren.

Strom war so selbstverständlich und so grundlegend. Liv hatte nie auch nur einen Gedanken an die ganzen Lichtquellen verschwendet, die normalerweise ihr Zuhause erhellten. Lampen an der Decke und auf der Fensterbank, der helle Fernseher und das iPad, der angeschaltete Backofen, Digitaluhren, Lichterketten, die Straßenlaternen vor dem Fenster. Jetzt waren das Haus und das umliegende Gelände pechschwarz. Das Metall der Heizkörper war eiskalt. Liv kippte den Nachttopf über dem welkenden Beet hinter dem Haus aus. In den Häusern der Nachbarschaft waren fahle Lichtquellen zu erkennen. Flackernde Kerzen, die tänzelnden Lichtkegel von Taschenlampen. Ein Lichtschein auf der rechten Seite war größer, und sie machte ein paar Schritte auf den Rasen, um besser sehen zu können. Ein paar Nachbarn hatten sich versammelt und mitten im Wendehammer einen großen Grill aufgestellt. Vermutlich nutzten sie die Gelegenheit, Lebensmittel zu verwerten, die sonst verdorben wären. Leise Stimmen, sowohl Gelächter als auch Gejammer, und der Duft von Gegrilltem zogen zu Liv herüber.

Sie ging zurück ins dunkle Haus. Wie lange würden sie diesen Zustand noch aushalten müssen? Sie hatten keine Ahnung, wann die Straßen wieder sicher sein würden, und solange sie keinen Strom hatten und die Technik nicht funktionierte, solange hatten sie auch keine Möglichkeit, die Außenwelt zu kontaktieren. Währenddessen lief hier mindestens ein Mörder frei herum, und sie mussten um jeden Preis verhindern, dass sich Panik in der kleinen Gemeinde ausbreitete. Unter den momentanen Gegebenheiten wäre das katastrophal. Sichtbarkeit und Anwesenheit sind alles, was uns zur Verfügung steht, um die Anwohner ruhig zu halten, dachte Liv, aber wir sind einfach zu wenig Leute.

Sie wollte ihrem Frust bei Lilly Luft verschaffen, aber ihre Kollegin war wie vom Erdboden verschluckt. Liv ging von Zimmer zu Zimmer. Nach einer Weile setzte leiser Regen ein, trommelte sacht gegen die Fensterscheiben, bildete eine behutsame Geräuschkulisse.

Im oberen Stock fand sie Malin, die im Schein einer brennenden Kerze ihr Baby stillte, eingewickelt in mehrere Woll- und eine Daunendecke. Däumeline – Liv weigerte sich weiterhin, die Kleine Livly zu nennen, es fühlte sich einfach vermessen an, und außerdem konnte sie dem Namen nicht viel abgewinnen – hatte eine viel zu große Strickmütze auf. Malin streichelte ihrer Tochter über den Kopf. Liv lächelte bei dem Anblick und tastete sich dann wieder die dunkle Treppe hinunter, vorsichtig Stufe für Stufe.

Bei einem Blick in den Garten hinter dem Haus entdeckte sie Lilly und stutzte. Ihre Freundin stand fast nackt auf der matschigen Wiese, sie hatte nichts an außer einer Unterhose. Sie stand mit dem Rücken zur Veranda, und ihre blasse Haut bildete einen scharfen Kontrast zu der dunklen Hecke, die das Grundstück umgab. Sie sah aus wie eine Statue, dachte Liv. Weiß wie Marmor. Liv schob die Verandatür auf und stellte sich in die Öffnung.

»Geht es dir gut?«

Lillys Antwort ließ auf sich warten. Sie hatte die Augen geschlossen, hielt die Arme ein Stück vom Körper entfernt, zitterte vor Kälte. Schließlich drehte sie den Kopf und sah Liv an.

»Ich konnte einfach nicht aufhören, darüber nachzudenken. Dass ich genauso war wie Egon. Jemand, der immer nur die halbe Wahrheit erzählt hat, weil ich immer etwas zu verbergen hatte.«

»Also ich sehe keine große Ähnlichkeit zwischen dir und Egon«, wandte Liv mit Nachdruck ein.

Sie schlüpfte in ein Paar Holzclogs, das neben den Stufen bereitstand, trat nach draußen auf die Veranda und fröstelte. Ging zu ihrer Kollegin und stellte sich neben sie. Der Regen war weich, aber eiskalt. Legte sich wie eine kühle Schicht auf die Haut.

Sie gab Lilly ein Zeichen weiterzureden.

»Ich war genauso gut darin zu verheimlichen, dass Svante mir weh getan hat. Ich habe mich geschämt, und ich habe ihn geschützt. Weil ich Angst vor ihm hatte und weil ich mir selbst etwas vorgemacht habe. Irgendwann war es leichter, mich einfach mit niemandem mehr zu treffen. Nicht nur weil er sonst sauer wurde, sondern auch, um nicht mehr lügen zu müssen. Allein eine simple

Frage wie ›Wie geht es dir?‹. Meine Antwort war immer eine Lüge. Es fällt mir so schwer, mir selbst zu verzeihen, dass ich zu diesem Menschen geworden bin.«

Ihre langen Haare hingen nass und schwer nach unten, klebten an ihrem Rücken. Wasser tropfte von ihren Armen. Liv sah, dass sie mit den Zähnen klapperte, und doch rührte sie sich nicht von der Stelle.

»Svantes Worte sitzen ganz tief hier drin. Ich merke, dass ich mich immer noch in Frage stelle. Ob ich überhaupt irgendetwas richtig machen kann.«

Livs Lippen wurden zu einem schmalen Strich.

»Man denkt vielleicht, dass jemand, der in einer Beziehung Gewalt erfährt, schwach ist. Aber in so etwas hineinzugeraten, hat absolut nichts mit Schwäche zu tun. Du gehst mit dir selbst viel härter ins Gericht, als du das mit anderen tun würdest. Du hast dich am Ende von ihm befreit. Nur dafür trägst du die Verantwortung. Der Rest ist allein seine Schuld. Und er wird dafür bezahlen, okay?«

Lilly nickte.

»Und jetzt ist er derjenige, der Angst vor dir hat. Vergiss das nicht«, fügte Liv mit Schärfe im Ton hinzu. Eine heiße Welle von Zorn wallte in ihrer Brust auf, wie immer, wenn sie an Svante dachte. Sie wollte Vergeltung für alles, was er Lilly angetan hatte. Zehnfach und grausam. Aber diesen Gedanken behielt sie für sich, genau wie ihr schlechtes Gewissen, weil sie nicht bemerkt hatte, was sich wirklich abspielte, nicht kapiert hatte, durch welche Hölle ihre Freundin ging.

Lilly ließ die Luft in einem langen Atemzug entweichen. Ihre Schultern sanken nach unten.

»Ich musste das alles von mir herunterspülen. Kurz durchatmen. Normalerweise hilft es mir, in solchen Momenten unter die Dusche zu gehen …«

Liv nickte.

»Ja, Mann. Auch wenn das hier eher an Eisbaden erinnert.«

Sie zerrte sich mit schnellen Bewegungen die Klamotten vom Leib und warf das Kleiderbündel unter das Vordach der Veranda. Behielt nur die Unterhose an. Schloss wie Lilly die Augen, und so blieben sie ein paar Sekunden Seite an Seite stehen. Der Regen wurde stärker, prasselte auf sie herunter. Liv lächelte, streckte die Arme hoch in den Himmel.

»Können wir uns deine Dusche teilen?«

Lillys Mundwinkel zuckte, zum ersten Mal, seit Liv aus dem Haus gekommen war.

Aber Liv hörte auch, dass ihre Freundin mit den Zähnen klapperte, und stieß ihr sanft den Ellenbogen in die Seite.

»Ich kann diesen Fall hier nicht lösen, wenn die leitende Ermittlerin mit Lungenentzündung flachliegt. Wir gehen jetzt rein.«

Lillys Lächeln wurde breiter.

»Haben wir die Rangordnung damit jetzt festgelegt?«

Liv grinste zur Antwort. Als sie die Tür hinter sich zuzogen, kam Malin gerade mit vorsichtigen Schritten die Treppe hinunter. Das Kind im Arm und eine Hand am Geländer.

Verblüfft blieb sie stehen und musterte ihre halb nackten Körper und die nassen Haare.

»Was macht ihr denn da?«, fragte sie.

»Wir haben uns nur ein bisschen abgekühlt«, sagte Liv.

31

Im Zimmer war es duster. Nicht dass das fehlende Licht ein Problem gewesen wäre. Bis jetzt war die Dunkelheit immer sehr hilfreich gewesen. Ein Schutz, eine Tarnung, die es ermöglichte, ganz nah heranzukommen. Direkt vor dem Fenster zu stehen und ins Haus zu schauen. Zu sehen, wie Gunnar im Blinden herumtappte. Wie Emil taumelte und sich fürchtete. Den richtigen Zeitpunkt abzuwarten. Die Dunkelheit war ein Freund.

Mehrere Kerzen waren zu Stummeln heruntergebrannt und in den Ständern neben dem Sofa verloschen. Nur eine einzelne trug jetzt die Bürde, das Zimmer zu erhellen, und ihr Schein flackerte unruhig, obwohl kein Wind durch den Raum zog. Die Hände, die über die Flamme glitten, waren nicht besonders faltig, sie zeigten keine Spuren harter, körperlicher Arbeit. Aber es waren geschickte Hände, tatkräftige Hände. Sie hatten nicht gezittert, als man der Stadt den Boden unter den Füßen weggezogen und die Papierfabrik stillgelegt hatte. Als plötzlich alles anders wurde. Auch nicht, als die Wahrheit über die Dorfbewohner ans Licht gekommen war und sich der Auftrag herauskristallisiert hatte.

Es waren Hände, die nicht gezögert hatten, als es darauf ankam. Und es waren Hände, die noch weiter morden mussten. Auch wenn es womöglich nicht so einfach weitergehen würde. Die Personen auf der kurzen Liste fingen an, misstrauisch zu werden, nachdem Emil Niskanen heute früh tot aufgefunden worden war. Aber auch da war der Sturm hilfreich gewesen. Alle Leitungen waren gekappt. Nachrichten verbreiteten sich langsamer. Dunkelheit und Isolation verschafften einen Vorsprung. Es gab keine Zeit zu verlieren.

Was vorher Zeit gehabt hatte, musste jetzt schnell gehen.

Der Körper fühlte sich stark an, beweglich. Das regelmäßige Training mit Hanteln und Fitnessbändern zeigte Wirkung. Der Regen würde helfen, die Spuren zu verwischen.

Es war Zeit aufzubrechen.

Auch diesmal würden die Hände nicht zittern.

32

Felicia verschränkte die Arme vor der Brust und funkelte ihn mit glühenden Augen an.

»Hier gibt es ja nur Mädchenkram.«

Rickard hatte sie nach der Schule abgeholt und dem Verkehrsstrom in Richtung Innenstadt getrotzt. Es war höchste Zeit, dem Kind eine Winterjacke zu besorgen. Aber das war leichter gesagt als getan, wie sich gerade zeigte.

Felicia demonstrierte ihre Unzufriedenheit mit einem für sie ungewöhnlich wütenden Blick. Das Kaufhaus war voller Kundschaft, aus den Lautsprechern dudelte eine kitschige Weihnachtsballade von Michael Bublé, um die Leute auch ja rechtzeitig an den nahenden Geschenkestress zu erinnern. Sie waren an endlosen Reihen mit kurzen und langen Winterjacken in Felicias Größe vorbeigegangen, aber nichts entsprach ihren Vorstellungen. Rickard schwitzte in seinem viel zu warmen Wintermantel. Die vereinzelten Schneeflocken, die auf den Boden gerieselt und dort sofort geschmolzen waren, hatten ihn zu dieser Kleiderwahl verleitet. Er lächelte die schmale, sichtlich aufgebrachte Gestalt vor sich an. Dachte, dass sie manchmal so frühreif, fast ein bisschen altklug sein konnte und im nächsten Moment wieder ein unbändiges Kleinkind. Er fand sie in egal welcher Stimmung großartig.

»Meinst du damit, dass es hier so viel Rosa gibt?«

Felicia nickte grimmig.

»Und du magst kein Rosa?«

Wieder ein Nicken. Dann blinzelte sie.

»Aber ein bisschen Lila finde ich okay«, schob sie schnell hinterher, wobei eine gewisse Sehnsucht in ihrer Stimme mitschwang. »Ein Mädchen in meiner Schule ist Punkerin. Die ist supercool. Sie hat lila Haare.«

»Du willst also eine coole Jacke?«

Noch ein Nicken, diesmal mit dem Anflug eines Lächelns.

»So eine wie die von Liv«, erklärte sie.

»Na, dann kommt mit«, sagte Rickard und schob die Hände in die Taschen, führte Felicia aus dem Gedränge und Stimmengewirr des Kaufhauses nach draußen in die Drottninggatan. Sie machte ein paar Hopsaschritte, um zu ihm aufzuschließen, und er verlangsamte sein Tempo und bot ihr seinen Arm an. Sie legte ihre Hand ganz leicht auf seinen Unterarm, zupfte mit schmalen Fingern am Mantelfutter. Die Straßenlaternen leuchteten in der dunkelblauen Dämmerung. Er dachte an Liv, fragte sich, wie es ihr ging. War froh, dass er ein paar Aufgaben hatte, die ihn beschäftigt hielten. Nicht zuletzt die, gegenüber Felicia die Fassade aufrechtzuhalten.

Sie gingen weiter über die Gamla Brogatan, wo würdevolle alte Hausfassaden neben gesichtslosen Geschäftsgebäuden standen. Auch hier waren die wehrhaften Betonlöwen aufgestellt worden, die die Stockholmer Einkaufsmeile vor terroristischen Amokfahrten schützen sollten, aber es waren bedeutend weniger Fußgänger unterwegs, die Schaufenster der Geschäfte waren nicht ganz so groß. Felicia sah sich neugierig um.

»Was ist das hier für eine Straße?«

»Ich glaube, dass wir hier die perfekte Winterjacke für dich finden werden«, sagte Rickard. »Früher war diese Straße hier übrigens ein beliebter Treffpunkt für Homosexuelle. Und sie ist immer noch ziemlich bekannt dafür«, fügte er hinzu.

Felicia sah ihn fragend an.

»Warum haben sie sich denn ausgerechnet hier getroffen? Hier sieht es doch gar nicht toll aus oder so«, sagte sie skeptisch. Er folgte ihrem Blick, der misstrauisch ein paar leere und verrammelte Schaufenster musterte. Das Ladensterben hatte zwar schon mit dem Einzug des Online-Handels eingesetzt, doch die Coronapandemie hatte viele kleinere Geschäfte in die Pleite getrieben. Aber vielleicht wäre es früher oder später sowieso so gekommen, dachte Rickard.

»Weil Schwule und Lesben gezwungen waren, sich im Verborgenen zu treffen, wo niemand sie sehen konnte. Kannst du dir vorstellen, dass es mal eine Zeit gab, in der die Leute dachten, dass die eine Art zu lieben besser wäre als andere Arten von Liebe?«

Felicia drehte den Kopf und warf ihm einen empörten Blick zu.

»Das ist doch total bescheuert«, sagte sie.

Er stimmte ihr zu und blieb vor einem Geschäft stehen, einem »Army Shop«, wie auf dem dunkelblauen Schild über der Tür stand.

Sie gingen hinein. Die Kasse thronte auf einem Tresen, der aussah wie eine überdimensionierte Holzkiste, an den Wänden hingen alte Kriegsfilmplakate und an kahlen Stahlrohrgestellen baumelten unzählige Jacken in Olivgrün, Dunkelblau oder Camouflage-Muster.

Ein Mann mit hochgezwirbeltem Schnauzbart und Hosenträgern über dem Hemd kam aus einem Hinterzimmer nach vorn in den Laden und als er Rickard erblickte, hellte sich sein Gesicht auf.

»Falke! Lange nicht gesehen«, sagte er mit ausgeprägtem amerikanischem Akzent.

Er kam auf sie zu und begrüßte Rickard mit einer festen, herzlichen Umarmung. Dann beugte er sich nach unten, so dass er auf Augenhöhe mit Felicia war, und streckte ihr die Hand entgegen. Das Mädchen nahm sie, ein wenig zurückhaltend.

»Ich heiße Felix, junge Dame.«

»Felicia.«

Felix wechselte in seine Muttersprache.

»I'm not the least surprised you have a kid. Oh, the opposite actually. There must be more of them out there«, sagte er mit einem schiefen Grinsen.

Rickard verzog das Gesicht. Felicia lachte ihr glucksendes Lachen.

»Wir haben schon ziemlich lang Englisch in der Schule«, sagte sie und schien sich sehr über den verdatterten Gesichtsausdruck des Mannes zu freuen.

Felix richtete sich auf und schlug eilig einen geschäftsmäßigeren Tonfall an.

»Womit kann ich den Herrschaften behilflich sein?«

Rickard grinste.

»Felicia hätte gern eine richtig lässige Winterjacke.«

»Da seid ihr bei mir genau richtig.«

Felix schritt zur Tat und suchte ein paar Jacken mit Army-Abzeichen heraus, alle in Felicias Größe. Er hängte sie auf eine rollbare Kleiderstange.

Eine Viertelstunde später drehte sich Felicia in einer glänzend dunkelblauen Fliegerjacke mit Kunstpelzkragen vor dem Ganzkörperspiegel. Sie strahlte.

»Darf ich sie gleich anbehalten? Wir können meine alte Jacke doch in die Tüte packen.«

»Natürlich darfst du das«, sagte Rickard.

Auf dem Weg aus dem Laden drehte sie sich um und sah ihn mit leuchtenden Augen an.

»Danke!«, sagte sie und sah so glücklich aus, dass Rickard einen Kloß im Hals bekam. Er war in letzter Zeit so oft gerührt. Was war eigentlich mit ihm los?

Sie machten sich wieder auf den Rückweg Richtung Drottninggatan, zu den verführerisch glitzernden Lichtern und Schaufenstern.

Das Handyklingeln drang leise aus seiner Manteltasche, und Rickard blieb wie angewurzelt stehen. Vielleicht war es Liv, die sich endlich bei ihnen meldete? Hastig zog er das Telefon heraus. Die Nummer auf dem Display jagte eine Welle von Adrenalin durch seinen Körper. Er nahm den Anruf entgegen.

»Hallo?«, sagte er.

Die Abteilungsleiterin am anderen Ende klang gedämpft.

»Sie macht in ein paar Tagen den ersten freiwilligen Drogentest«, sagte sie ohne Überleitung.

»Dann hat sie diesen Prozess also wirklich ins Rollen gebracht?«, fragte Rickard mit Schärfe in der Stimme. Vor ihm schob Felicia die Hände in die üppigen Taschen der Jacke und lächelte zufrieden, machte eine halbe Umdrehung.

»Und wir können nichts anderes tun, als abzuwarten und ihr dabei zuzusehen?«, fuhr er frustriert vor.

Die Frau am Telefon seufzte.

»Du weißt doch, wie das ist. Wenn es eine Möglichkeit gibt, Eltern und Kind wieder zu vereinen, dann ...«, setzte sie an.

»Ja, ja«, sagte Rickard ungeduldig. »Ich weiß. Danke und tschüs.«

Danke für nichts, hatte er eigentlich sagen wollen.

33

TAG DREI

Der Kies knirschte unter den breiten Winterreifen des Wagens, als sie gegen zehn Uhr morgens Stina Rudbergs Garageneinfahrt hinauffuhren. Es war ein angekündigter Besuch. Mats war schon am Vorabend bei der alten Dame gewesen, und das Küchenfenster neben dem Eingang wurde hübsch beleuchtet von einer Reihe Kerzen, die in Gläsern vor der tief hängenden Spitzengardine standen.

Liv und Lilly waren durch ein unbeleuchtetes Skageby gefahren, in den Wohnungen und Häusern erhellten Kerzen nie mehr als einen Raum. Unter manchen Vordächern brannten Gartenlaternen. Vielleicht sollten sie in dem ganzen Elend für ein bisschen schöne Stimmung sorgen, aber Lilly fand sie eher gruselig. Wie flackernde Augen in der schmutzig grauen Herbstdunkelheit. Einige wenige Häuser verfügten dank Dieselgeneratoren über elektrisches Licht. Dort halfen sich die Nachbarn offenbar gegenseitig aus, was an den Kabeln zu erkennen war, die sich zwischen den Häusern durchs Gras schlängelten.

Lilly musste zugeben, dass ihr das fehlende Licht zu schaffen machte. Bis zu einem gewissen Grad war das im Herbst und Winter schon immer so gewesen. Als sie klein war, hatte im Winter wenigstens der Schnee in Stockholm für etwas mehr Helligkeit gesorgt. Aber im Süden und in der Mitte des Landes war Schnee über die Jahre zur Seltenheit geworden, und stattdessen hatte sich die Dunkelheit breitgemacht. Regen und grauer Himmel, kahle Bäume, matschige Rasenflächen, die vor sich hin rotteten. Dicke Wolken, die wie ein Deckel über der Stadt hingen. Eine Zeitlang hatte sie sich sogar von einem Wecker mit künstlichem Tageslicht wecken lassen, in der Hoffnung, die Wintermonate dadurch erträglicher zu machen.

In einem Nest wie diesem der Elektrizität beraubt zu sein, machte die kurzen grauen Tage noch bedrückender. Lilly merkte, dass sie müder war, dass es ihr schwerer fiel, sich zu konzentrieren. Und es hatte zu ihrer Gemütsstimmung am Vorabend beigetragen, dem aufsteigenden Gefühl von Panik, das sie dazu gebracht hatte, in den Regen zu flüchten. Es tat gut, dass Liv hier bei ihr war. Die selbstverständliche Energie ihrer Freundin schien unerschöpflich zu sein. Kleine Scherze und kluge Gedanken, die Lilly zum Lachen brachten und sie bei der Stange hielten.

Jetzt überflog Liv ein paar Unterlagen, die sie auf dem Schoß liegen hatte, las einen Teil des Inhalts laut vor.

»Stina Rudberg, 67. Ehemalige Pastorin der Gemeinde, seit zehn Jahren im Ruhestand. Auf häusliche Pflege angewiesen, seit sie durch einen Autounfall körperlich stark eingeschränkt ist. Zur Tatzeit und die folgende Nacht über war Klara bei ihr.«

Sie ließ das Blatt sinken.

»Also, wenn wir die beiden Morde getrennt voneinander betrachten wollen, wie du vorgeschlagen hast … dann würde ich sagen, der Angehörigen-Spur sollte man immer auf den Grund gehen. Vielleicht geht es doch ums Erbe oder um alte Kränkungen. Ich denke, es schadet nichts, wenn wir hier bei Klaras Alibi noch mal nachbohren. Erst recht, falls die Pastorin schon ein bisschen verwirrt ist.«

Lilly nickte und richtete den Kragen ihrer Uniform.

»So eine Aussage lässt sich natürlich leicht manipulieren, wenn die Dame nicht mehr ganz klar im Kopf ist.« Dann fügte sie hinzu: »Wir können nur hoffen, dass Mats und Robert die letzten möglichen Zeugen in Niskanens Nachbarschaft noch zu fassen bekommen, die gestern nicht zu Hause waren. Es ist so absurd, dass wir nicht einmal anrufen können, um die Leute aufzutreiben.«

Liv brummte zustimmend.

Sie stiegen aus, schlossen den Wagen ab und gingen auf das zweistöckige, weiß gestrichene Holzhaus mit dazugehöriger Garage zu. Zur Straße hin hatte Stina Rudberg einen großzügigen Freisitz mit Bänken und Tisch, umgeben von gepflegten Hecken, wo man im Sommer bestimmt sehr schön mit Gästen sitzen konnte. Jetzt waren die Möbel festgezurrt. Ein Sonnenschirm hatte sich trotzdem losgerissen und lag vermutlich seit dem Sturm auf dem Rasen. Zwei leere Blumenkübel standen auf der Treppe unter dem Vordach und warteten auf den Frühling.

Ein schwerer Türklopfer, geformt wie ein Kreuz über einem Herz, zierte die massive Sicherheitstür aus dunklem Holz.

»Natürlich. Jeder muss sofort sehen, dass hier eine Pastorin wohnt«, sagte Liv und griff nach dem Klopfer, um ihre Ankunft anzukündigen.

Es dauerte etwa eine halbe Minute, vielleicht mehr, dann rasselte die Kette auf der anderen Seite, und die Tür ging auf.

Die Frau, die ihnen gegenüberstand, wäre vermutlich groß gewesen, hätte sie sich aufrichten können, aber jetzt ging sie vornübergebeugt, so dass ihre Augen etwa auf Brusthöhe ihrer Besucherinnen waren. Mit einer Hand hielt sie sich den Rücken, mit der anderen stützte sie sich am Türrahmen ab.

»Frau Hed und Frau Kaspi von der Polizei, nicht wahr? Kommen Sie doch herein.«

Liv ergriff zuerst das Wort. »Mein Name ist Liv Kaspi, und das ist meine Kollegin Lilly Hed. Wir würden Ihnen gern ein paar Fragen stellen, und wir sind Ihnen sehr dankbar, dass Sie sich die Zeit für uns nehmen.«

Freundliche braune Augen musterten sie. Stina Rudberg hatte die stahlgrauen Haare zu einem Dutt im Nacken zusammengenommen, sie hatte eine Bundfaltenhose an und eine lange schwarze Bluse, die tatsächlich an einen Talar erinnerte. Darüber trug sie eine knielange Strickjacke, einen Schal, den sie mehrfach um den Hals geschlungen hatte, und Fingerhandschuhe. Im Haus war es kühl, dachte Lilly, als sie in den Flur traten. Gleich neben ihnen führte eine breite Holztreppe in den oberen Stock.

»Mein Rücken macht mir heute sehr zu schaffen. Wenn es Ihnen nichts ausmacht, würde ich mich gern hinlegen, während wir uns unterhalten. Die Folgen eines Autounfalls, wissen Sie? Ich muss mich ein wenig ausstrecken.«

Gutmütig fügte sie hinzu: »Aber gestern hatte ich auch Migräne. Die ist heute zum Glück vorbei, dafür muss man ja auch dankbar sein. Der Herr gibt, und der Herr nimmt.«

»Können wir Ihnen irgendwie behilflich sein?«, fragte Lilly schnell, während sie ihre Schuhe auszog.

Die Frau machte ihnen ein Zeichen, ihr zu folgen. Sie drehte sich langsam um und humpelte vor, die eine Hand immer im Rücken.

»Ich denke, wir gehen am besten ins Wohnzimmer, da ist es tatsächlich warm. Das tut meinem Rücken gut. Auf dem Weg holen wir uns noch einen Tee aus der Küche. Allerdings kommt erst heute Abend jemand vom Pflegedienst vorbei, wir müssen uns also selbst darum kümmern.«

Sie folgten ihr durch einen offenen Durchgang in die Küche, wo kleine Teelichter auf der Arbeitsfläche, dem runden Esstisch und dem Gewürzregal über der Dunstabzugshaube brannten. Stina Rudberg gab ihnen Anweisung, den Topf vom Gaskocher zu nehmen und Teebeutel und drei Becher aus dem Küchenschrank zu holen. In Gedanken verwarf Lilly schon jetzt die Theorie der verwirrten alten Dame. Offensichtlich erinnerte sie sich hervorragend an die Namen ihrer Gäste und war vollauf darüber im Bilde, warum sie gekommen waren.

Im Licht der vielen Kerzen zeigte sich ein modernes, gemütliches Zuhause. Die Einrichtung war hell gehalten, in Cremetönen und Grau-Weiß. Weiße gehäkelte Kissen lagen aufgereiht auf der Küchenbank, und am Kühlschrank hingen bunte Kinderbilder. Hatte Stina Rudberg Kinder? In den Ermittlungsunterlagen hatte Lilly nichts darüber gelesen. Stina schien ihrem Blick gefolgt zu sein.

»Inzwischen sind die Kinder, die früher in meiner Gemeinde waren, selbst Eltern geworden«, erklärte sie. »Sie sind so lieb und kommen ab und zum Kaffee vorbei und bringen mir Bilder mit, die ihre Kinder für mich gemalt haben.«

Im Wohnzimmer war es bedeutend wärmer, und ein bulliger Ofen, der in einer Ecke thronte, verbreitete seinen wohligen Schein. Das Feuer flackerte, die Holzscheite knisterten und knackten. Schwarz-Weiß-Fotografien mit Wellenmotiven schmückten die Wände, die Regale waren vollgestopft mit Büchern und dem einen oder anderen kleinen Bild. Darunter fiel Lilly ein alter Zeitungsausschnitt in einem goldenen Bilderrahmen auf. Sie blieb davor stehen. Stina stützte sich am Regal ab, lächelte sie an.

»Das war 1969 die erste Ordination einer Frau in Schweden. Die Schwedische Kirche hat dem damals nur sehr widerwillig zugestimmt, der Druck kam vonseiten der Regierung. Selbst als ich 1984 ordiniert wurde, gab es immer noch jede Menge Widerstand. Diese ganzen alten Knacker hatten so viele Vorurteile gegenüber uns Pastorinnen. Wie oft haben wir uns anhören müssen, dass wir nicht in der Lage wären, dem Amt gerecht zu werden. Heutzutage hat sich die Stimmung Gott sei Dank geändert.«

Lilly dachte, dass es wohl einigen Mut gekostet haben musste, zu jener Zeit so einen Weg zu gehen, und nickte anerkennend.

»Hatten Sie nie den Wunsch, eine größere Gemeinde zu übernehmen, zum Beispiel in einer Großstadt?«, fragte sie.

Stina lachte.

»Sie meinen, ob ich gern Karriere innerhalb der Kirche gemacht hätte? Meine Antwort ist nein. Unser Herr ist überall, und die Bedeutung seiner Arbeit hängt nicht von der Größe der Gemeinde ab.«

Die Sofagarnitur war breit und bequem, aus hellgrauem Leder. Lilly und Liv setzten sich jeweils auf einen der Sessel, während Stina sich vorsichtig auf das Sofa sinken ließ, sich ein Kissen unter den Nacken schob und sich mit einem langen Seufzer ausstreckte. Mit einem Nicken gab die alte Dame ihr Einverständnis, dass sie das Gespräch aufnehmen durften. Lilly warf einen Blick auf den Ladestand des Handyakkus. Noch 62 Prozent, das war auf jeden Fall genug.

»Der Abend, an dem Gunnar Dörner getötet wurde«, leitete sie ohne weitere Umstände ein. Es gab ohnehin keine elegante Art, auf ihr Anliegen zu sprechen zu kommen, dachte sie für sich. »Seine Tochter Klara hat ausgesagt, dass sie zu dieser Zeit hier bei Ihnen war. Stimmt das?«

Die alte Frau hob einen Arm, zeigte mit faltiger Hand in Richtung Hausflur.

»Meine Pflegerinnen haben irgendeine App, mit der sie bei dieser Zeitarbeitsfirma einchecken. Aber ich bitte sie auch immer, mir aufzuschreiben, wann sie das nächste Mal kommen, und dann abzuzeichnen, wenn sie gehen. Ich will darauf vorbereitet sein, wer zu mir ins Haus kommt. Klara hat die meisten Schichten, und darüber bin ich froh. Sie finden alle diese Notizen auf dem Block, der im Flur liegt.«

Lilly warf ihr einen dankbaren Blick zu, ehe sie fortfuhr.

»Aber Sie können sich auch selbst daran erinnern, dass Klara hier war, bis spät in die Nacht?«

»Ich kann mich sogar sehr gut daran erinnern. Sie ist gegen 17 Uhr gekommen, vielleicht ein paar Minuten früher. Klara hat mir bei meiner Reizstromtherapie geholfen, ich habe ein TENS-Gerät, das gut ist für meinen Rücken, und es hat mindestens eine Stunde gedauert, bis wir fertig waren. Ich war ihre letzte Schicht an diesem Abend, und sie war so müde, als wir uns vor den Fernseher gesetzt haben, dass sie neben mir eingeschlafen ist. Ich habe sie zugedeckt.«

Sie lächelte ganz leicht, schien sich gern daran zurückzuerinnern, während es im Ofen knackte und knisterte.

Liv richtete sich ein wenig im Sessel auf. Offenbar war ihr gerade ein Gedanke gekommen.

»Also Klara ist eingeschlafen, aber wie lange waren Sie denn wach?«

Lilly ahnte, worauf ihre Kollegin hinauswollte. Wenn die ehemalige Pastorin ebenfalls eingenickt war, dann konnte Klara sich aus dem Haus geschlichen, den Mord begangen haben und zu einem sicheren Alibi zurückgekehrt sein. Aber Stina Rudberg widerlegte auch diese Theorie sofort.

»Ich habe nicht geschlafen.«

Die alte Dame lächelte wieder.

»Ich habe einen Film mit Kevin Costner gesehen. Diesen Indianerfilm, oh je, war ich am Ende gerührt. Klara hat einfach alles verschlafen, aber ich fand es richtig gemütlich. Der Film muss wohl so gegen ein Uhr nachts zu Ende gewesen sein. Da habe ich sie dann geweckt. Wir haben Tee getrunken und noch eine Kleinigkeit gegessen, und dann hat sie mich oben ins Bett gebracht. Sie war so müde, dass sie fast nach Hause getaumelt ist. Bestimmt ist sie völlig überarbeitet, die Arme. Sie hat viele Klienten, die sie an einem Tag versorgen muss. Ich bin immer froh, wenn ich die Letzte auf der Liste bin, denn dann bleibt sie meistens länger. Und das war einer von diesen Abenden.«

Sie seufzte und richtete sich ihr Nackenkissen.

»Mein Bruder ist Oberarzt, und er sagt mir ständig, ich solle in einen Bungalow ziehen, weil das für meinen Rücken besser wäre, aber was soll ich machen? Ich fühle mich hier doch wohl?«

Liv biss sich auf die Lippe, während Lilly ein verständnisvolles Gesicht aufsetzte und nickte. Wenn Klara gegen zwei Uhr nachts von hier aufgebrochen war, dann war das viel zu spät, um den Mord zu begehen, und wenn sie gegen 17 Uhr schon bei Stina eingetroffen war, hatte sie es auch nicht davor tun können. Denn um 17:21 Uhr hatte Gunnar Dörner noch den Anruf eines Telefonverkäufers angenommen. Der rechtsmedizinischen Untersuchung zufolge war er vermutlich zwischen 17:30 Uhr und 21:00 Uhr erstochen worden.

Dörners Tochter hatte damit ein wasserdichtes Alibi, sofern Stina Rudberg an jenem Abend wirklich nicht geschlafen hatte. Und sofern sie in diesem Punkt ehrlich war.

Lilly beugte sich vor.

»Stehen Sie und Klara sich nah?«

Stina Rudberg sah sie zum ersten Mal für einen Moment abwartend an.

»Aber ja.«

Ihr Gesicht wurde weich.

»Ich mag sie von allen Pflegekräften am liebsten, gar keine Frage.«

Lilly verschränkte die Hände.

»Und wenn Klara an jenem Abend hier weggegangen wäre, um ihren Vater zu töten, hätten Sie uns dann davon erzählt?« Sie machte eine Pause. »Oder ist es vielmehr so, dass Sie versuchen, Klara zu beschützen?«

Stina Rudberg schwieg ein paar Sekunden, dann antwortete sie mit großem Ernst.

»Das achte Gebot: Du sollst nicht falsch Zeugnis reden wider deinen Nächsten.«

Lilly sah sie fragend an.

»Ist das ein Ja oder ein Nein?«

Stina Rudberg hob den Kopf ein wenig aus dem Kissen, dehnte ihren Nacken.

»Klara war den ganzen Abend hier«, sagte sie mit fester Stimme.

Lilly bohrte weiter nach.

»Und Klara hat auch nicht versucht, Sie zu beeinflussen? Sie hat Sie weder bedroht, noch Ihnen Angst gemacht, damit Sie für sich behalten, dass sie irgendwann gegangen ist?«

»Dummes Zeug«, sagte die pensionierte Pastorin. »Klara war den ganzen Abend hier, bis spät in die Nacht. Wie ich bereits sagte.«

Sie lachte leise, eher für sich. »Mir drohen, also auf die Idee ist wirklich noch niemand gekommen ...«

»Okay«, sagte Lilly und nickte. Dann wechselte sie das Thema.

»Wann haben Sie erfahren, dass Gunnar Dörner tot ist?«

Stina Rudberg sank in ihr Kissen zurück, wirkte für einen kurzen Moment überrascht.

»Wann ich davon erfahren habe?« Sie fuhr sich über die Stirn, als müsste sie ihrem Gedächtnis auf die Sprünge helfen. »Mal sehen... ich habe wahrscheinlich davon gehört, als es in allen Zeitungen stand, inklusive unserem lokalen Käseblatt hier. Klara war danach eine Zeitlang krankgeschrieben, das arme Mädchen, also mit ihr habe ich erst eine ganze Weile später wieder gesprochen. Da war es mindestens schon zwei Wochen her. Aber die Leute im Ort haben ja über nichts anderes mehr gesprochen. Sobald ich aus dem Haus gegangen bin, war da immer irgendein Nachbar, der über den Mord reden wollte.«

»Was haben Sie darüber gedacht?«

Die ehemalige Pastorin runzelte die Stirn.

»Es gehörte zu meinem Beruf, Trost und Stütze anzubieten, den Menschen zuzuhören, und das habe ich auch weiterhin getan, nachdem ich aufgehört habe zu arbeiten.«

Lilly ließ nicht locker.

»Aber haben Sie einen Verdacht, wer hinter dem Mord stecken könnte? Sie bekommen als Pastorin doch sicher viel zu hören?«

Stina Rudberg lächelte breit.

»Die mit dem Beichtstuhl sind die katholischen Priester, Frau Hed. Aber natürlich hat man mir während meiner Berufstätigkeit viel anvertraut. Untreue und Streit, begangene Sünden, alles Mögliche. Aber ich habe leider keinen Namen für Sie. Ich habe dieses Dorf hier immer als sehr friedliche und liebenswerte Gemeinschaft erlebt.«

Liv warf ihr einen Blick zu, und Lilly nickte kurz. Sie standen auf.

»Danke, dass Sie sich Zeit für uns genommen haben. Wenn uns noch etwas einfällt, kommen wir vielleicht noch einmal bei Ihnen vorbei.«

»Sie sind jederzeit willkommen«, sagte die alte Frau und klang auf einmal ein wenig müde. »Hier auf dem Sofa ist es so warm und schön. Ich glaube, ich schlafe heute Nacht hier unten. Finden Sie allein nach draußen?«

»Aber ja«, sagte Lilly.

In Gedanken strich sie Klara Dörners Namen von der Liste der Verdächtigen, aber sie mussten trotzdem mit ihr reden. Denn mit jedem Tag, der verging, wurde die Spur immer kälter, und bis die Verstärkung kam, konnte es noch dauern. Ein ganzer Tag war vergangen, seit Emil Niskanen tot aufgefunden worden war, und es fehlte ihnen an allem, was zu diesem Zeitpunkt so entscheidend wichtig war: Kriminaltechnik, Spürhunde, Speichelproben. Lilly spürte eine schwelende Frustration in der Brust. Der Versuch, in einem vollkommen lahmgelegten Ort diese Ermittlungen erfolgreich abzuschließen, fühlte sich aussichtslos an.

34

»Ein Gedanke lässt mich einfach nicht los«, sagte Liv. »Wenn derselbe Täter, der Gunnar Dörner getötet hat, auch Emil Niskanen auf dem Gewissen hat – und darauf deutet ja einiges hin –, dann muss es jemand sein, der hier in Skageby auf seine Gelegenheit gewartet hat. Der in dem Moment ein zweites Mal zugeschlagen hat, als im ganzen Dorf die Lichter ausgegangen sind.«

Sie drehte sich zu Lilly um, die am Steuer saß.

»Wenn es noch mehr mögliche Opfer gibt, dann ist die aktuelle Lage ideal. Der Mörder hält alle Trümpfe in der Hand.«

Lilly nickte niedergeschlagen.

»Uns steht kein einziges modernes Hilfsmittel zur Verfügung, man kann keinen Notruf absetzen, niemanden anrufen oder auch nur vernünftig Licht in der Wohnung anmachen.« Sie seufzte in ihren leuchtend gelben Schal. »Ich hoffe, dass du dich irrst, Liv.«

Der Wagen bog in die Auffahrt eines hellgrauen, dreistöckigen Mehrfamilienhauses.

Sie erwischten Klara, als sie gerade auf dem Weg nach draußen war, mit einer dicken Jacke über der Pflegeuniform. Ihre silberblonden Haare waren zu einem praktischen Knoten zusammengeschlungen. Ihren Augen wurden schmal, als sie die beiden Kommissarinnen erkannte. Die Freude über ihren Besuch schien sich wohl in Grenzen zu halten, dachte Liv.

»Hej, Frau Dörner«, sagte sie.

»Oh, hej, haben Sie Neuigkeiten für mich?«

Sie blieben voreinander auf dem asphaltierten Durchgang stehen, der zu dem Wohnhaus führte, in dem sich Klaras Wohnung befand. Der Wind war beißend kalt, es hatte wieder angefangen zu regnen, die Tropfen hinterließen dunkle Flecken auf Klaras Jacke.

Sie fuhr fort, ohne auf Antwort zu warten:

»In der Presse wurde ja eine Menge Getöse um Sie beide gemacht. Ich habe nach unserer Begegnung vor Papas Haus davon gelesen. Sie gehören zu dieser Operation Speerspitze und sollen wahnsinnig beeindruckend sein. Aber haben Sie denn schon irgendetwas erreicht, seit Sie vor vier Tagen hier angekommen sind? Eine weitere Person ist tot, auf dieselbe Weise ermordet wie mein Vater. Das ganze Dorf redet darüber. Eine meiner Klientinnen hat Todesangst. Sie denkt, dass jemand kommt und sie nachts in ihrem Bett erstechen will. Ich habe alle Hände voll damit zu tun, sie zu beruhigen.«

Sie verschränkte die Arme vor der Brust, ihr Ton war feindselig.

»Wir sind hier vollkommen isoliert, mit einem Mörder, der jederzeit zuschlagen kann, und es sieht nicht so aus, als würden Sie irgendetwas dagegen tun.«

Livs Stimme war ernst.

»Deshalb sind wir hier. Wissen Sie, ob Ihr Vater und Emil Niskanen sich kannten?«

Klaras Mund schloss sich, mit gerunzelter Stirn blickte sie fragend von Liv zu Lilly.

»Hier kennt jeder jeden«, sagte sie schließlich. »Oder ja, vielleicht ist er ab und zu vorbeigekommen, als ich noch jünger war. Er war Elektriker, oder? Vielleicht hat er damals für meinen Vater gearbeitet, vielleicht hatten sie eine Zeitlang auch mehr Kontakt.

Jetzt, wo Sie das ansprechen, erinnere ich mich dunkel, dass er ab und zu bei uns zu Hause war, er und ein paar andere Männer. Aber wie gesagt, das ist lange her.«

»Kannten Sie ihn?«, fragte Liv.

Klara schüttelte den Kopf.

»Nein. Für mich war er immer nur ein Eigenbrötler, einer dieser typischen älteren Männer, die nie die Liebe gefunden haben. Angeblich gab es wohl mal eine Osteuropäerin, die eine Weile bei ihm gewohnt hat, aber das hat nicht lange gehalten. Es war eine Riesenaufregung, als sie damals abgehauen ist, und hinterher wurde viel geredet. Aber ich vermute mal, dass er kein angenehmer Partner war.«

»Hat Ihr Vater irgendwann später noch mal mit Ihnen über Niskanen gesprochen?«, versuchte Liv, Klaras Gedächtnis auf die Sprünge zu helfen, während Lilly sich Notizen machte.

»Nein.«

»Fällt Ihnen jemand ein, der Emil Niskanen schaden wollte? Wissen Sie, ob er Feinde hatte?«

Wieder ungeduldiges Kopfschütteln.

»Wissen Sie sonst irgendetwas über Emil Niskanen, das uns weiterhelfen kann?«

Dieselbe Antwort.

Plötzlich verhielt sie sich fast schon desinteressiert, dachte Lilly verwundert.

Liv gab nicht auf, sondern hakte nach.

»Ihr Vater soll gesagt haben, dass er sich bedroht fühlte. Unter anderem wollte er sich wohl genau aus diesem Grund einen Hund anschaffen. Was wissen Sie darüber?«

Die Furche in Klaras Stirn wurde tiefer.

»Das hat er mir gegenüber nie erwähnt. Ich höre das gerade zum ersten Mal«, sagte sie. »Denken Sie denn, dass beides zusammenhängt? Der Mord an meinem Vater und der an Emil?«

»Das wissen wir nicht«, warf Lilly eilig ein.

»Aha. Gut. Dann kommen Sie wieder, wenn Sie etwas wissen«, sagte Klara, und ihr Ton verriet, dass ihre Geduld zu Ende war. Sie stampfte an ihnen vorbei über den Asphalt, auf dem sich bereits die ersten Regenpfützen gebildet hatten. »Ich muss jetzt arbeiten. Ich schlage vor, dass Sie dasselbe tun.«

Schulterzuckend sah Liv ihr nach. Es war später Nachmittag, und sie hatten noch einen weiteren Punkt zu erledigen. Ein zerfleddertes altes Telefonbuch würde ihnen den Weg zu dem Schlägertypen aus dem Supermarkt weisen. Dem Mann mit dem schlechten Ruf. Es war Zeit für einen Besuch bei Sverker Persson.

35

Von weitem sah das Haus, in dem Sverker Persson wohnte, eher aus wie eine Baracke. Ein blau-weißes, zweistöckiges Holzhaus, kleine Wohneinheiten mit rechteckigen Fenstern und Treppenstufen aus abgetretenem Metall. Eine breite Veranda mit Steinplatten umgab das Haus, darauf standen zwei Plastikstühle und ein Einmachglas voller Zigarettenkippen. Keine Spur von Spielsachen, Kinderwagen oder irgendetwas anderem, das darauf hingedeutet hätte, dass Kinder in dem Wohnkomplex lebten. Es schrie danach, dass das hier ein Haus für übrig gebliebene Männer war, dachte Liv. Ungewollte, einsame Männer. Alles wirkte kalt, ungastlich. Ein Bild, das durch die nackte grünbraune Grasfläche vor dem Haus und den düsteren Abendhimmel noch verstärkt wurde. Wie im restlichen Ort war alles dunkel und still, nur in einem Fenster im Erdgeschoss brannte eine einsame Kerze.

»Wohnung B, also ist es im oberen Stock«, sagte Lilly und sah zur Sicherheit noch mal in ihrem Notizblock nach.

Sverker Perssons Fenster war pechschwarz, und Liv verzog missmutig das Gesicht. Vermutlich waren sie völlig umsonst hergekommen, nichts ließ darauf hoffen, dass er zu Hause war.

»Vielleicht ist er auf der anderen Seite der Wohnung und hat nur da ein bisschen Licht angemacht. Nachsehen lohnt sich allemal. Wo wir schon mal da sind«, sagte Lilly.

Liv nickte.

Von all den Strohhalmen, an die sie sich in dieser Ermittlung klammerten, war Sverker der dünnste, dachte sie. Außer, dass er zu dem Zeitpunkt, als Emil Niskanen ermordet worden war, ein Messer mit sich herumgetragen hatte und grundsätzlich gewaltbereit war, hatten sie absolut nichts gegen ihn in der Hand. Andererseits hatten Lilly und sie während der Ausbildung dieselbe Lehrerin gehabt, die erfahrene Kriminalkommissarin Monica Olhed, die ihnen immer wieder ihr Mantra eingebläut hatte: Schaut immer einmal zu viel nach, ignoriert kein Detail.

Livs Stiefel rutschten auf dem Metall der Treppenstufen, ihre Schritte hallten in dem menschenleeren Wohnkomplex wieder. Nur ein kleiner Notizzettel, mit einer Reißzwecke neben der Klingel befestigt, bestätigte, dass sie hier richtig bei Persson waren.

Liv klopfte an, und sie warteten. Lilly versuchte, sich warm zu halten, indem sie die Arme um den Oberkörper schlang, schob dann die Hände in die Uniformtaschen. Es war ungemütlich kalt. Wieder klopfen. Nichts tat sich.

»Wir müssen später noch mal wiederkommen«, sagte Lilly schließlich.

Einer Eingebung folgend griff Liv nach der Klinke. Die Tür glitt auf. Lilly sah sie an und schüttelte den Kopf.

»Wir haben keine Befugnis, einfach in seine Wohnung zu gehen, Liv.«

Liv steckte den Kopf in den dunklen Flur. Es roch stickig. Neben der Tür standen eine heruntergekommene Ikea-Kommode und ein Kleiderständer, an dem ein einsamer Regemantel hing. Kein Teppich, der auf dem gesprenkelten PVC-Boden etwas Wärme verströmt hätte.

»Hallo? Hier ist die Polizei!«, rief sie.

Keine Antwort. Kein Laut, nur ein rhythmisches Tropfen der Regenrinne.

Liv drehte sich zu ihrer Kollegin um.

»Ich nehme an, dass er uns gesehen hat, als wir angekommen sind, und er versteckt sich da drinnen.«

Lilly sah sie skeptisch an.

»Oder aber ich finde etwas, das mit den Morden in Verbindung steht«, sagte Liv und hatte im selben Moment eine Entscheidung getroffen. »Ich gehe da jetzt rein.«

»Das war mir klar«, sagte Lilly. »Erinnerst du dich noch, dass ich dich an der Polizeihochschule die Regelbrecherin genannt habe? Ich glaube, ich werde diesen Kosenamen wieder ins Programm nehmen.«

Liv schenkte ihr ein gewinnendes Lächeln und machte einen Schritt in die Wohnung, zog die Schuhe aus und rief erneut:

»Hier ist die Polizei! Herr Persson, wir wollen mit Ihnen reden! Sind Sie da?«

Lilly verdrehte die Augen und folgte ihr, obwohl sie sich ganz offensichtlich nicht gut dabei fühlte.

Als Erstes warfen sie einen Blick in eine kleine Küche, in der Konservendosen und ein klebriger Gasgrill neben der Spüle standen, und gingen dann weiter ins Wohnzimmer. Es gab einen Flachbildfernseher an der Wand und ein schmales Sofa. Und dann waren da noch zwei weitere Räume: das Bad und das Schlafzimmer. Beide Türen waren geschlossen.

Liv rief ein weiteres Mal, bevor sie die Schlafzimmertür öffnete.

Der Anblick jagte einen Adrenalinstoß durch ihren Körper. Sie hatte eine Menge erwartet, aber das ganz sicher nicht. Sie hörte, wie Lilly hinter ihr nach Luft schnappte. Intuitiv tastete sie nach der Waffe im Holster, noch ehe der Gedanke ganz zu ihr durchgedrungen war: Er ist tot. Und der Mörder konnte noch in der Wohnung sein.

Sie zogen beide ihre Waffe, durchsuchten die Wohnung, wie sie es trainiert hatten: Liv vorweg, und Lilly sicherte ihr den Rücken. Sie hielten den Atem an, ihr Puls pochte hart. Aber es versteckte sich niemand in den Schränken, das ziemlich schmutzige Badezimmer war leer, niemand kauerte hinter den Möbeln. Der Mörder hatte die Wohnung verlassen. Der Herzschlag beruhigte sich langsam, kehrte zu einem Rhythmus zurück, so dass sich auch die Gedanken sortieren konnten.

Sie standen in der offenen Schlafzimmertür und betrachteten den Mann im Bett, der sich erst vor zwei Tagen im Supermarkt noch so bedrohlich verhalten hatte. Jetzt sah sein Gesicht aus, als wäre er einfach nur erstaunt. Er lag auf dem Rücken, die Decke beiseitegeschlagen. Das eingetrocknete Blut hatte Flecken auf seinem T-Shirt und der Unterhose hinterlassen und das geblümte Laken dunkelrot gefärbt. Es war mehrmals zugestochen worden, dachte Liv, und der Mörder musste zum Angriff übergegangen sein, als Persson schon geschlafen hatte. Hatte die Decke weggerissen und wie wahnsinnig auf ihn eingestochen. Nichts deutete darauf hin, dass der Körper bewegt worden war, es gab keine Blutspuren auf dem Boden.

Nachdem die erste Adrenalinwelle abgeebbt war, fiel Liv auf, dass Sverker Persson schon länger tot sein musste, mindestens einen halben Tag. Das getrocknete Blut, die Farbe des Körpers, alles deutete darauf hin.

Eine Schublade des Nachttischs war herausgezogen. In der Wohnung standen weniger Möbel als in den Häusern der beiden früheren Opfer, aber der Anblick weckte Erinnerungen an die anderen Tatorte. War Perssons Wohnung ebenfalls durchsucht worden? Hatte wieder derselbe Täter zugeschlagen?

Neben ihr murmelte Lilly verbissen: »Wir befinden uns in einem lahmgelegten Dorf, und irgendjemand zieht als Sensenmann von einem alten Mann zum nächsten.«

Liv fuhr sich über die Stirn, schloss die Augen. In ihrem Kopf drehte sich alles. Während sie noch den einen Tatort untersucht hatten, hatte der Täter ein weiteres Mal zugeschlagen. Ein Gefühl von Machtlosigkeit erfasste sie. Ausgerechnet sie, deren Aufgabe es war, die Aufklärung der Verbrechen voranzutreiben und die Dorfbewohner zu schützen, waren im Begriff, auf ganzer Linie zu versagen. Sie schüttelte den Kopf, versuchte, ihre Gedanken zu sammeln, die in alle Richtungen rasten. Es war so viel auf einmal.

»Wir brauchen mehr Leute, wir können nicht warten, bis die Straßen endlich freigeräumt sind. Wir müssen versuchen, hier wegzukommen. Das ist doch alles Wahnsinn.«

Lilly neben ihr schauderte. Liv stöhnte bei der Vorstellung, wie das Dorf wohl auf die Nachricht eines weiteren Toten reagieren würde, mitten in einer anhaltenden Krisensituation. Jetzt war auf jeden Fall klar, dass die Morde miteinander in Verbindung standen, der Tathergang und die Opfer waren zu ähnlich, als dass es sich um zufällige Übereinstimmungen und unterschiedliche Täter handeln konnte.

»Wir müssen Schutzkleidung holen, dokumentieren, was möglich ist, und dann einen Plan machen«, sagte Lilly und riss sie aus ihrem Gedankengang. »Ich bin gespannt, was Mats und Robert zu dem Ganzen hier sagen werden.«

36

Malin sank in ihrer raschelnden Winterjacke in die Kissen zurück. Während einer weiteren endlosen Wanderung mit Livly an der Schulter war sie in Livs Zimmer im oberen Stock gelandet, diesmal bei dem Versuch, die Kleine von einem hartnäckigen Schluckauf zu befreien. Jetzt schlief das Baby zufrieden auf Livs Bett.

Malin schob sich die Kissen zurecht, überlegte, ob es sich lohnen könnte, auch ein kurzes Nickerchen zu machen. Im Grunde musste sie jede Chance ergreifen, um die Batterien wieder aufzuladen. Sie hatten einen Rhythmus gefunden, der aus Stillen, Wickeln, Schlafen bestand, und wenn endlich der Strom wieder da war, würden sich auch all die praktischen Dinge tausendmal leichter anfühlen. Allein schon, dass sie sich dann wieder allen mitteilen konnten. So viele Menschen, die ihr nahestanden, wussten ja noch gar nicht, dass sie Mama geworden war! Und dann musste sie ihre Webseite aktualisieren, die Kunden informieren, dass sich die Lieferungen verspäteten. Ihre Gedanken wanderten weiter, wie schön es sein würde, mit der Hebamme und den anderen aus der Müttergruppe zu reden, wenn das Leben wieder normal war. Fragen zu stellen, Erfahrungen und Sorgen miteinander zu teilen. Wenigstens hatte sie nach der Geburt keine Probleme mit Schmerzen gehabt, dachte sie und dankte Liv und Lilly im Stillen. Die Müdigkeit wurde langsam übermächtig, und ihr fielen gerade die Augen zu, als sie im Erdgeschoss ein Knarren hörte. Malin setzte sich im Bett auf. Waren die Mädels etwa schon zurück? Sie kam auf die Füße, huschte voller Vorfreude auf Gesellschaft zur Tür und spähte die Treppe hinunter.

»Hallo, hört ihr mich? Ich bin hier oben«, rief sie leise, um Livly nicht zu wecken.

Aber plötzlich war alles totenstill. Keine Schritte, keine Antwort, kein behagliches Geklapper in der Küche.

»Hallo-o?«, rief sie, diesmal eine Spur lauter.

Naja, dann musste es wohl Einbildung gewesen sein, dachte sie und ging zurück ins Bett. Das leichte Gefühl von Anspannung blieb in den Schultern zurück, das sie empfand, seit Liv und Lilly sich über den Mörder unterhalten hatten, der in der Stadt sein Unwesen trieb. Eine unwirkliche, beängstigende Situation, aber bald würden sie ja wieder zu Hause sein. Dann würde sie sich zumindest nicht mehr wegen jedem kleinen Knacken erschrecken. Sie legte sich neben Livly, die ruhig und gleichmäßig unter einer gehäkelten Decke atmete. Es war wirklich kalt im Haus, aber das Mädchen schien sich daran gewöhnt zu haben, immer in einen dicken Overall eingepackt zu sein und eine kleine Mütze auf dem Kopf zu haben. Mit ihrer Hand, die in fingerlosen Handschuhen steckte, streichelte Malin Livlys Bein, beschützend und dankbar zugleich.

In diesem Moment drang von unten ein Klappern herauf. Die Erkenntnis, dass doch jemand im Haus sein musste, traf sie wie ein Schlag in die Magengrube. Sie hatte das Gefühl, als würde eine eisige Welle durch ihren Körper rauschen, und für einen Moment ließ die Angst sie wie erstarrt liegen bleiben. Das Herz schlug ihr bis zum Hals, sie hörte, wie ihre eigenen Atemzüge kürzer und schneller wurden. Vor ihrem inneren Auge sah sie den Mörder vor sich, die dunkle Gestalt, die in ihrem Kopf zu einem Monster herangewachsen war. Aber sie sah auch Bilder von Städten im

Ausnahmezustand vor sich, alles, was sie in den Nachrichten je über Plünderungen, Gewalt und Vergewaltigungen gesehen hatte. Menschen, die zu Räubern wurden, wenn die Gesellschaft aus den Fugen geriet. Für Malin zählte jetzt nur noch eins: Sie musste ihr Kind beschützen. Vorsichtig nahm sie das schlafende Mädchen in den Arm, wickelte es fester in die Decke und stand dann für einen Augenblick ratlos da. Livly schlief tief und fest, ohne das Geringste von Malins Panik zu ahnen. Wohin sollten sie gehen?

Ihr Blick fiel auf den Schrank in Livs Zimmer. Er war mindestens zwei Meter breit. Sie zögerte nicht lange, sondern zog die Tür auf und schob die Kleider, die darin hingen zur Seite, dann kauerte sie sich mit Livly auf den Boden und schloss die Tür hinter sich. Sie streckte die Beine aus, so dass ihre Tochter auf ihren Oberschenkeln liegen konnte. Malin schloss die Augen und betete im Stillen, dass Livly weiterschlafen und der Einbrecher – bitte, bitte, nur ein Einbrecher – einfach alles mitnahm, was er wollte und sie in Ruhe ließ.

»Nimm einfach das Essen und verschwinde«, flüsterte sie stumm mit geschlossenen Lippen.

Hier in der Dunkelheit des Schranks schien jedes Geräusch, jedes Knacken des Hauses, sich um ein Vielfaches zu verstärken. Unter Hochspannung lauschte sie den ruhigen Atemzügen ihres Babys.

Eine Minute verging, dann noch eine. Malin konnte nur die Sekunden zählen und hoffen. Aber ihre Gedanken rasten schnell. Sie geriet durcheinander, fing von vorn an zu zählen, aufgeschreckt von ihren eigenen gestressten Atemzügen.

Dann wurde die Stille von Schritten auf der Treppe durchbrochen. Malins Herz raste. Wie sollte sie sich verteidigen? Hilflos sah sie sich in ihrem dunklen Versteck um. Ein Kleiderbügel?

Konnte sie den als Waffe benutzen? Jetzt war das Geräusch ganz nah. War der Einbrecher genau vor dem Zimmer? Dann war es wieder still. Atemlos zählte sie die Sekunden. Eine Minute. Zwei Minuten. Fast wagte sie zu hoffen, dass, wer auch immer es gewesen war, endlich das Haus verlassen hatte.

Aber dann stand sie plötzlich wieder unter Strom.

Sie hörte Schritte im Raum. Die Schritte drehten eine Runde, als würde der Einbrecher etwas suchen. Malins Herz klopfte so laut, dass sie schon glaubte, es müsse im ganzen Haus zu hören sein. Die Hände, die Livly hielten, waren schweißnass. Dann wurde die Schranktür aufgeschoben, das fahle Abendlicht fiel auf ihr Gesicht und machte es schwer, die Gestalt vor ihr zu erkennen. Malin schrie auf, und ihr Schrei weckte Livly, die zusammenzuckte und sofort anfing zu brüllen wie am Spieß.

Liv blickte auf sie herunter.

»Aber … warum sitzt ihr denn im Schrank?«, fragte sie verwirrt. Malin brachte keinen Ton heraus, starrte Liv nur mit weitaufgerissenen Augen an.

»Lilly packt gerade das Auto aus, sie kommt gleich. Wir müssen leider auch sofort wieder los, ich wollte mir nur schnell eine warme Jacke holen«, fuhr Liv fort und begriff erst, dass irgendetwas ganz und gar nicht in Ordnung war, als sich Malins Gesicht verzog und sie in Tränen ausbrach.

»Aber Malin, was ist denn passiert?«

37

Sie saßen zusammen um den Küchentisch. Kerzen waren im Zimmer verteilt und verbreiteten ihr schummriges Licht um sich herum. Die Schatten an den Wänden waren tiefschwarz, bewegten sich und bildeten Muster, wenn die kleinen Flammen tanzten.

Die Stimmung war düster. Lilly wollte Malin nicht verletzen, indem sie ihr sagte, dass sie sich alles nur eingebildet hatte. Aber dass sich zufällig unmittelbar vor ihrer Rückkehr ein Unbekannter Zutritt zum Haus verschafft haben sollte, klang einfach extrem unwahrscheinlich. Malin wiegte das Baby im Arm, ihre Lippen waren ein schmaler Strich. Schließlich ergriff sie das Wort, sie sprach wütend und schnell.

»Ich sehe euch an, dass ihr mir nicht glaubt. Aber ich weiß, was ich gehört habe. Es war jemand hier, kurz bevor Liv ins Zimmer gekommen ist.«

Sverker Perssons Tod hatte Malin schockiert, aber es war nicht zu übersehen, dass sie im Moment vor allem der vermeintliche Einbrecher beschäftigte. Sie blieb dabei.

Lilly suchte nach den richtigen Worten, versuchte, ihr ein Stück entgegenzukommen. Sie ertappte sich dabei, dass sie an den Nägeln kaute, und versteckte die Finger schnell in den Ärmeln der langen Strickjacke, die sie sich übergezogen hatte.

»Natürlich kann es sein, dass jemand im Haus war, aber das heißt ja nicht gleich, dass die Person böse Absichten hatte. Vielleicht war es jemand, der sich in der Adresse geirrt hat, zum Beispiel ein alter Mensch oder ein Kind? Oder es war tatsächlich jemand, der nach Essen gesucht hat?«

Wieder verwandelte sich Malins Mund in einen Strich.

»Ich habe Klappern gehört«, sagte sie aufgebracht. »Und ich bin mir ziemlich sicher, dass die Geräusche nicht nur aus der Küche kamen, sondern dass sie direkt unter mir waren, im Wohnzimmer. Und danach hier oben, genau vor der Tür. Dann hat es kurz gedauert, ein paar Minuten, und dann bist du aufgetaucht, Liv, und hast mich zu Tode erschreckt.«

Liv schaukelte mit dem Stuhl nach hinten und wieder nach vorn, landete mit einem Knall auf dem Boden und stand auf.

»Wir überprüfen alles und sehen nach, ob etwas fehlt«, sagte sie und klopfte Malin auf die Schulter.

Im dunklen Haus suchten Liv und Lilly zuerst das Erdgeschoss und dann den oberen Stock ab. Die Essensvorräte in der Küche waren unberührt. Lilly zog eine Schublade auf und seufzte erleichtert. Sverker Perssons Messer, inzwischen in eine Plastiktüte verpackt, lag noch da, wo sie es hingelegt hatte. Erst als sie in ihr Zimmer kam, schlug ihr Herz plötzlich schneller. Das Handy! Hatte sie es nicht auf ihrem Nachttisch liegen lassen, als sie mittags für eine kurze Essenspause einen Abstecher nach Hause gemacht hatten? Doch, daran gab es keinen Zweifel.

Da das Handy ihnen als wichtiges Aufnahmegerät diente, aber die Akkuladung inzwischen schon auf vierzig Prozent gesunken war, hatte sie es ausgeschaltet und in ihrem Zimmer gelassen.

Und jetzt war es nicht mehr da.

Sie ging auf die Knie, warf einen Blick unter das Bett und den Nachttisch, um nachzusehen, ob es vielleicht auf den Boden gefallen war.

Ihr Puls stieg. Das Handy war weg. Und damit auch die so wichtige Aufnahme der Vernehmung von Egon. Sie hastete nach unten in die Diele, durchwühlte die Jackentaschen, um ganz sicher zu gehen, dass sie es nicht doch in Gedanken eingesteckt hatte.

Nein. Es war verschwunden. Als sie in die Küche zu Malin ging, die Livly im Arm wiegte, war ihr Gesichtsausdruck bedeutend weniger skeptisch.

»Ich glaube, dass du recht hast. Mein Handy ist nicht mehr da«, sagte sie, als Malin zu ihr hochschaute. »Verdammt.«

Liv kam ins Zimmer. Den hochgezogenen Augenbrauen nach zu urteilen, hatte sie gehört, was Lilly gerade gesagt hatte.

»Bist du dir ganz sicher?«

Lilly nickte und schob frustriert die Hände in die Taschen ihrer Strickjacke.

»Mats hat die Vernehmung größtenteils mitprotokolliert«, sagte Liv und sank auf den Stuhl gegenüber von Malin, »aber diese Aufnahme war wirklich wichtig.«

Lilly versuchte, sachlich zu bleiben, aber hier schien das Muster klar auf der Hand zu liegen.

»Handys gehören zum klassischen Diebesgut«, sagte sie widerwillig.

»Aber Egon hätte bestimmt nichts dagegen, wenn sich dein Handy in Luft auflösen würde«, wandte Liv ein. »Wir sollten mit ihm über diese Sache hier reden.«

Lilly setzte sich neben sie, wischte ein paar Krümel vom Tisch. »Er wäre verrückt, so ein Risiko einzugehen.«

Malin sah sie beide verschreckt an.

»Denkt ihr, dass vielleicht ein Mörder im Haus war?«, fragte sie und strich mit der Hand über den flaumigen Kopf ihrer Tochter, zog ihr das Mützchen wieder auf und drückte sie an sich. »Ich kann gar nicht fassen, dass noch jemand umgebracht worden ist, das ist doch total krank.«

Die Nachricht von Sverker Perssons Tod schien Malin erst jetzt richtig bewusst zu werden, dachte Lilly.

»Vielleicht war es auch nur ein ganz gewöhnlicher Einbrecher. Wir wissen es nicht«, sagte sie schnell.

»Wir müssen darauf achten, dass wir die Türen auch dann abschließen, wenn wir zu Hause sind. Ich schlafe heute Nacht unten, bewaffnet. Und wir bringen jetzt sofort Lärmfallen an sämtlichen Türen und Fenstern an. Das ist schnell gemacht. Wir brauchen dafür nur Schnüre und leere Konservendosen, das haben wir beides im Überfluss«, sagte Liv. »Und danach schnappe ich mir diesen Egon noch mal und nehm ihn etwas härter ran. Mal sehen, ob nicht doch noch was dabei rauskommt.«

Lilly nickte, und Malin sah sofort ein wenig ruhiger aus.

Liv beugte sich vor, streichelte dem schlafenden Kind über den Rücken und stützte dann die Ellenbogen auf den Tisch. Sie wandte sich an Lilly.

»Du, ich habe über etwas nachgedacht, was du heute gesagt hast. Über die Opfer.«

Sie warfen Malin einen Blick zu und gingen dann in ein anderes Zimmer, um ungestört reden zu können.

In Gedanken war Lilly dabei zu überlegen, was sie durch den Diebstahl des Handys alles verloren hatte. In die Cloud war ja seit dem Sturm auch nichts mehr gespeichert worden. Welche Bilder waren verschwunden? Es fiel ihr schwer, sich auf Liv zu konzentrieren, die sie auffordernd ansah.

»Ja?«, fragte Lilly.

»Du hast so ungefähr gesagt, dass der Sensenmann von einem alten, einsamen Menschen zum nächsten zieht.«

Lilly nickte.

»Und offensichtlich waren sie einsam, diese Männer, die getötet wurden. Gunnar hatte zwar seine Tochter, aber wie es aussieht, war es das auch schon. Niskanen und Persson scheinen nur zu sehr wenigen Leuten engeren Kontakt gehabt zu haben, in Niskanens Fall weiß ich nicht, ob es überhaupt jemanden gab. Keine Kinder, keine Liebesbeziehungen. Im Grunde nicht mal Freunde.«

»So gesehen die idealen Zielscheiben«, stimmte Lilly ihr zu. »Vor allem Niskanen und Persson. Kaum jemand wird die beiden vermissen. Niemand, der anruft oder zu Besuch kommt. Wären wir nicht zufällig bei Persson aufgetaucht, hätte er wahrscheinlich noch sehr lange unbemerkt dort gelegen.«

»Was ist, wenn es genau darum geht?«, sagte Liv. »Was, wenn diese Einsamkeit den Mörder anlockt? Vielleicht steckt hinter all dem irgendeine bizarre Wahnvorstellung. Vielleicht betrachtet der Täter – oder die Täterin – es als einen Akt der Barmherzigkeit, einem Leben ohne menschliche Wärme ein Ende zu setzen?«

»Oder der Mörder verspürt den zwanghaften Drang, jemanden zu töten. Und dann sind einsame, ältere oder ausgegrenzte Personen leichte Opfer«, sagte Lilly seufzend.

Sie gingen wieder zurück zu Malin, die immer noch ihre Tochter wiegte und sie mit großen Augen ansah. Sie hatte offenbar mehr von ihrem Gespräch mitbekommen, als Liv und Lilly beabsichtigt hatten.

»Denkt ihr, dass hier im Dorf ein Serienkiller sein Unwesen treibt?«

Liv schüttelte den Kopf.

»Nein, das ist nicht das Niveau, auf dem wir uns hier bewegen. Wie hat dieser FBI-Typ, dieser Kessler, das noch mal definiert?«

Lilly zitierte aus dem Gedächtnis.

»Morde an mehr als drei Personen. Mit zeitlichem Abstand zwischen den jeweiligen Taten. Aber Niskanen und Persson sind ja sehr kurz nacheinander gestorben.«

So hatte Mats' vorläufiges Zwischenfazit gelautet, nachdem der Einsatzleiter in der Wohnung angekommen war und einen ganzen Schwall wüster Verwünschungen ausgestoßen hatte, die sehr gut widerspiegelten, was sie alle in diesem Moment fühlten.

»Wie geht es denn jetzt bei euren Ermittlungen weiter, was ist der nächste Schritt?«, fragte Malin neugierig.

»Über gewisse Dinge unserer Arbeit können wir nicht mit dir reden, Malin«, sagte Lilly freundlich. »Wir müssen jetzt auch zurück an den Tatort, wir wollten ja eigentlich nur warme Jacken holen. Die Nachricht, dass eine weitere Person ermordet wurde, zieht schnell Kreise. Wir müssen verhindern, dass die Leute in Panik geraten, vor allem da wir jetzt schon den dritten Tag ohne Strom sind. Wir werden also leider noch mal ein paar Stunden unterwegs sein. Traust du dir zu, mit der Kleinen allein hier zu bleiben?«

»Ich ... ich denke schon. Wenn alle Türen ordentlich abgeschlossen sind und sich niemand heimlich reinschleichen kann. Mir gefällt der Gedanke mit den Lärmfallen«, sagte die frischgebackene Mutter und lächelte zum ersten Mal an diesem Abend. Däumeline stieß einen Schrei aus, und Malin verschwand aus dem Zimmer, beruhigend summend und ihre Tochter wiegend.

Liv stand auf.

»Ich bin nur froh, dass wir wenigstens mein Handy noch haben. Darauf sind die Bilder von Niskanens Haus und seinem Garten.«

Sie legte es auf den Tisch und machte sich dann daran, die Lärmfallen aufzubauen. Da sie keine Hilfe brauchte, griff Lilly stattdessen nach dem Handy. Rastlos und voller Tatendrang, die Ermittlungen endlich voranzutreiben. Systematisch ging sie die Fotos durch. Vergrößerte sie, sah sich Details an. Da war der dunkle Schuhabdruck in der Erde.

»Derselbe Abdruck wie vor Gunnars Haus, laut Mats stimmen die Muster der Profile überein«, murmelte sie nachdenklich vor sich hin.

Sie vergrößerte weiter. Blinzelte.

»Oha. Das hier müssen wir mit Mats und Robert besprechen. Siehst du das?«

Sie ging zur Vorratskammer und hielt Liv den Bildschirm hin.

»Der Schuhabdruck ist hinten viel deutlicher und tiefer, oder?«

Liv nickte.

»Ja, aber das kann ja einfach bedeuten, dass der Mörder beim Gehen mehr Druck auf den Fersen hat.«

Lilly räumte ein, dass das stimmte.

»Natürlich. Oder es bedeutet, dass er zu große Schuhe trägt, um uns auf eine falsche Fährte zu locken. Dann würde er nämlich ebenfalls hinten tiefere Abdrücke hinterlassen als vorn, weil nicht der ganze Schuh ausgefüllt wäre.«

Liv zog die Augenbrauen hoch.

»Da hast du natürlich auch wieder recht. Verdammt, dieser Fall wird immer merkwürdiger.«

38

Rickard bemühte sich, das Richtige zu tun.

Der Grundgedanke war, Felicia immer mit Respekt zu behandeln, und deshalb konnte er sie nicht länger im Ungewissen darüber lassen, was ihre biologische Mutter vorhatte. Als sie fertig gegessen hatten und die Hausaufgaben erledigt waren, rief er sie zu sich in die Küche, damit sie ein bisschen reden konnten. Maya und Karin rauschten vorbei, auf dem Weg zu einer Abendeinladung, und umarmten sie beide im Vorbeigehen.

Felicia stemmte die Ellenbogen auf den Tisch, baumelte mit den Beinen und machte ein schuldbewusstes Gesicht. Spielte mit dem neonfarbenen Armband an ihrem Handgelenk herum. Rickard lächelte sie an, aber innerlich starb er tausend Tode. Wie sollte er anfangen? Er drehte und wendete seine Worte, beugte sich vor.

»Hat meine Lehrerin dich wegen der Sache im Sportunterricht angerufen?«, fragte Felicia, bevor er auch nur einen Ton gesagt hatte. Er zog eine Augenbraue hoch.

»Nein. Hätte sie das tun sollen …?«

Dann strömten die Worte aus Felicias Mund, während ihre Beine unter dem Tisch aufgeregt zappelten.

»Nein, na ja, also wir hatten Sport, und Fredrik wollte, dass ich ihm Judo zeige, aber als ich ihn dann auf den Boden geworfen habe, hat er angefangen zu heulen, und da hat unsere Lehrerin gesagt, das wäre meine Schuld, dabei wollte er es ja so, ja, und jetzt will sie mit dir reden«, erzählte sie, ohne einmal Luft zu holen, und endete mit einem strahlenden Lächeln, als wäre sie eigentlich stolz auf ihre Leistung.

Rickard grinste innerlich, versuchte aber, ein strenges Gesicht zu machen.

»Du weißt, was Liv über Kampfsport sagt, oder? Dass es immer, immer nur um Selbstverteidigung geht! Und wenn du damit angeben willst, was du schon alles kannst, dann musst du aufpassen, dass dem anderen nichts passiert. Auch wenn es Fredriks Idee war. Du kannst das doch auf einer weichen Matte vormachen.«

Sie blinzelte ihn unter ihrem langen Pony hervor an.

»Es war aber ein richtig guter Wurf«, wandte sie ein, und er musste laut lachen.

»Daran habe ich überhaupt keinen Zweifel.«

Und dann beging er ihn, den Fehler.

»Felicia, ich will mit dir über etwas anderes reden. Es ist mir nämlich sehr wichtig, ehrlich zu dir zu sein. Es hat sich nichts geändert, und du musst dir auch keine Sorgen machen. Aber deine leibliche Mutter hat gesagt, dass sie dich wieder zu sich holen will. Sie hat einen Antrag gestellt, um durch regelmäßige Tests nachzuweisen, dass sie keine Drogen mehr nimmt.«

Als Nächstes hatte er sie eigentlich fragen wollen, was sie darüber dachte, ob sie den Wunsch verspürte, ihre Mutter zu sehen. Ob sie Kontakt zu ihr wollte. Allein bei dem Gedanken, das Kind auch nur für wenige Minuten bei dieser Frau zu lassen, drehte sich ihm der Magen um, aber er durfte Felicia diese Möglichkeit nicht einfach vorenthalten. Sofern sie denn selbst das Bedürfnis danach hatte.

Aber noch während er die Worte »zu sich holen will« sagte, hatte sich Felicias Gesicht verschlossen. War blass und hart geworden. Alles Leben und Lachen waren aus ihren Augen verschwunden, ihr Mund war nur noch ein schmaler Strich. Und dann stieß sie den Stuhl zurück, stürmte auf schnellen Füßen in ihr Zimmer und knallte die Tür hinter sich zu, drehte den Schlüssel um.

Und jetzt stand Rickard da und klopfte vorsichtig an. Rief ihren Namen, ohne Antwort zu bekommen.

»Felicia, Süße ...?«

Dann hörte er das schlimmste Geräusch von allen: gedämpftes Schluchzen. Ein leises, klägliches Weinen. Am liebsten hätte er sich selbst geohrfeigt. Er hatte die schützende Hülle aus Geborgenheit zerstört, die sie so mühsam um Felicia aufgebaut hatten.

Das einzig Gute daran war, dass er zumindest eine eindeutige Antwort auf seine Frage bekommen hatte: Das Mädchen bekam Panik bei dem Gedanken, zu seiner leiblichen Mutter zurückzumüssen.

Nur was zur Hölle sollte er jetzt tun?

39

Etwa zwölf Kilometer vor Skageby parkte Jesper das Auto an einer Straßenkreuzung. Er war früh am Morgen zu Hause aufgebrochen und wie sich jetzt, drei Tage nach dem Sturm, herausstellte, waren die Straßen in dieser Ecke des Landes nach wie vor unpassierbar. Bäume lagen verkeilt übereinander, streckenweise verhinderten Schlamm, Geröll oder große Äste das Weiterkommen, aber auch das eine oder andere umgekippte Straßenschild lag noch herum. Er war an unzähligen Aufräumarbeiten vorbeigefahren, aber so weit in den Norden waren die Hilfskräfte noch nicht vorgedrungen. Er packte das Notwendigste in seinen Rucksack und wuchtete mit einiger Mühe die Enduro vom Dachgepäckträger. Die Feuchtigkeit tropfte von den Baumstämmen, hier im Wald war es inzwischen schon ziemlich dunkel. In der Ferne hörte er den krächzenden Ruf einer Elster.

Jesper stieg auf das Motorrad, zurrte den Gurt des Helms fest und drehte den Schlüssel um. Er gab Gas, und der Motor antwortete mit einem verheißungsvollen Dröhnen, aber ihn erwartete eine Fahrt mit vielen Hindernissen. Er musste umgestürzten Bäumen ausweichen und Umwege in Kauf nehmen, um Stämme zu meiden, die jeden Moment ebenfalls kippen konnten. Die Bedingungen verlangten seine volle Aufmerksamkeit, und das kostete Kraft. Er wusste nur zu gut, wie gefährlich ein Baum war, der im Sturm Schlagseite bekommen hatte. Ein paarmal geriet er ins Schlingern, als unsichtbare Senken plötzlich das Vorderrad verschluckten. Er fuhr nur halbes Tempo. Seine Kleidung war schon bald voller Lehm und Matsch, er musste heftig mit den Beinen gegenhalten. Schweiß lief ihm den Rücken hinunter.

Ab und zu warf er einen Blick auf das Navi, das in einer Halterung am Lenker befestigt war. Langsam, ganz langsam näherte er sich seinem Ziel. Aber nicht schnell genug. Es wurde dunkel, und das machte die Fahrt noch gefährlicher. Wahrscheinlich würde er irgendwo am Straßenrand übernachten müssen. Zum Glück hatte er eine Isomatte und seinen Schlafsack dabei.

Er legte eine kurze Pause ein, trank einen Schluck von seinem Energydrink und klickte sich über die Kopfhörer in eine Radiosendung auf P1 weiter. »Und jetzt die Nachrichten«, leitete eine tiefe Stimme ein. »Wir beginnen mit dem Neuesten aus den Unwettergebieten in Mittelschweden. In Dalarna und Gävle wurden zahlreiche Brücken überschwemmt, aber auch Einkaufszentren, kommunale Gebäude und nicht zuletzt Privathaushalte sind von den Wassermassen betroffen.«

Die Stimme fuhr monoton fort.

»Auch in Norrbotten und Västerbotten ist die Lage in weiten Teilen unverändert angespannt, nachdem zahlreiche Straßen und Gleise durch umgestürzte Bäume blockiert sind. Rund zehn kleinere Gemeinden sind nach Blitzeinschlägen weiter ohne Strom. Inzwischen wird die Verteilung der Einsatzkräfte durch das Amt für Katastrophenschutz immer lauter in Frage gestellt ...«

Jesper schaltete das Radio wieder aus, unternahm einen neuen Versuch, Lilly anzurufen und erreichte wieder nur ihre freundliche Mailboxansage. Frustriert legte er auf. Kurz darauf riss das Mobilfunknetz ab. Die Schatten zwischen den Bäumen wurden tiefer, der Himmel dunkler, und schließlich war es stockfinster um ihn herum.

40

Auf dem kalten Kaffee in den Plastikbechern hatte sich eine dünne Haut gebildet. Mindestens zwei Snus-Päckchen klemmten unter Roberts Oberlippe, wie Liv an der deutlichen Beule erkennen konnte.

Die leise tickende Wanduhr zeigte achtzehn Minuten nach neun. Es war Freitagabend, aber niemand hier dachte an ein freies Wochenende. Die Stimmung in Mats Hjälms Büro war angespannt. Seit Liv und Lilly mit quietschenden Reifen angerast waren und von dem Mord an Sverker Persson berichtet hatten, war die sonst so kräftige Gesichtsfarbe des Einsatzleiters immer grauer geworden. Taschenlampen und Kerzen beleuchteten flackernd den Raum, in dem matten Licht wirkten die Wände noch heruntergekommener als sonst. Im Treppenhaus roch es immer noch ein bisschen nach Rauch, aber nicht so stark, dass es sie hier oben gestört hätte.

Nach einer kurzen Besprechung hatten sie gemeinsam alles gesichert, was sie in dieser ersten Phase in und um Perssons Wohnung sichern konnten, und waren dann in der Wohnanlage von Tür zu Tür gegangen. Die wenigen Nachbarn, die sie zu Hause angetroffen hatten, offenkundig allesamt alleinstehende Männer, hatten übereinstimmend ausgesagt, dass Sverker Persson kein angenehmer Zeitgenosse und eher ein Einzelgänger gewesen war. Niemand hatte am Tattag etwas Auffälliges gesehen oder gehört. Mehrere Personen waren ausfällig geworden, als sie von dem Mord erfuhren, wollten wissen, was zur Hölle die Polizei eigentlich die ganze Zeit trieb. Liv meinte aber auch, einen Funken Angst in ihren Augen gesehen zu haben, als sie hörten, dass wieder ein Mann in ihrem Alter erstochen worden war. Ein über Siebzigjähriger zeterte, dass er Skageby verlassen würde, sobald die Straßen wieder frei seien, und dass er erst wieder zurückkäme, wenn der Mörder gefasst sei.

Was die Leiche betraf, so war sie in Plastik verpackt und von einem schweigsamen Mats und einem schwitzenden Robert in denselben Erdkeller gebracht worden, in dem auch Emil Niskanen lag, gesichert mit zwei Vorhängeschlössern. In diesem Erdkeller herrschte ungefähr Kühlschranktemperatur, dachte Liv und verzog insgeheim das Gesicht. Nicht kalt genug, um die Verwesung zu verhindern, aber vielleicht, um den Prozess zu verlangsamen. Alles drehte sich um Zeit. Zeit, die sie nicht hatten.

»Wir können nicht länger darauf warten, dass die Räumarbeiten irgendwann hier angekommen oder wir endlich wieder Strom haben«, sagte sie. »Wer von uns macht sich auf den Weg und schlägt Alarm?«

Sie sahen sich reihum an. Der sonst so schweigsame Robert ergriff das Wort.

»Ich übernehme das. Ich mache mich morgen früh mit dem Motorrad auf den Weg, sobald es hell wird«, sagte er. »Ich kenne mich in der Gegend besser aus als ihr«, fügte er mit einem Nicken in Liv und Lillys Richtung hinzu und wandte sich dann an Mats. »Und du wirst hier gebraucht.«

Die anderen schwiegen einen Moment, fanden keine Einwände gegen seine Begründung. Also nickte Robert, und damit war die Sache entschieden.

»Da draußen sind eine Menge Bäume, die nicht mehr fest verwurzelt oder schon angeknackst sind und jederzeit umkippen können. Du weißt, wie es nach so einem heftigen Sturm ist. Bitte, du musst verdammt vorsichtig sein«, sagte Mats mit Nachdruck. Seit die Entscheidung gefallen war, schien er tatsächlich wieder ein bisschen mehr Energie zu haben.

»Ja, pass auf dich auf, Robert«, sagte Lilly.

Robert nickte wieder, nahm seinen Rucksack vom Tisch und verschwand aus der Tür, nachdem er verkündet hatte, dass er jetzt ins Haus seines Bruders fahren und packen würde. Die drei anderen waren eine Weile still. Ihnen war bewusst, welches Risiko ihr Kollege einging.

»Schau dir das hier mal an, Mats«, sagte Lilly schließlich, wie um die Stille zu brechen.

Sie zeigte ihm das Foto des Sohlenprofils und erklärte ihm ihre Theorie, dass der Mörder womöglich zu große Schuhe trug, bewusst ein größeres Modell benutzte, um sie in die Irre zu führen. Mats betrachtet den Handybildschirm und gab ihr recht, dass an ihrer Idee etwas dran sein könnte, aber er meinte auch, dass »er ja vielleicht einfach nur mehr Gewicht auf die Fersen legt«.

»Und woher weißt du, dass es ein Mann ist?«, fragte Lilly sanft.

»Ist das nicht fast immer so?«, warf Liv belustigt ein, und Mats nickte zustimmend.

Als Nächstes sprach Liv an, dass auch Sverker Perssons spartanische Wohnung offenbar durchsucht worden war und dass auch sein Handy fehlte, obwohl das Ladegerät neben dem Bett darauf hindeutete, dass sie eigentlich eins hätten finden müssen.

»Das ist ein Muster, das …«

Ein barsches Klopfen unterbrach sie.

Mats ging zur Tür, öffnete sie zunächst nur einen Spaltbreit und machte sie dann ganz auf. Vor ihm standen vier Frauen und ein

Mann, alle ordentlich dick angezogen, mit blassen, grimmigen Gesichtern.

»Wir haben gehört, dass wir Sie hier finden«, ergriff der groß gewachsene ältere Mann das Wort, grußlos und ohne sich vorzustellen. Auf seinen gerade noch fahlen Wangen zeigten sich die ersten roten Flecken. »Sind Sie hier etwa alle Polizisten, die in Skageby zur Verfügung stehen? Trotz allem, was hier vorgefallen ist?«, fragte er aufgebracht.

Mats nickte widerwillig. »Worum geht es?«

Der Mann, dem Aussehen nach um die sechzig, lief vor Zorn langsam rot an.

»Worum es geht?! Was ist denn das für eine Frage? Wir wissen alle, was mit Emil Niskanen passiert ist. Und mit Sverker Persson! Hier im Dorf werden Menschen in ihren Betten erstochen, und wir wollen wissen, was zur Hölle Sie eigentlich dagegen unternehmen!«

Der letzte Satz war viel mehr Vorwurf als Frage. Der Kopf des Mannes glühte jetzt. Die Frauen um ihn herum schauten finster und nickten zustimmend.

»Wir haben Angst, verstehen Sie das nicht?«, mischte sich eine von ihnen ein. »Wir wohnen alle nicht weit voneinander entfernt und trauen uns schon nicht mehr vor die Tür. Dabei kann man sich ja nicht mal mehr im eigenen Haus sicher fühlen. Eher im Gegenteil.«

Auch die Frau, die in dem Trüppchen die Jüngste zu sein schien, klinkte sich ein.

»Hier im Ort herrscht inzwischen Panik, wissen Sie? Ein Mörder treibt sein Unwesen, und die Leute reden darüber, dass wir im Stich gelassen werden. Warum wird denn nicht mehr getan?«

Mats, der ein paar Schritte zurückgewichen war, hob die Hände.

»Ich versichere Ihnen, dass wir bereits alles tun, was in unserer Macht steht.«

Der Mann mit dem roten Kopf zog seine Mütze ab und enthüllte eine kurz geschnittene, aber üppige Haarpracht. Er strich sie zurück, in einem unbeholfenen Versuch, sie zu bändigen.

»Man fühlt sich bedroht, das müssen Sie doch begreifen? Wenn ...«

Eine ältere Frau mit grauen Locken schnitt ihm das Wort ab.

»Ich an Ihrer Stelle würde ja mal diesen Zigeuner überprüfen, der am Ortsrand haust«, sagte sie und wandte sich an den Mann. »Joel, wie heißt er noch gleich? Valdemar?«

Der Mann, der also Joel hieß, nickte kurz, aber er wirkte mit einem Mal verunsichert.

»Ja, da gebe ich dir recht«, pflichtete die Jüngste der Frauen der Grauhaarigen bei.

»Aha, und gibt es außer seinem ethnischen Hintergrund noch etwas anderes, das ihn verdächtig macht?«, fragte Mats müde.

»Man weiß doch, wie diese Typen sind. Die sind doch bekannt dafür, dass die mit Messern herumlaufen und alles klauen, was sie ...«, setzte die Frau an, aber da machte Liv einen Schritt nach vorn und brachte sich neben Mats in Stellung.

»Ich verstehe wirklich, dass Sie beunruhigt sind, aber einer unserer Kollegen hat sich gerade eben auf den Weg gemacht, um Unterstützung anzufordern. Notfalls werden sie die Verstärkung mit Helikoptern hier absetzen. In Nullkommanichts wird es in Skageby von Polizisten nur so wimmeln. Und dann werden wir jeden einzelnen Stein im Ort umdrehen«, sagte sie fest.

Mats warf ihr einen schnellen Seitenblick zu, vielleicht weil er fand, dass »in Nullkommanichts« ein bisschen viel versprochen war, nachdem er selbst schon denselben Fehler gemacht hatte.

»Ich schlage vor, dass Sie jetzt alle wieder nach Hause gehen und soweit als möglich dortbleiben, bis unsere Verstärkung eingetroffen ist. Wenn Sie sich allein nicht sicher fühlen, dann tun sie sich doch am besten zusammen, laden sie Freunde oder Verwandte zu sich ein«, fügte Lilly freundlich hinzu.

Damit schien sich die kleine Abordnung zufriedenzugeben. Zumindest für den Moment.

41

TAG VIER

Im Hintergrund liefen die Morgennachrichten, und der Sprecher begann mit der schwierigen Lage nach den Unwettern. Durch die Schäden, die in Mittelschweden durch die Wassermassen entstanden waren, rollten immense Kosten auf Immobilienbesitzer und Unternehmen zu. Zusätzlich befanden sich weiterhin mehrere Ortschaften in Nordschweden seit dem Sturm in einer kritischen Situation. Einige der kleinen Gemeinden waren immer noch von der Stromversorgung abgeschnitten, die Elektrizitätswerke hatten um Unterstützung gebeten. Rickard drehte den Ton leiser. Versuchte nachzudenken.

Felicia war gerade zur Schule gegangen. Beim Frühstück war sie schweigsam gewesen, hatte einsilbig auf Fragen geantwortet und lustlos in ihren Cornflakes mit klein geschnittener Banane herumgerührt. Er hatte sie fest in den Arm genommen, hatte ihr vorgeschlagen, nach der Schule ins Kino zu gehen, und gewartet, bis sie mit ihrem wippenden silbernen Rucksack um die Ecke verschwunden war. Ihr Gang hatte etwas Schleppendes an sich gehabt, als hätte ihr jemand in die Magengrube geboxt. In diesem Moment hatte er seine Entscheidung getroffen.

Rickard hatte viele Jahre seines Lebens auf der Schattenseite der Gesellschaft verbracht und dort auch seine Brötchen verdient. Er verfügte über ein Netzwerk, das von Kleinkriminellen bis hin zu großen Fischen reichte, die mit wenigen SMS eine Containerlieferung illegaler Waffen in den Malmöer Hafen beordern konnten. Er kannte sie alle, hatte von allen profitiert und war ihnen seinerseits nützlich gewesen. Er war Teil dieses Kreislaufs von Millionen und Abermillionen Kronen gewesen, von denen das Finanzamt nicht mal einen Schimmer zu sehen bekam. In einem sicheren Versteck bewahrte er immer noch eine Reihe von Handys auf, Telefone, auf denen Kontaktinformationen gespeichert waren, die ihn jederzeit zurück ins Spiel bringen konnten. Nicht weil er diesen Schritt je wieder tun wollte. Sie dienten ihm als Sicherheit, als Türöffner. Oder als Tauschobjekt.

Aber sein Ausflugsziel heute erforderte kein vorbereitendes Gespräch. Er wusste, wohin er gehen musste. Die Person, die er aufsuchen würde, zeichnete sich vor allem dadurch aus, dass sie sich im Großen und Ganzen immer am selben Ort aufhielt. Ab elf Uhr standen die Chancen gut.

Rickard zog eine dünne Wolljacke über das weiße Hemd, machte den Gürtel in seiner hellgrauen Chino ein Loch enger. Zum Schluss schob er die Arme in den Mantel mit dem grauen Fischgratmuster und schlüpfte in seine dunkelbraunen Budapester. Warf einen kurzen Blick in den Spiegel, fuhr sich durch den Bart, richtete den Kragen. Sein Gesicht war verschlossen, nachdenklich. Aber er wusste, dass es der richtige Weg war. Und dass er Liv niemals davon erzählen konnte. Sie hatte ihn aus der Dunkelheit ans Licht geholt, einen Ausflug dorthin zurück würde sie nicht tolerieren.

Er nahm das Auto. Es herrschte wenig Verkehr. Der Himmel war wolkenverhangen, und leichter Nieselregen fiel auf die Windschutzscheibe. Die Menschen auf den Bürgersteigen waren wie eine hetzende Masse, alle wollten schnell zurück ins Trockene, erledigten eilig in der Mittagspause ihre Besorgungen. Rickard fuhr Richtung Innenstadt, stellte den Wagen im Parkhaus des Kaufhaus Åhléns ab.

In der Herkulesgatan, gleich neben einer mit Graffitis vollgeschmierten Garageneinfahrt, fand er, wen er gesucht hatte. Timos gebückte Gestalt, halb verborgen unter einem viel zu großen Mantel, war leicht zu erkennen. Er war überrascht, als er Rickard sah, reichte ihm seine schwielige Hand zur Begrüßung. Noch mehr überraschte ihn allerdings die Bestellung, die er bekam.

»Drei? Von jedem?«, fragte er noch einmal nach, um ganz sicherzugehen, dass er sich nicht verhört hatte.

Rickard nickte ungeduldig.

»Die ganze Speisekarte.«

Timo führte ihn in die Garage. Ihre Schritte hallten in dem riesigen Raum aus Beton wieder. Ein dauerhaft abgestellter Saab, schmutzig von Abgasen, diente Timo als Lager. Er klappte den Kofferraum auf, holte eine Reihe kleiner Tütchen heraus und übergab sie Rickard schnell und diskret bei einem Händedruck. Sie verabschiedeten sich noch unten in der Garage und gingen wieder nach draußen ins Tageslicht, ohne sich zu beachten. Timo kehrte auf seinen Posten zurück, um nach Kundschaft Ausschau zu halten.

Rickard eilte zu seinem Auto. Auf dem Weg googelte er die Adresse. Die Fahrt würde ungefähr eine halbe Stunde dauern. Unterwegs kaufte er noch schnell buntes Geschenkpapier und Schleifenband und packte sein Präsent auf dem Fahrersitz im Auto ein.

Der Verkehr war dichter geworden, aber er kam trotzdem nach 25 Minuten in Hässelby an. Er zog sich eine Kappe tief über die dunklen, welligen Haare. Parkte um die Ecke des heruntergekommenen Einfamilienhauses, das von einer dichten Hecke umgeben war. Sah sich um. Ein verlassenes Dreirad stand auf dem Bürgersteig. Eine alte Frau ging langsam die Straße hinunter, aber sie bewegte sich von ihm weg. Rickard stieg aus. Spürte das Päckchen in seiner Tasche glühen. Mit schnellen, federnden Schritten eilte er über die Steinfliesen zum Hauseingang, legte sein Geschenk auf dem Fußabtreter ab und klingelte. Im Haus war kein Schrillen zu hören, deshalb klopfte er sicherheitshalber noch zweimal an. Schnell und hart. Dann machte er auf dem Absatz kehrt und verließ eilig das Grundstück.

Er war gerade um die verwilderte Hecke gebogen, als die Tür aufging. Die Hausbewohnerin stand einen Moment stumm da, schien sich umzusehen. Beugte sich dann nach unten und hob das Päckchen auf.

Geduckt stand Rickard da und hielt den Atem an. Das Herz schlug ihm bis zum Hals. Durch die Zweige beobachtete er das Geschehen. Ein weiterer Blick in seine Richtung und zur Straße, dann fiel die Tür mit einem Knall wieder zu. Rickard stieß einen langen, erleichterten Seufzer aus. Spähte noch einmal vorsichtig zum Haus, bevor er zum Auto zurückging. Das Päckchen war verschwunden.

42

Lilly hörte keuchende Atemzüge, als sie die Treppe hinunter kam. Der frühe Morgen tauchte das Wohnzimmer in graublaues Licht. Liv, in Shorts und einem Achselshirt, machte Liegestütze auf dem flauschigen Teppich, sie zählte laut mit und atmete im Rhythmus. Ihre Oberarme glänzten verschwitzt.

»87, 88, 89 ...«

Als sie die Hundert geschafft hatte, ließ sie sich auf den Boden sinken, drehte sich auf den Rücken und fing an, Sit-ups mit angehobenen Beinen zu machen, den Blick starr an die Decke gerichtet. Lilly grinste, schlich sich näher an ihre völlig vertiefte Freundin heran, und wartete, bis sie den Oberkörper wieder anhob. Dann machte sie einen Satz, warf sich lachend auf Liv und fixierte ihren Oberarm mit einem einfachen Haltegriff.

Das war ein Fehler. Mit einem Ruck schoss Liv nach vorn, bekam die Beine hoch und umschloss Lillys Nacken in einer brutalen Beinschere.

»Wolltest du was von mir?«, sagte Liv und blickte auf sie herunter.

Lilly versuchte ein paar Sekunden fluchend, sich zu wehren, aber sie saß chancenlos fest wie in einer Schraubzwinge. Mit dem Kampfsporttraining im Polizeikorps konnte sie niemals gegen Livs jahrelange Schinderei unter Javiers Anleitung ankommen. Lilly schnappte nach Luft, klopfte zweimal auf den Boden, um zu signalisieren, dass sie aufgab. Liv lockerte sofort ihre Umklammerung und feixte. Lilly blieb noch einen Moment liegen, den Kopf auf dem Oberschenkel ihrer Freundin. Spürte, wie ihr Gesicht langsam wieder eine normale Farbe annahm.

»Und mit dieser Lektion in Demut starten wir nun in den Tag«, sagte sie und räusperte sich, und Liv lachte laut.

»Wie lange hast du schon Sport gemacht?«

Liv griff nach ihrem Handtuch, trocknete sich Nacken und Achseln ab und drückte es sich zum Schluss gegen die Stirn.

»Vielleicht eine Stunde? Es ist so saukalt im Haus, da fand ich es ganz schön, mich ein bisschen aufzuwärmen.«

Auch in diesem Punkt waren sie beide sehr unterschiedlich, dachte Lilly. Livs Körper stand immer unter Strom, sie hatte ein wahnsinniges Bedürfnis, sich selbst auszupowern, zu trainieren, bis ihre Muskeln brannten. Klar ging Lilly auch oft joggen, ihre Arbeit erforderte Kondition, und Sport hatte eine ausgleichende Wirkung, wenn die Gedanken im Kopf kreisten. Aber es kostete sie immer Überwindung rauszugehen. Liv dagegen verspürte einen stetigen Hunger nach Bewegung.

Dann fiel Lilly wieder ein, warum sie eigentlich nach unten gekommen war.

»Können wir auf einen Sprung bei der Pastorin vorbeifahren?«, fragte sie.

»Was willst du von ihr? Ich finde, sie hat uns den Abend, an dem Gunnar ermordet wurde, sehr glaubhaft geschildert. Klaras Alibi erscheint mir ausreichend sicher. Und nachdem inzwischen noch andere alte Leute umgekommen sind, ist die Angehörigen-Spur ziemlich kalt, wenn du mich fragst.«

»Schon, aber ich hatte den Eindruck, dass sie einen guten Überblick hat, was hier im Ort so alles passiert ist. Dass sich ihr über die Jahre viele Leute anvertraut haben. Und da es mittlerweile weitere Opfer gibt – denkst du nicht auch, dass sie vielleicht eine Idee haben könnte, wer hinter den Morden steckt?«

Liv zuckte mit den Schultern.

»Nachfragen schadet sicher nichts. Wobei Robert sicher auch bald wieder Netzempfang hat. Ich rechne damit, dass es noch im Laufe des Tages im Dorf von Kollegen nur so wimmeln wird. Und wenn es sein muss, nehmen wir von dreihundert Personen Speichelproben. Stell dir vor, endlich wieder etwas so Grundlegendes tun zu können, wie die Anruflisten all dieser Menschen zu überprüfen«, sagte sie sehnsüchtig und seufzte.

Dann hob sie eine Hand und listete auf, was sie wussten.

»Im Augenblick sind wir drei Ermittler, die für drei Morde zuständig sind. Perssons Wohnung fotografieren und absperren, erste Durchsuchung der Umgebung – abgehakt. Wie viele Nachbarn haben wir gestern beim Klinkenputzen nicht erwischt? Drei, oder? Die Fehlenden nimmt Mats sich heute früh noch mal vor, und dann treffen wir uns um zehn Uhr mit ihm am Tatort.«

Lilly hob resigniert die Hände.

»Es hat die ganze Nacht geregnet. Jedes Mal, wenn ich wach geworden bin, hat es wie aus Kübeln geschüttet. Denkst du wirklich, es kommt irgendwas dabei heraus, wenn wir das Gebiet rund um das Haus noch einmal absuchen?«

»Dass auch Sverker Perssons Handy fehlt, kann ja eigentlich nur bedeuten, dass der Mörder es mitgenommen hat. Was wiederum heißen könnte, dass Täter und Opfer irgendwann miteinander telefoniert haben oder über SMS in Kontakt standen, was den Mörder verraten würde … oder aber auf dem Handy befindet sich Material, an das der Mörder herankommen will.«

Sie sah hoch. Malin war in der Tür aufgetaucht, klopfte ihrer Tochter sanft den Rücken, in der Hoffnung auf ein Bäuerchen.

»Was macht ihr denn da?«, fragte sie verwirrt.

»Kämpfen«, sagte Lilly, die immer noch auf Livs Beinen lag, und sie fingen beide an zu lachen.

»Mann, ist das kalt, sich mit Regenwasser zu duschen«, sagte Liv und sank fröstelnd auf den Beifahrersitz neben Lilly. »Und ich schwöre, du hast mir das ganze kleine Viehzeug absichtlich unten im Eimer gelassen. Ich habe mich nicht mehr so sehr nach einer heißen Dusche gesehnt seit ... nein, noch nie. Sollten wir nicht eigentlich längst wieder Strom haben?«

Sie schnallte sich an und zog dann den Reißverschluss ihrer Jacke bis obenhin zu. Angelte ein paar schwarze, abgeschnittene Fingerhandschuhe aus der Tasche.

Lilly drehte den Schlüssel, und der Motor sprang an. Das Auto rollte auf die Straße.

»Was denkst du, was Jesper gerade macht?«, fragte Liv.

Lilly lächelte.

»Umgestürzte Bäume von den Straßen räumen und sich Sorgen um mich machen.«

Sie schaute Liv von der Seite an.

»Und was denkst du, machen Rickard und Felicia?«

Liv streckte sich, legte die Hände in den Nacken.

»Es war abgemacht, dass sie Felicia diese Woche eine neue Winterjacke kaufen. Und wenn ich weg bin, muss Rickard ein bisschen strenger mit den Schlafenszeiten und Gemüse sein und darf sich nicht so leicht von ihr bequatschen lassen. Aber das weiß er. Normalerweise bin ich ja der Bad Cop in Erziehungsfragen.«

Lilly warf ihr einen belustigten Blick zu.

»Ich muss zugeben, dass ich ein bisschen überrascht war, wie leicht es dir gefallen ist, diese Rolle anzunehmen. Ich weiß noch, wie du damals in der Ausbildung warst. Du warst nie in jemanden verliebt, Jungs waren nur ein Spielzeug für dich. Du wärst die Letzte gewesen, die von Hochzeit und Kindern geredet hätte. Ganz zu schweigen von Eigenheim und Familienkutsche.«

Liv sah konzentriert auf die Straße, aber ein warmer Glanz in den Augen verriet ihre Gefühlslage.

»Man wird älter. Jetzt habe ich mein kleines Wolfsrudel«, sagte sie.

Liv lachte.

»Und wenn ich mich damals durch die Gegend gevögelt habe, dann nur, weil sich ja schließlich irgendjemand um all die Herzen kümmern musste, die du gebrochen hast.«

Lilly schnaubte und lachte gleichzeitig. Erinnerungen aus ihrer Zeit an der Polizeihochschule stiegen vor ihrem inneren Auge auf. Liv, die in der Pause mit den Ausbildern lachte, ungezwungen und auffällig, mit ihrer roten Haarmähne, die bis über die Schultern reichte. Und die nachts die Kerle unter den Tisch trinken konnte.

Sie selbst hatte sich im Hintergrund gehalten. Sich immer neue Ziele gesetzt, an jeder Aufgabe hart gearbeitet. Sich selbst wahnsinnig unter Druck gesetzt. Für Liebe war nicht viel Zeit gewesen. Ab und zu hatte sie für jemanden geschwärmt, aber kaum gewagt, den ersten Schritt zu machen. Vielleicht hatte Svante sie deshalb so beeindruckt. Er war in ihre Welt getreten, hatte den Blick auf sie gerichtet und sie *gesehen.* Bis dieser Blick eines Tages bedrohlich geworden war. Eilig schob sie diese Erinnerung wieder beiseite. Aber dass sie Herzen gebrochen haben sollte? Nein, diesmal war Liv im Unrecht.

»Ich? Mich hat doch niemand beachtet.«

»Versuch es gar nicht erst. Alle waren verknallt in dich. Sie dachten nur, du wärst zu fein für sie, ein bisschen zu eingebildet. Fräulein Unnahbar. Es hat sich einfach nur keiner getraut. Das habe ich jedenfalls oft gehört«, sagte Liv amüsiert, und Lilly wurde rot.

»Blödsinn«, murmelte sie.

Sie parkten direkt vor Stina Rudbergs Haus. Stiegen aus und schlossen den Wagen ab, und Lilly steckte den Schlüssel in die Hosentasche. Dann ging auf einmal alles ganz schnell.

Aus der entgegengesetzten Richtung kam Egon auf sie zu. Die eingesunkene Statur war unverkennbar, er hatte eine Hand tief in der Hosentasche vergraben, in der anderen hielt er eine Zigarette zwischen Daumen und Zeigefinger. Als er Liv und Lilly bemerkte, blieb er zunächst wie angewurzelt stehen. Dann schleuderte er die Zigarette weg, machte hastig auf dem Absatz kehrt und ging wieder. Seine angespannten Schultern zeugten davon, dass er hoffte, nicht erkannt worden zu sein.

»Egon!«

Livs Tonfall war scharf. Er beschleunigte seinen Schritt, die langen Beine konnten ihn gar nicht schnell genug von ihnen wegbringen.

Sie seufzte.

»Dieser Typ schaufelt sich sein eigenes Grab. Ich schnappe ihn mir.«

Eigentlich hätten sie ihn zu zweit verfolgen müssen. Aber Lilly kannte Liv. Sie fragte trotzdem nach:

»Soll ich dir helfen?«

»Ach was.«

Liv sprintete los, quer über den Rasen und den schmutzigen Asphalt, dass das Regenwasser nur so unter ihren Stiefeln spritzte. Lilly sah, wie Egon rennend um ein Wohnhaus bog, Liv dicht hinter ihm. Ein Rufen, eine Art Tumult und laute Stimmen. Dann kam Liv wieder um die Ecke, eine Hand fest auf Egons Schulter.

»Los, zeigen«, sagte sie.

Egon sah sich misstrauisch um und hob schließlich die Zigarette auf, die er weggeworfen hatte. Hielt sie in dem trüben Tageslicht hoch.

»Hier, bitte. Deshalb bin ich weggelaufen«, sagte er laut und starrköpfig. »Nur ein kleiner Joint.«

Lilly ging eilig zu ihnen.

»Was sollte das eben, Egon?«

Liv ließ ihn los.

»Er sagt, er habe Gras geraucht und hätte deshalb Angst gehabt, der Polizei zu begegnen.«

Lilly nahm ihm die offensichtlich selbst gedrehte, durchnässte Kippe ab. Roch daran. Der Duft von Marihuana war unverkennbar.

»Sie machen sich das Leben nur unnötig schwer«, sagte sie scharf. »Ihnen ist klar, dass wir uns über diesen Vorfall später noch mit Ihnen unterhalten müssen, oder?«

Egon nickte mit hängenden Schultern.

»Aber was machen Sie überhaupt hier?«, fragte Liv.

Er hob abwiegelnd eine Hand.

»Ich wollte nur mit Stina reden.«

»Worüber?« Liv hakte direkt nach.

Er zögerte erst. Antwortete dann doch.

»Das mache ich manchmal. Mit ihr kann ich besser reden als mit meiner Pflegemutter. Stina meckert nie an mir herum. Sie hört mir zu.«

Lilly und Liv wechselten einen schnellen Blick.

»Weiß Stina, dass Sie vorbeikommen wollten?«, fragte Liv.

»Ne. Aber bei Stina ist man immer willkommen.« Erneutes Fuchteln mit der Hand. »Sie findet es so langweilig, nur allein zu Hause herumzusitzen, sie kann ja kaum noch gehen und das alles.«

Lilly konnte sich gut vorstellen, dass die pensionierte Pastorin gern Besuch empfing, nachdem sie so einen sozialen Beruf ausgeübt hatte. Einen Beruf im Zentrum der Dorfgemeinschaft.

Sie sah Egon durchdringend an.

»Ich habe noch eine Frage an Sie. Mein Handy ist verschwunden. Wissen Sie etwas darüber?«

Seine hellen Augen sahen zu ihr hoch, sein Blick flackerte kurz, ehe er wieder nach unten starrte.

»Wa... warum sollte ich etwas über Ihr Handy wissen?«, stammelte er.

»Beantworten Sie die Frage«, knurrte Liv.

»Nein, ich weiß nichts darüber. Darf ich jetzt zu Stina gehen?«

»Sie müssen später wiederkommen. Zuerst müssen wir etwas mit ihr besprechen«, sagte Lilly.

Er verzog missmutig das Gesicht, nickte und sah Liv an.

»Tut mir leid, dass ich weggerannt bin. Ich hab Schiss gekriegt«, sagte er.

Liv lächelte gnädig und nickte, aber ohne noch etwas zu sagen.

Er schlurfte davon, und sie sahen ihm schweigend nach, bis er um die Ecke verschwunden war.

»Vielleicht hatte er wirklich nur Angst, mit Drogen erwischt zu werden. Vielleicht aber auch nicht«, sagte Lilly nach einer Weile.

Sie klopften bei Stina Rudberg an. Eine Öllampe leuchtete im Küchenfenster, verbreitete ihr sanftes Licht hinter der hübschen Spitzengardine.

»Herein, herein«, forderte eine freundliche Stimme im Haus sie auf.

Sie öffneten die Tür.

»Guten Morgen, Frau Rudberg«, rief Liv von der Diele aus, »hier sind noch einmal Lilly Hed und Liv Kaspi von der Polizei. Dürfen wir reinkommen und Ihnen ein paar Fragen stellen?«

Die alte Pastorin war ein paar Sekunden lang still, als hätte sie anderen Besuch erwartet. Dann rief sie aus dem Wohnzimmer:

»Nein, so was, wie schön, dass Sie mich schon so bald wieder besuchen kommen. Damit hätte ich gar nicht gerechnet. Sind Sie so lieb und machen uns rasch einen Kaffee? Der Gaskocher steht neben der Spüle, und ein Topf mit Wasser sollte auch schon bereitstehen. Ich habe die erste Tasse des Tages noch nicht getrunken, der Pflegedienst kommt erst in einer Viertelstunde.«

Sie zogen im Flur ihre Schuhe aus und gingen in die gemütliche Küche. Den Gedanken an warmen Kaffee fanden sie beide überaus verlockend, und schon bald blubberte das Wasser im Topf. In einem Schrank fanden sie das grob gemahlene Kaffeepulver und eine Stempelkanne. Mit der Zunge im Mundwinkel maß Liv Wasser und Kaffeepulver ab. Es duftete herrlich, und Lilly trug das Tablett mit Kaffee und drei Bechern ins Wohnzimmer.

Sie fanden Stina auf das hellgraue Ledersofa gebettet vor. Sie trug einen rosa Frotteebademantel und hatte eine Daunendecke über den Beinen. Im Ofen knisterte und loderte ein Feuer.

Die alte Dame rieb sich mit dem Handrücken über das Gesicht.

»Ich weiß nicht, was heute mit mir los ist, ich bin so müde. Ich war gerade am Einnicken, als Sie gekommen sind. Aber es ist nur gut, wenn ich jetzt nicht schlafe, sonst liege ich heute Nacht wieder wach.«

Liv ergriff zuerst das Wort. Sie hatte sich auf die Armlehne des

Sessels gesetzt, der Stina gegenüberstand, nippte am heißen Kaffee.

»Frau Rudberg, vorweg müssen wir Ihnen sagen, dass wir auf der Straße Egon begegnet sind. Er war auf dem Weg zu Ihnen. Wie Sie vielleicht wissen, hat er Emil Niskanen tot aufgefunden und ist von uns vernommen worden. Wir haben ihn jetzt erst mal wieder weggeschickt. Haben Sie eine Vorstellung, worüber er mit Ihnen reden wollte?«

Ein besorgter Schatten legte sich über Stinas Gesicht.

»Ach, der Junge brauchte bestimmt nur ein offenes Ohr.«

Sie richtete sich ein wenig auf, schob sich die Kissen im Rücken zurecht.

»Er ist ziemlich einsam und kommt ab und zu bei mir vorbei. Ich weiß, dass er die Leiche gefunden hat und hinterher mit Ihnen reden musste. Er ist ein guter Junge, nur ein bisschen verloren. Er hatte es nicht leicht im Leben. Dass Sie ihm so viele Fragen gestellt haben, hat ihn sehr besorgt.«

Liv beugte sich vor, die Ellenbogen auf die Oberschenkel gestützt.

»Beunruhigt es Sie irgendwie, dass er Sie besuchen wollte, oder fühlen Sie sich bedroht?«, fragte sie geradeheraus.

Die ehemalige Pastorin prustete.

»Nicht doch! Ich kenne Egon von klein auf. Seine Eltern waren gläubige Christen, aber sie sind sehr früh gestorben. Er braucht einfach nur jemanden zum Reden. Wie wir alle.«

Lilly, die sich im Schneidersitz auf Stinas weichen Wohnzimmerteppich gesetzt hatte, mischte sich ein.

»Ich nehme an, dass er später noch hier vorbeischauen wird. Und wenn er dann etwas erwähnt, das Ihnen verdächtig vorkommt, wäre es sehr hilfreich, wenn Sie uns davon erzählen würden.«

Stina machte eine abwehrende Handbewegung.

»Egon doch nicht. Aber ja, natürlich, wenn er mir gegenüber etwas gesteht, dann werde ich Ihnen das selbstverständlich mitteilen«, sagte sie sichtlich belustigt, ehe Lilly noch mehr in dieser Angelegenheit anmerken konnte. »Sie können gern morgen wiederkommen und sich davon überzeugen, dass Sie sich keine Sorgen machen müssen. Aber ich käme nicht mal im Traum auf die Idee, dass er einer alten Frau wie mir etwas antun würde.«

Liv verzog das Gesicht.

»Leider scheinen ja gerade Menschen im fortgeschrittenen Alter in diesem Dorf gefährlich zu leben.«

Lilly nickte zustimmend und griff dann den Faden auf, der ursprünglich Anlass für ihren Besuch gewesen war.

»Ich weiß nicht, wie viel Sie über die drei Personen wissen, die gestorben sind. Gunnar Dörner, Emil Niskanen und nun auch noch Sverker Persson, der gestern tot aufgefunden wurde. Die beiden letzten Opfer wurden getötet, nachdem der Sturm den Ort vor vier Tagen von der Außenwelt abgeschnitten hat. Es ist also jemand aus Skageby, der all das tut. Sie kennen die Leute hier, Sie haben sie ihr Leben lang begleitet.« Lilly machte eine Pause. »Darum frage ich Sie jetzt ganz direkt: Wer steckt Ihrer Meinung nach hinter diesen Morden?«

Dem letzten Satz verlieh sie besonderen Nachdruck, und nun verschränkte Stina die Arme vor der Brust und sah sie nachdenklich an.

»Das beschäftigt mich ununterbrochen, seit Sie mich bei Ihrem letzten Besuch danach gefragt haben. Natürlich tut es das. Wie Sie ja sagen – ich habe all die Jahre Seite an Seite mit diesen Menschen hier gelebt, und das, was da geschehen ist, ist wirklich entsetzlich«, sagte sie leise.

Der fröhliche Glanz in ihren Augen war verschwunden, und sie sah mit einem Mal sehr viel ernster aus.

»Vielleicht hat es mit einer psychischen Erkrankung zu tun, vielleicht ist jemand durchgedreht, ohne dass wir es bemerkt haben? In diesem Fall würde ich denken, dass es sich um einen aggressiven Eigenbrötler handeln muss, der keine Angehörigen um sich hat. Und der einzige aggressive Eigenbrötler, der mir einfällt, ist tot. Nämlich Sverker Persson. Klara hat es mir gestern Abend erzählt, als sie hier war. Er hatte ein Alkoholproblem, der Arme, aber er war auch in nüchternem Zustand ein Hitzkopf. Er war in unzählige Streitereien und Prügeleien verwickelt.«

Sie schüttelte den Kopf.

»Aber nein, ich denke eher, dass es um Rache geht. Altes Unrecht. Und wenn man irgendwo alte Geschichten findet, dann an kleinen Orten wie diesen. Wut, die im Verborgenen schwelt. Und die erste Person, an die ich in diesem Zusammenhang spontan denken muss, ist Valdemar.«

Lilly zuckte zusammen. Der kleine Trupp, der bei ihnen im Büro erschienen war, hatte auch von einem Valdemar gesprochen. Eine der Frauen hatte ihn außerdem den »Zigeuner« genannt. Von einer Pastorin hätte sie solche Vorurteile nicht erwartet.

Stina schien zu ahnen, was sie gerade dachte, denn sie fuhr schnell fort:

»Valdemar Bodmer wohnt hier, seit er klein war. Seine Eltern sind später ausgewandert, da muss er so um die 19 gewesen sein. Er ist ein Adoptivkind und kommt ursprünglich aus Chile, aber mit Sinti oder Roma hat seine Herkunft nicht das Geringste zu tun. Den Namen ›Zigeuner‹ hat man ihm zu Schulzeiten verpasst, und irgendwie ist es dabei geblieben. Die anderen Kinder haben ihn früher furchtbar gemobbt. Noch dazu stottert er, was sicher auch ein Grund war, warum er zur Zielscheibe wurde«, sagte sie mit mitfühlend, aber dann fügte sie hinzu: »Bei ihm finden Sie viel aufgestaute Wut. Das kann ich Ihnen sagen.«

»Wie alt ist dieser Valdemar jetzt? Arbeitet er?«, fragte Liv.

»Valdemar ist um die 40 und Lkw-Fahrer, er ist also immer mehrere Tage am Stück unterwegs. Aber danach hat er dann oft längere Zeit durchgehend frei, und da sitzt er dann gern im Pub. Man kann ihn eigentlich nicht übersehen. Er ist ein großer Mann.«

Lilly dachte an ihren ersten Abend in Skageby und ihren Besuch im Pub zurück. War das also Valdemar gewesen, der allein in der Ecke saß? Ihre Neugier auf diesen Mann war geweckt. Es konnte bestimmt nicht schaden, ein paar Worte mit ihm zu wechseln. Und wenn es nur dazu diente, sein Alibi zu überprüfen.

Es war Zeit zu gehen. Sie bedankten sich für den Kaffee, ließen sich von Stina eine Wegbeschreibung geben und fuhren los.

43

Valdemars Haus befand sich am Ortsrand, ohne Nachbarn in der Nähe. Der Wald grenzte bis an sein Haus.

Liv dachte im Stillen, dass sie eigentlich eher von einer Hütte als von einem Haus sprechen würde. An einigen Stellen wölbten sich die Dachpfannen, und die rot gestrichenen Wände hätten auch mal einen frischen Anstrich vertragen. Ein kleines Häuschen mit einem oder höchstens zwei Zimmern, irgendwo im Nirgendwo. Es war weit und breit kein Mensch zu sehen. Drinnen schien alles dunkel zu sein, und hinter einem der Fenster war ein ausgeblichenes Rollo heruntergelassen. Die Bäume, die sich wie eine dunkle Wand hinter der Hütte drängten, warfen lange Schatten auf das kleine Grundstück, das keine klare Begrenzung hatte. Die Wiese davor war nass und matschig, es spritzte bei jedem Schritt. Falls hier vor kurzem jemand gewesen war, dann hatte der Regen längst jede Spur verwischt.

Mehrere alte Fahrzeuge standen auf dem Grundstück herum, die meisten verrostet und einige davon in ihre Einzelteile zerlegt. Lilly trat auf den durchnässten Fußabtreter, der unter dem Vordach lag, und klopfte an. Das Geräusch hallte in der totenstillen Umgebung wieder. Keine Antwort, kein Anzeichen einer Bewegung im Haus. Sie klopfte ein zweites Mal, während Liv über die Wiese zu einem der Fenster ging und durch die ungeputzte Scheibe spähte.

Sie erahnte die Umrisse eines Ofens, eines kleinen Sofas und eines ungemachten Bettes, das nicht breiter als eine Pritsche war. Sie ging langsam um die Hausecke, bahnte sich einen Weg durch rostige Fahrzeugteile und kratzendes Gestrüpp. An der Wand lehnten ein alter Liegestuhl, eine rostige Schaufel und ein zusammengeknoteter Müllsack. Liv ging in die Hocke, nahm ein paar Handschuhe aus der Tasche und zog sie an. Dann knotete sie den Müllsack auf und sah sich den Inhalt an. Stutzte.

»Lilly, komm her und sieh dir das an!«

Lilly eilte zu ihr. Sie strich sich die Haare aus dem Gesicht und ging in die Hocke. Liv hielt den Sack auf, damit ihre Kollegin besser sehen konnte, was sie gefunden hatte: Unter einem schmutzigen, dunkelblauen Regenmantel lag ein Paar feste braune Lederstiefel.

»Größe 44. Wieso versteckt man seine Schuhe in einem Sack hinterm Haus?«

Lilly bemühte sich offensichtlich sehr, jetzt keine vorschnellen Schlüsse zu ziehen.

»Vielleicht benutzt er den Regenmantel und die Stiefel nur bei bestimmten Gelegenheiten, zum Beispiel wenn er in den Wald oder zum Angeln geht«, überlegte sie. »Aber ja, ein bisschen komisch ist es schon.«

Livs Herz schlug schneller.

»Diese Gestalt, die wir auf der Überwachungskamera gesehen haben, bei der Hundezüchterin. Wir dachten, er oder sie hätte eine Jacke mit Kapuze an. Aber es kann genauso gut ein Regenmantel gewesen sein. Und auf der Schwarz-Weiß-Aufnahme sah es schwarz aus, aber dunkelblau wäre auch möglich.«

Sie konnte sehen, dass Lilly dasselbe dachte wie sie.

»Wir nehmen den Sack mit und vergleichen die Sohlenprofile mit diesen Stiefeln hier. Das ist zumindest ein Anfang.«

Sie verließen die einsame kleine Hütte, als sich für einen kurzen Moment die Sonne am Himmel blicken ließ, die aber sofort wieder hinter dicken Wolken verschwand.

44

Der Mobilfunktechniker starrte fassungslos vor sich hin. Der Telekommunikationsriese, der ihn beauftragt hatte, würde Ausgleichszahlungen leisten müssen, weil die Auflage von mindestens vier Stunden Energiereserven bei einem Stromausfall nicht erfüllt worden waren. Die fetten Schlagzeilen dominierten jetzt schon die Nachrichtenseiten. Vernachlässigte und vergessene Dorfbewohner, die ohne Strom, ohne Telefon ausharren mussten, weil das Land von einer Naturkatastrophe erschüttert worden war. Menschen, die nicht einmal um Hilfe rufen konnten. Ihm war bewusst, dass er unter Zeitdruck stand und dass seine Vorgesetzten eine Erfolgsmeldung erwarteten. Aber schon allein sich über die blockierten Zufahrten an die betroffenen Orte zu begeben, war ein schwieriges und riskantes Unterfangen gewesen. Nur mit dem, was er jetzt hier vor sich sah, hatte er überhaupt nicht gerechnet. Für diesen Schaden waren weder ein umgestürzter Baum noch ein Blitzeinschlag verantwortlich. Der Mobilfunktechniker kratzte sich am Kopf.

Der Funkmast war eindeutig von Menschenhand sabotiert worden, im Holz waren Spuren, die aussahen wie Axthiebe. Irgendein Wahnsinniger hatte die Lage der Menschen in diesem Gebiet noch verschlimmert, als wäre der Sturm allein nicht schon übel genug gewesen. Als er den Schaden näher in Augenschein nahm, stellte er mit gerunzelter Stirn fest, dass ein wichtiges Kabel einfach gekappt worden war. Ihm stellten sich alle Nackenhaare auf, und er schaute sich erneut um, ob ihn jemand beobachtete. Das hier musste er sowohl der Polizei melden als auch der Katastrophenschutzbehörde, so viel war klar.

Aber zuerst hatte er einen wichtigen Job zu erledigen.

45

Sie standen vor Sverker Perssons abgesperrter Wohnung. Mats nahm seine Mütze ab, sein massiges Gesicht war schweißnass.

»Die letzte Omi hat mich zum Reden in ihr Haus gebeten, die hatte so viel Holz im Kamin, da drin war es heißer als in der Sauna«, sagte er und nickte zu einem kleinen Häuschen ein paar hundert Meter die Straße hinunter.

»Aber auch da war nichts zu holen. Sie hat nichts gesehen und nichts gehört. War seit dem Sturm kaum vor der Tür, hat sie gesagt.«

Seine Augen wurden schmal, als sein Blick auf den Müllsack fiel, den Liv in der Hand hielt.

»Was habt ihr da?«

Schnell fasste Lilly zusammen, was Stina Rudberg ihnen über den adoptierten Valdemar erzählt hatte, der seit Jahrzehnten im Ort gemobbt wurde. Und dann berichtete sie von dem Fund, den sie daraufhin hinter seinem Haus gemacht hatten.

Mats lachte laut auf, ein Geräusch, das in ein heiseres Husten überging.

»Das ist ja mal wieder typisch, dass es die Stockholmer Spitzenermittler braucht, um auf die Idee zu kommen, die Dorfpastorin um Rat zu fragen. Mal sehen, ob dabei was rauskommt.«

Es war das erste Mal seit langem, dass er auf Livs und Lillys Teilnahme an der Operation Speerspitze angespielt hatte, aber diesmal ohne bissigen Unterton, dachte Lilly.

Mats hustete wieder.

»Bist du krank?«, fragte sie besorgt.

»Da, wo mein Bett steht, ist es so verdammt zugig, dass mir morgens der Nacken weh tut«, sagte er und verzog das Gesicht, räusperte sich und spuckte auf die Straße.

Lilly fiel auf, wie glasig seine Augen waren. Er sah aus, als hätte er Fieber.

»Wird schon wieder«, sagte er mit einem Schulterzucken.

Sie suchten die verschiedenen Handyfotos der Schuhabdrücke heraus, die sie gemacht hatten, vergrößerten sie und verglichen das Sohlenmuster. Es schien identisch mit dem Profil der Stiefel, die sie hinter Valdemars Haus gefunden hatten.

»Im Büro haben wir einen Abguss des ersten Abdrucks, da können wir Millimeter für Millimeter vergleichen, aber das sieht verdammt vielversprechend aus«, sagte Mats, als er mit breitem Grinsen vom Display hochblickte.

»Der erste echte Durchbruch seit langem, da kann man schon mal danke sagen«, fuhr er großzügig fort.

Sie erledigten, was zu tun war, und suchten das Areal im und um das Haus ein zweites Mal gründlich ab. Teilten sich auf, nutzten das Tageslicht, um erneut nach Kippen, Kaugummis und anderen noch so kleinen Dingen Ausschau zu halten, die der Täter zurückgelassen haben könnte. Arbeiteten mit Einweghandschuhen und hatten Ziplock-Tüten in den Taschen. Unter der Treppe, die zu Perssons Wohnung führte, fand Lilly eine ziemlich frische Kippe, fotografierte sie mit Mats' Handy und packte sie ein, notierte den Fund. 20 Minuten später entdeckte Liv eine schmutzige, nasse Handyhülle im Gebüsch hinter dem Wohnblock. Auch dieser Fund wurde dokumentiert. Dann arbeiteten sie weiter, ein Job, der Geduld erforderte und nach einer Weile für Schmerzen in Rücken und Schultern sorgte. Aber sie hatten kein Team von der Spurensicherung zur Verfügung, und es kamen auch keine Kollegen, um sie abzulösen. Hinweise, die zerstört wurden oder verschwanden, waren unwiederbringlich verloren. Wieder setzte leichter Regen ein, ging in Schneeregen über und schwere Flocken landeten wie kalte Fingerspitzen in ihren Uniformkrägen.

Nach ein paar Stunden und einer Lunch-Pause, die aus einer Konservendosen-Mahlzeit und einem Saft-Päckchen für jeden bestand, waren sie fertig. Sie legten ihre wenigen Funde in Mats' Kofferraum und kehrten ins Büro zurück. Liv fuhr in ihrem Wagen, und Lilly begleitete Mats, der schniefend und hustend am Steuer saß. Die lange Zeit draußen bei Regen und Wind war für seinen Zustand nicht gerade förderlich gewesen, dachte sie mit einem unguten Bauchgefühl.

Zurück im Büro verstauten sie das Ermittlungsmaterial in Schubladen und versahen alles mit Datum. Mats holte den Abguss des Sohlenprofils, den sie vor Gunnar Dörners Haus genommen hatten. Die feuchte Erde war eine hervorragende Gussform gewesen.

Er hielt den Abguss und die Stiefel, die sie hinter Valdemars Haus gefunden hatten, nebeneinander. Für ein paar Sekunden war es ganz still im Raum, ihre Augen leuchteten im schwindenden Nachmittagslicht, während ihnen die Bedeutung dessen, was sie da gerade vor sich hatten, langsam zu Bewusstsein kam.

»Wir müssen Valdemars Haus durchsuchen, aber zu allererst schnappen wir uns den Mann«, sagte Mats heiser, die Aussicht auf Sieg im fiebrigen Blick.

46

Laut Jespers Berechnungen sollten es nur noch ein paar Kilometer bis Skageby sein. Das Gelände war beschwerlich gewesen. Umgestürzte Bäume, Schlammlawinen. Völlig erschöpft war er am Vorabend in seinen Schlafsack gekrochen, nachdem er sich vergewissert hatte, dass der Platz, den er sich zum Übernachten ausgesucht hatte, einigermaßen sicher schien. Heute war er mehrfach gezwungen gewesen, die Straße zu verlassen und abseits der befestigten Wege zu fahren. Im Slalom war es zwischen den Bäumen hindurchgegangen. Irgendwann war kein Durchkommen mehr möglich gewesen. Er hatte sein Motorrad unter einem Baum abgestellt, den Rucksack geschultert und war zu Fuß weitergegangen.

Der Handyempfang war schon lange abgerissen. Er orientierte sich ganz klassisch mit Hilfe eines alten Kompasses, dessen Nadel ihm unbeirrt die richtige Richtung zeigte. Dicke Schneeflocken vermischt mit Regen klatschten ihm ins Gesicht, erschwerten ihm die Sicht. Er zog sich einen dünnen Schlauchschal bis über die Nase, so dass nur noch ein schmaler Spalt für die Augen frei blieb.

Erst dachte er, das Geräusch, das an seine Ohren drang, wäre das Echo des heulenden Windes oder das Rufen eines Vogels. Aber dann blieb er stehen und lauschte aufmerksam.

»Hilfe!«

Es war ein Mensch, der nicht weit von ihm entfernt schrie.

Jesper beschleunigte seinen Schritt, rannte und rutschte über den nassen Boden, mit dem hüpfenden Rucksack auf dem Rücken. Er hörte wieder das Rufen und meinte, eine Männerstimme zu erkennen.

Vor ihm öffnete sich eine Schneise im Wald. Eine Straße, die über die gesamte Breite von einem massiven, umgestürzten Baum versperrt wurde, verlief keine zehn Meter von ihm entfernt. Von dort kamen die Schreie. Jesper blinzelte in die weichen Schneeflocken, hielt sich schützend die Hand vor die Augen. Dort eingeklemmt unter dem Stamm lag ein Mann, neben ihm ein umgestürztes Motorrad. Das Vorderrad war verbogen, als hätte es einen kräftigen Schlag abbekommen. Auch der Dreitagebart konnte nicht verbergen, dass das Gesicht des Mannes weiß vor Schmerz war. Der Baum hatte ihn in der Lendengegend getroffen, er lag bäuchlings auf der Straße, vom Gewicht des Stamms auf den Boden gepresst und teilweise von Zweigen verdeckt. Er hatte einen blutenden Kratzer auf der Stirn und fror sichtlich. Jetzt drehte er den Kopf und sah Jesper mit flehenden Augen an.

Hastig setzte der Feuerwehrmann den Rucksack ab, zog eilig seine Jacke aus, räumte ein paar Zweige aus dem Weg und breitete den wärmenden Stoff über den Oberkörper des Mannes. Dann packte er den Schlafsack aus und deckte seine Beine damit zu.

»Wie lange liegst du schon hier?«, fragte Jesper, während er nach dem Puls des Mannes fühlte und sich seine Verletzungen ansah. Den Oberkörper schien er voll bewegen zu können, das war schon viel wert. Jesper hatte allerdings erhebliche Zweifel daran, dass er es allein schaffen würde, den Baumstamm anzuheben. Er musste irgendwie eine Motorsäge beschaffen.

»M-m-mehrere St-st-stunden«, sagte der Mann mit zittriger Stimme. »Ich h-heiße R-r-r-obert.«

Jesper stellte sich vor und versuchte, dem Mann Mut zu machen.

»Ich bin Feuerwehrmann, Robert, und ich werde alles tun, was ich kann, um dir zu helfen.«

Der Mann schluckte, schnappte japsend nach Luft.

»Meine Hüfte tut so weh. Und ich glaube, meine ganze untere Körperhälfte ist taub – oder besser gesagt, meine Beine kribbeln ganz komisch.«

Jesper holte seinen dicken Pulli aus dem Rucksack, zog ihn an.

»Robert, ich werde jetzt versuchen, den Stamm anzuheben.«

Weiche Flocken landeten auf Robert. Er klapperte jetzt hörbar mit den Zähnen.

Jesper suchte sich eine geeignete Stelle, baute sich breitbeinig auf, um vor allem aus den Beinen heraus zu heben. Er hatte viel Kraft, aber diese Kiefer hier war ein echter Riese.

»Bereit?«

Robert nickte zitternd.

Jesper setzte an, drückte und stemmte den massiven Stamm nach oben, hatte das Gefühl, dass er sich tatsächlich ein paar Millimeter bewegte, aber es war bei weitem nicht genug. Er unternahm einen zweiten Versuch, strengte sich so an, dass seine Muskeln brannten. Robert stieß ein wimmerndes Keuchen aus.

»Er hat sich bewegt, es tut weh, hör auf!«, schrie er plötzlich, die Stimme schrill vor Angst.

Vorsichtig ließ Jesper den Baum los. Fluchte, weil er den Großteil seiner Feuerwehrausrüstung im Auto gelassen hatte. Unter anderem die Axt.

Wie weit war er gefahren, seit er das letzte Mal an bewohntem Gebiet vorbeigekommen war? Ein paar Kilometer?

Er holte die Isomatte aus dem Rucksack, schob sie, so weit es ging, unter Roberts Oberkörper, damit er nicht mehr direkt auf dem nassen, kalten Asphalt liegen musste. Mit der restlichen Kleidung, die er noch eingepackt hatte, deckte er ihn zu.

»Versuch, ruhig zu bleiben. Ich kehre um und hole Hilfe. Irgendjemand hier in der Gegend hat bestimmt eine Motorsäge oder eine brauchbare Axt. Ich komme, so schnell ich kann, zurück.«

Robert biss die Zähne zusammen. Er nickte kaum sichtbar.

»Ich beeile mich«, versprach Jesper noch einmal.

47

Dank eines Notstromaggregats verbreiteten die Lampen warmes Licht im Pub. Viele neugierige Blicke richteten sich auf Liv und Lilly, als sie durch die Tür traten. Sie kamen direkt aus dem Büro, aber Mats hatte widerwillig zugestimmt, dort zu bleiben, da sein Fieber ganz offensichtlich stieg.

Im Dorf hatten anscheinend alle auf einmal beschlossen, sich an einem hellen, gemütlichen Ort zu versammeln, um sich über die schlimmen Geschehnisse der letzten Tage zu unterhalten. Den Sturm. Den Stromausfall. Die Morde. Wortfetzen und Phrasen schlugen ihnen entgegen. Ein Geruch von Schweiß und ungewaschener Kleidung hing über dem ganzen Raum. Jemand hatte versucht, den Geruch mit zu viel Rasierwasser zu überdecken. Liv schüttelte sich. Sie sahen sich gründlich um, aber keine Spur von jemandem, auf den Valdemars Beschreibung passte.

Ein kleines Grüppchen an der Bar wiederum musterte Liv und Lilly besonders aufmerksam, und schließlich stand einer der Männer von seinem Barhocker auf und kam auf sie zu. Ein bekanntes Gesicht, dachte Liv. Es war Lars, mit dem sie bei ihrem letzten Besuch hier im Pub am Tisch gesessen hatten. Aber heute war er offenbar nicht auf einen Flirt aus, sondern wirkte eher übellaunig. Außerdem schwankte er leicht, als hätte er schon ein Bier zu viel getankt. Und diesmal zog er auch den Ehering nicht aus.

»Ihr seid von der Kripo«, setzte er unvermittelt an. »Warum habt ihr das nicht gesagt, als wir uns am Montag getroffen haben?«

Lilly warf Liv einen vielsagenden Blick zu und sagte ganz neutral: »Ich gehe uns zwei Bier holen.«

Liv lächelte und hoffte, dass das Lächeln so entwaffnend aussah, wie sie es beabsichtigte.

»Auch wenn man von der Kripo ist, darf man doch mal ein Bier trinken gehen und sich nett unterhalten, oder?«, sagte sie unbekümmert.

»Schon, aber ihr habt ja nach dem Mord gefragt, oder etwa nicht?«, blaffte er. »Was haben wir damit zu tun?«

»Nichts, soweit ich weiß«, erwiderte Liv, schon ein wenig schärfer. »Oder gibt es etwas, das ich wissen sollte?«

Sie hatte wirklich nicht die Nerven, sich jetzt mit einem angetrunkenen Dorfproleten herumzuärgern. Ihre Reaktion zeigte Wirkung, und Lars hob abwehrend die Hände.

»Ne, aber was zur Hölle …? Ihr taucht hier auf und macht uns schöne Augen, dabei wollt ihr nur irgendwelche Sachen aus uns rauskitzeln!«

Liv seufzte innerlich. Entschied sich zu lächeln. »Wir hatten einen lustigen Abend in netter Gesellschaft. Aber du, wo wir gerade von Gesellschaft reden …«

Sie beschloss, die Gelegenheit zu nutzen, um die Frage zu stellen, auf die sie eine Antwort brauchten.

»Hast du Valdemar Bodmer heute schon gesehen?«

Ein Funke Neugier erwachte in Lars' Augen.

»Was wollt ihr von ihm?«

»Das ist nicht die Antwort auf meine Frage.«

»Nein, ich habe ihn nicht gesehen. Und das ist auch gut so, um ehrlich zu sein.«

»Habt ihr Streit?«

»Ne. Aber Freunde sind wir auch nicht.«

Sein Ton war giftig.

In diesem Moment kam Liv der Gedanke, ob sie möglicherweise gerade einen von Valdemars Mobbern vor sich hatte. Einen der Gleichaltrigen, die ihm laut der Pastorin das Leben zur Hölle gemacht hatten. Das Gefühl, dass sie sich die völlig falsche Person für ihre Frage ausgesucht hatte, wurde immer stärker, aber jetzt war es zu spät. Sie ignorierte seinen Kommentar.

»Wann hast du ihn denn das letzte Mal gesehen?«

Lars rieb sich das Kinn mit den dicken dunklen Bartstoppeln.

»Am Montag, als wir uns hier getroffen haben, war er auch hier.« Er zeigte in die Nische. »Saß wie immer mit seiner Cola alleine dahinten. Wahrscheinlich hat er wieder Maria angeschmachtet, dieser Versager. Und dann habe ich ihn am nächsten Tag noch mal gesehen«, sagte er. »Wir waren gleichzeitig an der Tankstelle, oben an der Brennerei.«

Lilly war mit zwei Gläsern in der Hand zurückgekommen, gerade noch rechtzeitig, um den letzten Satz zu hören.

Liv sah sie an, entdeckte dasselbe Interesse in Lillys Blick, das sie auch verspürte. Am Tag des Sturms war Valdemar also im Ort gesehen worden, und wenn er die Gegend nicht unmittelbar nach dieser Begegnung verlassen hatte, musste er noch irgendwo in Skageby sein. Nur – falls es so war, wo hielt er sich dann auf?

»Danke«, sagte Liv in neutralem Ton.

»Was wollt ihr von ihm?«, fragte Lars erneut.

Als Liv seinen Blick sah, bereute sie noch mehr, dass sie ihn auf Valdemar angesprochen hatte. Sein geradezu hungriger Gesichtsausdruck verhieß nichts Gutes.

»Das geht dich nichts an«, warf Lilly kurz angebunden ein.

»Er war es, oder? Er hat die alten Männer um die Ecke gebracht!«, sagte Lars gespannt.

»Wir wollen nur mit ihm reden, das ist alles«, sagte Liv.

Sie ließen Lars und sein gehässiges Gieren nach Antworten stehen und setzten sich an die Bar. Stellten der kurvigen Frau, die Bier ausschenkte, dieselben Fragen. Sie war um die 50, mit langen lockigen Haaren und einem müden Zug um den Mund, aber sie lächelte freundlich. Hatte sie Valdemar heute schon gesehen? Die Antwort lautete nein, aber ihre Augen bekamen einen warmen Glanz, als sie seinen Namen hörte.

»Das letzte Mal vor dem Sturm«, sagte sie. »Aber wir hatten natürlich auch geschlossen.« Sie machte eine kurze Pause. »Er ist nett und hilfsbereit, der Valdemar. Wenn er einen lustigen Abend hier verbracht hat, dann hilft er mir danach meistens noch die Stühle hochzustellen und durchzuwischen.«

Liv nickte, drehte sich zu Lilly um, und stockte mitten in der Bewegung. Ein paar Stühle weiter saß jemand, den sie gut kannten: Klara, allein mit einem Glas Rotwein. Sie hatte den Kopf auf die Hand gestützt, die langen blonden Haare fielen ihr ins Gesicht und es sah fast so aus, als wäre sie eingeschlafen. Die Frau hinter dem Tresen folgte ihrem Blick.

»Klara hat mal wieder einen schweren Abend«, sagte sie leise.

Liv sah sie an. »Kommt sie oft hierher?«

Die Frau nickte und antwortete flüsternd:

»Es ist keine Seltenheit, dass sie zu tief ins Glas schaut, um es mal so zu sagen.«

Und dann fügte sie schnell hinzu:

»Aber sie tut ja niemandem etwas, sie trinkt halt. So geht das schon, seit sie aus Stockholm zurückgekommen ist. Manchmal kullern auch ein paar Tränen.«

Liv betrachtete die traurige Gestalt an der Bar. Die Last der ganzen Welt schien auf ihren Schultern zu liegen.

»Also war das schon vor dem Mord an ihrem Vater so?«

Die Frau nickte, griff nach einem Lappen und fing an, rasch den Tresen abzuwischen. Ich wüsste wirklich gern, was Klara so sehr quält, dachte Liv.

Lilly legte eine Hand auf ihren Arm und riss sie aus ihren Gedanken.

»Was hältst du davon, wenn wir eine Runde mit dem Auto drehen und versuchen, Valdemar zu finden? Supermarkt, Tankstelle oder wo er eben sonst noch stecken könnte.«

Liv nickte. Ihr Bier blieb unangetastet stehen. Als sie den Pub verließen, winkte ihnen ein breit grinsender Lars übertrieben freundlich zum Abschied. Liv schenkte ihm gar keine Beachtung, aber irgendetwas an diesem Mann weckte böse Vorahnungen. Als sie auf die Straße traten, war es draußen bereits dunkel.

48

Jesper fand, was er gesucht hatte, im Schuppen eines kleinen Wochenendhäuschens, etwas drei Kilometer von der Stelle entfernt, wo er Robert zurückgelassen hatte. Er hatte den Schuppen aufgebrochen. Not kannte keine Gesetze, und die kleine Hütte war zurzeit offensichtlich unbewohnt, er hatte an die Tür geklopft und mehrmals laut gerufen.

Eine Motorsäge und eine kräftige Axt hingen ordentlich auf einem Metallgestell. Er nahm sich, was er brauchte, vergewisserte sich, dass die Motorsäge funktionierte. Ja, der Akku war geladen. Er schickte einen stummen Dank an den abwesenden Besitzer. Zuletzt entdeckte er in einem Regal noch eine große, zusammengerollte Plane. Die nahm er ebenfalls mit, packte alles in seinen Rucksack und machte sich eilig auf den Rückweg.

Das Gepäck hatte ordentlich Gewicht. Er war gut trainiert, daran gewöhnt, hart zu arbeiten und schwer zu tragen, aber der Untergrund war nass und matschig, er rutschte oft aus. Schließlich brannte seine Lunge. Die Abenddämmerung spielte ihm ein paarmal einen Streich, er brauchte Kompass und Stirnlampe, musste umkehren und andere Wege versuchen. Irgendwann hatte er es geschafft und war wieder bei Robert, der ihn mit einer matten Geste begrüßte. Er atmete schwer, sichtlich gequält. Jesper rieb sich den Schweiß aus den Augen, erlaubte sich selbst einen kurzen Moment Pause, um Luft zu holen, aber dann Schritt er zur Tat. Die Baumkrone hing über dem Straßengraben ein wenig in der Luft. Das Stück musste er zuerst kappen, da es zugleich der schwerste Teil des Baumes war. Er ließ den Lichtkegel der Stirnlampe schweifen. In dieser Lage hier war es unmöglich abzuschätzen, wie schwerwiegend Roberts Verletzungen waren. Falls er innere Blutungen hatte, dann konnte es seinen Tod bedeuten, wenn der Druck des Baumstamms nachließ. Aber es gab keine Alternative. Er musste versuchen, ihn freizubekommen.

Die Motorsäge brummte los, und mit durchdringendem Lärm fraß sich das Sägeblatt durch Holz. Jesper entfernte die Äste von einem Teil des Stamms, den er abtrennte, um damit den Baum, unter dem Robert feststeckte, an anderer Stelle zu stabilisieren. Der fahle Schein seiner Stirnlampe war seine einzige Lichtquelle während der schweren Arbeit.

Der letzte Teil würde heikel werden, aber Jesper ließ sich durch keine Miene anmerken, was er dachte. Es war eine leichte, kleine Kettensäge, vor allem dafür gedacht, Feuerholz und Äste zu schneiden, und es dauerte seine Zeit, sich damit durch den massiven Stamm zu arbeiten. Aber Stück für Stück teilte sich das Holz. Der Druck ließ beträchtlich nach, und Robert wimmerte. Der nächste Abschnitt, den Jesper in Angriff nahm, war schon ein Stück näher an Robert, aber immer noch in sicherem Abstand. Sägespäne flog ihm um die Ohren, legten sich in seine Haare. Robert verzog das Gesicht zu einer Grimasse. Schon die geringste Lageveränderung des mächtigen Stamms verursachte ihm offensichtlich große Schmerzen.

Breitbeinig und konzentriert arbeitete Jesper weiter. Mit einem Knirschen brach das nächste Stück von dem gewaltigen Stamm, und Robert schrie auf, als der Druck plötzlich erheblich nachließ. Aber er klemmte immer noch unter dem Baum. Jesper griff zu, und mit einem kräftigen Ruck gelang es ihm, die verbliebene Hälfte des Stamms von Robert herunterzuwuchten. Er ging in die Hocke und untersuchte behutsam den Mann auf dem Boden. So weit schien alles einigermaßen in Ordnung. Die Reaktion, die er am meisten gefürchtet hatte, war ausgeblieben.

»Hast du Gefühl in den Beinen?«, fragte er heiser und außer Atem.

Robert wackelte vorsichtig mit den Füßen, eine kleine Bewegung, die Hoffnung machte. Als er sich ein klein wenig auf die Seite drehte, sah Jesper, dass dort, wo Robert gelegen hatte, eine Kuhle im Asphalt war. Wahrscheinlich war das seine Rettung gewesen.

»Oh, ja«, sagte Robert mit schmerzverzerrtem Gesicht. »Meine Beine brennen und stechen. Ich habe das Gefühl, das Blut fließt langsam zurück. Aber meine Hüfte und mein Rücken tun höllisch weh. Ich glaube, da ist irgendwas gebrochen. Ich traue mich nicht aufzustehen.«

Jesper sah sich in der Dunkelheit um, stand für einen Moment ratlos da. Wie sollte er Robert denn jetzt in ein Krankenhaus bringen?

49

Lilly saß mit ihrer Tasche auf dem Boden im Wohnzimmer, dem Raum, der mit drei Kerzen und einer Taschenlampe, die neben ihr auf dem Teppich lag, gerade am besten beleuchtet war. Der Lichtkegel bildete ein weißes Oval um sie herum. Aus der Küche hörte sie Liv vor sich hin summen. Sie spülte ab, planschte mit kaltem Wasser in einer Wanne herum und tat ihr Bestes, das benutzte Besteck wieder sauber zu bekommen. Sie waren beide gut gelaunt nach Hause gekommen, obwohl ihre Jagd nach Valdemar nichts ergeben hatte. Nach ihrem Besuch im Pub hatten sie die Stellen abgeklappert, an denen er sich möglicherweise aufhalten konnte, und hatten die Runde mit einem erneuten Stopp bei seinem Zuhause abgeschlossen. Dort war alles unverändert still und leer gewesen, keine Antwort, als sie angeklopft hatten. Nichts deutete darauf hin, dass er zwischenzeitlich dort gewesen war. Dass er sich jetzt irgendwo zu verstecken schien, genügte schon, um sich verdächtig zu machen, dachte Lilly. Sobald es wieder hell war, würden sie sein Haus und sein Grundstück durchsuchen.

Tatsächlich war aber bereits der Fund der Stiefel ein echter Durchbruch. Und von denen hatte es in dieser Ermittlung bisher wahrlich nicht viele gegeben, stellte Lilly fest und sah sich um. Die Fenster waren pechschwarz, der Himmel draußen grimmig grau. Schwere Schneeflocken landeten auf den Scheiben, hinterließen nasse Streifen.

Sie durchwühlte sämtliche Fächer ihrer Tasche, murmelte leise vor sich hin. Sie war sich sicher, dass irgendwo noch die Batterien sein mussten, die schon ewig in ihrer Tasche lagen. Oder hatte sie das Päckchen herausgenommen, als sie ihre Sachen für Skageby gepackt hatte? Sie verreiste ja immer mit dieser Tasche hier, und normalerweise verlegte sie nie etwas.

Das Gefühl begann wie ein prickelndes, kribbelndes Unbehagen im Nacken. Sie erstarrte plötzlich, hielt in der Bewegung inne. Es war bestimmt Einbildung – konnte nur Einbildung sein –, aber Lilly fühlte sich beobachtet. Ein Scheppern ließ sie zusammenzucken. Sie warf einen hastigen Blick zum Fenster und sah gerade noch einen groß gewachsenen Schatten verschwinden. Sie schnappte nach Luft, spürte, wie sich die Härchen auf ihren Armen aufrichteten. Dann sprang sie auf, riss die Hintertür auf. Stand da und spähte in die Dunkelheit. Kein Mucks war zu hören. Keine Schritte, kein Laut, der eine andere Bewegung verriet. Schneeflocken, vermischt mit Regentropfen, landeten auf ihren Wangen.

»Hallo?«, rief sie.

Die Dunkelheit blieb stumm. Niemand antwortete ihr.

»Was machst du denn da?«

Livs Frage ließ Lilly erschrocken zusammenfahren. Mit gerunzelter Stirn stand die Freundin hinter ihr im Wohnzimmer.

»Ich glaube, ich habe jemanden vor dem Fenster gesehen. Jemand, der zu uns reingeschaut hat. Und die Lärmfalle, die wir installiert haben, hat auch Alarm geschlagen.«

Liv reagierte sofort, sprang in die Schuhe, die neben der Tür standen und verschwand nach draußen. Lilly blieb in atemloser Stille stehen, versuchte zu erfassen, was dort im Dunkeln vor sich ging. Einige Minuten vergingen. Dann kam Liv entmutigt zurück.

»Ich hätte die Taschenlampe mitnehmen sollen, man sieht ja die eigene Hand vor Augen nicht. Wenn jemand hier war, dann ist er jetzt weg. Erzähl mir, was passiert ist, jedes Detail.«

Lilly schloss die Augen, blätterte die Bilder in ihrem Gedächtnis durch: das Fenster, die Menschengestalt, schwarz gekleidet, groß. Damit war nicht viel anzufangen, und unter anderen Umständen hätte sie vielleicht versucht, sich einzureden, dass es ein Hirngespinst oder nur ein neugieriger Nachbar gewesen war, aber nach dem Einbruch war das Erlebte unbehaglich. Davon abgesehen wusste inzwischen jeder im Ort sehr genau, wer sie waren, und sie hatten vorhin im Pub einige böse Blicke zugeworfen bekommen. Es musste also nicht zwingend der Mörder sein, der ihnen heimlich nachschlich, dachte Lilly laut, und Liv nickte zustimmend.

Sie teilten das Haus untereinander auf, kontrollierten Türen und Fenster und einigten sich darauf, Malin vorläufig nichts zu sagen. Nach dem Schreck mit dem Handydiebstahl wollten sie ihr nicht schon wieder Angst einjagen, noch dazu womöglich unnötig.

Ihr Herz klopfte, als Lilly die Klinken drückte und die Lärmfallen an Türen und Fenstern testete. Alles war so, wie es sein sollte. Aber das Gefühl von Bedrohung, die Angst, ausgeliefert zu sein, lenkten ihre Gedanken zu Svante und an einen Ort, an den sie auf gar keinen Fall wieder zurückkehren wollte. Sie musste sich ins Gedächtnis rufen, dass sie nicht allein hier war, dass sie ja Liv hatte. Aber ihr Puls raste immer noch, als Lilly wieder ins Wohnzimmer kam. Sie konnte es nicht länger ertragen, noch eine weitere Sekunde unten auf dem Boden vor den großen schwarzen Fensterscheiben zu sitzen. Eilig blies sie die Kerzen aus, schnappte sich die Tasche und ging zu Liv in die Küche.

50

Robert war stark unterkühlt, nachdem er mehrere Stunden eingeklemmt auf dem nassen, kalten Boden gelegen hatte. Der Schneefall hatte weiter zugenommen. Als Jesper ihn fragte, wie es ihm ging, brachte er kaum noch ein Wort heraus. Seine Lippen waren blau gefroren. Jesper entschied sich für eine Notlösung.

Der Plan, den er Robert mitteilte, lautete, ihn zu dem Wochenendhaus zu transportieren, wo er die Ausrüstung geholt hatte. Dort konnte Robert sich aufwärmen und auf ihn warten, während er Hilfe holte. Die Idee klang einfach. In der Theorie. Aber einen ausgewachsenen Mann über eine größere Strecke durch ein stockfinsteres, von einem Sturm verwüstetes Gebiet zu bringen, einen Mann, der sich vermutlich etwas gebrochen hatte, vielleicht die Hüfte, vielleicht einen oder mehrere Wirbel, ohne ihn dabei noch weiter zu verletzten – das war schwierig.

»Schaffst du das? Du musst dich ausruhen«, stieß Robert keuchend hervor. Jesper wischte seine Worte weg.

Er breitete die lange Plane auf dem Asphalt aus, legte erst die Isomatte und dann den Schlafsack darauf, zog Robert behutsam auf diese Unterlage und benutzte die Plane dann als Schleppe. Richtete seine Stirnlampe, ehe er aufbrach. Die Plane glitt über den nassen Untergrund, es funktionierte einigermaßen, aber es war mühsam und kostete Kraft.

Jeder Muskel seines Körpers schmerzte, besonders in den Händen, die sich krampfhaft um die Plane klammerten, die er hinter sich herzog. Es gelang ihm, sie mit einem Stück Seil an seinem Gürtel festzuknoten, dann wurde es ein bisschen leichter. Der Weg fühlte sich an wie eine Ewigkeit. Ab und zu wimmerte Robert, wenn er ihn über einen Stein oder eine Wurzel schleifte. Die Schneeflocken fielen immer dichter.

Aber schließlich hatten sie es geschafft. Jesper schlug eine Fensterscheibe ein, drehte das Schloss unter der Klinke auf, zog Robert ins Haus – und sank dann auf den Boden der kleinen Wochenendhütte. Er war am Ende seiner Kräfte. Er atmete schwer, stellte fluchend fest, dass sein Handy auch hier keinen Empfang hatte, und schleuderte es in die Ecke.

»Danke«, sagte ein blasser Robert neben ihm.

Es war ein gemütliches kleines Häuschen, eingerichtet mit rotweiß karierten Stoffen und schlichten Ikea-Möbeln.

Jesper raffte sich hoch. Egal, wie kaputt er war, jetzt musste er weitermachen. Feuerholz rein in den Ofen, her mit den Decken, Robert vorsichtig aus seinen nassen Kleidern schälen, ihm etwas Flüssigkeit einflößen.

Als das Feuer im Ofen prasselte, kehrte etwas Farbe in Roberts Wangen zurück.

»Du bist völlig fertig, und draußen schneit es wie blöd. Ruh dich ein paar Stunden aus, bevor du dich auf den Weg machst«, sagte er mit matter Stimme von seinem Platz vor dem Ofen aus, wo er unter zwei Wolldecken lag.

Dankbar folgte Jesper seiner Ermahnung. Spürte selbst, dass er kaum noch Kraft hatte.

»Nur ein Stündchen«, sagte er.

Er ließ sich auf das Sofa sinken, deckte sich zu und schlief völlig erschöpft ein.

51

Lilly träumte, dass sie durch ein Haus ging, so groß und dunkel, dass sie nicht mehr wusste, wo der Ausgang war oder wo sie ihre Wanderung begonnen hatte. Um sie herum flackerten kleine Kerzen an den Wänden und erhellten punktuell ihren Weg. Ihr Körper war angespannt, ihr Herz pochte laut. Sie suchte jemanden, aber sie wusste nicht, wen. In den Schatten versteckte sich jemand. Eine groß gewachsene, maskierte Gestalt huschte vorbei und verschwand, entwischte ihr im letzten Moment. Wer war das?

Ein lautes Poltern riss sie aus dem Schlaf. Sie setzte sich auf, noch ganz benommen, vergraben unter Daunen- und Wolldecken. Das unangenehme Traumgefühl steckte noch in ihrem Körper. Unten polterte es erneut. War das an der Tür? Sie hob die Jalousie ein Stück an, draußen war es noch dunkel. Sie konnte höchstens ein paar Stunden geschlafen haben. Lilly fröstelte, als sie sich aus den Decken befreite und sich eine lange Strickjacke über den Pulli und die Jogginghose zog, in denen sie schlief. Im Haus war es kalt und ungemütlich. Das laute Klopfen wurde immer energischer und pumpte eine Welle von Adrenalin durch ihren Körper. Zur Sicherheit steckte sie sich den Taser in den Hosenbund.

Liv kam aus dem Schlafzimmer gegenüber, genauso verschlafen und verwirrt wie sie. Ihre kurzen Haare standen in alle Richtungen.

»Liv? Lilly?« Malin rief von unten nach ihnen. »Seid ihr wach?« Sie klang verängstigt.

Ein durchdringender Babyschrei verriet, dass ihre Tochter jetzt ebenfalls aufgewacht war.

Hastig liefen sie die Treppe hinunter. Liv schloss die Haustür auf, öffnete sie einen Spaltbreit, eine Hand auf dem Schaft der Elektroschockwaffe. Draußen stand Mats, in Uniform und mit finsterer Miene. Neben ihm die Frau aus dem Pub.

In ihrem Gesicht spiegelte sich Sorge. Sie trug einen weiten Mantel, und ihre langen dunklen Haare waren feucht vom Schnee. Sie hielt die Hände, die in gestrickten Fäustlingen steckten, ängstlich vor die Brust gepresst.

Liv ließ ihre Waffe sinken und machte die Tür ganz auf. Kalte Luft schlug ihnen entgegen. Schnee wirbelte um sie herum.

Mats hustete so, dass seine Lunge rasselte, er hatte mittlerweile hohes Fieber, das war nicht zu übersehen. Auf das Geländer der Veranda gestützt, versuchte er, etwas zu sagen.

»Verdammt, warum hat das so lange gedauert«, brachte er schließlich zwischen zwei Hustenanfällen heraus. »Maria hier ist zu mir gekommen.« Wieder Husten. So heftig, dass er sich krümmte.

Die Frau übernahm. Sie sprach schnell.

»Als ich vorhin den Pub zugemacht habe, habe ich Lars und die anderen reden hören. Sie wollen heute Nacht zu Valdemar. Einer von ihnen sprach davon, sein Haus anzuzünden, und ein anderer meinte, sie sollen alle bewaffnet kommen. Sie haben sich irgendwie in den Kopf gesetzt, dass er hinter den Morden steckt.«

Maria holte Luft, ihre Stimme zitterte.

»Sie werden ihn umbringen.«

Lilly hörte Liv neben sich leise fluchen und wusste sofort, woran ihre Freundin gerade dachte. Liv hatte Lars im Pub auf Valdemar angesprochen. Die Stimmung im Dorf war aufgeladen.

Eine harmlose Frage war der Funke gewesen, der den Scheiterhaufen entfacht hatte.

Mats spuckte auf den Boden, richtete sich auf.

»Mein Wagen steht vorne. Wir fahren sofort los. Nehmt nichts Schwereres mit als die Taser. Wir wollen nicht, dass diese Sache noch weiter eskaliert.«

Maria fragte, ob sie mitkommen dürfe, aber Mats hob abwehrend eine Hand.

»Es ist sicherer, wenn Sie zu Hause bleiben.«

Sie nickte widerwillig, dann sah sie sie der Reihe nach an.

»Valdemar ist ein guter Mann. Sie müssen ihn vor diesen Verrückten schützen.«

Malin hatte sich mit Livly in die Diele gewagt, stand verängstigt da und wiegte sie beruhigend im Arm.

Liv und Lilly warfen sich in ihre Uniformen und baten Malin, hinter ihnen abzuschließen. Jetzt zählte jede Minute.

52

Sie stellten den Wagen ein Stück von Valdemars Haus entfernt ab und näherten sich vorsichtig dem Grundstück, an einem kleinen Wald vorbei und über einen Entwässerungsgraben. Lilly hatte das Gefühl, dass ihr Atem in der Dunkelheit viel zu laut war, jeder Schritt schien kilometerweit zu hören zu sein. Versteckten sich in den Büschen Augen, die sie beobachteten? Mats, der keuchend vorwegging, hatte eine Taschenlampe in der Hand. Der Lichtkegel tanzte zwischen den Bäumen, wurde vom fallenden Schnee gebrochen. Liv war direkt hinter ihr. Lilly zuckte zusammen, als ein Augenpaar im Schein der Taschenlampe aufleuchtete, um sofort wieder zu verschwinden, begleitet von leichten, raschelnden Schritten. Ein Reh.

Sie waren da. Die Dachziegel glänzten feucht im Lichtkegel, die Fensterscheiben waren schwarze Rechtecke. Valdemars Hütte wirkte genauso dunkel und verlassen wie zuvor. Kein Lebenszeichen, kein Laut. Außer Mats' schwerem Atem und dem weichen Platschen ihrer Schritte war nichts zu hören.

»Okay, was machen wir jetzt?«, fragte Liv und schlug den Kragen ihrer tarnfarbenen Jacke zum Schutz gegen die Kälte hoch.

»Warten«, sagte Mats und hustete. Seine Nase lief, und er fuhr sich mit dem Ärmel durchs Gesicht.

Sie postierten sich auf verschiedenen Seiten rund um das Häuschen, nachdem sie in die Fenster geleuchtet und sich vergewissert hatten, dass wirklich niemand da war. Mats bezog Stellung an der Eingangstür, Lilly an der einen Stirnseite, Liv ging hinter das Haus. Sie waren bewaffnet, still und ernst.

Lilly wollte Mats gerade etwas fragen, vor allem, um die Zeit totzuschlagen, als Liv sie mit einem Zischen zum Schweigen brachte. Ihr Tonfall war scharf.

»Kommt her!«

Sie eilten zu ihr auf die Rückseite des Hauses. Das Erste, was sie sahen, war das flackernde Licht. Fünf dunkle Männergestalten kamen mit brennenden Fackeln aus dem Wald auf sie zu. Im Schein der Flammen tanzten die Schatten. Ihre Gesichter waren vermummt, sie hatten alle Kapuzen und Mundschutz auf. Plötzlich blieben sie stehen, offensichtlich überrascht davon, dass uniformierte Polizisten auf dem Grundstück standen.

Energisch machte Mats mit gezogenem Schlagstock einen Schritt nach vorn und brüllte, dass es zwischen den Bäumen hallte:

»Verzieht euch!«

Die üblichen Routinen brachten sie hier nicht weiter, dachte Lilly. Sie waren zahlenmäßig unterlegen, sie hatten keine Möglichkeit, Verstärkung anzufordern, sie konnten Personen, die eine Straftat begingen, noch nicht einmal festsetzen. Hier und jetzt ging es einzig und allein darum, so störungsfrei wie möglich das Schlimmste zu verhindern. Diesen Männern klarzumachen, dass das, was sie da vorhatten, der reine Wahnsinn war.

Für einen Moment schien die Gruppe zu zögern. Die Fackeln in ihren Händen flackerten, zischten, wenn Schneeflocken in den Flammen verdampften. Wie weit waren diese Männer bereit zu gehen? Der Taser steckte einsatzbereit im Holster, sie hielt den Schlagstock so fest umklammert, dass ihre Knöchel weiß wurden. Das Adrenalin rauschte durch ihre Adern.

Wie auf ein geheimes Signal stürmten die dunklen Gestalten

auf sie zu. Ihr Blickfeld verschwamm, alles passierte so schnell. Mats hatte einen der Männer ausgeschaltet, das sah Lilly aus dem Augenwinkel. Sie hörte, dass Liv einen der anderen niederrang, sein Brüllen erstickte im matschigen Gras. Die drei, die auf sie zukamen, duckten sich und wichen zur Seite aus. Lilly war nicht ihr Ziel, so viel war klar. Sie musste versuchen, das Haus zu schützen, stand wie ein Torwart davor. Stieß einen der Männer weg, der ihr zu nah kam, schrie eine Warnung und feuerte den Taser auf einen anderen ab, der ins Gras kippte. Aber sie war trotzdem nicht schnell genug. Von der anderen Seite des Hauses hörte sie das Klirren einer Fensterscheibe. In dem Chaos war es dem dritten Mann gelungen, an ihr vorbeizukommen. Für einen Sekundenbruchteil waren sie alle wie erstarrt. Dann wurde es hell in dem kleinen Haus. Offenbar hatte der Mann seine Fackel durch das Fenster geworfen und nun breitete sich das Feuer aus.

Mats ließ den Mann los, den er auf dem Boden fixiert hatte. Kam hustend auf die Beine.

»Verdammte Scheiße!«, schrie er.

Der Mann berappelte sich und ergriff noch im selben Moment die Flucht, kaum dass Mats ihn losgelassen hatte. Aber jetzt ging es nur noch darum, den Brand zu löschen.

Mit aller Kraft versuchte Mats, die Tür aufzubrechen. Lilly rannte zu ihm, half ihm. Schließlich gab die Tür nach. Im Eingang blieben sie stehen und sahen sich verzweifelt nach einem Feuerlöscher um. Die Fackel war auf einem kleinen Cordsofa gelandet, das sofort Feuer gefangen hatte. Von dort aus hatten die Flammen den Vorhang erfasst. Der Rauch war schon jetzt beißend und dicht. Mats ließ den Lichtkegel der Taschenlampe durch den Raum gleiten. Unheimliche Erinnerungen an die todbringenden Brände des Sommers tauchten vor Lillys innerem Auge auf, ließen sie erschaudern.

Versteckt in der Ecke des winzigen Flurs, zwischen Jacken und Stiefeln, blitzte etwas Rotes auf. Sie entdeckten es gleichzeitig, und Lilly schnappte sich den Feuerlöscher. Der Rauch versperrte ihr die Sicht, als sie die Pulverwolke auf dem Sofa verteilte, aber das Feuer zischte und verlosch schnell. Gleichzeitig erstickte Mats ein paar der Flammen mit einem Teppich. Liv rannte ins Zimmer, riss die Gardinen herunter und trat fluchend das Feuer aus. Der Rauch nahm ihnen jede Sicht, aber das Ziel war erreicht. Der Brand war gelöscht.

Sie hielten inne, holten für einen Augenblick Luft. Mats hustete so, dass er sich krümmte.

»Ich habe ihn laufen lassen«, sagte Liv grimmig. »Hier drinnen war es dringender.«

Lilly ließ den leeren Feuerlöscher sinken.

»Hast du erkannt, wer es war?«

Liv nickte.

»Mikael. Der schüchterne Wichser, der kaum zwei zusammenhängende Sätze rausgebracht hat, als wir mit ihm und seinen Kumpels im Pub saßen. Den hätte ich als Letztes erwartet, als ich ihm den Mundschutz heruntergerissen habe. Aber Lars ist anscheinend gut darin, seine Freunde zu überreden. Was für ein Idiot. Für diese Geschichte hier wird er in den Knast wandern.«

Mats sank in die Hocke, rieb sich den Schweiß aus der Stirn. Seine Hände waren rußig, und im Licht der Taschenlampe sah man die schwarzen Streifen, die sich durch sein Gesicht zogen.

»Tja, für den Moment haben wir Valdemars Hütte gerettet. Aber was machen wir, wenn sie es noch mal versuchen?«

Sie schwiegen. Niemand von ihnen wusste eine Antwort auf seine Frage.

53

TAG FÜNF

Sie hatten ein paar Stunden geschlafen. Das Frühstück war eine weitere Portion kaltes Dosenfutter gewesen. Lilly und Liv waren gleichermaßen müde und übernächtigt, gähnten sich die Seele aus dem Leib, als sie sich nach einer kurzen Katzenwäsche die zerknitterten Uniformen wieder anzogen.

Lilly fuhr sich mit den Fingern durch die langen Haare und verzog das Gesicht. Sie fühlten sich fettig an und stanken nach Rauch. Heute Abend war es höchste Zeit, sie mit Regenwasser zu waschen. Inzwischen waren sie bei Tag fünf ohne Heizung und Strom angekommen. Sie musste an den armen Mats denken. Verglichen mit ihm hatten sie einen richtig gemütlichen Morgen gehabt.

Mats hatte darauf bestanden, die erste Wache zu übernehmen, im Auto vor Valdemars Haus. Natürlich hatten sie beide protestiert und mehrfach darauf hingewiesen, dass er zu krank dafür sei. Aber da war Mats wütend geworden. »Schluss jetzt«, hatte er gebrüllt, und damit war die Sache entschieden gewesen. Dickschädel, hatte Liv auf der Heimfahrt geknurrt.

Mats war es aus mehreren Gründen wichtig gewesen, vor Ort zu bleiben. Seine größte Hoffnung war, dass Valdemar zurückkommen würde und sie ihm endlich wichtige Fragen zu dem Fund auf seinem Grundstück stellen konnten.

Ihre Hauptaufgabe an diesem Tag würde es sein, Valdemars Haus zu fotografieren. Der entstandene Schaden und die versuchte Brandstiftung mussten mit Hilfe von Bildern dokumentiert werden. Was gestern eigentlich das Objekt einer Hausdurchsuchung werden sollte, war nun ein Tatort. Und Valdemar nicht mehr nur ein Verdächtiger, sondern auch ein Opfer.

Liv, die neben Lilly in der Diele stand, rieb sich die Augen und streckte sich, schien zu versuchen, ihren Körper in Schwung zu bringen. Malin, die gerade den Nachttopf vor dem Haus ausgeleert hatte, kam von draußen rein.

Sie wiegte Däumeline im Arm, sah die beiden fragend an.

»Habt ihr nicht gesagt, dass ihr Verstärkung erwarten würdet?«

Liv sah Lilly an.

»Ja, wo zur Hölle bleiben eigentlich Robert und die Kavallerie? Ich dachte, zum jetzigen Zeitpunkt wäre hier längst ein ganzes Heer von Kollegen angerückt?«

Lilly biss sich auf die Lippe.

»Ich verstehe auch nicht, warum es so lange dauert. Hoffentlich ist ihm nichts passiert.«

Sie war mit einem Gefühl von Unruhe aufgewacht, einem Gedanken, der ihr ununterbrochen durch den Kopf ging und die Müdigkeit vertrieb. Die nächtliche Konfrontation mit den Männern aus der Bar hatte sie an ihr erstes Gespräch erinnert. Lars hatte sich über Gunnars Geiz beklagt und darüber, dass Dörner ständig mit einem Notizbuch herumgelaufen war und jede Kleinigkeit aufgeschrieben hatte. Diese Formulierung hatte sie auf eine Idee gebracht. Was bedeutete ›jede Kleinigkeit‹? Gab es vielleicht irgendwo wichtige Aufzeichnungen? Hatte Gunnar womöglich sogar Tagebuch geführt?

»Du«, sagte sie zu Liv, als sie sich die Schuhe zuband. »Wäre es okay, wenn ich so in einer Stunde nachkomme? Ich würde gern eine Sache in Dörners Haus überprüfen.«

Liv sah sie neugierig an.

»Was denn?«

»Vermutlich nichts«, sagte Lilly schnell. Ihre Freundin musterte sie forschend, aber nickte dann. »Na klar.« Sie wusste, wie es war, wenn man einen Einfall hatte, eine vage Idee, der man nachgehen wollte. Manchmal führte einen so etwas auf die richtige Spur.

Draußen fiel nasser Schneeregen. Der Asphalt glänzte schwarz, auf Bäumen und Büschen lag eine grauweiße Decke. Matsch spritzte unter ihren Schuhen, die Flocken schmolzen, sowie sie den Boden berührte.

Liv nahm das Auto, und Lilly schwang sich auf Malins Fahrrad, das für den Winter schon im Schuppen eingemottet worden war. Sie verließen das Grundstück in entgegengesetzter Richtung. Wind peitschte Lilly ins Gesicht, und sie fröstelte, vergrub das Kinn tief in dem gelben Wollschal.

Sie brauchte mit dem Fahrrad nicht lang bis zu Gunnars Haus, obwohl es ein Stück außerhalb lag. Die Straßen waren nahezu menschenleer. Der Asphalt ging an einigen Stellen in Schotter über. Mehrere Haushalte hatten inzwischen ihre Notstromaggregate in Gang gebracht, hier und da waren Häuser voll erleuchtet und durchbrachen die Reihen dunkler Fenster. Lilly kam an unzähligen Holzhaufen vorbei, alles kleingesägte Bäume, die im Sturm umgestürzt waren. Sah einen einsamen Mann, der einen großen Einkaufswagen voller Konservendosen schob. Er glaubte wohl nicht daran, dass der Stromausfall in absehbarer Zeit behoben sein würde.

Ein paarmal geriet sie auf dem nassen Untergrund ins Rutschen, der nasse Schnee spritzte an den Reifen hoch. Dörners Haus stand genauso leer und verlassen da wie bei ihrem letzten Besuch. Lilly lehnte das Fahrrad an die Veranda. Der Ersatzschlüssel lag unter einer Steinplatte an der Hausecke, sie holte ihn aus dem Versteck und schloss die Eingangstür auf. Knipste ihre Taschenlampe an. Es war nicht das erste Mal, dass sie allein an einen Tatort zurückkehrte, um sich mit einem neu gewonnenen Blickwinkel noch einmal umzusehen. Manchmal dachte sie, dass es vielleicht auch etwas damit zu tun hatte, dass sie ein Einzelkind war. Dass sie sich besser konzentrieren konnte, wenn sie niemand ablenkte.

Sie zog Schuhüberzieher und Schutzhandschuhe an. Gestand sich zu, erst ein paar Sekunden durchzuatmen. Es war immer eine besondere Situation, ein Haus zu betreten, in dem ein Mord begangen worden war, erst recht bevor die Tatortreiniger ihre Arbeit gemacht hatten. Es war, als würde das Echo der Gewalt noch im Raum hängen, als wären die letzten Sekunden voller Verzweiflung in der Stille konserviert worden.

Das Bauchgefühl, das Lilly hergeführt hatte, drehte sich um die durchsuchten Wohnungen. Ein Muster, das sich jedes Mal wiederholt hatte. War es in Gunnars Fall um seine Angewohnheit gegangen, sich alles aufzuschreiben? Notiz- oder Tagebücher konnten wichtige Informationen enthalten.

War es das, wonach der Mörder gesucht und gefunden hatte? Oder waren Dörners Notizen nur irgendwo dazwischengerutscht, vergessen oder verlegt worden? Hatten die Kollegen bei den Ermittlungen einen Block oder ein Schreibheft übersehen? Ihr wurde plötzlich klar, dass sie Liv etwas vorgemacht hatte. Das hier würde keine Stunde dauern – es würde richtig Zeit kosten. Sie zog ein Haargummi aus der Hosentasche, schlang die ungewaschenen Haare zu einem lockeren Knoten zusammen und machte sich an die Arbeit.

Anderthalb Stunden später waren Lillys Kleider staubig, und ihr Rücken schmerzte. Sie hatte Regale von den Wänden abgerückt, hatte Schränke und Schubladen bis in die hinterste Ecke durchsucht, hatte Zeitschriftenstapel gesichtet und jeden einzelnen Block im Haus durchgeblättert und sämtliche Bücher aufgeschlagen. Außer einer Einkaufsliste, die aus einem Lexikon gefallen war, hatte sie nicht das Geringste gefunden. In diesem Moment erschien ihr die Hoffnung idiotisch, hier noch etwas zu finden, was andere vor ihr übersehen hatten. Natürlich hatten die Kollegen schon alles überprüft. Hatten jeden Zettel, der von Interesse sein konnte, in die Hand genommen.

Sie ließ sich auf den Schlafzimmerboden sinken und lehnte sich an die Wand. Das Bett, auf das sie blickte, war massiv, ein solides Stück aus Holz. Es war bedeutend breiter als die Türöffnung, also musste es im Zimmer zusammengebaut worden sein. Sie dachte an das Bett in ihrem Kinderzimmer zu Hause. Als sie ausgezogen war, hatten sie und ihre Mutter Eva es von der Wand weggezogen und dabei waren tausend kleine Sachen auf den Boden gefallen, die über die Zeit in den Spalt zwischen Kopfende und Wand gerutscht waren. Stifte, ein kleines Tagebuch, von dem sie gar nicht mehr wusste, dass sie es angefangen hatte, ein ausgeschnittenes Foto, Wachsmalkreide. Diese Erinnerung brachte sie auf eine Idee. Sie stand auf, packte das schwere Bett und zog. Es rührte sich nicht. Sie sah es sich genauer an. Das Kopfteil war an der Wand festgeschraubt. Lilly lief schnell nach unten, holte sich Werkzeug aus Gunnars Schrank, löste die Schrauben. Dann stemmte sie die Füße in den Boden, nahm alle Kraft zusammen und schaffte es schließlich, das ganze Bett ein Stück abzurücken. Sie hörte ein leises Geräusch. Vor der Wand war etwas auf den Boden gefallen. Mit klopfendem Herz ging sie in die Hocke, streckte die Hand aus und angelte etwas Kleines, Flaches unter dem Bett hervor.

Ein ledergebundener Taschenkalender. Auf dem Einband stand die Jahreszahl 2003. Lilly sprang auf, eilte die Treppe hinunter und setzte sich in die Küche, direkt vor das große Fenster. Die dunklen Wolken am Himmel stahlen einen Großteil des spärlichen Tageslichts. Lilly richtete die Taschenlampe auf das kleine Heft und fing an zu blättern.

Ein Ruck durchfuhr sie, als ihr bewusst wurde, was sie gerade las. Sie musste es mehrmals überprüfen, um ganz sicher zu sein, dass sie sich nicht geirrt hatte. Sie ließ den Kalender sinken, lehnte sich auf dem Stuhl zurück und versuchte zu verstehen, was das hier bedeutete.

Im selben Augenblick tauchte ein Schatten über ihr und dem Tisch auf, an dem sie saß. Sie zuckte zusammen und schaute hoch, hätte um ein Haar den Kalender fallen lassen. Blinzelte, aber da war das Fenster schon wieder leer. Trotzdem war sie sich sicher. Eine große, konturlose Gestalt hatte auf sie heruntergeschaut, wenn auch nur für eine Sekunde.

Sie hörte ein scharrendes Geräusch an der Eingangstreppe. Hastig stand Lilly auf, rannte mit pochendem Herz in die Diele und riss die Haustür auf, sah sich auf der kleinen Veranda um. Es war niemand da. Schnell steckte sie den Kalender in die Hosentasche, zog ihre Schuhe an. Aber als sie die Einfahrt hinunterlief, war auch die Straße verlassen, weit und breit war kein Mensch zu sehen. Das Adrenalin rauschte durch ihren Körper, sie sah sich noch einmal um. Aus dem Schneeregen war inzwischen kräftiger Schneefall geworden, auch der Wind frischte weiter auf, zerrte an ihren Haaren. Das nächstgelegene Haus war nur noch eine vage graue Kontur. Sie biss sich auf die Lippe, dachte, dass es natürlich auch ein neugieriger Nachbar gewesen sein konnte, der einen Blick durchs Fenster geworfen hatte. Jemand, der keine Lust hatte, ihr zu erklären, warum er sich an einem Tatort herumtrieb. Aber ihr Puls wollte sich einfach nicht beruhigen. Es waren zu viele solcher Vorkommnisse gewesen, als dass es Zufall oder Einbildung sein konnte. War der Mörder zurückgekehrt? Wurden sie beobachtet? Ihre Gedanken rasten.

Inzwischen musste Verstärkung unterwegs sein, dachte sie. Dem Mörder lief die Zeit davon, was ihn vielleicht gerade deshalb noch risikobereiter und gefährlicher machte. Sie schloss die Haustür hinter sich ab und achtete aufmerksam auf ihre Umgebung, ehe sie sich auf das Fahrrad setzte. Sie musste Liv und Mats zeigen, was sie gefunden hatte, aber das war nicht der Grund für ihre hastigen Bewegungen. Es war das wachsende Unbehagen, das ihre Beine ein ganzes Stück schneller in die Pedale treten ließ als zuvor.

54

Große, weiche Schneeflocken landeten auf Lillys Haaren und Schultern, als sie auf Valdemars Grundstück bog. Liv und Mats hatten Gesellschaft bekommen.

Vor dem Haus parkte ein weißes Wohnmobil, und Mats unterhielt sich gerade mit zwei Männern, die in der offenen Tür des beeindruckenden Gefährts standen. Als er Lilly bemerkte, drehte er sich um und hob hustend eine Hand zum Gruß. Ein kräftiger Schäferhund rannte auf der Wiese herum, er kam neugierig auf Lilly zu, als sie ihr Fahrrad abstellte, und schob seine Schnauze in ihre offene Hand. Sie streichelte dem Hund über den goldbraunen Kopf und ging dann zu Mats und seiner Gesellschaft. Seine Augen glänzten immer noch fiebrig, aber er schien guter Dinge zu sein.

»Das Problem ist gelöst«, sagte er. »Das hier sind Birger und Sigurd, sie wohnen am anderen Ende des Dorfs, wir sind früher zusammen auf die Jagd gegangen. Die beiden werden bis auf weiteres hier campieren.«

Die Männer, ausgestattet mit kernigen Outdoorklamotten, begrüßten sie.

Lilly lächelte und drückte ihnen die Hände, aber dann zog sie Mats ein Stück zur Seite.

»Du hast zwei Jäger angeheuert, um Valdemars Haus zu bewachen?«, fragte sie ihn mit gedämpfter Stimme. »Und was machen die beiden, wenn die fünf heute Nacht zurückkommen? Schießen sie dann scharf?«

Mats lächelte und wollte antworten, musste aber zuerst husten. »Höchstens ein Warnschuss.«

Sie sah ihm starr in die Augen, und er wurde schlagartig ernst.

»Wenn der Hund anschlägt, trauen sie sich hoffentlich gar nicht erst in die Nähe. Falls sie es überhaupt ein zweites Mal versuchen. Eine bessere Option haben wir nicht. Einsperren können wir sie nicht, und selbst bewachen können wir die Hütte auch nicht, dafür haben wir weder die Zeit noch die Leute.«

Lilly musste zugeben, dass er damit recht hatte.

»Wo ist Liv?«, fragte sie. »Ich muss euch etwas zeigen.«

Sie warfen einen Blick ins Haus und fanden Liv, ausgerüstet mit Haarnetz, Schuhschutz und Handschuhen, in Valdemars übel zugerichtetem Wohn-Schlafzimmer. Jemand hatte einen schwarzen Müllsack über das Loch in der eingeschlagenen Scheibe gespannt, der im Wind raschelte. Livs Gesicht hellte sich auf, als sie Lilly sah, und sie kam mit ein paar großen Schritten aus dem Chaos zu ihnen in den kleinen Hausflur.

»Alles ist fotografiert, drinnen und draußen. Außerdem habe ich einen Bericht über die Ereignisse der Nacht ins Handy getippt. Und ich habe Fingerabdrücke von der Fackel genommen, ich habe einen gefunden, der auf jeden Fall deutlich genug ist. Ich freue mich jetzt schon auf den Besuch bei Lars und seinen Kumpels, sobald die Verstärkung eingetroffen ist. Gleichzeitig habe ich mich hier auch noch nach Waffen, Blutspuren oder anderem umgeschaut, was Valdemar mit den Morden in Verbindung bringen könnte.«

Sie machte eine Pause, um Luft zu holen, zuckte mit den Schultern. »Ich kann zwar keine Spurensicherung ersetzen, aber Mats und ich waren uns einig, dass ich wenigstens versuche, das Wichtigste zu erledigen, nicht zuletzt, weil das Haus immer noch jederzeit in Flammen aufgehen könnte. Bislang habe ich allerdings nichts Belastendes gefunden.«

Sie gestikulierte in Richtung des schmalen Betts. »Ich habe hier drinnen noch ein paar Fingerabdrücke genommen, um sie mit den Abdrücken in Dörners Haus abzugleichen, sobald das wieder möglich ist. Für die DNA-Analyse nehmen wir die Zahnbürste mit«, beendete Liv ihren Bericht.

Erst jetzt schien sie Lillys angespanntes Gesicht zu bemerken.

»Was ist denn?«, fragte sie.

Im Schein von Mats' Taschenlampe zeigte Lilly ihnen den Taschenkalender, den sie gefunden hatte.

»Erinnerst du dich daran, dass Lars uns erzählt hat, Dörner hätte jede Kleinigkeit aufgeschrieben, als er ihm die Küche renoviert hat? Da ging es darum, dass Gunnar Dörner so ein Geizhals war.«

Liv schüttelte zögerlich den Kopf.

»Vielleicht, ich weiß nicht mehr.«

Lilly fuhr fort.

»Ich hatte gehofft, so etwas wie ein Tagebuch zu finden, etwas, das uns verraten würde, ob er vielleicht Feinde hatte. Ich dachte, dass der Mörder vielleicht auch nach solchen Dingen gesucht haben könnte. Aber dann … habe ich das hier hinter dem Bett gefunden.«

Mit behandschuhten Fingern schlug sie behutsam den Taschenkalender auf und blätterte bis zur Mitte vor. Dann fing es an:

24. Mai 20:30 Sverker
3. Juni 19:00 Emil
9. Juli 21:00 Joel
3. August 19:00 Sverker
20. August 21:00 Emil

21. September 19:30 Emil
22. September 20:00 Joel
2. Oktober 21:00 Emil
22. Oktober 21:30 Joel

Liv brach als Erste die Stille. Mit gerunzelter Stirn zeigte sie auf eine Seite.

»Emil und Sverker. Sind das … Emil Niskanen und Sverker Persson?«

Sie sah die anderen an. Verwirrte Gesichter im Schein der Taschenlampe.

»Wenn es so ist, dann lebt dieser Joel gefährlich, wer auch immer das ist«, sagte Lilly.

Plötzlich glomm ein Funke in Livs Blick auf.

»Joel! Hieß so nicht dieser Typ, der mit dem Trupp Frauen bei uns im Büro aufgekreuzt ist?«

Lilly nickte angespannt.

»Das stimmt! Wir müssen mit ihm reden.«

Mats fuhr sich über den kurz geschorenen Kopf, legte die Stirn in tiefe Falten.

»Aber worum könnte es dabei gehen? Gunnar war ja Maler, vielleicht waren das alles …« Er stutzte. »Obwohl, ne, nicht um die Uhrzeit. Kein Handwerker nimmt einen Job um neun Uhr abends an, wenn es nicht ein sehr spezieller Auftrag ist.«

»Es sieht schon irgendwie geschäftlich aus«, sagte Liv. »Könnte er irgendeinen Nebenerwerb betrieben haben, von dem wir nichts wissen? Schwarzbrennerei oder etwas in der Art?«

Mats schüttelte den Kopf.

»Dafür gibt es keine Hinweise«, sagte er. »Keine Ausrüstung, nirgends ein Lager, und wenn er irgendwelche Extraeinnahmen hatte, dann in Form von Bargeld, denn in seinen Kontoauszügen war auch nichts in dieser Richtung zu finden. Zumindest nichts, was uns stutzig gemacht hat.«

»Der letzte Eintrag ist am 22. Oktober. Und das Komische ist, dass der Kalender ansonsten vollkommen leer ist. Außer diesen Namen und den Uhrzeiten steht absolut nichts drin«, sagte Lilly.

»Das könnte bedeuten, dass der Mörder vielleicht doch auf der Suche nach genau diesem Kalender war und die Namen und Urzeiten irgendeine Bedeutung haben.«

»Wenn sie nicht doch nur auf ein Nebengeschäft hinweisen«, warf Liv ein. »Aber egal wie, der Kalender belegt eindeutig, dass eine Verbindung zwischen den ermordeten Männern und diesem Joel besteht.«

Im selben Moment fiel Lilly siedend heiß ein, dass sie ganz vergessen hatte, den beiden von ihrem anderen Erlebnis zu erzählen. Ihr Befremden über Mats' Idee mit den Jägern hatte sie so abgelenkt, dass sie gar nicht mehr daran gedacht hatte. Der Schatten, der über ihr aufgetaucht war, das Unbehagen, das sie begleitet hatte, als sie wie gehetzt mit dem Rad zurückgefahren war.

»Wartet, da ist noch eine Sache. Als ich in Dörners Haus war, hat mich jemand beobachtet.«

Lilly runzelte die Stirn.

»Jemand?«

»Es war höchstens eine Sekunde. Die Person muss draußen auf der Veranda gestanden haben, als ich in der Küche saß. Aber bis ich draußen war, war sie längst weg.«

Mats rieb sich den Schweiß von der Stirn, seufzte schwer.

»Dass du unbedingt alleine da rausmusstest, war einfach nur dumm. Ab sofort bleibt ihr zusammen, verstanden?«

Sie nickten.

»Hast du eine Ahnung, wie die Person aussah? Mann? Frau?«, fragte Liv.

Lilly schüttelte den Kopf.

»Nein, dafür ging es zu schnell. Dunkle Kleidung, glaube ich. Vielleicht eine Kapuze. Groß. Das ist alles, was ich erkennen konnte.«

»Was, wenn es Valde–«

Mats brachte seinen Satz nicht zu Ende, sondern fing stattdessen heftig an zu husten, es rasselte tief unten in seiner Lunge. Er ging in die Hocke, keuchte.

»Verdammt, Mats, du gehörst ins Bett«, sagte Liv besorgt. »Hätten wir nicht ein Neugeborenes im Haus, dann könntest du ja bei uns schlafen, aber Malin dreht durch, wenn wir einen kranken Kollegen bei uns einquartieren.«

Mats machte eine abwehrende Geste.

»Lass gut sein«, sagte er heiser. »Ihr müsst euch jetzt auf die Ermittlungen konzentrieren.«

Lilly packte den Taschenkalender in eine Plastiktüte und schob ihn in die Innentasche ihrer Jacke.

»Wir wissen, mit wem wir als Nächstes sprechen müssen. Mit Klara, ob sie etwas über diesen Kalender weiß. Und mit diesem Joel. Das ist ja kein wahnsinnig verbreiteter Name, also wie viele Joels kann es in so einem kleinen Dorf schon geben? Wir finden ihn bestimmt im Telefonbuch. Und du«, schloss sie an Mats gewandt, »fährst jetzt auf direktem Weg irgendwohin, wo es warm ist und legst dich ins Bett. Und keine Widerrede.«

Ausnahmsweise erhob der hartgesottene Kommissar keine Einwände.

55

Jesper wachte auf, als das fahle Morgenlicht in die Hütte kroch. Er schreckte hoch und fluchte leise.

»Ich wollte mich doch nur ein Stündchen ausruhen. Du brauchst einen Arzt.«

Robert sah ihn an und lächelte trotz schmerzverzerrter Grimasse.

»Ich habe dich schlafen lassen, du warst so müde. Du hast gestern geschuftet wie ein Tier.«

In aller Hast sammelte Jesper seine Ausrüstung zusammen, sorgte dafür, dass Robert Wasser zu trinken hatte und steckte sein Handy, das immer noch keinen Empfang hatte, in den Rucksack. Versuchte, sich zu konzentrieren. Sein Körper fühlte sich nach den Anstrengungen des Vortags steif an.

»Warum warst du eigentlich auf dem Weg nach Skageby?«, fragte Robert, plötzlich neugierig.

Jesper zog den Reißverschluss seiner Jacke hoch, stellte den Gurt seines Rucksacks ein. Warf dem verletzten Mann einen kurzen Blick zu.

»Meine Freundin ist dort, Lilly. Sie ist Polizistin.«

Robert stutzte, machte Anstalten, sich hochzudrücken, brach den Versuch allerdings schnell wieder ab.

»Aber – Lilly! Lilly Hed, wir arbeiten zusammen. Ich bin auch Polizist. Wir sind seit Tagen isoliert, der Sturm hat alles lahmgelegt, auch die Zufahrtsstraßen sind blockiert. Ich war unterwegs, um Alarm zu schlagen und Verstärkung zu organisieren.«

Was er dann berichtete, schockierte Jesper. Er erzählte von einem Mörder, der erneut zugeschlagen hatte, während im Dorf weder Strom noch Telefon zur Verfügung standen. Von Dunkelheit und Chaos. Von Menschen, die einander ausgeliefert waren.

Jetzt war Jesper auf dem Weg. Der Schnee peitschte ihm eisig ins Gesicht. Die Haut fühlte sich taub an. Er lief so schnell, dass seine Lunge brannte, folgte der Landstraße in Richtung Schnellstraße. Um Hilfe für Robert zu holen. Und Hilfe für Lilly.

56

Liv und Lilly nahmen den Wagen. Die Scheibenwischer hatten pausenlos zu tun, um die schmelzenden Schneeflocken von der Windschutzscheibe zu schaufeln. Der Nachmittagshimmel war grau. Liv trug Wollsocken in ihren Stiefeln, stellte die Füße auf das Armaturenbrett und zog die Schnürsenkel nach. Lilly unterdrückte ein missbilligendes Knurren über die Spuren, die ihre dicken Sohlen hinterließen.

Ein Nachbar machte ihnen zufällig die Tür auf, als sie an dem Mehrfamilienhaus ankamen.

Es schien niemand zu Hause zu sein, als sie bei Klara anklopften, also fuhren sie auf gut Glück weiter zu der Person, von der sie wussten, dass Klara sich oft bei ihr aufhielt: Stina Rudberg. Sie waren zu dem Schluss gekommen, dass es sicher kein Fehler war, vor dem Gespräch mit Joel zunächst ein paar Informationen zu sammeln. Wusste Klara womöglich von der Verbindung zwischen diesen drei Männern und ihrem Vater?

Als sie am Haus der Pastorin ankamen, stieg Rauch aus dem Schornstein, kleine Wölkchen, die in den Himmel schwebten. Ein Zeichen, dass zumindest die Hausherrin anwesend war.

Als sie klingelten, waren drinnen schnelle Schritte zu hören, zu schnell für eine gehbehinderte alte Frau. Die Tür ging auf, und vor ihnen erschien Klara, mit einer Strickjacke über dem Pflegekittel. Lilly erinnerte sich daran, dass Klara früher Model gewesen war, »ein bildhübsches Mädchen«, aber außer der stattlichen Größe war von dem einstigen Glanz nicht mehr viel übrig. Sie sah müde und abgekämpft aus, die unnatürlich blonden Haare waren zu einem nachlässigen Knoten zusammengebunden. Vermutlich war auch ihr Job mühsamer und belastender geworden, seit alle modernen Hilfsmittel ausgefallen waren, dachte Lilly.

»Oh, hej, was machen Sie denn hier?«, begrüßte Klara sie überrascht. »Wir hatten hier gerade ein kleines Drama. Als ich gekommen bin, war Stina nicht da. Das kommt normalerweise nie vor. Irgendwann hab ich sie dann im Garten hinter dem Haus entdeckt. Sie war draußen, um die Vögel zu füttern, und ist gestürzt.«

Lilly spähte in die dunkle Diele.

»Oh je, geht es ihr gut?«

»Die Hüfte tut weh, aber sonst ist alles in Ordnung. Eine Jacke hatte sie auch nicht an. Es war großes Glück, dass ich sie so schnell gefunden habe. Aber ich weiß nicht, ob sie heute die Kraft hat, Gäste zu empfangen.«

Sie senkte die Stimme.

»Seit wir so abgeschnitten sind, ist ein Sturz für einen alten Menschen ja noch beängstigender als ohnehin schon, denke ich mir«, sagte sie voller Mitgefühl.

Ihr Blick füllte sich mit Wärme, sie schien regelrecht von innen heraus zu leuchten, wenn sie von der ehemaligen Pastorin sprach. Lilly dachte, dass Klara erstaunlich viel Anteil am Leben der alten Leute nahm, um die sie sich kümmerte, erst recht, wenn man bedachte, dass sie ihren Kummer sonst gerne im Pub ertränkte. Aber vielleicht half ihr die Arbeit auch, mit den eigenen Sorgen fertigzuwerden, überlegte sie und machte sich gedanklich eine Notiz, dass sie herausfinden sollten, was Klara so sehr belastete.

Dann hörten sie eine strenge Stimme im Haus:

»Du musst nicht flüstern, ich liege nicht im Sterben.«

Sie mussten alle drei grinsen.

»Zum Glück nicht«, rief Klara in Richtung Wohnzimmer.

»Mit Glück hat das nichts zu tun. Der Name des Herrn ist eine feste Burg, der Gerechte läuft dorthin und wird beschirmt«, erwiderte Stina und fügte neugierig hinzu: »Mit wem redest du?«

»Die beiden Kommissarinnen aus Stockholm sind hier«, antwortete Klara.

»Tatsächlich sind wir eigentlich gekommen, um mit Ihnen zu sprechen«, warf Lilly schnell ein.

Klara runzelte die Augenbrauen.

»Mit mir? Okay. Ich bin gleich wieder da«, rief sie ins Haus, zog die Tür zu, wickelte die Jacke enger um den großen, hageren Körper und trat unter das Vordach der Veranda. »Worum geht es denn? Um meinen Vater?«

»Ja, genau«, sagte Liv und stellte sich zu ihr. »Wir wollten Ihnen etwas zeigen.«

Lilly zog den Kalender aus der Tasche und blätterte im Schutz des Daches zu den Tagen mit den Einträgen vor.

»Den hier haben wir im Haus Ihres Vaters gefunden. Er ist von 2003. Wissen Sie, warum Ihr Vater diese Namen notiert hat, wiederkehrend mit Uhrzeiten?«

Klara wirkte überrascht. Sie beugte sich vor und sah sich die Seiten an, ein paar silberblonde Strähnen lösten sich aus ihrem Dutt und fielen ihr auf die Schulter.

»Nein … Oder … Das sind ja Männer, die hier im Ort wohnen. Aber das ist lange her. 2003. Da war ich fünfzehn, sechzehn Jahre alt. In dem Winter bin ich nach Stockholm gezogen, um zu pauken und zu modeln, und dachte, ich hätte dieses Kaff für alle Zeiten hinter mir gelassen.« Verbitterung schwang in ihrer Stimme mit.

War es das, was sie quälte?, dachte Lilly. Vielleicht waren es wirklich nur die Träume, die sie nie verwirklichen konnte.

»Vielleicht hat mein Vater mit ihnen zusammengearbeitet«, überlegte Klara weiter.

Dann erstarrte sie.

»Aber Moment mal, Sverker und Emil, die beiden sind doch tot!«

Erschrocken sah Klara sie an.

»Genau deshalb versuchen wir herauszufinden, welcher Zusammenhang hier besteht«, sagte Lilly. »Haben Sie eine Ahnung, worum es an diesen Tagen gegangen sein könnte?«

Klara schüttelte langsam den Kopf.

»Nein, das heißt … mein Vater hat ein paar Jahre im Verein Fußball gespielt, vielleicht hat es damit etwas zu tun?«

Lilly und Liv wechselten einen enttäuschten Blick. Konnte es wirklich so harmlos gewesen sein, dass es nur darum ging, wer wen zum Training abholte? Aber was dann geschah, ließ sie alle Gedanken verwerfen, die in eine solche Richtung führten.

Klaras Augen weiteten sich, und sie holte so tief Luft, dass ihre Lunge pfiff. Aus ihren ohnehin schon blassen Wangen schien auch noch die letzte Farbe zu entweichen. Sie legte eine Hand an die Hauswand, als suchte sie irgendwo Halt.

»Was ist los?«, fragte Liv scharf, während Lilly versuchte, den Ausdruck in den Augen der gleichaltrigen Frau zu deuten. War es … Schock? Wut? Klara öffnete den Mund.

»Ich …«

Im selben Moment wackelte die Küchengardine hinter ihnen und wurde zur Seite geschoben. Wache Augen blickten sie an. Bei der pensionierten Pastorin, die sie durch das Fenster musterte, schien die Neugier über die Erschöpfung gesiegt zu haben.

»Oh, nein! Nicht, dass sie wieder fällt und sich weh tut«, sagte Klara und schien ihr Gleichgewicht wiedergefunden zu haben. Sie eilte ins Haus, ohne die Tür hinter sich zuzumachen.

»Kannst du nicht ein bisschen langsam machen, wo du doch gerade erst gestürzt bist?«, hörten sie Klaras mahnende Stimme.

»Ich bekomme langsam Hunger und wollte dich bitten, mir etwas zu essen zu machen«, verteidigte sich die alte Dame.

Liv und Lilly traten in die Diele und begrüßten Stina, die von Klara gestützt aus der Küche kam.

»Der Rücken ist heute gar nicht auf meiner Seite«, sagte sie. Ihr Ton war munter, aber ihr war anzusehen, dass sie Schmerzen hatte. »Seit dem Autounfall ist das einfach manchmal so, wissen Sie. Mal habe ich gute Tage, mal nicht so gute.«

Lilly sah, wie Liv eine bedauernde Miene aufsetzte, aber sie merkte auch, dass ihre Kollegin vor Ungeduld brannte. Klaras Reaktion hatte darauf hingedeutet, dass ihr etwas bewusst geworden oder vielleicht wieder eingefallen war. Etwas Wichtiges. Klara und Stina verschwanden im Wohnzimmer.

»Warte hier am Ofen, ich kümmere mich um das Essen. Bist du mit einer Suppe einverstanden?«, hörten sie Klara mit sanfter Stimme fragen.

»Was würde ich nur ohne dich tun?«, fragte Stina liebevoll.

Klara erschien wieder in der offenen Tür.

»Ich denke, wir sind ohnehin fertig für heute.«

»Aber sind Sie sicher, dass Sie nicht …«, setzte Liv an, sichtlich enttäuscht.

»Ich habe nichts mehr zu diesen Einträgen zu sagen. Es ging bestimmt um Fußball, das besprechen Sie am besten mit Joel«, sagte Klara. Ihr Gesicht war verschlossen, kühl wie ein Eisblock. Dann verschwand sie.

Lilly zog die Haustür hinter ihnen zu.

»So ein Mist, dass die Pastorin uns unterbrochen hat«, sagte Liv verärgert.

»Klara ist irgendetwas eingefallen. Sie sah aus, als hätte sie ein Gespenst gesehen«, stimmte Lilly ihr zu.

»Aber warum will sie nicht mit uns reden?«

57

Sie mussten das alte Telefonbuch kein zweites Mal hervorkramen. Maria aus dem Pub beschrieb ihnen den Weg zu Joel Prellberg, 62, einem gewerblichen Verkäufer, der von zu Hause aus arbeitete. Geschieden seit 2001, im selben Jahr war er laut Maria nach vielen Jahren in Stockholm auch nach Skageby zurückgezogen. Prellbergs Sohn war erwachsen und lebte in Stockholm.

Während das Auto über den verschneiten Asphalt rollte, dachte Liv, dass Maria ein wandelndes Lexikon über die Beziehungen in diesem Dorf war. Genau die Art von Quelle, die man brauchte, um das Puzzle bei einer Ermittlung zu vervollständigen. Die dunkelhaarige Frau hatte sich auch nach Valdemar erkundigt, und ihre Stimme klang nach echter Sorge. Leider hatten sie keine Antwort auf ihre Frage gehabt. Von den Jägern, die Valdemars Haus bewachten, hatten sie noch den Tipp bekommen, dass es am Ortsrand einen stillgelegten Campingplatz gab, den Liv und Lilly auch direkt aufgesucht hatten, aber ohne Erfolg. Es erschien immer unwahrscheinlicher, dass es Valdemar gelungen sein sollte, in einem kleinen Ort wie diesem über mehrere Tage unterzutauchen. Erst recht, wenn man bedachte, dass sich kein halbwegs intelligenter Mensch im Moment in den Wald trauen würde. Also hatte er Skageby vielleicht doch schon vor dem Unwetter verlassen? Liv wusste schon gar nicht mehr, wohin mit ihrer Ratlosigkeit, und sie seufzte frustriert. So viele Einbahnstraßen, die sich in dieser Ermittlung inzwischen aufgetan hatten, so viele unbeantwortete

Fragen. Normalerweise hätte sie ihre Ungeduld mit einem knallharten Training gelindert, aber es gab keine Zeit für Pausen. Schon gar nicht, nachdem Mats krank geworden war und die Verstärkung weiter auf sich warten ließ. Alle Verantwortung lastete auf ihren Schultern.

Joel Prellbergs Haus war grün gestrichen mit weißen Fensterläden, umgeben von spärlichen Beeten und einem zerzausten Rasen. Sie fuhren daran vorbei und stellten das Auto um die Ecke ab. Sie gingen das kurze Stück zurück und an dem silbergrauen Mazda vorbei, der in der Auffahrt parkte. Die Garage stand offen, darin brummte ein Dieselgenerator, Kabel führten über die Steinplatten zum Haus, das in der Nachmittagsdämmerung einladend beleuchtet war. Es sah ganz so aus, als ob jemand zu Hause wäre.

Liv ging hoch auf die Veranda, bediente den Türklopfer, der die Form eines Löwenkopfs hatte. Die Schläge hallten zwischen den Häusern wieder. Lilly stand hinter ihr.

»Das hat er garantiert gehört, selbst wenn er gerade ein Schläfchen macht.«

Eine Minute verstrich, dann noch eine. Liv klopfte noch einmal.

Ein ungutes Gefühl machte sich in ihrer Magengegend breit. Ihr Puls stieg. Erinnerungen an den Besuch bei Sverker Persson drängten sich auf. Sein toter, entstellter Körper im Bett. Die blutigen Laken. Sie drehte sich um.

»Verdammt, Lilly, was ist, wenn wir zu spät gekommen sind? Was, wenn uns dasselbe erwartet wie beim letzten Mal?«

Ihre Partnerin hegte offenbar dieselben Befürchtungen, und diesmal schien sie keine Bedenken zu haben, was das Eindringen in Prellbergs Haus betraf.

»Wir gehen rein.«

Liv drückte die Klinke herunter. Rief in den Hausflur.

»Hier ist die Polizei! Mein Name ist Liv Kaspi, ist jemand zu Hause? Herr Prellberg?«

Keine Antwort. Nur ein seltsames Brummen, das durch das ganze Haus zu vibrieren schien.

Lampen leuchteten. Das Haus war rustikal eingerichtet, mit Tierfellen auf dem Boden, breiten Bücherregalen und Deckenpaneelen aus dunklem Holz mit diskret eingelassenen Spotlights. Die Bilder an den Wänden zeigten Jagdmotive.

Sie gingen weiter, bewegten sich vorsichtig, nahmen die Taser aus den Holstern. Riefen abwechselnd, bekamen aber keine Antwort. Das Brummen wurde immer lauter. Lilly zeigte auf den Boden, und Liv nickte. Sie hatte es auch gesehen. Unter der Treppe befand sich eine verschlossene Luke. Von dort schien das Geräusch zu kommen.

Sie stellten sich links und rechts daneben, Liv ging in die Hocke, griff nach dem Ring und öffnete die Klappe. Das Brummen wurde durchdringend, es klang wie eine Kreissäge, die sich durch hartes Material fraß.

Eine schmale Stiege führte nach unten in einen Heizungskeller. Auch hier brannte das Deckenlicht, und sie riefen, wieder ohne Antwort.

Liv stand unter Hochspannung, spürte ihren Herzschlag jetzt im ganzen Körper. Rein logisch betrachtet, war Joel dort unten und arbeitete, aber vor ihrem inneren Auge tauchten albtraumhafte Bilder auf. Sie ging vor, Lilly folgte dicht hinter ihr. Der Raum wurde von einer einsamen Glühbirne schwach beleuchtet, Rohre und Leitungen zierten neben Werkzeugen die Wände, auf dem Boden stapelten sich Umzugskartons voller Gerümpel, daneben stand eine vollkommen überladene Werkbank.

Als Liv um die Kellerstiege herumging, sah sie ihn. Ein groß gewachsener Mann in Kapuzenpulli und Arbeitshose stand gebückt vor zwei Sägeböcken. Er hatte ihnen den Rücken zugekehrt und trug einen Gehörschutz. Liv machte ein paar Schritte zur Seite und seufzte erleichtert, als sie erkannte, dass es tatsächlich Joel war, der Mann, der bei ihrer ersten Begegnung so hitzköpfig gewesen war. Er war völlig vertieft damit beschäftigt, mehrere Bretter zurechtzusägen. Liv steckte den Taser wieder ein und gab Lilly ein Zeichen zu warten, bis Joel fertig war. Einen Mann zu überraschen, der gerade eine Kreissäge bediente, war eindeutig keine gute Idee.

Sie standen schweigend da. Warteten, bis die Säge stoppte und der Gehörschütz von dem hellbraunen Haarschopf geschoben wurde. Als Joel sich umdrehte, wich er erschrocken zurück. Griff sich an die Brust.

»Was zur Hölle soll das?! Was machen Sie hier?«, brüllte er.

Lilly hob entschuldigend die Hände, und erst da schien er sich an sie zu erinnern.

»Die Polizei? Was wollen Sie von mir?«

»Entschuldigen Sie unser Eindringen«, sagte Lilly. »Wir sind ins Haus gekommen, weil wir uns Sorgen um Ihre Sicherheit gemacht haben.«

Er runzelte die Stirn, legte sich den Gehörschutz in den Nacken.

»Um meine Sicherheit?«

»Können wir uns setzen?«, fragte Lilly. »Es gibt etwas, worüber wir mit Ihnen reden müssen.«

Joel führte sie die schmale Treppe nach oben ins Wohnzimmer. Liv sah sich um, staunte über die Magie eines warm erleuchteten Heims, die der Luxus eines eigenen Stromgenerators mit sich brachte. Sogar die kleinen Lampen über den Bildern brannten, das

Licht wirkte geradezu verschwenderisch. Sie setzten sich jede auf einen Sessel, Joel nahm Platz auf dem Sofa, fuhr sich mit den Händen durch die borstigen Haare, bevor er die Arme vor der Brust verschränkte. Seine gesamte Haltung strahlte Ablehnung aus. Hinter ihm hing ein Bild von einem gehetzten Fuchs, den gerade sein Schicksal ereilte.

»Schießen Sie los. Worum geht es hier?«

Lilly zog Gunnars Kalender heraus. Legte ihn auf den niedrigen Holztisch, schlug die Seiten mit den Einträgen auf.

»Das haben wir im Haus von Gunnar Dörner gefunden.«

Auf der Fahrt hierher hatten sie und Liv darüber gesprochen, ob es ein strategischer Nachteil sein könnte, ihm den Taschenkalender zu zeigen. Oft war es klüger, während der Ermittlungen die Karten dicht am Körper zu halten, auf keinen Fall zu früh zu viel zu verraten. Aber von den notierten Namen lebte nur noch eine Person, die ihnen den Zusammenhang erklären konnte.

Joel angelte seine Lesebrille aus der Brusttasche, setzte sie auf, rutschte auf dem Sofa nach vorn und betrachtete den Kalender. Sein Gesicht verriet Irritation und Widerwillen, seine Lippen waren zusammengepresst, als ob nichts, was sie ihm zeigen würden, je rechtfertigen würde, dass die Polizei unerlaubt in sein Haus eingedrungen war.

Aber dann weiteten sich seine Augen. Lilly dachte sofort, dass sie dieselbe Veränderung eine knappe Stunde früher bereits in Klaras Gesicht beobachtet hatte. Schock. Wut. Etwas Drittes, das sie nicht deuten konnte. Joels Kopf lief feuerrot an.

Liv beugte sich vor, die Unterarme auf die Knie gestützt und sah ihn durchdringend an.

»Was zur Hölle hat das zu bedeuten?«

Joels Hände zitterten leicht, er setzte seine Lesebrille ab, setzte sie wieder auf. Las wieder, was in dem Kalender stand, und ließ sich dann mit einer heftigen Bewegung auf dem Sofa zurücksinken, als wollte er so weit wie möglich von dem kleinen Heft wegkommen. Er schwitzte.

Livs Stimme war harsch.

»Gunnar Dörner ist tot. Emil Niskanen ist tot. Sverker Persson ist tot. Wer in diesem Buch steht, scheint kein sehr langes Leben zu haben. Also entweder sieht es schlecht für Sie aus… oder aber wir sollten vielleicht gerade Sie bei unseren Nachforschungen ein bisschen genauer unter die Lupe nehmen. Ich sehe Ihnen ja an, dass Sie wissen, worum es hier geht. Also spucken Sie es schon aus, Prellberg.«

Seine Hände zitterten immer noch, als er sich schließlich entschied, die Lesebrille doch abzusetzen. Er fuhr sich mit dem Unterarm über das Gesicht, drehte die Brillenbügel zwischen den Fingern.

»Ich …«

Er räusperte sich.

Liv konnte richtig sehen, wie die Zahnräder hinter seiner Stirn ratterten. Wie er innerlich taumelte. Und dann eine Entscheidung traf. Die roten Flecken auf seinen Wangen waren ein wenig blasser geworden. Er räusperte sich wieder.

»Das hier ist …« Er zeigte auf den Kalender. »Wir haben uns ab und zu zum Kartenspielen getroffen. Ich … es ist einfach furchtbar schmerzhaft für mich, das so aufgeschrieben zu sehen. Daran erinnert zu werden, dass sie alle nicht mehr unter uns sind.«

Liv verschränkte die Hände vor ihrem Knie.

»Haben Sie um größere Summen gespielt? Haben Sie Schulden, Prellberg?«, fragte sie.

Jetzt wurde er blass statt rot. Schien zu erkennen, dass er als

Einziger aus dem Quartett, der noch am Leben war, vielleicht doch kein gutes Blatt auf der Hand hatte.

»Nein, nein, gar nicht«, widersprach er hastig. »Wir haben um Kleingeld gespielt. Wir waren einfach nur ein paar Kumpel, die gern Karten gespielt haben. Sverker war ja nun mal, wie er war...« Er bemerkte Livs fragenden Blick und beeilte sich, deutlicher zu werden: »Na ja, er war ein bisschen eigensinnig und hat gern mal zu tief ins Glas geschaut, aber wir hatten Spaß. Und wir haben uns abgewechselt, bei wem wir uns zum Spielabend getroffen haben.«

»Wie lange ging das so?«

»Das wird etwa ein Jahr gewesen sein.«

Liv und Lilly sahen sich an. Sie hätte einen Jahreslohn darauf verwettet, dass Joel log.

Aber er präsentierte ihnen eine plausible Erklärung. Die späten Uhrzeiten, die Namen, die sich in regelmäßigen Abständen wiederholten, natürlich war es denkbar, dass es sich dabei um Spieleabende gehandelt hatte. Aber der ängstliche Ausdruck in Prellbergs Augen und das nervöse Herumgefummel an seiner Brille schrien geradezu Lüge, und zwar laut und deutlich.

»Und warum haben Sie damit aufgehört?«, fragte Lilly.

Er zuckte mit den Schultern.

»Es kam wohl irgendwas dazwischen. Die Arbeit. Ich erinnere mich nicht mehr so genau. Sie wissen doch, wie das ist. Was hält schon für immer«, sagte er und versuchte sich an einem Lächeln, das nicht so richtig zu seiner schweißnassen Stirn passen wollte.

»Und warum haben Sie uns nicht schon früher davon erzählt?«

Wieder Schulterzucken.

»Ich ... äh, dachte wohl, das wäre nicht wichtig. Das ist ja schon so viele Jahre her. Und hier kennt ja auch so eigentlich jeder jeden.«

Er stand auf, seine Körpersprache signalisierte deutlich, dass das Gespräch an dieser Stelle beendet war.

»Es tut mir leid, dass ich Ihnen keine große Hilfe war. Aber jetzt habe ich zu tun.«

Lilly war im Begriff aufzustehen, aber Liv blieb sitzen. Sprach leise, aber bestimmt.

»Herr Prellberg, drei Männer sind gestorben. Emil Niskanen und Sverker Persson mit nur einem Tag Abstand. Wenn Sie etwas wissen, dann müssen Sie es uns sagen. In Ihrem eigenen Interesse.«

Sein Gesicht war ausdruckslos, sein Ton unbeschwert.

»Wenn mir noch etwas einfällt, dass Sie weiterbringen könnte, dann werde ich mich selbstverständlich bei Ihnen melden. Schönen Sonntag noch.«

Lilly schnappte sich den Taschenkalender, ließ ihn zurück in die Plastiktüte gleiten.

»Dann vielen Dank«, sagte Liv kurz angebunden.

Als die Haustür hinter ihnen zufiel, drehte sie sich zu Lilly um.

»Sobald wir wieder Internet haben, ist seine finanzielle Situation das Erste, was ich überprüfe«, sagte sie leise, damit es drinnen im Flur nicht zu hören war. »Was auch immer es mit diesen ›Spieleabenden‹ auf sich hatte, es war offensichtlich Grund genug, dass er sich gerade gewunden hat wie ein Wurm.«

Lilly seufzte zustimmend.

»Er verheimlicht uns etwas. So viel ist klar.«

Sie bogen um die Hecke, setzten sich ins Auto. Liv steckte den Schlüssel in die Zündung, aber Lilly stoppte sie, ehe sie den Motor anlassen konnte.

»Warte noch kurz. Die Telefone funktionieren ja immer noch nicht. Wenn Joel mit jemandem über das, was er gerade gesehen hat, reden will, dann muss er das Haus verlassen. Und vielleicht ist diese Person unser nächstes Puzzleteil. Lass uns der Sache doch einfach einen Moment geben.«

Liv nickte, ließ sich in den Sitz zurücksinken. Sah zu, wie Schneeflocken und Regentropfen im Wechsel auf der Scheibe landeten. Sie mussten sich nicht lange gedulden. Nach 15 Minuten rollte Prellbergs silbergrauer Mazda aus der Auffahrt. Liv ließ ein paar Sekunden verstreichen, dann startete sie den Motor des zivilen Polizeifahrzeugs und folgte ihm in sicherem Abstand.

58

Jesper hatte gewunken, gerufen und die Autofahrer verflucht, die, ohne anzuhalten, an ihm vorbeigerauscht waren und seine Klamotten mit Matsch vollgespritzt hatten, weil sie ihm nicht weit genug ausgewichen waren. Nach einer Weile war er dazu übergegangen, auf sein iPhone zu starren und sich über das fehlende Netz zu ärgern.

Schließlich hielt ein schmutzig brauner Jeep am Straßenrand an. Ein braunäugiger Mann in Jagdkleidung, die langen strähnigen Haare zu einem Zopf geflochten, schlug die Beifahrertür auf.

»Du siehst aus, als wärst du im Krieg gewesen, Kumpel«, kommentierte er die ramponierte Erscheinung des Feuerwehrmanns.

»Ich muss telefonieren«, erklärte Jesper atemlos. »Es geht um einen Notfall, eine verletzte Person.«

»Oha. Steig ein. Ich habe es nicht eilig, ich bringe dich irgendwohin, wo du Empfang h-h-h-ast«, sagte sein Wohltäter besorgt.

Jesper bedankte sich für die Hilfsbereitschaft und richtete konzentriert den Blick auf sein Handydisplay.

Ein Kilometer flog vorbei, dann noch einer. Hoch und dunkel ragten die Bäume entlang der Straße auf, überall waren die Spuren des Sturms zu sehen. Umgestürzte Stämme, aufgeschichtetes Bruchholz, das bereits von der Straße geräumt worden war. Der Fahrer neben ihm saß lässig am Steuer, so entspannt, als würde er jeden Tag mit seinem Auto verdreckte Fremde aufsammeln. Plötzlich leuchtete der kleine Bildschirm in Jespers Hand auf und zeigte Nachrichten an, sowohl von der Arbeit als auch von Freunden. Hastig überflog er sie. Von Lilly war keine dabei.

Mit Fingern, die vor Anspannung zitterten, wählte er die Nummer der Notrufzentrale. Stellte sich vor, begann mit seinem Bericht über den kritischen Zustand des Polizisten Robert. Bat um einen Rettungshubschrauber, so schnell wie möglich. Dann wechselte er das Thema und fasste zusammen, was ihm von Roberts Schilderung in Erinnerung geblieben war. Die beiden Morde in Skageby, seit der Ort durch den Sturm von der Außenwelt abgeschnitten war. Dass es kaum möglich war, die nötigen Untersuchungen durchzuführen, weil es an Technik und Mitarbeitern fehlte.

Aus den Augenwinkeln merkte Jesper, wie der Fahrer den Kopf drehte und ihn schockiert ansah.

Er beendete das Gespräch, nachdem er sich noch einmal versichert hatte, dass Hilfe auf dem Weg war.

Für einen Moment füllte fassungslose Stille den Wagen, dann fand der Fahrer seine Sprache wieder.

»I-ich komme aus Skageby. Was hast du da gerade gesagt? Wer ist tot?«

»Ich weiß keine Details«, sagte Jesper bedauernd.

Der Mann schüttelte den Kopf, als könnte er immer noch nicht glauben, was er gerade gehört hatte.

»Ich bin kurz vor dem Unwetter von zu Hause weggefahren. Mein Auto war zur Reparatur in der Werkstatt in Lycksele. Ich wollte es eigentlich nur abholen. Und als der Sturm vorbei war, konnte ich immer noch nicht zurück, weil die Straßen block-kkiert waren. Heute wollte ich es erneut versuchen. Aber ich scheine ja … eine Menge verpasst zu haben.«

Jesper fiel plötzlich auf, dass er sich ja noch gar nicht vorgestellt hatte, in der ganzen Aufregung hatten Umgangsformen keine Rolle mehr gespielt.

»Ach übrigens, ich heiße Jesper.«

Er reichte dem Mann die Hand, der die Geste mit festem Druck erwiderte.

»Ich heiße Valdemar.«

59

Zwischendurch mussten sie Joel Prellberg etwas mehr Vorsprung lassen, damit er nicht merkte, dass er verfolgt wurde. Sie ließen einen blauen Volvo überholen, der ihnen als Schutzschild diente, während sie an Einfamilienhäusern, Garagen und Wohnblocks vorbeifuhren. Ein grauer Schleier schien über Skageby zu hängen. Dunkle Wolken zogen über den Himmel, die Vorstellung, dass sich irgendwo dort oben eine wärmende Sonne befinden sollte, kam Lilly geradezu absurd vor.

Der Mazda bog in eine Nebenstraße und von dort in eine Auffahrt. Liv, die sich gerade noch ganz und gar auf das Auto direkt vor ihnen konzentriert hatte, reagierte als Erste. Sie richtete sich auf, hob die Stimme.

»Aber hier wohnt doch Klara!«

In Gedanken versuchte Lilly vergeblich, das Puzzle zusammenzusetzen. Was konnte Joel von Klara wollen? Er parkte nachlässig, mindestens einen halben Meter vom Bordstein entfernt, vor dem grauen Mehrfamilienhaus.

Die meisten Fenster der Wohnanlage waren dunkel, nur vereinzelt spiegelte sich ein matter Lichtschein in den Scheiben. Joel Prellberg stieg aus und stürmte mit großen Schritten auf das Haus zu, begegnete einer Frau, die gerade auf dem Weg nach draußen war, drängelte sich an ihr vorbei und verschwand im Treppenhaus. Die schwere Holztür fiel hinter ihm zu.

Sie stellten den Wagen ab, folgten ihm zum Hauseingang. Liv

fluchte, und Lilly wurde schnell klar, worüber sie sich ärgerte. Am Vormittag hatten sie Glück gehabt und waren zufällig in das Haus gelassen worden, in dem es zwar eine Gegensprechanlage gab, die ohne Strom allerdings unbrauchbar war. Liv rüttelte am Türgriff. Von außen nicht zu öffnen. Durch die hohe Glasscheibe daneben konnten sie einen Blick in die erste Etage werfen. Lilly presste ein Ohr an die Tür.

»Ich wüsste zu gern, ob Klara überhaupt schon zu Hause ist«, dachte Liv laut und legte ebenfalls ein Ohr an das massive Holz.

Plötzlich ertönte ein kräftiger Schlag, und dann hörten sie, ganz leise, aufgebrachte Stimmen. Eine tiefe und eine sehr viel hellere.

Liv warf Lilly einen Blick zu und zeigte auf die Scheibe neben der Tür.

»Denkst du, das hier geht als Notlage durch? Soll ich das Glas einschlagen?«

Der Versuch blieb ihnen erspart. Eine schmale Gestalt erschien auf der Treppe im ersten Stock. Das Mädchen war vielleicht sieben, acht Jahre alt. Sie schlenderte mit einem Fußball unter dem Arm die Stufen herunter und schaute überrascht die zwei uniformierten Polizistinnen an, die vor ihrer Tür standen. Liv und Lilly klopften und winkten ihr zu, gestikulierten und zeigten auf die Tür. Doch plötzlich versteinerte das Mädchen, drehte den Kopf und schien auf etwas zu lauschen, was weiter oben im Haus vorzugehen schien. Klara wohnte in einem der oberen Stockwerke, dachte Lilly, und als sie das verängstigte Gesicht des Mädchens sah, wurde ihr ganz schlecht. Das Kind schlug sich die Hand vor den Mund, blickte wieder nach oben. Was war es, was die Kleine da hörte, fragte sich Lilly, die sich immer verzweifelter fühlte.

Lilly lächelte weiter, winkte dem Mädchen. Dann endlich schien das Kind sich ein Herz zu fassen. Vorsichtig erwiderte es das Lächeln, rannte die restlichen Stufen hinab, drückte langsam die Klinke herunter. Als die Tür aufging, hörten sie den Radau, auf den die Kleine reagiert hatte. Die Stimmen, die im Treppenhaus widerhallten. Joel schrie fast.

»Ich will doch nur mit dir reden!«

»Verschwinde, habe ich gesagt!«, entgegnete eine schroffe Frauenstimme.

Liv stürmte die Treppe hoch, nahm drei Stufen auf einmal. Lilly wandte sich an das Mädchen, das fragend hinter Liv hersah. Lächelte ihr zu, mit einer Ruhe, die sie selbst nicht spürte.

»Wir sind jetzt hier und sorgen dafür, dass da oben alles in Ordnung kommt. Du kannst jetzt ruhig Fußball spielen gehen.«

Dann folgte sie Liv. In den ersten Stock, in den zweiten Stock. Auf dem Weg in den dritten Stock stoppte sie mitten im Schritt und betrachtete die Szene, die sich vor ihr abspielte.

Joel Prellbergs kräftige Gestalt. Er hatte seine Schulter in den offenen Türspalt gezwängt, versuchte mit aller Kraft, Klara Dörners Wohnungstür aufzudrücken. Liv war inzwischen bei ihm angekommen.

»Was geht hier vor sich?«, brüllte sie. »Lassen Sie die Tür los!«

Im Flur hinter dem schmalen Spalt konnte Lilly Klaras verschrecktes, nein, wutverzerrtes Gesicht erkennen. Sie war knallrot angelaufen, ihr Mund vor Anstrengung zu einem schmalen Strich zusammengekniffen.

Joel drehte den Kopf und sah Liv überrascht an, stutzte.

»Lassen Sie die Tür los und gehen Sie einen Schritt zurück«, wiederholte Liv, diesmal mit gezogenem Schlagstock.

Prellberg zögerte, zog dann aber doch den Arm aus der Tür, die sofort zugeschlagen und abgeschlossen wurde.

Liv scheuchte Joel an die gegenüberliegende Wand. Sein Blick flackerte zwischen den beiden Polizistinnen hin und her, er atmete schwer. Liv durchsuchte ihn grob und effektiv. Er hatte keine Waffen bei sich.

»Was sollte das? Was machen Sie hier?«

Lilly sah, wie er zögerte, und war überzeugt davon, dass er schon wieder versuchte, sich eine neue Lüge zurechtzulegen. Und sie sah dieselbe Frustration, die sie verspürte, in Livs Gesicht.

»Ich ... ich ... wollte sie nach diesem Kalender fragen. Ich hatte das Gefühl ... dass mich jemand in Verdacht bringen wollte. Ich dachte, dass Klara Ihnen vielleicht diesen Kalender gegeben hat. Und da wollte ich nur sichergehen, dass ... dass Klara noch weiß, wie es damals war.«

»Wie was war?«

»Die ... Die Spieleabende. Dass wir uns zum Kartenspielen getroffen haben. Bei mir oder Emil. Und manchmal bei Gunnar zu Hause.«

Lilly überließ ihrer Kollegin, die den Schlagstock immer noch wie ein drohendes Ausrufezeichen in die Luft hielt, das weitere Gespräch mit Joel und klopfte vorsichtig an die Tür.

»Frau Dörner? Machen Sie bitte auf, ich will nur nachsehen, ob es Ihnen gut geht«, rief sie.

Es dauerte ein paar Sekunden, dann rasselte das Schloss. Als die Tür aufging, stand eine verbissene Klara Dörner vor ihr.

»Können Sie diesen Idioten nicht einfach von hier wegschaffen?«, sagte sie schroff.

Joel Prellberg machte den Mund auf, um etwas zu sagen, aber er klappte ihn sofort wieder zu, als Liv ihn mit ihren grünen Augen böse anfunkelte.

Lilly versuchte zu verstehen, was zwischen diesen beiden Menschen vor sich ging.

»Ist alles in Ordnung bei Ihnen, Frau Dörner?«, fragte sie mitfühlend, aber als sie keine Antwort bekam, schlug sie einen dienstlichen Ton an.

»Und ich muss Sie fragen, ob Sie wegen des Vorfalls Anzeige erstatten wollen. Ich könnte mir eine ganze Reihe möglicher Anklagepunkte vorstellen. Hausfriedensbruch ist nur einer davon.«

Klara wich ihrem Blick aus, schüttelte nur kurz den Kopf.

»Nein. Ich will nur, dass er geht.«

»Wir werden Sie zu einer Vernehmung vorladen, Frau Dörner. Wir müssen wissen, worum es hier geht und ob dieser Vorfall für die Ermittlungen von Bedeutung ist«, sagte Lilly ruhig, aber bestimmt. »Wollen Sie nicht vielleicht doch mit uns reden?«

Jetzt flammte etwas in dem eben noch so verschlossenen Blick auf, die Stimme wurde spitz.

»Er führt sich auf wie ein Wahnsinniger und verlangt dann, dass ich ihn reinlasse und mit ihm rede! Wenn er sagt, sie hätten Karten gespielt, dann wird das wohl so gewesen sein!«

»Aber Sie selbst können sich nicht an diese Abende erinnern?«

»Kann sein, vielleicht, einmal. Es ist lange her. Ich war damals noch ein Teenager.«

»Es scheint, als wäre Ihnen das alles sehr unangenehm.«

Klaras Gesicht glänzte vom Schweiß. Sie rieb sich mit dem Unterarm über die Augen, zog eine Grimasse.

»Ich glaube, ich bekomme Migräne. Ich muss mich jetzt hinlegen.«

Und dann zog sie die Tür mit einem Knall zu, der durch das ganze Treppenhaus hallte.

60

Die Stille im Haus war drückend. Maya hatte ihn schon mehrmals gefragt, was mit Felicia los sei, die kaum noch ein Wort sagte, wenn sie gemeinsam aßen. Die Elfjährige wirkte verschlossen, saß stocksteif da und gab einsilbige Antworten.

Als sie und Rickard von ihrem jeweiligen Training nach Hause kamen, begegneten sie sich am Gartentor. Felicia kam aus dem Kickboxen, sie trainierte in der Gruppe, die Liv normalerweise leitete. Rickard war eine Stunde im Fitnessstudio gewesen. Sie begrüßte ihn mit einem verhaltenen Winken. Es zerriss ihm das Herz, wenn er an die ungestümen Umarmungen dachte, mit denen sie ihn sonst immer empfangen hatte.

Die Sporttasche war unsanft auf dem Teppich im Flur gelandet, und seitdem besetzte Felicia das Bad. Abgeduscht hatte sie sich schon im Kampfsportverein, aber die Haarwäsche erledigte sie für gewöhnlich lieber zu Hause, wo Mayas schweineteures Shampoo und der gute Conditioner zur Verfügung standen.

»Vergiss nicht, die Trainingsklamotten in die Wäschetonne zu werfen«, hatte er ihrem Rücken noch nachgerufen.

Er setzte sich auf den Lesesessel im Wohnzimmer und wartete darauf, dass die Dusche wieder frei wurde. Stützte das Kinn auf die Hände. Er fühlte sich wie ein kompletter Versager. Sämtliche Versuche, an Felicia heranzukommen, waren gescheitert. Und von seiner Kontaktperson beim Jugendamt hatte er auch nichts mehr gehört. Er hatte das Gefühl, in einem Vakuum gefangen zu sein.

Er machte den Fernseher an. Der breite Bildschirm flackerte kurz und wurde hell, es lief eine Nachrichtensendung. Katastrophale Stürme in Mittelamerika und Westindien. Unzählige Menschen, die vor den Wassermassen fliehen mussten, Häuser, die von dem brutalen Wind und herumfliegenden Gegenständen zerstört worden waren. Berichte von wachsenden Flüchtlingsströmen, die sich in Richtung USA bewegten. In etlichen amerikanischen Großstädten organisierten Jugendliche Klimademonstrationen. Teenager wurden interviewt und ratterten Fakten herunter. Dann ein Bericht aus Rättvik, wo ein Mann tot in seinem überfluteten Auto gefunden worden war. Rickard hörte, dass Maya in der Küche telefonierte, und drehte den Ton leiser.

Dann ging die Badezimmertür auf, und Felicia erschien in ihrem hellblauen Bademantel, ein Handtuch um den Kopf gewickelt. Der harte Ausdruck in ihren Augen war etwas anderem gewichen, etwas Verletzlicherem. Entschlossen kam sie auf ihn zu und ließ sich neben ihm auf die Sessellehne fallen. Sie duftete nach Shampoo. Ein bisschen überrascht rutschte Rickard ein Stück zur Seite, um ihr Platz zu machen. Sie drehte sich zu ihm, sah ihn mit ernstem Gesicht an.

»Ich will hierbleiben«, sagte sie. »Ihr seid meine Familie.«

Der Kloß in seinem Hals hinderte ihn daran, ihr zu antworten, stattdessen nickte er hastig, versuchte, seine Gefühle unter Kontrolle zu bekommen.

»Kinder müssen auch gefragt werden«, sagte Felicia. »Sie ist zwar meine Mutter, aber sie war nie eine richtige Mutter, höchstens manchmal, und deshalb darf sie das auch nicht entscheiden, finde ich.«

»Natürlich sind wir deine Familie«, brachte er heraus.

Die dünnen, aber überraschend starken Arme klammerten sich um seinen Hals.

»Ich habe nie jemandem vertraut. Und jetzt hat es sich angefühlt, als würde es wieder genauso werden, und das war superblöd. Aber ich habe nachgedacht und habe beschlossen, euch zu vertrauen, dass ich hierbleiben darf«, sagte sie.

Er erwiderte die Umarmung und schaffte es nicht zu verheimlichen, dass ihm die Tränen kamen.

61

Sie hatten Joel Prellberg freundlich, aber bestimmt nach Hause eskortiert. Trotz wiederholter Nachfragen hatte er sich geweigert, ihnen mehr über seinen Besuch bei Klara zu erzählen.

»Benehmen Sie sich«, hatte Liv mit Nachdruck gesagt. »Und überlegen Sie es sich gut. Wir werden das hier nicht auf sich beruhen lassen, Prellberg. Sie verschweigen uns etwas, das ist nicht zu übersehen.«

Er hatte wortlos die Haustür hinter sich zugezogen, mit einem Blick so düster wie Gewitterwolken.

Danach waren sie zu Mats in sein kombiniertes Wohn-Büro gefahren, um nach ihm zu sehen. Er hatte ein zerknittertes Langarmshirt an und lag mit glühenden Wangen und fiebrig glänzenden Augen in seinem Feldbett. Im Zimmer war es ziemlich schummrig, und es roch nach Schweiß und ein bisschen süßlich nach Minze. Mats lutschte drei Halstabletten gleichzeitig, was seine ohnehin schon runden Backen noch dicker wirken ließ. Aber seine Arbeitsmoral war ungebrochen, dachte Liv, und ihr Respekt vor dem Kollegen wuchs weiter.

Mats stützte sich auf einem Arm hoch, seine Stimme klang erwartungsvoll.

»Der Kerl wollte also bei Klara eindringen? Nachdem ihr ihm den Kalender gezeigt habt?«

Er hustete bellend, schnäuzte sich und schnappte nach Luft. Sank zurück in sein Kissen.

»Für mich riecht das meilenweit gegen den Wind nach Zeugenbeeinflussung. Und nach Verzweiflung. Er ist nervös geworden, wollte zu ihr und sich mit ihr absprechen. Damit sie nicht aus Versehen etwas sagt, das wir nicht wissen sollen. Das müssen wir uns genauer ansehen. Kann es sein, dass er den anderen Männern Geld geschuldet hat? Hatten die vier sich vielleicht zerstritten? Sobald es wieder geht, müssen wir seine DNA mit den Spuren von den Tatorten abgleichen. Ihr müsst ihn um eine freiwillige Speichelprobe bitten. Sollte er die verweigern, wäre das allerdings auch schon sehr interessant.«

Lilly setzte sich auf Mats Bettkante, unten am Fußende.

»Du denkst, er könnte der Mörder sein?«

Mats zuckte mit den Schultern, was im Liegen ziemlich lustig aussah, und Liv musste grinsen, aber bevor er etwas merkte, brachte sie ihr Gesicht schnell wieder unter Kontrolle.

»Durch solche dämlichen Aktionen konnten schon viele Täter überführt werden. Es tauchen neue Informationen auf, die Typen bekommen Panik und verraten sich.«

Danach sprachen sie über Robert. Warum dauerte es so lange, bis die Verstärkung eintraf?

»Wir wussten ja, dass es gefährlich ist, sich so kurz nach dem Sturm auf die Straße zu begeben. Ich fange langsam an zu glauben, dass ihm doch etwas zugestoßen ist«, sagte Lilly bekümmert.

»Vielleicht dauert es auch einfach seine Zeit, die nötigen Leute zusammenzutrommeln. Oder er kam irgendwo nicht weiter und musste Unterschlupf suchen. Und ich liege hier rum, platt wie eine Flunder, und bin zu nichts zu gebrauchen. Aber wenigstens war ich heute früh noch beim Erdkeller mit den Leichen und bin bei den Jägern vor Valdemars Haus vorbeigefahren, da war alles in

Ordnung. Danach musste ich allerdings wieder schlafen«, seufzte Mats und rieb sich den Schweiß aus dem Gesicht. Er setzte an, um noch etwas zu sagen, aber vergaß mitten im Satz, was es war.

Denn was dann geschah, kam ihnen vor wie Magie. Plötzlich gingen die Leuchtstoffröhren an der Decke an, und Mats glühende Wangen hoben sich noch deutlicher von dem hellen Kopfkissenbezug ab. Blinzelnd sahen sie sich an, verblüfft und begeistert. Vergaßen schlagartig alles, worüber sie gerade gesprochen hatten.

»Strom! Wir haben wieder Strom!«, jubelte Mats und wurde sofort wieder von einem Hustenanfall unterbrochen.

Die Heizkörper an den Wänden knackten. Liv ging ans Fenster, sah rundum in den Häusern leuchtende Rechtecke. Überall wurden Lampen angeknipst, Außenbeleuchtungen erwachten zum Leben, im Haus gegenüber färbten sich die Wände blau-weiß im Schimmer eines Fernsehbildschirms. Skageby lag nicht mehr länger im Dunkeln. Eine große Welle der Erleichterung erfasste sie.

Sie feierten mit einer Tasse Kaffee aus der Kaffeemaschine in der kleinen Pantryküche. Liv warf einen Blick auf ihr Handy. Immer noch kein Netz. Aber wenigstens konnte sie den Akku endlich wieder aufladen, der inzwischen auf sechs Prozent gesunken war.

»Ich denke, dass Malin sicher schon Sehnsucht nach uns hat«, sagte Lilly schließlich.

Liv nickte und stand auf. Sie vergewisserten sich, dass Mats alles hatte, was er brauchte, und eilten die Treppe hinunter. Als sie in die Dämmerung hinaustraten, geschah das zweite Wunder des Abends. Livs Handy fing an zu vibrieren und zu klingeln. Nachricht um Nachricht ging ein.

Liv fing laut an zu lachen, nutzte ihre letzten sechs Prozent, um sofort Rickard anzurufen. Er meldete sich beim ersten Freizeichen.

»Hallo, Liebling. Ich habe tausendmal versucht, dich zu erreichen. Wie geht es euch?«

Seine Stimme war voller Sehnsucht, aber sie hatte das Gefühl, dass unter der Oberfläche noch etwas anderes mitschwang. Etwas, das ihren Puls beschleunigte. Er klang so gedämpft. Sie hatte erwartet, seine normalen liebevollen Neckereien zu hören, irgendeine Stichelei, dass sie wegen ihrer Arbeit immer so schwer zu erreichen war.

»Hier ist alles okay. Es war das totale Chaos nach dem Sturm, mehrere Mordfälle, kompletter Stromausfall. Ich erzähle dir später alles in Ruhe. Wie geht es dir und Felicia?«

Lilly stand neben ihr und zappelte schon vor Ungeduld, konnte es kaum abwarten, sich endlich das Handy zu borgen. Solange kein Kontakt zur Außenwelt möglich gewesen war, hatte sich der Verlust ihres eigenen Handys vielleicht gar nicht so bemerkbar gemacht, dachte Liv. Aber jetzt wollte sie natürlich auch zu Hause anrufen.

»Ach«, sagte Rickard. »Hier ist alles entspannt. Wir vermissen dich.«

»Bist du sicher, dass alles gut ist?«, hakte sie nach.

»Ja...«, antwortete er zögerlich. »Es sind ein paar Sachen vorgefallen, aber nichts, was wir jetzt besprechen müssen.«

»Was denn für Sachen?«, fragte sie beunruhigt.

Er schwieg ein paar Sekunden, schien zu überlegen.

»Felicia hat einen Jungen im Sportunterricht zu Boden gebracht. Mit einem Judowurf. Es ging wohl ein bisschen ruppig zu«, sagte er schließlich. »Die Lehrerin will mit uns reden.«

Sie lachte. Der Kloß in ihrer Brust löste sich auf.

»Unser kleiner Raufbold. Ich verspreche dir, dass ich sie mir noch mal zur Brust nehme und ihr klarmache, dass Kampfsport einzig und allein der Selbstverteidigung dient und zu sonst gar nichts. Und ich werde streng sein.«

»Ich weiß, dass du das sein wirst.«

Sie hörte das Lächeln in seiner warmen, tiefen Stimme.

»Okay. Also, ich werde sicher noch einige Tage hierbleiben müssen, aber nachdem wir jetzt wieder alle Tests machen können, gehe ich davon aus, dass wir mit den Ermittlungen schnell vorankommen werden. Es war schön, deine Stimme zu hören. Ich rufe dich nachher noch mal an. Ich muss nur erst das Handy aufladen.«

Sie beendete das Gespräch und gab das Telefon an Lilly weiter, die hastig eine Nummer eingab. Jespers vermutlich, dachte Liv. Sie ging ein Stück weg und stellte sich an die Hauswand, beobachtete lächelnd die Freude ihrer Kollegin, als sich jemand am anderen Ende meldete. Aber das Strahlen verwandelte sich schnell in Ernst, wie Liv registrierte. Lilly schien aufmerksam zuzuhören und sprach dann hastig und aufgebracht. Es verging eine Minute, dann ließ sie das Handy sinken, mit finsterer Miene.

»Verdammt. Akku leer.«

Sie kam auf Liv zu und sah sie erschüttert an.

»Das wirst du nicht glauben. Jesper war auf dem Weg hierher und jetzt rate, wem er unterwegs begegnet ist?«

Liv sah sie mit großen Augen an.

»Robert? Ist ihm etwas passiert?«

»Ein umstürzender Baum hat ihn erwischt. Es war unglaubliches Glück, dass Jesper ihn gefunden hat und ihn befreien konnte. Danach hat er einen Autofahrer angehalten, der ihn ein Stück mitgenommen hat, damit er einen Notruf absetzen konnte. Robert hat Jesper gerade eben angerufen, um sich zu bedanken und ihm durchzugeben, dass er mit gebrochener Hüfte und mehreren gebrochenen Rippen im Krankenhaus liegt.«

Liv schnappte nach Luft.

»Oh, shit.«

»Jesper meinte noch irgendwas davon, dass er vergeblich versucht hätte, mich zu erreichen, weil er und meine Mutter sich Sorgen gemacht haben. Deshalb hat er dann wohl beschlossen herzufahren. Er ist inzwischen wieder an seinem Auto abgesetzt worden und ist gerade auf dem Weg in dichter besiedeltes Gebiet. Er wollte versuchen, sich hierher durchzuschlagen, aber ich habe ihm gesagt, dass das nicht funktioniert. Und dann ist die Verbindung abgerissen.«

Sie seufzte.

»Ich habe es nicht mehr geschafft, ihm zu sagen, dass ich ihn vermisse. Es hat so gutgetan, einfach nur seine Stimme zu hören.«

Liv nickte mitfühlend.

»Das weiß er, ganz sicher. Aber ich kann immer noch nicht fassen, was du da eben erzählt hast. Und wir dachten, Robert wäre längst am Ziel angekommen.«

Sie waren so mit dieser Nachricht beschäftigt, dass sie erst gar nicht begriffen, dass das heisere Rufen ihnen galt. Dann verstummte Liv und blickte hoch. Mats hing mit hochrotem Kopf aus dem Fenster, glühte vor Fieber und Aufregung.

»Verdammt nochmal! Beeilt euch! Kommt hoch, das hier müsst ihr sehen!«

62

Völlig außer Atem stürzten sie durch die Tür ins Büro, nachdem sie die Treppe hochgerannt waren. Mats saß jetzt an die Wand gelehnt auf dem Bett, den Laptop auf den Beinen. Er hustete röchelnd, und Lilly besorgte ihm schnell ein Glas Wasser, für das er sich mit einem Nicken und einem Winken bedankte. Er schob sich zwei Halstabletten in den Mund und schaffte es schließlich, sich zu sammeln. Drehte den Bildschirm in ihre Richtung, damit sie sehen konnten, was er aufgerufen hatten: Dateien des Kriminaltechnischen Instituts.

»Wie ihr sicher noch wisst, haben wir an eurem ersten Tag hier ein paar erweiterte DNA-Profile beim NFC angefordert.«

Mats hielt inne, um erneut in die Armbeuge zu husten, und Lilly nickte. Sie erinnerte sich. Es waren unter anderem die Fingerabdrücke der Hauptsicherung gewesen. Mats fluchte leise, seine Stirn glänzte feucht.

»Dieser verdammte Husten bringt mich noch um …« Er fing noch einmal von vorn an. »Die haben wohl versucht, uns zu erreichen. Ich habe mir das jetzt noch nicht alles angeschaut. Aber die haben einen DNA-Test wiedergefunden, der schon viel früher an uns hätte zurückgehen sollen. Und den haben sie uns jetzt mit den erweiterten Analysen mitgeschickt.«

Er zeigte auf einen Laborbericht.

»Hier. Gunnar Dörner ist nicht Klaras leiblicher Vater.«

»Wie bitte?!«

Liv war hörbar erstaunt, und auch Lilly musste sich erst mal auf den Stuhl neben Mats Bett setzen. Die Selbstvorwürfe ließen nicht lange auf sich warten. Hätte sie das früher ahnen müssen? Eins und eins zusammenzählen? Die Männer im Pub, die ihre Verwunderung darüber geäußert hatten, dass Leute wie Dörners so ein »bildhübsches« Kind zu Wege gebracht hatten. Die Tatsache, dass Gunnar kleiner als seine Tochter gewesen war. Der Kummer, den Klara seit vielen Jahren zu ertränken versuchte. Quälte es sie, dass sie ihren echten Vater nie kennengelernt hatte, sondern mit einer Lüge leben musste?

Tausend Gedanken stürmten auf sie ein. Lilly versuchte zu erfassen, was diese Information für sie bedeutete. Sie hatten die Angehörigen-Spur ja eigentlich längst abgehakt und Klara als Täterin ausgeschlossen. Jetzt gab es plötzlich ein mögliches Motiv. Weil Klara die Wahrheit vielleicht erst spät erfahren hatte, als Erwachsene, und sich betrogen fühlte?

Lilly räusperte sich, fand ihre Stimme wieder.

»Wir müssen mit Klara reden und zwar jetzt. Ganz egal, wie spät es ist. Und dann müssen wir zu Dörners Haus und irgendetwas finden, was der Mutter gehört hat. Ich will eine DNA-Probe von ihr und sie mit Klaras DNA abgleichen.«

Liv setzte sich rittlings über einen Stuhl, legte das Kinn auf die Rückenlehne und sah Lilly mit ihren grünen Augen forschend an.

»Warte mal. Du glaubst also, dass die Mutter auch nicht ihre leibliche Mutter war? Dass Klara ein Adoptivkind sein könnte?«

Sie wandte sich an Mats.

»Ist das überhaupt möglich, ohne dass das irgendwo aktenkundig ist?«

Lilly hob die Hände.

»Ich glaube gar nichts. Ich will nur keine weiteren Überraschungen in diesem Fall. Wenn sie sich nämlich im Stich gelassen und belogen gefühlt hat, dann haben wir womöglich ein Motiv gefunden.«

»Aber nur, wenn die Pastorin gelogen hat«, gab Liv zu bedenken. »Und wenn Klara Stina Rudbergs Haus an jenem Abend doch zwischendurch verlassen hat.«

»Oder wenn sie jemanden dazu gebracht hat, das Morden für sie zu übernehmen«, sagte Lilly.

Mats hatte ihren Meinungsaustausch mit großem Interesse verfolgt, wie ein Zuschauer bei einem ungewöhnlich ausgewogenen Tischtennismatch. Jetzt lächelte er.

»Hier ist noch eine erfreuliche Nachricht. In spätestens drei Stunden trifft die Verstärkung mit mehreren Zweierteams, inklusive Spurensicherung, hier ein. Bei der Kripo in Umeå hatten sie nicht mehr genug Leute zur Verfügung, deshalb haben sie noch Personal aus anderen Bezirken abgezogen. Wir werden endlich richtig loslegen können.«

Liv stand auf, zog den Reißverschluss ihrer Uniformjacke hoch.

»Ich habe nicht vor, solange untätig hier herumzusitzen. Hast du ein Handy, das du uns ausleihen kannst, um die Befragung aufzunehmen? Mein Akku ist tot, und ich will jetzt sofort los. Wir müssen Klara mit diesen Informationen konfrontieren.«

63

Eine ältere Frau ließ sie in das inzwischen vertraute Wohnhaus. Sie warf einen fragenden Blick auf ihre zerknitterten Uniformen. »Was geht denn hier vor?«, schienen ihre Augen zu sagen. Sie klingelten an Klaras Tür. Dann hörten sie Schritte in der Wohnung. Sie klangen zögernd, als ob die Person dort drinnen gewisse Befürchtungen hatte, wer etwas von ihr wollen könnte, dachte Lilly.

Schließlich öffnete Klara die Tür einen Spaltbreit, ohne die Sicherheitskette zu lösen.

Ihr Blick war gequält, die Haare zerzaust.

»Was wollen Sie denn schon wieder?«, fragte sie müde. »Ich habe Migräne, ich kann jetzt wirklich nicht reden.«

Liv beugte sich vor.

»Frau Dörner, wir haben Fragen an Sie. Wie lange wissen Sie schon, dass Gunnar Dörner nicht Ihr leiblicher Vater war?«

Sämtliche Farbe verschwand aus Klaras sowieso schon blassem Gesicht. Lilly fluchte innerlich über ihre impulsive Kollegin. Sie waren gar nicht auf die Idee gekommen, dass Klara es vielleicht gar nicht wusste – aber trotzdem hätte man die Frage ruhig mit mehr Fingerspitzengefühl stellen können.

»Wovon sprechen Sie?«, erwiderte Klara scharf. Sie zog die Sicherheitskette zurück, die Tür ging auf und dann stand sie vor ihnen. Ihr großer, schlanker Körper steckte in Jogginghosen und einem ausgeleierten T-Shirt.

Lilly bemerkte, dass Liv jetzt mehr als angemessen verlegen wirkte, und entschied sich, das Gespräch zu übernehmen.

»Frau Dörner, Sie wussten doch sicher, dass Gunnar nicht Ihr leiblicher Vater war? Wir haben die Analysen des Labors zurückbekommen, und das Ergebnis ist eindeutig.«

Klaras Mund öffnete sich, eine Frage schien ihr auf der Zunge zu liegen, aber dann kniff sie die Lippen wieder zusammen. Stand still und wortlos da.

»Sie verstehen bestimmt, dass wir nach dieser Information eine ganze Reihe Fragen an Sie haben. Aber zu allererst: Sie wussten das doch sicher, oder?«, bohrte Lilly beharrlich nach.

Klara stiegen Tränen in die Augen. Sie schüttelte den Kopf. Schien schließlich die Worte zu finden, nach denen sie gesucht hatte.

»Wenn das stimmt, was Sie sagen ... Nein, ich hatte keine Ahnung.«

Sie machte eine Geste, um die beiden Polizistinnen in die Wohnung zu bitten, ging ins Wohnzimmer und sank auf das kleine hellblaue Sofa. Vergrub den Kopf in den Händen. Lilly sah sich um.

Es gab stapelweise Bücher, einen weißen Sekretär, einen kleinen Fernseher, der in einem offenen Schrank stand. An den Wänden hingen Bilder mit Küstenmotiven. Und dann eine Sammlung vergrößerter Fotos in hellen Holzrahmen. Auf einigen erkannte sie Klaras Mutter Hedda. Eine brünette Frau mit runden Wangen und einem freundlichen Gesicht. Lillys erster Gedanke war, dass Klara und sie sich tatsächlich überhaupt nicht ähnlich sahen. Der zweite war: Es gab kein einziges Foto von Gunnar Dörner. Weil es nach dem Mord zu schmerzhaft gewesen war, seine Bilder um sich zu haben?

Liv setzte sich auf einen weißen Sessel, während Lilly neben Klara auf dem Sofa Platz nahm. Sie zeigte auf die Fotowand.

»Dort hängen gar keine Bilder von Ihrem Vater?«

Klara hob den Blick.

»Nein, mein Vater mochte nicht fotografiert werden.«

Lilly nickte. Das konnte natürlich auch ein Grund sein.

Klara atmete mit einem langen Seufzen aus.

»Der Mann, von dem ich dachte, er wäre mein Vater.«

Der Ausdruck in ihren Augen verriet Zweifel.

»Sind ... sind Sie ganz sicher, dass es stimmt, was Sie mir gerade gesagt haben?«

Liv verschränkte die Hände.

»Es tut mir leid, ich hätte Sie nicht so überrumpeln dürfen«, sagte sie bedauernd. »Ich war so sicher, dass Sie es wissen. Dass es eine Information ist, die Sie uns vorenthalten haben. Was denken Sie jetzt?«

»Dass es einiges erklärt«, sagte Klara langsam. »Wir standen uns nie besonders nah, er und ich. Ich wollte es, ich habe es mir gewünscht, aber ich hatte gleichzeitig auch ein schlechtes Gewissen, weil ich nicht mehr für ihn empfunden habe. Da war immer dieser große ... Abstand. Er war oft abweisend. Seit seinem Tod hat mich das sehr beschäftigt. Aber dann wusste er es ja offenbar. Ich hatte immer das Gefühl, als wäre es ihm die Mühe nicht wert, unser Verhältnis zu verbessern. Das hat weh getan.«

Seufzen.

»Aber warum haben meine Eltern mir nie etwas gesagt?«

Eine Träne fiel auf die Arme, die sie jetzt dicht vor dem Körper verschränkt hatte.

Wenn Klara gerade log, dann musste sie eine wahnsinnig gute Lügnerin sein, dachte Lilly. Und dann sprach sie etwas an, das ihr vermutlich noch größere Schmerzen verursachen würde.

»Ich möchte Ihre DNA gerne noch mit der Ihrer Mutter abgleichen, nur zur Sicherheit. Wahrscheinlich bin ich jetzt übertrieben gründlich, aber möglicherweise gibt es hier eine Verbindung zum Tatmotiv, und ich will nicht riskieren, dass wir etwas übersehen. Fällt Ihnen etwas ein, das dafür geeignet wäre? Ein Gegenstand oder Kleidungsstück, an dem sich noch DNA-Spuren Ihrer Mutter befinden?«

Klara biss sich auf die Lippe, der Griff um ihre Oberarme wurde strammer. Sie schwieg lange.

»Ich kann nicht richtig fassen, dass das hier gerade passiert. Aber ich will selbst auch Gewissheit haben«, sagte sie schließlich. »Bei meinem Vater im Bad sind noch viele von Mamas Sachen. Sie liegen in den kleinen Fächern unter dem Waschbecken. Da ist bestimmt auch noch ihre Haarbürste.«

Lilly nickte.

»Ich muss Sie noch einmal fragen«, setzte sie vorsichtig an. »Als wir Ihnen den Kalender gezeigt haben, machte es den Eindruck, als würden diese Namen Ihnen etwas sagen. Sind Sie ganz sicher, dass Sie uns wirklich alles Wichtige erzählt haben?«

Die eben noch so offene Klara schien sich mit einem Mal wieder zu verschließen. Der Ausdruck in ihren großen Augen verdüsterte sich. Sie ließ sich auf dem Sofa nach hinten sinken, die Arme immer noch vor der Brust verschränkt.

»Ich hatte einfach nur ein unangenehmes Gefühl«, sagte sie kurz angebunden.

»Warum?« Liv bohrte nach und lehnte sich auf dem Sessel nach vorn. Lilly warf ihr einen mahnenden Blick zu. Sie mussten jetzt behutsam vorgehen, durften nicht zu unsensibel sein.

»Es ist nur diese ganze Sache mit Papa.«

Sie fuhr sich mit der Hand über die Stirn, als würde sie dort drinnen nach einer Erinnerung suchen.

»Er war so komisch nach Mamas Tod. Irgendwie kalt. Ich konnte einfach nicht mit ihm reden. Mir ging es auch schlecht, ich war erst zwölf, als sie gestorben ist. Ich habe … ich habe wohl einen Großteil meiner Jugend einfach verdrängt. Ich wollte nicht daran zurückerinnert werden.«

Liv wollte noch mehr fragen, aber Klara fiel ihr ins Wort.

»Sie müssen jetzt wirklich gehen. Ich habe heute Abend Dienst, und ich brauche noch etwas Ruhe, damit die Migräne nicht schlimmer wird. Es geht mir nicht gut.«

Vielleicht sorgte auch die Nachricht, die sie eben erfahren hatte, dafür, dass es ihr schlecht ging, dachte Lilly und stand hastig auf. Widerwillig folgte Liv ihrem Beispiel.

»Danke, dass wir Ihnen unsere Fragen stellen durften.«

Sie gingen ins Treppenhaus, und Liv wollte gerade noch etwas sagen, aber da war die Tür hinter ihnen schon ins Schloss gefallen.

64

Der Himmel über ihnen war eine dunkelgraue, unförmige Masse. Schneeflocken rieselten auf die Windschutzscheibe, schmolzen noch im selben Augenblick, in dem sie landeten. Sie parkten direkt vor Gunnar Dörners Grundstück. Der Motor verstummte, die Sicherheitsgurte glitten zur Seite. Liv drehte sich zu Lilly um. Die Schuldgefühle nagten an ihr.

»Du, ich habe da vorhin echt Mist gebaut«, sagte sie in die Stille hinein. »Danke, dass du mir nicht den Kopf abgerissen hast. Und jetzt gehen wir da rein und stopfen die letzten Lücken in der Ermittlung, bis unsere Kollegen eintreffen.«

Lilly konnte sich ein Grinsen nicht verkneifen, nickte.

Aber kaum ausgestiegen, blieb Liv wie angewurzelt stehen.

»Scheiße.«

Was auch immer sie erwartet hatte, das hier ganz sicher nicht. Die Haustür war aufgebrochen und klapperte im Wind. Sie rannten vor zur Veranda. Der Einbruch war ungeschickt ausgeführt worden. Das Schloss war verbogen und zerstört. Als wäre es in großer Eile aufgebrochen worden. Der Eindringling konnte sich noch immer im Haus befinden. Liv zog ihre Waffe, sah, dass Lilly dasselbe tat.

Vorsichtig schob Liv mit der Fußspitze die Eingangstür auf. Mit angehaltenem Atem betrat sie das Haus, Lilly folgte dicht hinter ihr. Sich gegenseitig sichernd bewegten sie sich vorwärts, leise, wachsam. Das Haus war jetzt teilweise beleuchtet. Die Deckenlampe im Wohnzimmer brannte, ebenso die in der Küche. Der Strom war seit kurzem wieder da, also hatte der Einbrecher kein stockdunkles Haus durchsuchen müssen, dachte Liv. Sie bewegten sich entlang der Wände. Alles war ein einziges Chaos. Bücher waren aus den Regalen gezerrt worden, Schubladen herausgerissen, der Inhalt lag überall auf dem Boden verstreut. Schränke waren ausgeräumt und alles einfach herumgeworfen worden. Es sah nicht aus wie die Spuren eines gewöhnlichen Einbruchs, eher wie eine Suche ohne Sinn und Verstand, eine hitzige Jagd nach etwas ganz Bestimmtem.

Zimmer um Zimmer gingen sie ab. Im oberen Stock stand schließlich fest: Das Haus war leer. Liv spürte, wie ihr Puls sich beruhigte, sie atmete aus, einerseits erleichtert, aber zugleich auch enttäuscht. Sie sah Lilly an.

»Wer das hier getan hat, war verzweifelt. Und hat einfach nur panisch alles durchwühlt.«

Lilly nickte zustimmend.

»Das war auch mein erster Gedanke. Dieser Einbrecher hat vor irgendetwas eine Heidenangst. Ich glaube, ich weiß, wer das war.«

Livs Blick besagte, dass sie denselben Verdacht hatte.

»Die Spurensicherung wird sich das Haus ein zweites Mal vornehmen müssen.«

Beim Erwähnen der Spurensicherung fiel ihnen der eigentliche Grund ihres Kommens wieder ein, und Liv zog sich Handschuhe an. Sie folgte Klaras Beschreibung und fand eine Haarbürste, die aussah, als hätte sie Hedda gehört. Liv packte sie in eine Tüte, und sie verließen eilig das Haus.

65

Es war später Abend, als sie ankamen.

Der Lärm, als der Räumtrupp die letzten Bäume von den Straßen beseitigte, dröhnte wie ein Gewitter durch den Ort. Liv betrachtete die Absperrungen, das Plastikband, das im aufkommenden Wind flatterte. Sie stand vor Sverker Perssons Haus und spürte den wachsenden Tatendrang im ganzen Körper. Mats und Lilly, die neben ihr standen, schien es genauso zu gehen. Jetzt hätte Mats nichts mehr im Bett halten können, Fieber hin oder her. In ganz Skageby gingen die Lichter an, neugierige Umrisse tauchten in den Fenstern auf, Schaulustige versammelten sich auf den Straßen und vor ihren Häusern, als die Verstärkung eintraf. Sechs Zweierteams, inklusive Kriminaltechnikern und Spürhunden. Stimmen, Gebell, hektische Aktivität.

»Sieht aus, als hätten sie sämtliche verfügbaren Kräfte in ganz Norrland zusammengekratzt«, murmelte Mats glucksend vor sich hin, dabei war ihm durchaus bewusst, dass sie das aufgestockte Personal der hohen Zahl an Toten zu verdanken hatten, die hier inzwischen zu beklagen war.

Einsatzleiter war ein gewisser Axel Stenberg, ein großer, breitschultriger Mann, mit dem, was bei Männern gern als »Charme der grauen Schläfen« beschrieben wurde. Er begrüßte sie der Reihe nach mit kräftigem Händedruck, zog den Reißverschluss seiner Jacke zu und schlug den Kragen hoch. Der Schnee fiel jetzt immer dichter aus dem dunklen Abendhimmel.

Die erste Besprechung war kurz und fand in einem eilig errichteten Zelt vor Sverker Perssons Wohnhaus statt. Es war schon spät, aber allen war klar, dass sie keine Zeit zu verlieren hatten. Lilly würde die Leitung der Ermittlungen übernehmen. Liv konnte Mats ansehen, dass er diese Rolle liebend gern selbst übernommen hätte, aber die Hustenanfälle, die seinen Bericht immer wieder unterbrachen, machten jede Diskussion hinfällig. Er sank auf einen Stuhl, während Lilly sich in den Kreis aus Menschen stellte. Schnell und übersichtlich fasste sie die bisherigen Ermittlungsmaßnahmen zusammen. Durchgeführte Vernehmungen, Beobachtungen, gesicherte Beweisstücke, Fotografien, Zeugenaussagen, die Funde der letzten Tage. Ein Gefühl von Wärme erfüllte Liv, als sie sah, wie sicher Lilly in dieser Rolle war. Sie war wirklich stolz auf ihre Freundin.

»Es ist ein Wunder, dass ihr unter diesen Bedingungen überhaupt etwas erreicht habt. Du sagtest, ihr hättet ein altes Telefonbuch benutzt, um die Leute zu Hause aufsuchen zu können?«, sagte Axel Stenberg zu Liv.

Das metallische Dröhnen eines Helikopters ertönte über dem Dorf, die Vibrationen waren am ganzen Leib zu spüren. Das schlanke Fluggerät ging über dem dunklen Hausdach nieder und landete irgendwo neben dem alten Fabrikgebäude.

Der erste Kriminaltechniker begab sich in Sverkers Wohnung, ein zweiter Kollege sollte sich Emil Niskanens Haus vornehmen. Die dritte im Team, eine schweigsame Frau namens Gunilla Vandel, zog ihre Schutzausrüstung an und wandte sich an Liv.

»Wo bewahren Sie die Leichen auf?«

Liv zog sich ein paar Handschuhe aus der Packung.

»Kommen Sie, ich bringe Sie hin.«

Sie stieg ins Auto und winkte Lilly zu, die im Schutz des Zelts stand, in ein Gespräch mit zwei Kollegen vertieft, aber sie schien gar nicht richtig mitzubekommen, dass Liv wegfuhr. Sie war viel zu sehr darauf konzentriert, eine Ermittlungsstrategie zu entwickeln, um darauf zu achten, was ihre Freundin tat.

Zwei weitere Autos folgten Liv zu Emil Niskanens Haus. Nur wenige Grundstücke weiter befand sich der Erdkeller, in dem die Leichen von Sverker Persson und Emil Niskanen lagen, beide in Planen eingewickelt. Liv hoffte, dass die niedrigen Temperaturen in dem dunklen Raum den Verwesungsprozess ausreichend verlangsamt hatten. Eine Kühlkammer hatte ihnen nun mal leider nicht zur Verfügung gestanden, wie sie der Kollegin unterwegs erklärte.

Als sie auf Niskanens Haus zufuhren, brannte in einem Fenster Licht. Ein grelles weißes Rechteck vor schwarzem Hintergrund. Natürlich war Liv bewusst, dass auch in dem Haus des Toten der Strom zurückgekehrt war, dass lediglich eine Lampe angegangen war, die einfach nur nie jemand ausgeschaltet hatte. Aber trotzdem war der Anblick gruselig. Es sah aus, als hätte das Haus ein einsames, starrendes Auge. Nasser Matsch spritzte an ihren Stiefeln hoch, als sie aus dem Auto stieg und den anderen ein Zeichen gab, ihr zu folgen. Schneeflocken landeten auf ihren roten Haaren. Sie waren fünf Personen, um die Leichen zu holen. Gunnilla Vandel ging schweigend neben ihr her, hinter ihnen kamen drei weitere Kriminaltechniker in Schutzkleidung und Westen, Schuhüberzieher und Mundschutz einsatzbereit in den Händen. Die Stimmung war gedrückt. Sie alle hatten schon vergleichbare Einsätze erlebt und wussten, was sie erwartete. Leichen, die ein paar Tage gelegen hatten, waren kein schöner Anblick. Und auf den Geruch konnte man auch gut verzichten, dachte Liv. Sie bogen um eine Hecke, durchquerten einen Garten und kamen zu dem kleinen Erdkeller, der gemauerte Wände hatte und teilweise mit Gras bewachsen war. Der Wind hatte sich gedreht und wehte ihnen die weichen Schneeflocken direkt ins Gesicht. Liv hielt sich schützend die Hand vor die Augen und vergrub das Kinn im Kragen ihre Tarnjacke. Deshalb bemerkte sie zunächst gar nicht, dass Gunilla wie angewurzelt stehen blieb.

»Jemand war schneller als wir«, sagte sie.

Liv wischte sich den Schnee aus den Wimpern, blinzelte. Dann stand sie einen Moment einfach nur da und konnte nicht fassen, was sie sah. Die beiden massiven Vorhängeschlösser waren aufgebrochen worden, der Eisenriegel hing lose neben der Holztür. Laub, Schneematsch und Gerümpel lagen in der schmalen Türöffnung, die Gunilla vorsichtig aufschob. Leere Wandregale aus Holz, fester Erdboden, eine zerschlagene Flasche, ein paar alte Marmeladengläser. Das war alles. Der kleine Kellerraum war leer. Die Leichen waren verschwunden.

Eine ganze Flut von Gefühlen überrollte Liv in diesem Augenblick. Scham, Wut, Frustration. Was sollten die eben erst angekommenen Kollegen von ihnen denken, wenn sie nicht einmal in der Lage waren, auf ein paar Leichen aufzupassen? Hätten sie das hier vorhersehen müssen? Hatte der Mörder ihre provisorische Ermittlungsarbeit aus sicherer Entfernung verfolgt? Beobachtet, wo sie die Toten untergebracht hatten? Gestern Morgen war der Keller auf jeden Fall noch verschlossen und die Toten sicher verwahrt gewesen, so viel wusste sie. Mats war ja hier gewesen und hatte sich vergewissert, dass alles in Ordnung war. Jetzt war die Tür aufgebrochen, der Keller leer. Und sie standen ohne das wichtigste Beweismittel einer Mordermittlung da: die Leichen der Opfer.

Liv wandte sich an Gunilla. Suchte nach Worten, die ausdrücken konnten, wie betroffen sie das alles gerade machte. Sie fand keine.

»Wir müssen den Erdkeller absperren«, sagte sie stattdessen. »Wir haben hier einen Tatort.«

66

Rickard war gerade im Begriff, nach einer frühen Teambesprechung den Barbershop in der Rörstrandsgatan zu verlassen. Der Himmel war grau, das Morgenlicht fahl. Er wollte eine neue Produktlinie einführen und war mit dem Personal das Sortiment durchgegangen. Alle waren begeistert. Der Terminkalender war voll, bis Weihnachten würden sie unbedingt mehr Personal einstellen müssen. In der Tür drehte er sich noch einmal um, sagte abschließend:

»Danke euch! Und nach einer Woche stimmen wir noch mal ab. Der Hersteller freut sich über ein Feedback.«

Eigentlich hätte er zufrieden sein sollen, aber seine Gedanken waren mit ganz anderen Dingen beschäftigt. Er knöpfte seinen dunkelblauen Trenchcoat zu und knotete den Gürtel. Der Wind peitschte ihm abwechselnd Regen und Schnee ins Gesicht. Er setzte seine rostbraune Strickmütze auf und wickelte sich den dazu passenden Schal um den Hals. Dachte wieder an das Telefonat mit Liv gestern Abend. Eine atemlose Sekunde, und dann hatte Rickard sich entschieden. Er würde ihr niemals erzählen, was er getan hatte. Noch wusste er nicht, ob sein Plan aufgegangen war, aber er würde seine Frau nicht damit belasten. Sie waren so eng miteinander verbunden, sie teilten alles, aber das würde er für sich behalten. Denn sie kamen trotz allem immer noch aus unterschiedlichen Welten.

Er war in der Kriminalität groß geworden. Über viele Jahre

hinweg hatte er nie Skrupel gehabt, Gesetze zu umgehen, um sich das zu beschaffen, was er brauchte. Als Mann für alles löste er Probleme, und zwar dann, wenn sie auftauchten, egal was dafür nötig war. Ein bisschen was von dieser krassen Sicht auf die Dinge würde ihm wohl immer erhalten bleiben, auch wenn er diese Welt verlassen hatte, weil sie am Ende zu gefährlich und die Einsätze zu hoch geworden waren. Weil er sich nach einem anderen Leben gesehnt hatte. Und weil er Liv begegnet war, die schon als Jugendliche gewusst hatte, dass sie zur Polizei wollte. Als sie sich noch nicht lange kannten, da hatte sie ihn durchdringend angesehen und ihm eins klargemacht: Vor allem anderen bin ich Polizistin. Er hatte sich auch in diese Facette von ihr verliebt. Ihre Berufsehre. Ihr Vertrauen in den Rechtsstaat, zu dem sie mit ihrer Arbeit beitrug. Er musste diesen Teil von ihr schützen, der ein Eckpfeiler ihrer Persönlichkeit war.

Er beschleunigte seine Schritte auf dem Weg zur Bushaltestelle Sankt Eriksplan. Er hatte in seinem Leben schon so viele Geheimnisse für sich behalten, und nun kam eben noch eins dazu. Er schämte sich nicht im Geringsten für das, was er im Gedanken an Felicia getan hatte. Für ihn zählte nur, ob es funktioniert hatte.

67

Als das vom Unwetter verwüstete Skageby in der Dunkelheit versank, schlugen ein oder mehrere Mörder zu – zwei Männer über 60 wurden laut Angaben der Polizei erstochen aufgefunden. Aber nun stehen die Ermittler vor einem Desaster: Die Leichen sind verschwunden.

»Zu diesen Informationen kann ich Ihnen keine Auskünfte geben«, sagt Marie Andersson, Pressesprecherin des Polizeibezirks Nord, auf Nachfrage des Aftonbladet.

Sechs Zweierteams der Kripo sind gestern am späten Abend in Skageby, einem kleinen Ort in der Provinz Västerbotten, angekommen. Das Dorf wurde schwer von dem Sturm getroffen, der vor sechs Tagen über das Land hinweggezogen ist. Während sowohl die Stromversorgung als auch das Mobilfunknetz ausgefallen waren, passierte das Unvorstellbare. Nach Informationen des Aftonbladet *wurden zwei Männer, beide über 60, im Abstand von nur einem Tag erstochen aufgefunden. Die Polizei geht in beiden Fällen von Mord aus und hat die Ermittlungen aufgenommen. Kriminaltechniker und Hundeführer arbeiten nun gegen die Uhr, um die verlorene Zeit noch aufzuholen. Aber sie stehen vor einem großen Problem: Wie unser Reporter aus sicherer Quelle erfahren hat, sind die Leichen beider Opfer aus einem Erdkeller gestohlen worden, wo sie bis zur Ankunft der Kriminaltechniker verwahrt werden sollten.*

»Zum jetzigen Zeitpunkt gibt es noch keine Festnahmen«,

sagt Marie Andersson, Pressesprecherin des Polizeibezirks Nord, gegenüber dem Aftonbladet.

»Nach Informationen des Aftonbladets *sind die Leichen verschwunden. Blutspuren, Fotos und Zeugenaussagen sind jetzt also die einzigen Beweise, dass diese Morde tatsächlich passiert sind, ist das richtig?«*

»Zu diesen Informationen kann ich Ihnen keine Auskünfte geben«, sagt Marie Andersson.

»Wie konnte das passieren?«

»Kein Kommentar.«

Skageby war bereits Gegenstand einer Mordermittlung. Die einerseits hochgelobte, aber auch umstrittene Operation Speerspitze ist nun dort zum Einsatz gekommen, um den Fall Gunnar Dörner zu lösen. Der Fünfundsiebzigjährige wurde bereits im September mit einem Messer erstochen. Seitdem dauern die Untersuchungen an, bis heute konnte noch kein Tatverdächtiger ermittelt werden.

»Ich brauche endlich Antworten, ich werde keine Ruhe finden, ehe der Mord an meinem Vater nicht aufgeklärt ist«, äußerte Gunnar Dörners Tochter, Klara Dörner, 35, bereits vor einiger Zeit gegenüber dem Aftonbladet.

Auch im Fall einer versuchten Brandstiftung muss in der kleinen Gemeinde, die fast eine ganze Woche abgeschottet war, nun ermittelt werden. Und die Stimmung in der Bevölkerung ist angespannt, das bezeugen etliche Anwohner.

»Wir hatten das Gefühl, vom restlichen Schweden vergessen worden zu sein. Wir hatten wirklich Todesangst«, so Monica Skog, 66.

»Seit ich von dem Mord an Emil gehört habe, bin ich kaum noch vor die Tür gegangen.«

Lilly ließ das Handy sinken, das sie sich geliehen hatte, und fluchte leise. Dieser Reporter hatte offenbar gute Quellen bei der Polizei und wie sehr die Presseabteilung sich auch bemühte, einer Antwort auszuweichen, war die hässliche Wahrheit ans Licht gekommen. Nicht nur, dass die Nachricht über die Morde an Emil Niskanen und Sverker Persson jetzt landesweit die Schlagzeilen bestimmten, sie leiteten jetzt auch noch eine Mordermittlung ohne Leichen. Mit Fotos und blutverschmierten Textilien als einzigen Beweisen. Von den Kollegen hatte ihnen niemand einen offenen Vorwurf gemacht.

»Ihr wart die ganze Zeit hoffnungslos unterbesetzt, wie hättet ihr da rund um die Uhr Wache halten sollen?«, hatte Axel Stenberg in einem Versuch sie zu trösten gesagt. »Zumal ihr ja auch noch diese Dorftrottel davon abhalten musstet, ein Wohnhaus abzufackeln!«

Die Personalien der fünf Männer, die vor zwei Tagen versucht hatten, Valdemar Bodmers Haus anzuzünden, standen inzwischen fest. Sie waren alle unter dem dringenden Tatverdacht der versuchten Brandstiftung festgenommen worden. Beim Anblick von drei bereitbeinigen Polizisten waren Mikael und Lars beide plötzlich sehr kleinlaut und kooperativ gewesen. Was ihnen, angestachelt vom Alkohol und dem Gefühl, sich in einem gesetzlosen Land zu befinden, zunächst wie eine tolle Idee erschienen war, hatte sich in einen üblen Kater verwandelt. Die Männer hatten sofort alles zugegeben, noch vor der Hausdurchsuchung. Mit sich in die Tiefe rissen sie drei ehemalige Kollegen aus der Papierfabrik. Ein Problem gelöst. Eine Tatsache, die Lilly aber nicht nennenswert aufheiterte, vor allem nicht, weil Valdemar weiterhin spurlos verschwunden blieb.

Der Rückschlag machte ihr zu schaffen, die Gedanken, was

sie hätten anders machen können oder sollen. Dabei war ihr ja bewusst, dass sie sich in einer Ausnahmesituation befunden hatten. Sie waren fünf Tage lang vollkommen von der Außenwelt abgeschnitten gewesen, kein einziges technisches Hilfsmittel hatte funktioniert, und selbst die Medien hatten erst jetzt von den Morden erfahren. Lilly versuchte, sich darauf zu konzentrieren, was hier und jetzt zu tun war. Eine Woche war vergangen, seit sie in Skageby angekommen waren, und mit der Verstärkung vor Ort verfügten sie endlich über die nötigen Ressourcen und einen Plan. Im Moment arbeiteten die Techniker an vier Stellen gleichzeitig: in und um Gunnar Dörners Haus, Emil Niskanens Haus, Sverker Perssons Wohnung sowie dem Erdkeller, wo sie auch mit Hunden nach Spuren suchten. Die Bemühungen, ihr eigenes verschwundenes Handy zu orten, waren leider erfolglos geblieben.

Gemeinsam mit Axel Stenberg klapperte Lilly die Nachbarschaft in der Nähe des Erdkellers ab. Zwei Häuser weiter hatten sie Erfolg. Eine zerzauste Frau in den 50ern öffnete ihnen im Bademantel die Tür.

»Ich arbeite nachts in der Brennerei, ich bin ein bisschen verschlafen«, sagte sie entschuldigend. »Ich bin Putzfrau.«

Lilly fragte, ob sie am Vortag irgendetwas Ungewöhnliches gesehen oder gehört habe. Die Frau rieb sich den Schlaf aus den Augen, fuhr sich mit der Hand durch den strähnigen Pagenkopf und dachte nach.

»Jetzt, wo Sie mich so fragen«, sagte sie und lehnte sich an den Türrahmen. »Als ich gestern Abend einkaufen gehen wollte, nachdem der Strom wieder da war, da habe ich hinterm Haus einen Schlag gehört. So ein lautes, scharfes Geräusch, es klang wie Metall auf Metall. Ich bin gleich nachschauen gegangen, aber ich habe nichts gesehen. Allerdings war es natürlich auch schon ziemlich dunkel. Ich dachte, dass vielleicht etwas umgefallen ist.«

»Um welche Uhrzeit war das?«, fragte Axel.

»Naja, es war, wie gesagt, schon dunkel, und im Radio liefen gerade Nachrichten, also müsste es etwa achtzehn Uhr gewesen sein. Ich habe mich ja so gefreut, dass der Strom wieder da war.«

»Und dann?«, drängte Lilly.

»Es dauerte eine Weile, ein paar Minuten vielleicht, und dann ist ein Auto weggefahren. Ich dachte ja, ich hätte mich verhört, als ich da auf der Veranda stand, weil das Motorengeräusch von hinten zu kommen schien, also aus dem Wald. Aber da ist ja gar keine Straße.«

Wieder fluchte Lilly innerlich. Wenn diese Aussage der Frau tatsächlich mit dem Leichendiebstahl zusammenhing, dann hatten sie ihr wichtigstes Beweismaterial nur wenige Stunden vor Eintreffen der Verstärkung verloren.

Genau in dem Moment kam eine Meldung via Funk. Der Spürhund hatte einen Fund angezeigt.

Sie bedankten sich bei der Frau, die ihnen zunickte, herzhaft gähnte und die Tür hinter sich zuzog.

Als sie sich dem Fundort näherten, hörten sie schon aufgeregtes Bellen, und ein großer, kurzhaariger Schäferhund sah seinen Hundeführer ungeduldig an. Etwa sechzig Meter vom Erdkeller entfernt am Waldrand, auf einem Areal mit lichtem Gras, waren eine deutliche und eine etwas schwächere Reifenspur zu erkennen. Die Techniker hatten bereits ein Zelt zum Schutz aufgestellt und das Gebiet in Abschnitte unterteilt, Kamerablitze leuchteten auf, und jeder Zentimeter wurde dokumentiert.

»Vermutlich wurde der Wagen hier abgestellt, dann hat man die Kellertür aufgebrochen und die Leichen hierhergeschleift, mutmaßlich erst die eine und dann die andere«, sagte Gunilla Vandel, die im Gras hockte und auf einen abgeknickten Baumschössling zeigte.

»Dass die Leichen in Planen eingewickelt waren, hat es ein bisschen einfacher gemacht, sie durch das nasse Gras zu ziehen. Wahnsinnig viel Kraft war dafür sicher nicht nötig.«

Axel gab Lilly einen leichten Knuff und grinste sie aufmunternd an. Die brodelnde Frustration, die sie schon den ganzen Morgen mit sich herumschleppte, war ihm nicht entgangen.

»Wir lösen das hier. Wenn es sein muss, dann überprüfen wir eben jedes einzelne Auto im Ort. Wie viele werden es sein? Hundert vielleicht? Das schaffen wir an einem Nachmittag.«

Lilly antwortete mit einem Lächeln, spürte, wie das schlechte Gewissen ein klein wenig nachließ.

Das Funkgerät knisterte wieder, ein neuer Anruf, der sie zu Gunnar Dörners Haus beorderte. Es war Liv, und sie klang aufgeregt.

»Die Jungs haben etwas gefunden. Vielleicht haben wir einen Treffer.«

68

Die Spurensicherung nach dem Einbruch in Gunnar Dörners Haus war größtenteils abgeschlossen und alle Funde dokumentiert. Überall im Wohnzimmer lagen markierte Stapel herum, das Resultat dieser kriminaltechnischen Untersuchung, und als Liv sich das alles ansah, fiel ihr eine Sache sofort auf. Als wäre es die Umkehrung von Klaras Wohnung, gab es hier kein einziges Foto der Frau, die Gunnar als seine Tochter großgezogen hatte. Erst als einer der Techniker ihr ein Fotoalbum zeigte, das wie alles andere auch aus dem Regal gerissen worden war, hatte sie Bilder der jungen Klara gesehen. Das Album war mit kurzen Anmerkungen versehen, in einer weichen, zierlichen Handschrift, die Liv Hedda zuordnete. Einige der Porträtaufnahmen waren verblichen, was darauf hindeutete, dass sie irgendwann einmal eingerahmt an der Wand gehangen hatten. Und Klara mit ihren langen Haaren bis zur Hüfte und den großen, verträumten Augen war eindeutig aus der Menge herausgestochen, dachte Liv. Wesentlich größer als ihre Klassenkameradinnen, schon in der Unterstufe. Sie war wirklich auffallend hübsch gewesen. Aber warum hatte Gunnar irgendwann alle Spuren seiner Tochter aus seinem Blickfeld entfernt? Hatte er gewusst, dass sie das Kind eines anderen Mannes war? War das die Erklärung für die große Distanz, die Klara erwähnt hatte – ein Betrug? Hatte Hedda eine Affäre gehabt?

Als Lilly und zwei Kollegen eintrafen, saß Liv mit einem Fotoalbum auf dem Schoß im Schneidersitz unter dem Verandadach. Sie winkte ihnen zu.

Lilly schob die Hände tief in die Jackentasche und kam eilig zu ihr, stampfte sich den Schneematsch von den Schuhen.

»Was ist das?«

»Die einzigen Fotos von Klara kleben in alten Alben. Es ist mir jetzt erst aufgefallen. Kein einziges im Rahmen, keine neueren Aufnahmen. Als hätte Dörner alles getan, um nur ja nicht an seine Tochter erinnert zu werden«, sagte Liv nachdenklich und klappte das Album zu.

Lilly sah ein bisschen enttäuscht aus.

»Das ist natürlich interessant. Aber ist das alles, was du mir zeigen wolltest?«

»Nein«, sagte Liv und stand auf, rief nach einem der Techniker.

Ali kam aus der Tür, öffnete seine Schutzkleidung und atmete in der frischen Luft ein paarmal tief durch.

»Die Person, die eingebrochen ist, war vorsichtig und hat Handschuhe getragen. Außer den bereits registrierten Fingerabdrücken haben wir keine weiteren gefunden. Aber die Person war nicht vorsichtig genug. Ich habe andere Spuren entdeckt. Mehrere Haare, frische Textilfasern.«

Lillys Gesicht hellte sich auf.

»Sehr schön. Wir fahren zu Joel und bitten ihn um eine Speichelprobe. Egons haben wir ja schon. Das Labor hat uns zugesichert, Dampf zu machen. Die Probe von Valdemars Haus ist auch schon unterwegs. Aber wenn nötig, teste ich auch das ganze Dorf.«

Liv legte das Album in den Hausflur und setzte ihre Mütze auf.

»Joel wird begeistert sein, uns zu sehen. Wir machen uns direkt auf den Weg.«

Im Auto erreichte Liv noch eine erfreuliche Nachricht von Malin, und sie hielt ihr Handy hoch, um sie Lilly zu zeigen. Die junge Mutter hatte endlich die nötigen Vorsorgeuntersuchungen in der Geburtsklinik nachholen können, und bei der kleinen Däumeline sah alles gut aus.

»Was auch sonst. Sie wurde ja schließlich von zwei waschechten Profis auf die Welt geholt«, stellte Liv zufrieden fest.

Wie sie schon erwartet hatten, fiel der Empfang bei Joel Prellberg kühl aus. Er wollte sie nicht einmal ins Haus lassen.

»Das ist also der Dank dafür, dass man ein engagierter Mitbürger ist«, fauchte er. »Ich bereue es, dass ich Sie je aufgefordert habe, Ihren Job vernünftig zu machen. Man sieht ja, was man davon hat. Bei der Polizei verträgt man offensichtlich keine Kritik, nicht einmal bei so viel geballter Inkompetenz wie hier!«

Lilly streifte sich Handschuhe über, zog ein Testkit aus der Jackentasche – eine wiederverschließbare Plastiktüte, in der ein Plastikröhrchen mit einem langen Wattestäbchen steckte – und warf ihm einen Blick zu, der ihm zu verstehen gab, dass sie mit ihrer Geduld am Ende war.

»Es geht ganz schnell, Herr Prellberg.«

»Das ist Schikane. Sie haben mich auf dem Kieker. Woher soll ich wissen, dass das hier mit rechten Dingen zugeht? Wahrscheinlich sind Sie inzwischen so verzweifelt, dass Sie zu allem bereit sind, um jemanden zu verhaften«, schnaubte er mit verschränkten Armen.

Liv stellte sich neben Lilly, musterte ihn. Sah einen Funken Angst hinter der Aufgebrachtheit. Er wich ihrem Blick aus.

»Im Moment verhalten Sie sich jedenfalls tatsächlich so, als wären Sie schuldig, Prellberg. Also hören Sie auf zu zetern und machen Sie endlich den Mund auf.«

Joel schnappte nach Luft und war nah daran, ihr eine wütende Antwort an den Kopf zu schleudern, aber dann besann er sich und schien ihre Worte zu überdenken. Langsam ließ er die Arme sinken, schluckte einmal und murmelte etwas Unverständliches vor sich hin. Öffnete den Mund.

Schnell und routiniert machte Lilly den Abstrich, schob das Wattestäbchen ins Röhrchen zurück, verschloss es und packte die Tüte mit dem Röhrchen wieder ein. Dann zupfte sie noch ein Haar von seiner Schulter und steckte es in ein zweites Röhrchen, ehe sie die Handschuhe wieder auszog.

»Danke«, sagte sie.

Er wischte sich den Mund mit dem Ärmel ab, warf ihnen einen vernichtenden Blick zu und knallte die Haustür zu.

»Viel Lärm um nichts«, sagte Liv und schob die Hände in die Jackentaschen.

Lilly grinste, eilte zum Auto.

»Und jetzt machen wir dem Labor Feuer unterm Hintern«, rief sie Liv über die Schulter zu.

69

Zwei Tage vergingen. Jesper war wieder zu Hause in Nynäshamn und meldete sich in regelmäßigen Abständen bei Lilly. Er hatte genauso viel telefonischen Kontakt zu Robert wie sie selbst, und sie waren alle froh und erleichtert, dass ihr Kollege auf dem Weg der Besserung war. Vermutlich würde er wieder ganz gesund werden. Lilly fühlte sich immer noch ein bisschen schlecht, weil sie Jesper einfach wieder weggeschickt hatte, obwohl er diesen weiten und gefährlichen Weg auf sich genommen hatte, nur um sie zu sehen. Aber die Ermittlungsarbeiten waren intensiver denn je und verschlangen ihre gesamte Zeit.

Inzwischen gab es ein paar Hoffnungsschimmer. Sie kamen voran, und Lilly sprudelte förmlich vor Optimismus, auch wenn die Lösung des Falls immer noch nicht in greifbarer Nähe war. Ein paar Dinge konnten sie dennoch schon mit Sicherheit sagen.

Die Reifenspuren in der Nähe des Erdkellers passten nicht zu Joels Wagen. Das hatten sie als Allererstes überprüft. Tatsächlich schienen sie zu keinem einzigen Auto in Skageby zu gehören. Sie hatten das Dorf aufgeteilt und sich ein Gebiet nach dem anderen vorgenommen, hatten das Reifenprofil mit den Autos abgeglichen, die am Straßenrand parkten, hatten an den Häusern geklingelt und in die Garagen geschaut. Jetzt war noch ein knappes Viertel der Haushalte mit Autos übrig. Bisherige Treffer: null. Liv hatte angefangen, Witze über das »Aschenputtel-Auto« zu machen und ihre Suche mit der Jagd nach dem Mädchen mit dem gläsernen Schuh zu vergleichen.

Joel Prellbergs finanzielle Lage war wasserdicht, wie Lilly bei der Überprüfung seiner Konten festgestellt hatte. Verzweiflung über offene Schulden schied als Motiv also offensichtlich aus. Unter den übrigen »Kartenspielern« sah das schon anders aus. Sverker Persson hatte von der Hand in den Mund gelebt und sich mit verschiedenen staatlichen Hilfen und Kleinkrediten über Wasser gehalten. Und auch Emil Niskanens Erwerbsminderungsrente war alles andere als üppig gewesen, er hatte mit einem minimalen Budget auskommen müssen.

Aus bekannten Gründen standen ihnen natürlich weder Mobilfunkdaten noch Telefonlisten für den Zeitraum zur Verfügung, in dem das Dorf stillgelegt gewesen war. Aber sie behalfen sich so gut es ging mit den alten Nachrichten, Anrufen und Mails der Männer, die für ihre Ermittlungen eine Rolle spielten.

Sie hatten auf verschiedenen Wegen versucht, Valdemar Bodmer zu kontaktieren, der sowohl Opfer als auch Tatverdächtiger war. Aber er war nach wie vor unauffindbar und auch unter seiner Handynummer nicht zu erreichen.

Malin erwartete Besuch von ihren Eltern und ihrem Bruder und putzte und fegte sowohl Lillys und Livs Unterkunft als auch ihr eigenes Haus, ihre Tochter in einer Babytrage vor den Bauch geschnallt. Die Waschmaschine lief rund um die Uhr, und sie alle genossen das Gefühl, endlich wieder warm duschen zu können und freuten sich über die saubere Kleidung auf der Haut. Es duftete nach Shampoo und Seife, und abends versammelten sie sich um den gedeckten Tisch mit frisch gekochtem Essen. Malin experimentierte mit neuen Backrezepten, einer Mischung aus Brötchen und Zimtschnecken, und in den kurzen Pausen, die Liv und

Lilly zu Hause verbrachten, mussten sie sich als Testesser zur Verfügung stellen.

»Fmeckt fehr gut«, sagte Liv mit vollem Mund und nickte wohlwollend.

Malin strahlte über das Lob.

Spät am Abend versammelten sich die Polizisten in dem kleinen Pub, der auch mehr Dorfbewohner als sonst anlockte. Außerdem hielten sich im Dunstkreis die angereisten Reporter und Fotografen auf, immer auf der Jagd nach einer Schlagzeile und einer Person, die sich interviewen ließ. Tagtäglich wurden neue Berichte über das Dorf hinausgeschickt, das zum Schauplatz dreier Morde geworden war, in dem ein Mörder, geschützt von den Verwüstungen, die das Unwetter angerichtet hatte, hilflose ältere Männer grausam erstochen hatte. Es lag ein aufgeregtes Summen in der Luft, eine Unruhe und Spannung, das ständige Bewusstsein, dass etwas im Gange war. Dass ihre kleine Gemeinde im Zentrum der Aufmerksamkeit sämtlicher Medien des Landes stand.

All das wurde jedoch überlagert von der Angst vor einem weiteren Mord. Man sah sie in den Blicken, hörte sie in allen Gesprächen. Eine Gruppe von Männern hatte begonnen, abwechselnd durch die Straßen zu patrouillieren, erzählte jemand.

Maria zog ihre Schürze aus, band die langen, dunklen Haare zu einem Pferdeschwanz zusammen und setzte sich für eine kurze Pause zu Liv und Lilly an den Tisch.

»Gibt es denn schon etwas Neues?«, fragte sie neugierig.

Lilly trank einen Schluck Bier und lächelte die Frau bedauernd an, die ihnen während des Stromausfalls eine große Hilfe gewesen war.

»Über laufende Ermittlungen können wir nicht reden, leider«, sagte sie und wechselte rasch das Thema. »Aber die Geschäfte laufen gut, oder?«

»Oh ja. Nur schade, dass dafür ein paar Morde nötig waren«, sagte Maria mit einer Mischung aus Seufzen und Lachen.

Gedankenverloren strich sie sich eine dunkle Strähne aus der Stirn.

»Wobei ich zugeben muss, dass es echt eine Erleichterung ist, Sverker hier abends nicht mehr ertragen zu müssen.« Sie erschrak über sich selbst, schlug sich die Hand vor den Mund. »Nein, so darf man nicht über einen Toten reden.«

Aber Livs Neugier war geweckt. Sie schob ihr Bier weg und beugte sich mit verschränkten Armen vor.

»War er so unangenehm?«

Maria trank einen Schluck Saft. Ihr Mund hatte einen angespannten Zug bekommen. Sie schien nach den richtigen Worten zu suchen.

»Er war leicht reizbar. Ein kleiner Funke genügte, um ein ganzes Feuer zu entflammen, könnte man sagen. So viel Streit um nichts. Aber am Schlimmsten war sein Frauenbild.«

»Was meinst du damit?«

Maria verzog angewidert den Mund.

»Naja, er kam mir immer wieder mit solchen Sprüchen, dass ›Weiber nur für das eine gut sind‹ und ›dass die Männer ja selbst da noch die ganze Arbeit allein machen müssen‹. Ekelhaft war das. Aufdringlich. Und einmal, als er betrunken war, wollte er mir Geld geben, damit ich mit ihm schlafe. Hat mich ganz direkt danach gefragt. Aber da habe ich ihm eine geknallt.«

Lilly sah sie mitfühlend an, ließ den Blick durch die Kneipe schweifen, während Liv sich weiter Sverkers Verhalten schildern ließ. Kleine und größere Grüppchen füllten den Pub. Jeder Hocker und jede Bank waren besetzt, und offensichtlich hatte der Wirt den Tag damit verbracht, in den umliegenden Gemeinden herumzufahren und die Biervorräte aufzufüllen, um der Nachfrage Herr zu werden. Die Luft schwirrte von Gelächter und lebhaften Gesprächen, aber hier und da wurden ihnen neugierige Blicke zugeworfen. Vor allem die Reporter interessierten sich brennend für die beiden Ermittlerinnen, die während der »Mordwelle« vor Ort gewesen waren, wie die Ereignisse in den Medien genannt wurden. Sie hatten bereits mehrere Interviewanfragen abgelehnt.

Maria senkte die Stimme ein wenig, wechselte das Thema.

»Es heißt, dass Sie nach einem bestimmten Auto suchen. Haben Sie es denn schon gefunden?«

Lilly öffnete den Mund, um ihren Spruch von den laufenden Ermittlungen zu wiederholen, aber dann überlegte sie es sich anders und beließ es bei einem Kopfschütteln.

»Haben Sie wirklich jedes Auto im Dorf überprüft?«, fragte Maria ungläubig, und ihre Augen leuchteten gespannt.

Liv, die ihr Bierglas an den Mund hob, stockte plötzlich mitten in der Bewegung. Für einen Moment saß sie still wie eine Statue da. Lilly sah sie fragend an.

»Was …?«, setzte sie an, als Liv plötzlich aufsprang und ihre Jacke von der Stuhllehne zerrte.

»Komm«, sagte sie.

Lilly murmelte noch eilig etwas Entschuldigendes zu Maria und hastete hinterher.

Draußen wehte es kräftig, und die düstere Silhouette des Waldes schien im Wind zu tanzen. Schwarz vor einem fast ebenso schwarzen Himmel. Mit großen Schritten stürmte Liv zum Wagen, drehte sich um, als sie die Blicke ihrer Partnerin im Nacken spürte.

»Ich habe alkoholfreies Bier getrunken«, sagte sie, bevor Lilly protestieren konnte.

Sie setzte sich ans Steuer. Lilly, die neben ihr auf den Beifahrersitz gesunken war, schaffte es kaum, die Tür zuzuziehen, als das Auto schon losrollte. Liv fuhr schnell und konzentriert.

»Wir haben nahezu jeden Wagen im Dorf überprüft, aber an einen haben wir nicht gedacht«, sagte sie. »Mir ist eine Idee gekommen.«

Lilly stellte keine Fragen, sondern wartete ab, was Liv vorhatte.

Kurz darauf hielten sie vor Emil Niskanens verlassenem Haus. Liv stieg aus, nahm ihr Handy aus der Tasche. Sie hatte Bilder der Reifenspuren darauf gespeichert, die bis jetzt zu keinem einzigen Fahrzeug gepasst hatten. Der Wind zerrte an ihnen, und nur in wenigen Fenstern um sie herum brannte noch Licht. Wie einsame Fackeln, aufgestellt in der Dunkelheit.

Liv hastete zu der offenen Garage, in der Niskanens Fiat stand, dem noch niemand Beachtung geschenkt hatte. Sie nahm eine schmale Taschenlampe zu Hilfe. Der kleine Lichtkegel glitt über den Wagen. War er nicht weniger staubig als beim letzten Mal?, überlegte Lilly im Stillen.

Liv ging neben einem der abgefahrenen Reifen in die Hocke. Verglich ihn mit dem Foto des Profils, zog dann ein Maßband aus der Innentasche ihrer Jacke und beugte sich noch weiter vor. Sie stand auf. Ihre Augen leuchteten aufgeregt im Schein der Taschenlampe.

»Wir haben eine Übereinstimmung!«

»Oh, du bist ein Genie!«, sagte Lilly mit Wärme in der Stimme. In diesem Moment liebte sie ihre Kollegin für ihre unkonventionellen Einfälle.

Sie riefen sofort die Techniker an, die versprachen, innerhalb von einer Viertelstunde da zu sein. In einer solchen Lage drückte sich niemand vor einer Nachtschicht. Ihr Herz klopfte. Wer auch immer die Leichen aus dem Erdkeller gestohlen hatte – er oder sie hatte dafür den Wagen eines Opfers benutzt. Vielleicht hatte die Person die Zündung kurzgeschlossen, vielleicht hatte sie Zugang zum Autoschlüssel gehabt. Egal wie, es war eine clevere Wahl gewesen. Der Fiat hatte unverschlossen in der Garage gestanden und war bei den Ermittlungen einfach übersehen worden. Aber diese Entdeckung konnte der alles entscheidende Durchbruch sein. Mit ein bisschen Glück befanden sich DNA-Spuren des Täters auf dem Fahrersitz.

Es dauerte nicht lang, bis Autoscheinwerfer die Straße erhellten. Die Spurensicherung war eingetroffen, und ihre Kollegen schritten zur Tat. Die kleine Garage wurde von großen Lampen erhellt, Schutzausrüstung wurde ausgepackt.

Die beiden Freundinnen stiegen wieder in ihr Auto, und Liv schaltete das Radio an, gerade als Miss Li mitreißend sang, wie es war, kompliziert zu sein. Sie klopfte zum Takt der Musik auf dem Lenkrad mit und fuhr mit einem Lächeln auf den Lippen los.

»Ich will noch nicht schlafen gehen, Lilly. Ich bin gerade so energiegeladen. Oh Mann, ist so ein Durchbruch schön!«

Lilly erwiderte Livs Lächeln, ihr ging es genauso.

»Dann lass uns noch eine Runde drehen«, sagte sie.

Sie fuhren durchs Dorf und einmal um den Ort herum. Plötzlich drehte Liv den Kopf.

»Wir sind ganz in der Nähe von Valdemars Haus. Sollen wir nicht kurz nachschauen, ob alles in Ordnung ist, wo wir schon mal da sind?«

Lilly war blendender Laune. Was auch immer Liv sich in dieser Nacht einfallen ließ, sie war bereit.

»Klar«, sagte sie.

Sie bog in den schmalen Zufahrtsweg ab, stellte den Wagen an einem Wäldchen ab. Liv knipste wieder ihre Taschenlampe an, ließ das Licht über die dunklen Baumstämme schweifen. Der Wind hatte weiter aufgefrischt. Lilly strich sich die Haare aus dem Gesicht, die ihr immer wieder vor die Augen geweht wurden.

Als sich der Wald lichtete, blieb Liv wie angewurzelt neben ihr stehen. Vor Valdemars übel zugerichtetem Häuschen stand ein nachlässig geparkter Jeep. Und daneben ein groß gewachsener Mann. Seine Arme hingen nach unten, die großen Hände ballten sich abwechselnd zu Fäusten und öffneten sich wieder. Davon abgesehen, stand der Mann ganz still da und starrte nur. Vorsichtig gingen sie näher.

»Valdemar?«, fragte Liv behutsam.

Er drehte sich zu ihnen um. Im Schein der Taschenlampe sah sein Gesicht aschgrau aus.

»W-w-was ist hier passiert?«, fragte er stockend.

70

Die dunklen Haare hingen ihm strähnig über die Schultern. Sein Blick war voller Verzweiflung.

»Valdemar?«, versuchte Liv es erneut.

»Ja«, sagte er.

»Wir haben versucht, Sie zu erreichen, aber Ihr Handy war ausgeschaltet. Auf Ihr Haus wurde ein Brandanschlag verübt, es tut mir sehr leid. Die Schuldigen sitzen bereits in Untersuchungshaft. Aber wir haben auch versucht, Sie zu erreichen, weil wir einige Fragen an Sie haben. Wir haben vor dem Brand Beweismittel auf Ihrem Grundstück gefunden, die in Verbindung mit einer Mordermittlung stehen. Darf ich fragen, wo Sie sich letzte Woche aufgehalten haben?«

»B-b-beweismittel?«

Der Mann reagierte so abwesend, als versuchte er immer noch zu verarbeiten, was er gerade sah. Dann kehrte er dem Haus den Rücken zu, wie um seine Gedanken zu ordnen. Erst da schien sich seine Zunge zu lösen.

»Ich bin aus Skageby weg, bevor das Unwetter losging. Es war schon ziemlich stürmisch, und im Radio wurden dauernd Warnungen durchgesagt, aber ich hatte den Wagen in der Werkstatt und wollte ihn a-a-abholen. Da saß ich dann erst mal eine Weile fest, und beim nächsten Versuch, nach Hause zu fahren, habe ich einen Feuerwehrmann an der Straße aufgesammelt. Jesper. Er brauchte H-h-hilfe. Danach war es schon spät, also habe ich bei einem Kumpel übernachtet, einem Jäger, den ich kenne. Sein Grundstück sah aus wie eine Trümmerlandschaft, und er hatte einen Wasserrohrbruch im Haus. Deshalb bin ich noch ein paar Tage geblieben und habe ihm geholfen, das Chaos zu beseitigen.«

Dann erklärte er noch, dass er das Ladekabel für sein Handy vergessen hatte und dass sein Jägerfreund ihm nicht mit einem passenden aushelfen konnte.

»Deshalb war mein Handy tot. Und jetzt komme ich nach Hause und sehe das …«

Ein Name mitten in dem Wortstrom hatte sie beide zusammenzucken lassen. Das hatten sie tatsächlich nicht gewusst. Jesper hatte zwar erzählt, dass ihn ein Unbekannter mitgenommen hatte, aber mehr auch nicht. Wobei er natürlich auch nicht gewusst hatte, wie wichtig der Lkw-Fahrer für ihre Ermittlungen war oder dass sie versteckt hinter seinem Haus verdächtige Kleidungsstücke gefunden hatten. Und nun war es also ausgerechnet ihm zu verdanken, dass die Verstärkung plötzlich doch ganz schnell bei ihnen eingetroffen war.

Liv musste das alles kurz sacken lassen, ehe sie fortfuhr.

»Valdemar, wenn wir in der Werkstatt anrufen, wird man uns dann bestätigen, dass Sie dort waren? Und die Personen, mit denen Sie die letzten Tage verbracht haben, werden die das auch tun?«

Er nickte.

»Ja, klar«, sagte er und klang verunsichert. »Ich habe in der Unwetternacht bei dem Automechaniker geschlafen, weil es so dermaßen gestürmt hat. Wir kennen uns noch von früher, haben im Gymnasium zusammen Fußball gespielt. Und die Werkstattrechnung h-h-habe ich auch.«

Liv fragte schnell weiter.

»Wir haben hinter Ihrem Haus ein Paar Stiefel und einen Regenmantel gefunden, eingepackt in einem Müllsack. Sind das Ihre Sachen?«

Er sah sie verwirrt an.

»Ich habe keine Ahnung, was für Sachen Sie meinen. Meine sind es jedenfalls nicht. Aber wieso fragen Sie mich das alles?«

In diesem Moment verspürte Liv nichts als glühende Scham. Durch das bloße Erwähnen seines Namens im Pub hatten sie das Misstrauen gegen diesen augenscheinlich unschuldigen Mann weiter befeuert. Ein Misstrauen, das einzig und allein auf Vorurteilen beruhte. Und am Ende hatte ihre einfache Frage zu einem Brandanschlag auf sein Zuhause geführt. Auch wenn er schon immer ein Außenseiter gewesen war – sie hatten die Situation noch tausendmal schlimmer gemacht.

»Wir haben noch mehr mit Ihnen zu besprechen, Valdemar«, sagte Lilly mitfühlend. Ihre Gedanken schienen in eine ähnliche Richtung zu gehen.

Seine dunklen Augen glänzten im Schein der Taschenlampe.

»Hat das Zeit b-b-bis morgen früh? Ich habe hier ja noch ein bisschen was zu tun.«

Er schwieg einen Moment.

»Ich habe mich schon lange gefragt, was mich noch hier in Skageby hält«, sagte er dann langsam. »Ich denke, jetzt habe ich meine Antwort. Nichts.«

Liv berührte leicht seinen Arm, und er sah sie an. Seine ganze Haltung hatte etwas Gebrochenes an sich, und sie konnte den Anblick seiner hängenden Schultern kaum ertragen.

»Idioten gibt es überall, darin unterscheidet sich Skageby nicht von anderen Orten. Aber Sie können mir glauben, dass Sie in Maria eine wahre Freundin haben. Sie hat Sie wirklich gern und hat sich in der letzten Woche immer wieder nach Ihnen erkundigt.«

Zum ersten Mal entdeckte sie die Andeutung eines Lächelns in seinem Gesicht.

»Ah ja«, sagte er.

71

Valdemars dunkle Augen hatten Liv bis in ihre Träume verfolgt. Die Schuldgefühle hatten sich in eine andere Art von Unbehagen verwandelt, in eine vage Ahnung, beobachtet zu werden. Jemand schien alles zu sehen, was sie taten, aus einem Winkel, für den sie blind waren. Ihr Unterbewusstsein trieb ihr den Schweiß auf die Stirn, hielt sie in einem bedrückenden Zustand zwischen Traum und Realität gefangen, als sie plötzlich unsanft aus dem unruhigen Schlaf gerissen wurde. Lilly stand in Top und Unterhose in der offenen Tür, mit leuchtenden Augen, die blonde Mähne vom Schlaf noch ganz zerzaust.

»Wir haben Antwort! Ein Haar in Dörners Haus stammt von Joel Prellberg, jetzt haben wir ihn. Wir treffen uns mit Axel und den anderen in 40 Minuten vor Prellbergs Haus. Durchsuchung, das volle Programm.«

Liv setzte sich im Bett auf, rieb sich die Augen. Es war ein deutliches Zeichen, dass ihr Hirn unter Hochdruck an dieser Ermittlung arbeitete, wenn ihre Gefühle rund um den Fall sogar einen Weg in ihre Träume fanden. Aber die Erinnerung an den Traum glitt ihr aus den Händen, während sie versuchte, wach zu werden. Sie schob den Gedanken daran beiseite. Das hier war jetzt wichtiger. Lilly kam ins Zimmer, zog die Jalousien hoch. Draußen wirbelten Schneeflocken durch die Luft, zeichneten nasse Muster auf die Fensterscheibe.

»Joel muss sich ganz schön sicher gewesen sein, dass er keine

Spuren hinterlassen hat. Immerhin hat er ja trotz allem der Speichelprobe zugestimmt«, sagte Lilly.

»Ein weiterer Mann, der seine Unfehlbarkeit überschätzt hat«, sagte Liv grinsend und verspürte große Sehnsucht nach einer Tasse Kaffee.

Wie eine Antwort auf ihre unausgesprochene Frage stieg herrlicher Duft aus der Küche herauf.

»Malin hat Frühstück gemacht. Es gibt Kaffee, und sie hat auch wieder irgendwas gebacken«, sagte Lilly lächelnd, und Liv schlug die Decke zurück.

Eine halbe Stunde später waren sie unterwegs. Die Scheibenwischer mussten ununterbrochen arbeiten, um gegen die schweren Schneeflocken anzukommen, die sich in großen Fetzen auf die Scheibe legten. In Ediths Schrank unten in der Diele hatte Liv eine grüne Mütze gefunden und sich über die roten Haare gezogen. Sie und Lilly waren beide winterlich angezogen, mit festen Stiefeln und dicken Jacken über den Uniformen. Das gesamte Dorf schien sich unter der riesigen Schneemenge wegzuducken.

»Die Funde von heute Nacht sind übrigens auf dem Weg ins Labor«, sagte Lilly. »Sie haben im Auto einiges entdeckt, mit dem sich etwas anfangen lässt. Haut, Haare, Textilfasern. Sowohl auf dem Fahrersitz als auch im Kofferraum. Außerdem hat einer der Hunde im Kofferraum Leichengeruch angezeigt.«

Liv verschränkte die Arme vor der Brust, versuchte zu denken.

»Also Joel ist in Gunnars Haus eingebrochen und hat versucht, etwas zu finden … aber was? Haben wir etwas übersehen? Hat er dasselbe gesucht wie der Mörder? Oder ist er der Mörder und hatte keinen Erfolg, als er beim ersten Mal das Haus durchsucht hat? Und die Leichen? Wieso hat er die gestohlen? Denn das war er dann ja wohl auch?«

Lilly zuckte mit den Schultern.

»Um uns in den Medien wie Idioten dastehen zu lassen.«

Sie seufzte.

»Nein«, sagte sie dann, »ich glaube, dass Joel in Panik geraten ist. Wie Mats schon vermutet hat. Und der Auslöser waren unsere Fragen über den Kalender, genau wie für seinen überstürzten Besuch bei Klara.«

Liv nickte.

»Du hast recht, das sieht alles sehr nach einer Panikreaktion aus. Vielleicht ist er tatsächlich unser Mann.«

Sie waren an Prellbergs Haus angekommen, gleichzeitig mit fünf weiteren Kollegen in zwei Autos. Sie parkten außer Sichtweite, direkt um die Ecke. Lilly stieg aus, lehnte sich über die Fahrertür und lächelte die versammelte Mannschaft an.

»Und jetzt ruhig und methodisch. Lasst keine Oberflächen aus und denkt daran, dass es unter einer Bodenluke noch einen Heizungskeller gibt. Liv und ich setzen uns mit ihm ins Auto. Im besten Fall ist er kooperativ und gesteht den Einbruch, aber wahrscheinlich dürfen wir nicht zu viel erwarten.«

Dass sie mit dieser Einschätzung richtiglag, sollte sich schnell zeigen. Es war zu viel erwartet.

Joel Prellberg ließ sich Zeit mit dem Öffnen der Tür und als er es endlich tat, öffnete er sie nur einen schmalen Spalt. Misstrauisch starrte er die versammelten Polizisten an.

»Lassen Sie uns rein, Prellberg, wir haben einen Durchsuchungsbeschluss«, sagte Lilly ruhig.

Er fluchte leise und schien kurz zu erwägen, die Tür einfach wieder zuzuziehen.

»Was wird mir denn vorgeworfen?«, fragte er scharf.

Lilly musterte ihn.

»Einbruch. Fürs Erste.«

Er wich ihrem Blick aus.

»Ich habe keine Ahnung, wovon Sie sprechen. Ich habe nichts getan.«

Schließlich trat er aber doch einen halben Meter zurück, machte die Tür ein Stück weiter auf. Lilly blieb stehen, wo sie war.

»Begleiten Sie uns bitte ins Auto.«

Er verschränkte die Arme und gab ihnen zu verstehen, dass er nicht die Absicht hatte, sich auch nur einen Millimeter von der Stelle zu bewegen.

»Damit Sie mir hier in aller Seelenruhe Beweise unterschieben können? Denn das ist ja offensichtlich der einzige Weg, wie Sie an eine Festnahme kommen können.«

Liv lachte auf.

»Ich glaube, Sie haben zu viele amerikanische Krimiserien gesehen, Herr Prellberg«, sagte sie freundlich.

Ihre Heiterkeit brachte ihn erst richtig in Fahrt.

»Wenn Sie Ihren Job anständig machen würden, statt anständige Bürger zu schikanieren, dann wäre das großartig«, schnaubte er.

Mehrere Beamte schoben sich an ihnen vorbei, um sich unter Axels Leitung das Wohnhaus vorzunehmen.

Joel drehte Liv und Lilly den Rücken zu, ging in die Küche und setzte sich demonstrativ an den Tisch. Die beiden Frauen sahen sich an und setzten sich dann kommentarlos zu ihm. Liv ging davon aus, dass Lilly zu demselben Schluss gekommen war wie sie: Sie würden ihm ein paar Minuten geben, um sich zu beruhigen, bevor sie ihn aus dem Haus brachten.

Lilly wischte ein paar Krümel vom Tisch, dann schaltete sie das Aufnahmegerät ein und klärte ihn über seine Rechte auf. Sie beugte sich vor und verschränkte ihre Hände auf dem Tisch.

»Frische DNA-Spuren legen nah, dass Sie etwas mit dem Einbruch in Dörners Haus zu tun haben, Prellberg.«

Alle Farbe schien aus Joels Wangen zu verschwinden. Er schnappte nach Luft.

»Ich … ich war unzählige Male dort. Bevor Gunnar gestorben ist.«

»Frische Spuren, sagte ich«, wiederholte Lilly freundlich. »Was haben Sie gehofft, dort zu finden, Prellberg?«

Es war wie eine kleine Explosion. Er sprang vom Tisch auf, sein Stuhl kippte krachend auf den Boden. Liv war in derselben Sekunde auf den Füßen, bereit, jede Bewegung zu parieren. Aber Joel fing sich wieder, schien zur Besinnung zu kommen. Er atmete schwer und stellte langsam den Stuhl wieder auf, sank am Tisch zusammen.

»Ich … ich will einen Anwalt«, sagte er.

72

Der Schnee fiel immer dichter. Es waren nasse Flocken, die sich schwer auf die Straßen legten und die kleineren Wege unpassierbar machten. Traktoren fuhren mit Schneepflügen und Sandstreuern auf und ab, einige Bewohner am Ortsrand besaßen eigene kleine Räumfahrzeuge. Die Nachrichtensendungen wurden mit Beiträgen über die schwierigen Straßenverhältnisse eingeleitet und berichteten von langen Staus auf den Autobahnen in Nord- und Mittelschweden.

Das Ermittlerteam in Skageby hatte ein Krisengespräch einberufen, um zu überlegen, welche Möglichkeiten ihnen angesichts der Wetterlage blieben. An einen Transport von Joel Prellberg für seine weitere Vernehmung war nicht zu denken. Autofahren war im Moment viel zu riskant. Gleichzeitig verweigerte er seine Zustimmung, einen Anwalt per Videocall zuzuschalten. Alles nur, um ihnen das Leben schwer zu machen, wie Lilly grimmig feststellte. Aber sie war zumindest dankbar, dass sie ihren Analyseauftrag ans Nationale Kriminaltechnische Labor noch rechtzeitig auf den Weg gebracht hatte, bevor der Schnee die Kommunikation schon wieder ausgebremst hatte.

Joel Prellberg reagierte währenddessen kaum auf Ansprache und schien alles außer Schweigen höchst riskant zu finden. Da es in Skageby keine Arrestzelle gab, befand er sich weiterhin in seinem Haus, das sie rund um die Uhr unter Polizeischutz gestellt hatten.

Livs und Lillys vorübergehendes Zuhause entwickelte sich mehr und mehr zum Treffpunkt für die Polizisten im Ort, nicht zuletzt dank Malins Kochkünsten. Es herrschte ein reges Kommen und Gehen zwischen den Schichten. Die Leute trampelten sich den Schnee auf dem Fußabtreter ab und freuten sich seufzend auf etwas zu essen. Malin strahlte wie die Sonne, schnallte sich Livly in der Babytrage vor den Bauch, kochte Unmengen von Essen und backte, dass das Mehl nur so staubte. Sie träumte davon, Ediths Haus umzuräumen, um »den Energiefluss zu verbessern«. Ihre Eltern, die es gerade noch rechtzeitig vor dem Wintereinbruch nach Skageby geschafft hatten, bedankten sich überschwänglich bei Liv und Lilly für ihren Einsatz bei der Geburt. Mit dabei war auch Malins Bruder Per, ein Neunzehnjähriger, der jedes Mal knallrot anlief und kein Wort mehr herausbrachte, sobald sich Lilly im selben Raum aufhielt wie er. Im Vorbeigehen klopfte Liv ihm mitfühlend auf die Schulter.

Die Arbeit ging auf breiter Front weiter. Unverdrossen klingelten sie an Türen, obwohl sie auf ihrem Weg durch meterhohen Schnee stapfen mussten. Die Durchsuchung von Joel Prellbergs Haus war abgeschlossen. Die Kollegen hatten diverse Waffen beschlagnahmt, darunter ein paar Messer, die von Interesse waren. Aminah, eine erfahrene Hackerin, die öfter für Liv auf Honorarbasis arbeitete, unterstützte sie von Stockholm aus bei den Recherchen. Aus Joel Prellbergs Computerdaten ging hervor, dass mehrere Stockholm-Aufenthalte mit der Suche auf verschiedenen Escort-Seiten und nach Kontakten zu Prostituierten einhergegangen waren. Noch ein einsamer Mann mit miesem Frauenbild, dachte Lilly und verzog das Gesicht im Gedanken an Sverker Persson, der Maria zu bezahltem Sex hatte überreden wollen. Joels Mails waren größtenteils harmlos. Berufliche Rundschreiben, Austausch mit seinem Sohn. Eine stach jedoch heraus, Aminah hatte sie rot markiert. Lilly rief Liv, zeigte ihr die Nachricht vom 19. September 2021, gesendet an Gunnar Dörner, nachts um 03:12 Uhr.

Niemand weiß davon, oder?

Das war alles, eine Antwort auf die Mail hatte es nicht gegeben. Aber vielleicht hatten Gespräche stattgefunden, das konnten sie nicht wissen.

Liv brodelte vor Ungeduld über die unfreiwillige Ermittlungspause.

»Wovon weiß niemand? Wir kommen nicht weiter, solange wir ihn nicht ordentlich vernehmen können. Der Wettergott ist nicht auf unserer Seite, so viel ist klar«, knurrte sie.

Draußen schneite es ohne Unterlass, und es sah nicht so aus, als würde es so bald aufhören.

Am Abend forderte Axel Liv in Ediths Wohnzimmer zu einem Ringkampf heraus. Lilly sah amüsiert dabei zu. In der Truppe war allgemein bekannt, dass Liv erfolgreich an größeren Wettkämpfen teilgenommen hatte, und es war nicht das erste Mal, dass sich jemand aus dem Korps sich mit ihr messen wollte. Natürlich hatte Axel in den langen Jahren bei der Kripo ebenfalls Kampfsport trainiert, vielleicht auch mehr als nur die Grundlagen. Die Stimmung war gelöst und erwartungsvoll. Möbel wurden beiseitegeschoben, Geld in einen Topf gelegt, die Kollegen drängten sich entlang der Wände. Im Wohnzimmer stieg die Temperatur.

Liv, jetzt in Leggins und Top, stellte sich in der Mitte des Teppichs auf. Axel sah viel zu entspannt aus, dachte Lilly, die sich einen Platz in der offenen Tür gesichert hatte. Vermutlich bildete er sich wirklich ein, das, was er ihr an Gewicht und Körpergröße voraushatte, zu seinem Vorteil ausnutzen zu können.

Ein kurzes Klatschen diente als Startsignal.

Axel warf sich auf Liv, versuchte, ihre Taille zu packen, aber sie wich ihm geschickt aus. Schnelle Füße, wachsame Haltung. Sie umkreisten sich. Der Kommissar unternahm mehrere Angriffsversuche. Er stand breitbeinig da, aber sogar Lilly fiel auf, dass er die Hände nicht dicht genug am Körper hielt.

Im selben Moment startete Liv schon ihre Attacke. Sie packte die Hände ihres Gegners, stellte sich neben seinen linken Fuß und es sah aus, als würde sie seiner Schulter einen Kopfstoß verpassen, als sie ihn mit einem schnellen, harten Tackling aus dem Gleichgewicht brachte. Es war eine schrecklich erniedrigende Art zu fallen. Axels Hände waren gefangen, er hatte keine Chance sich abzustützen und knallte voll auf den Hintern. Das war sicher schmerzhaft, dachte Lilly. Gejohle und Gelächter wurden laut, gefolgt von Jubel und Pfeifen. Mats, inzwischen fieberfrei, saß auf einem Sessel und brüllte aus vollem Hals.

Im selben Augenblick, in dem Axel auf dem Boden landete, packte Liv sein Bein und zog es hoch. Jetzt schien er ihr hilflos ausgeliefert zu sein, was für noch mehr Gelächter sorgte.

»Wolltest du auch mal ein Baby wickeln, Liv?«, rief jemand.

Die Frustration des kräftigen Polizisten war nicht zu übersehen. Er versuchte, auf die Füße zu kommen, aber jedes Mal wurde er aufs Neue mit einem Ruck aus dem Gleichgewicht gebracht. Seine Wangen glühten feuerrot, und er trat mit dem freien Bein wild um sich. Elegant wechselte Liv die Position, stemmte ihm ihr Knie in den Bauch – wobei ihm ein lautes Keuchen entfuhr – und seine beiden Arme schossen hoch. Das machte ihn zum perfekten Opfer für einen Armhebel. Liv griff nach seinem Hinterkopf, schnappte sich seinen Arm und nahm ihn in den Würgegriff wie eine Python ihre Beute.

Axel erkannte zu spät, dass er ihr in die Falle gegangen war. Liv hatte die Beine frei und wehrte jeden seiner Versuche ab, sich aus ihrer Umklammerung zu lösen. Er drehte sich im Kreis, wand sich wie ein Wurm, aber er saß hoffnungslos fest. Sein Kopf wurde immer röter, sein Gesicht färbte sich langsam lila – Lilly fragte sich schon, wie lange er das aushalten wollte? Bis zur Bewusstlosigkeit? –, als er schließlich ein leises erschöpftes Geräusch von sich gab. Liv ließ ihn augenblicklich los, lächelte sonnig und half ihm auf. Jubel wurde im Zimmer laut. Axel kam auf die Füße, aber klappte sofort wieder nach vorn, die Hände auf die Knie gestützt, um Luft zu holen. Es dauerte einen Moment, bis er wieder reden konnte.

»Das war heftig«, sagte er lachend.

Wetteinsätze wechselten die Besitzer.

Lilly wollte gerade zu Liv, um ihr zu gratulieren, als sie unvermittelt ein leichtes Tippen auf der Schulter spürte und sich umdrehte. Eine jüngere Kollegin, eine gewisse Nina, an deren Nachnamen sie sich nicht mehr erinnerte, stand hinter ihr und sah sie aufgeregt an.

»Das Labor hat schon ein paarmal versucht, dich zu erreichen«, sagte sie atemlos, und Lilly verließ sofort das Gedränge im Wohnzimmer. Die Proben aus Niskanens Auto waren offenbar wirklich unter Hochdruck analysiert worden.

Lilly überflog die Unterlagen und stutzte. Sie sah die Ergebnisse, aber sie konnte sie trotzdem nicht glauben. Alle Schlussfolgerungen, die sie bis jetzt gezogen hatten, waren mit einem Schlag wertlos. Sie ließ sich auf einen Stuhl sinken.

»Egon? Egon hat die Leichen gestohlen?«

73

Das frühe Morgenlicht sickerte durch die wirbelnden Schneeflocken. Der Himmel war schonungslos grau, die Niederschläge schienen einfach kein Ende zu nehmen. Liv trampelte sich den Matsch von den Stiefeln, dann betrat sie den Hausflur zu Mats Büro, das ihnen als provisorische Vernehmungszentrale diente. Joel Prellberg hatte schließlich doch einem Online-Treffen mit seinem Anwalt zugestimmt, was gerade in dem größeren der beiden Konferenzräume stattfand. In dem kleinen Besprechungszimmer mit der Glaswand hingegen saßen Egon Larsson und ihm gegenüber Axel und Lilly. Im hellen Schein der Leuchtstoffröhren wirkte die Szenerie, als säßen die drei in einem Schaufenster.

Die ganze Körpersprache des Verdächtigen verriet, dass er überhaupt nicht wusste, wohin mit sich. Das rastlos wackelnde Bein unter dem Tisch, die zusammengekauerte Haltung. Liv sah, dass er Angst hatte. Und obwohl sie nicht hören konnte, was dort drinnen gesprochen wurde, war deutlich zu erkennen, dass Egon den Ermittlern nur einsilbig und ausweichend antwortete.

Lilly schien dieselbe Frage mehrfach wiederholen zu müssen, allerdings ohne Erfolg. Schließlich sagte sie etwas und stand auf, ließ Egon und Axel allein im Zimmer und ging nach draußen an den Wasserautomaten. Während sie zwei Becher füllte, stellte sich Liv neben sie.

»Wie läuft es?«, fragte sie.

»Er sagt, er habe Niskanens Auto ein paarmal benutzt, als er für ihn einkaufen war. Hat keine Erklärung dafür, wieso nach der letzten Spurensicherung jetzt erneut Fingerabdrücke von ihm darin aufgetaucht sind. Er verweigert sich und redet sich raus. Mit Joel Prellberg hatte er angeblich auch nichts zu tun. Und wie kommt ihr voran?«

Liv strich sich ein paar schmelzende Schneeflocken aus den kurzen Haaren, lehnte sich an die Wand und verschränkte die Arme vor der Brust.

»Egons Handy und Computer müssen noch gesichtet werden, und wir kümmern uns um eine Liste sämtlicher Telefonate, Funkzellenabfrage läuft auch. Vielleicht kommt dabei etwas Brauchbares für den Zeitraum heraus, in dem die Leichen verschwunden sind. Außerdem findet eine zweite Wohnungsdurchsuchung bei Egon statt, die Techniker sind im Moment noch dort. Bislang haben sie in einem Küchenschrank fünf Gramm Marihuana gefunden, aber keine Waffen und auch nichts, was auf ein Motiv hindeuten oder diese absurde Tat irgendwie erklären könnte.«

»Absurd ist es doch irgendwie immer.« Lilly seufzte, hob die Plastikbecher und prostete ihr sarkastisch zu. »Ich gehe wieder rein, und dann soll er uns schildern, wie er die letzten Tage verbracht hat. Manchmal genügt das ja schon, damit sich die Leute in ihren Lügen verstricken.«

Lilly ging, und Liv hörte ein Räuspern hinter sich. Sie drehte sich um und sah Maria, in einer Winterjacke mit reichlich Schnee im Kragen, die ihr einen gut gefüllten Korb entgegenstreckte. Sie lächelte schüchtern.

»Ihre Kollegen unten haben mich reingelassen. Wir hatten noch jede Menge Piroggen von gestern Abend übrig, und da dachte ich mir, ich frage mal, ob Sie und Ihre Leute sich vielleicht darüber freuen würden?«

»Das ist ja nett«, sagte Liv und nahm Maria den Korb ab.

Die dunkelhaarige Frau warf einen neugierigen Blick auf die laufende Vernehmung.

»Kommen Sie voran?«, fragte sie.

Liv betrachtete das Schauspiel hinter der Scheibe. Lilly saß inzwischen wieder am Tisch. Egon hielt den Blick starr auf seine Hände gerichtet, er sagte etwas, aber er schien immer noch ausgesprochen sparsam mit Worten zu sein. Lilly machte sich Notizen, ihr Blick wirkte frustriert.

»Danke für das Essen, Maria«, sagte Liv.

Sie machte eine vielsagende Geste in Richtung Tür. Die Frau lächelte wieder und nickte, verließ das Büro ohne erkennbare Eile. Vielleicht hatte sie auf spannende Neuigkeiten gehofft, die sie ihren Gästen heute Abend an der Bar servieren konnte, dachte Liv. Sie blieb stehen, konnte sich nicht von dem Geschehen losreißen, obwohl sie sich eigentlich an den Schreibtisch setzen und die Erkenntnisse aus Egons Wohnung zusammenfassen sollte.

Doch auf einmal tat sich etwas. Plötzlich beugte Egon sich über den Tisch und begrub sein Gesicht in den Händen. Es vergingen ein paar Sekunden, ehe er den Kopf ein wenig hob und offensichtlich etwas sagte. Überrascht sah Liv, dass ihm Tränen die Wangen hinunterliefen. Egon weinte. Lilly strich sich eine blonde Strähne hinters Ohr, nickte und kam aus dem Raum.

Liv konnte ihre Neugier kaum zügeln.

»Was ist passiert?«

»Er sagt, dass er bereit ist auszusagen, aber nur, wenn die Pastorin als Unterstützung dabei sein kann. Stina Rudberg. Ich rufe sie jetzt an. Könntest du sie abholen, falls sie zustimmt?«

Livs Herz klopfte. Vielleicht würden sie jetzt endlich das ersehnte Geständnis bekommen.

»Na klar«, sagte sie schnell.

Irgendeine hilfsbereite Seele hatte einen schmalen Durchgang von der Straße zu Stinas Eingangstür freigeschaufelt, aber wenn das mit dem Wetter so weiterging, würde der schon bald wieder zugeschneit sein, dachte Liv. Sie stellte das Auto so nah am Haus ab wie möglich, schlug den Kragen ihrer tarnfarbenen Jacke hoch, die sie über der Uniform trug, und stieg aus. Weiche, wirbelnde Flocken landeten auf ihren Wangen und ihrer Stirn, aber sie musste nicht lange warten, nachdem sie angeklopft hatte. Klara Dörner öffnete die Tür und schob den Rollstuhl der Pastorin nach draußen.

»Ich bringe Stina gleich zu Ihnen raus, aber sie hat den ganzen Tag schon über Rückenschmerzen geklagt, also nehmen Sie bitte Rücksicht auf sie.« Und nicht ohne Schärfe fügte sie hinzu: »Ich verstehe nicht, warum das nicht einfach Egons Eltern übernehmen können. Es ist mir wirklich ernst – Stina ist heute in keiner guten Verfassung.«

Liv wollte gerade etwas erwidern, aber eine freundliche Stimme im Haus kam ihr zuvor.

»Halt geben und zuhören, diesen Aufgaben habe ich mein ganzes Berufsleben gewidmet. Und wenn ich der Polizei behilflich sein kann, dann stehe ich selbstverständlich zur Verfügung.«

Die pensionierte Pastorin erschien neben Klara, sie ging gebückt und musste sich mühsam am Türrahmen abstützen. Sie trug einen weiten Mantel über einer geblümten Tunika und einer dazu passenden Hose und hatte sogar ein klein wenig Lippenstift aufgetragen und Ohrringe angelegt. Ganz offensichtlich hatte sie sich schick gemacht. Liv lächelte und dachte, dass so ein Ausflug für Stina Rudberg sicher ein seltenes Ereignis war.

»Und für Ihre Hilfe sind wir Ihnen auch sehr dankbar. Es wird Egon bestimmt leichter fallen, mit uns zu reden, wenn Sie bei ihm sind.«

»Ich möchte, dass du die ganze Zeit im Rollstuhl bleibst, nur zur Sicherheit. Nicht dass du wieder ausrutschst und dich verletzt«, sagte Klara besorgt.

»Ja, ja«, sagte Stina, allem Anschein nach unbekümmert.

Klara schob sie das kurze Stück im Rollstuhl zum Auto, rückte den Beifahrersitz ein Stück nach vorn und hielt ihr stützend den Arm, als sie hinten auf der Rückbank Platz nahm.

»Ist es so bequem für dich?«, fragte Klara mit einer Stimme voller Fürsorge, und Stina streckte die Hand aus und streichelte ihr die Wange. Die Wärme zwischen den beiden war rührend. Welch ein Geschenk für jemanden, der körperlich so eingeschränkt war, so engagierte Pflegekräfte um sich zu haben, dachte Liv, ehe sie den Motor anließ.

»Aber ja, alles bestens«, antwortete die Pastorin.

Während der Fahrt ins Büro war die ältere Dame auf dem Rücksitz schweigsam. Sie hielt die Handtasche auf ihrem Schoß mit beiden Händen fest umklammert und betrachtete die Schneeflocken vor dem Fenster.

»Wir lassen Sie natürlich nicht mit ihm allein«, betonte Liv. »Es wird immer ein Kollege von uns mit Ihnen im Raum sein.«

Stina Rudberg nickte.

»Ich mache mir keine Sorgen. Der Junge ist sicher nur ein bisschen verwirrt«, sagte sie ganz gelassen.

»Oh je, was ist denn hier passiert?«, fragte sie erst wieder, als sie vor dem Bürogebäude ankamen. Der umgestürzte Baum war inzwischen weggeräumt worden, aber im gesamten Erdgeschoss waren die schwarzen Spuren des Brands nicht zu übersehen. Liv erzählte ihr, was vorgefallen war, während die pensionierte Pastorin mit schockiertem Gesicht vom Auto in den Rollstuhl umstieg, wobei sie darauf bestand, es allein zu tun.

Die Treppen in den ersten Stock des Büros entpuppten sich als größere Herausforderung. Liv bot Stina an, sie mit beiden Armen hochzuheben und nach oben zu tragen.

»Nein, bewahre, das wäre mir schrecklich unangenehm«, sagte Stina Rudberg erschrocken. »Ich fühle mich nur viel zu unsicher, um die Treppe selbst hochzugehen. Aber wenn ich mich in den Rollstuhl setze, dann können Sie mich rückwärts die Stufen hochziehen. Das wird auch das Beste für meinen Rücken sein. Das schaffen Sie doch, oder?«

Liv lächelte.

»Na klar.«

Vorsichtig kippte sie den Rollstuhl leicht nach hinten und arbeitete sich Schritt für Schritt in den ersten Stock nach oben. Der Aufstieg war holprig, aber einigermaßen erträglich für die gehandicapte Pastorin, die sich mit den Händen an den Armlehnen festklammerte. Sie lächelte, vermutlich ein wenig erleichtert, als die Strapaze überstanden war. Mats öffnete ihnen mit einer Tasse Kaffee in der Hand die Tür und trat eilig einen Schritt zur Seite, um ihnen Platz zu machen.

»Meine Damen«, begrüßte er sie gut gelaunt. »Danke, dass Sie das hier für uns tun, Frau Rudberg.«

»Das tue ich doch gern, Herr Hjälm«, sagte sie.

Ihre ganze Erscheinung hatte etwas Majestätisches, als sie in den Raum geschoben wurde. Egons Gesicht hinter der Glasscheibe hellte sich auf. Zwei Polizisten, die offensichtlich gerade Pause hatten und am Wasserspender standen, sahen der Besucherin neugierig nach. Lilly stand auf und kam aus dem kleinen Besprechungszimmer.

»Hej Frau Rudberg! Danke, dass Sie so schnell kommen konnten«, sagte sie freundlich. »Wir können gleich anfangen.«

Aber zunächst gab es praktische Probleme. Das Zimmer war zu klein für Stinas Rollstuhl, er passte kaum über die Schwelle. Stina sah sie geduldig an, die Hände im Schoß gefaltet. Liv war es unangenehm, dass sie nicht früher darüber nachgedacht hatten, während sie vergeblich versuchten, die wenigen Möbel so umzustellen, dass der Platz reichte.

Lilly zupfte an ihrer Bluse, bemühte sich, eine Falte glatt zu ziehen, und seufzte.

»Okay, Axel, kümmerst du dich um einen Zimmertausch? Prellberg sollte eigentlich jeden Moment mit seinem Videocall fertig sein, und wenn nicht, müssen er und sein Anwalt eben kurz unterbrechen und hier weitermachen. Und wir führen die Vernehmung dann drüben in dem anderen Raum. Der ist viel größer.«

Axel verschwand zu Prellberg ins Zimmer, aber schon kurz darauf streckte er den Kopf aus der Tür.

»Lilly? Liv? Prellberg will mit euch reden, jetzt sofort.«

Lilly warf ihr einen fragenden Blick zu, und Liv erwiderte ihn mit einem Schulterzucken. Vermutlich wollte der Kotzbrocken sich jetzt auch noch über den Raumwechsel beschweren. Diesem Typen konnte man wirklich gar nichts recht machen, dachte sie.

Als sie ins Zimmer kamen, roch es leicht nach Schweiß. Joels Gesicht glänzte, er sah sie mit aufgerissenen Augen an.

»Ich warte draußen mit der Pastorin«, sagte Axel und zog die Tür hinter sich zu.

»Worum geht es, Prellberg?«, fragte Liv kurz angebunden.

Joel Prellberg schwieg, rieb sich mit dem Hemdärmel den Schweiß von der Stirn.

Abwartend setzten sie sich ihm gegenüber. Plötzlich schoss Joel nach vorn, packte Lillys Handgelenk und zog sie zu sich heran, so schnell, dass sie keine Gelegenheit hatte, ihn abzuwehren. Liv sah, wie ihre Freundin erstarrte. Sofort sprang sie auf, bog seine Finger hoch und stieß ihn auf seinem Stuhl zurück, gröber, als nötig gewesen wäre.

»Muss ich Ihnen Handfesseln anlegen?«

Sie bremste sich. Erst jetzt sah sie, dass seine Unterlippe zitterte, es schien ihm nicht zu gelingen, die Worte zu formen, die er loswerden wollte. Lilly schloss für ein paar Sekunden die Augen, versuchte, ihre Fassung wiederzufinden. Warum hatte dieser verdammte Mistkerl ausgerechnet Lilly attackieren müssen?, dachte Liv. Und noch dazu jetzt, wo die Erinnerungen an die Erlebnisse mit Svante so frisch an die Oberfläche zurückgespült worden waren.

»Ich habe meinem Anwalt alles erzählt. Und jetzt will ich es Ihnen erzählen. Ich weiß, warum diese Morde geschehen«, sagte Joel heiser.

74

Ihr Puls raste, Liv brannte vor Ungeduld, aber sie versuchte, sich nichts anmerken zu lassen. Lilly schaltete das Aufnahmegerät ein und verschränkte die Hände.

»Legen Sie los.«

Joels Finger wanderten unruhig über den Tisch, bekamen schließlich seine Snus-Dose zu fassen, drehten sie ohne Unterlass im Kreis. Er räusperte sich.

»Mein Anwalt hat alles geprüft und sagt, dass das, was ich getan habe, verjährt ist«, stieß er schließlich hervor. Lilly presste die Lippen zusammen, schwieg.

Dann fing er an zu reden, angespannt und verbittert.

»Wir waren vier Männer, die sich zum Kartenspielen getroffen haben. Wir waren alle alleinstehend, und hier im Dorf gab es ja sonst nichts zu tun. Gunnar, Sverker, Emil und ich. Ich hatte viel Zeit totzuschlagen. Mein Junge war noch klein, aber meine Ex war mit ihm weggezogen, also ... Na ja, jedenfalls haben wir ab und zu um Geld gespielt, auch wenn Gunnar gemeckert hat. Er war ein richtiger Geizhals und wurde stinksauer, wenn er verloren hat. Er hatte immer Stress wegen Geld. Hat sich über seine Verwandte in Österreich beschwert, die er versorgen musste, und über das Mädchen, das seine Frau ihm, wie er immer meinte, ›ans Bein gebunden hatte, weil sie ja unbedingt ein Kind haben wollte‹«, sagte Joel. »Wir waren alle ziemlich unzufrieden mit dem Leben. Keine Frauen, nichts zu lachen.«

Liv ging dazwischen.

»Hat er das genau so formuliert? ›Ans Bein gebunden‹? Als würde Klara nicht zu ihm gehören?«

Joels Blick flackerte, er wollte offensichtlich mit seinem Bericht fortfahren, und in Gedanken fluchte Liv über die Tatsache, dass sie das Ergebnis des DNA-Tests von Hedda und Klara immer noch nicht vorliegen hatten.

»Gunnar wollte nicht über diese Sachen reden, aber wir haben ja alle gesehen, dass Klara nicht seine Tochter war. Vielleicht hatte Hedda was mit einem anderen, keine Ahnung. Dieses ganze Familiending schien ihm aus dem Hals herauszuhängen, nachdem seine Frau gestorben war.«

Die Hände, die an der Snus-Dose herumgefingert hatten, hielten inne.

»Jedenfalls war es Sverkers Idee. Wir waren an dem Abend alle ziemlich betrunken, aber Sverker hatte wie immer am meisten getankt.«

Wieder wischte Joel sich den Schweiß aus der Stirn.

»›Was hältst du von einem kleinen Nebenverdienst? Wir könnten ein bisschen Spaß gebrauchen.‹ So ungefähr hat er es formuliert. Und dann hat er Gunnar vorgeschlagen, uns mit Klara allein zu lassen. Uns drei Junggesellen. Und dass wir ihn für das Vergnügen bezahlen. Sie war ja ein bildhübsches Mädchen.«

Liv hatte mit vielem gerechnet, aber damit nicht. Das Gefühl von Ekel stieg wie Galle in ihr auf, sie ballte die Hände zwischen den Knien, sah Joel starr an. Lilly schnappte neben ihr nach Luft, aber sie nickte ihm zu, dass er fortfahren solle.

»›Das macht die nie mit‹, meinte Gunnar, aber er schien eigentlich nichts dagegen zu haben. Und da sagte Sverker: ›Sie muss ja nichts davon wissen.‹ Ich nehme an, dass er sich das schon länger ausgedacht und alles genau überlegt hatte. Er musste sich nur erst genug Mut antrinken, um es vorzuschlagen. Er sagte, dass Gunnar Klara ein Schlafmittel geben solle. Dann würde sie schlafen und gar nichts mitbekommen.«

Vor Livs innerem Auge tauchte die fast leere Blisterpackung Schlaftabletten auf, die sie in Dörners Nachttischschublade gefunden hatten. Dieser Fund bestätigte, dass er Zugang zu solchen Medikamenten gehabt hatte. Sie erinnerte sich auch an die Mail, die Joel mitten in der Nacht an Gunnar geschickt hatte:

Niemand weiß davon, oder?

Kein Wunder, dass Joel in seiner Verzweiflung in Dörners Haus eingebrochen war, dachte sie. Dass er alles durchwühlt hatte, um sicherzugehen, dass nichts die Übergriffe, an denen er beteiligt gewesen war, ans Licht bringen würde.

Doch da war noch eine Erinnerung, die sie traf wie ein Schlag. Auch Klara hatte heftig reagiert und nervös gewirkt, als sie mit dem Kalender konfrontiert worden war. Warum? Weil sie befürchtete, dass Gunnars Notizen ihr Motiv verraten könnten? Hatte sie deshalb nach dem Mord das Haus durchsucht? Denn Liv begriff sehr gut, worauf Prellberg mit seiner Beichte hinauswollte.

Lilly schluckte, räusperte sich, es schien, als wäre ihr bei seiner Schilderung auch schlecht geworden.

Joel starrte auf den Tisch.

»So wurde es dann auch gemacht. Ab und zu waren wir bei Gunnar und ja, er wurde gut dafür bezahlt. Und Klara schlief, wenn man … ein bisschen mit ihr geschmust hat. Ich hatte seit einer Ewigkeit keine Frau mehr angefasst. Ich habe mich endlich wieder lebendig gefühlt. Meine Ex ... da lief schon lange nichts mehr, bevor sie mich verlassen hat.«

»Keine Frau mehr angefasst? Wie alt war Klara?«, fragte Lilly.

Sein Blick klebte förmlich auf der Tischplatte.

»Das kann ich nicht mehr so genau sagen. Fünfzehn ... sechzehn vielleicht. Ich erinnere mich nur, dass sie sechzehn war, als sie nach Stockholm gezogen ist. Da war es dann natürlich vorbei.«

»Und das Schmusen? Wie weit ging das?«

Er wand sich unter ihrem Blick.

»Ich habe sie ein bisschen angefasst und so. Ohne Kleider. Aber ... ich weiß natürlich nicht, was die anderen gemacht haben. Vielleicht mehr als ich. Manchmal ist sie kurz wach geworden, aber immer gleich wieder weggedämmert. Ich dachte ja, sie würde sich an nichts erinnern, aber ...«

»Aber?«, fragte Liv bohrend.

Er hob den Blick.

»Naja, das liegt doch auf der Hand. Der Grund, warum das alles passiert. Sie rächt sich an uns, sehen Sie das nicht?«

75

Lilly beugte sich vor, um ganz sicherzugehen, dass das Aufnahmegerät auch wirklich jedes Wort aufzeichnete, das im Raum gesagt wurde. Sie wollte das hier auf Band haben.

»Wer rächt sich an Ihnen?«

Seine Augen verdunkelten sich vor Ärger darüber, es aussprechen zu müssen.

»Klara natürlich.«

Lilly stoppte die Aufnahme, stand auf. Sie hatte das dringende Bedürfnis nach frischer Luft und danach, dieses Zimmer zu verlassen. Ihre Gedanken zu sortieren.

»Wir werden dieses Gespräch gleich fortführen, aber zuerst müssen Sie in den anderen Raum wechseln, wir benötigen diesen hier für eine andere Vernehmung. Wir machen eine kurze Pause.«

Liv folgte ihr und zog die Tür hinter sich zu. Am anderen Ende der Büroetage saß die Pastorin neben Axel in ihrem Rollstuhl und sah sie fragend an. Sie schien sich über die Verzögerung zu wundern. Lilly hob entschuldigend die Hände und zog Liv mit sich in die kleine Pausenecke, senkte die Stimme.

»Im Augenblick bekomme ich das alles noch nicht zusammen. Warum hat Egon die Leichen weggeschafft, wenn Klara die Morde begangen hat? Versucht er, Klara aus irgendeinem Grund zu schützen? Arbeiten die beiden zusammen? Ist es das, was Egon uns erzählen will?«

»Das wäre möglich. Aber zumindest haben wir jetzt das Motiv –

den Rest des Puzzles müssen wir in der Vernehmung lösen«, antwortete Liv und legte eine Hand auf ihren Arm. »Ist bei dir denn alles in Ordnung?«

Lilly nickte kurz. Sie hatte keine Kraft, um jetzt in sich hineinzuhorchen.

»Wir müssen uns noch überlegen, wie wir die Befragung aufbauen, und oberste Priorität ist, Klara hierherzubekommen.«

Liv nickte und winkte Axel zu sich.

»Kannst du schnell den Raumwechsel regeln? Und sag Stina Rudberg noch mal, wie dankbar wir für ihre Geduld sind und dass sie selbstverständlich jederzeit nach Hause kann, wenn es ihr zu viel wird.«

Währenddessen rief Lilly ihre Kollegin Nina zu sich. Sie sprach leise und schnell:

»Such dir noch jemanden und dann fahrt ihr zu Klara Dörner. Sofortige Abholung zur Vernehmung, so schnell wie möglich.«

Nina eilte sofort los, sichtlich erfreut über den wichtigen Auftrag.

Axel sah sie neugierig an.

»Was hat Prellberg euch da drinnen denn erzählt?«

»Darüber reden wir später, zuerst müssen wir noch ein paar Dinge mit ihm klären«, sagte Lilly kurz. »Und ich brauche ein Sandwich oder so. Mein Blutzucker ist im Keller, ich habe den ganzen Tag noch nichts gegessen.«

Der Ekel über Joels Aussage mischte sich mit dem euphorischen Gefühl, dass die Lösung des Falls zum Greifen nah war. Jetzt wussten sie mit großer Wahrscheinlichkeit, warum die Männer getötet worden waren.

76

Gemeinsam gingen Liv und Lilly die Treppe hinunter. Auch Livs Magen fing an zu knurren. Seit acht auf den Beinen, zu viel Kaffee, zu wenig Essen: Es war an der Zeit, Gegenmaßnahmen zu ergreifen. Aber ein Gefühl war stärker als der Hunger.

»Was für widerliche Wichser. Auch dass er erst mit uns reden wollte, nachdem er sich abgesichert hatte, dass ja alles verjährt ist. Wahrscheinlich hat er nur deshalb auf einen Anwalt bestanden. Ich hätte ihm am liebsten eine reingehauen«, schnaubte Liv mit Nachdruck, sobald sie das Haus verlassen hatten und allein waren.

Sie hasteten durch das fahle Nachmittagslicht, während der Wind an ihnen zerrte. Lilly nickte zustimmend.

»Kein Wunder, dass Klara so gequält wirkt. Wer weiß, woran sie sich erinnern kann, aber offensichtlich ist es mehr als genug. Ich denke, wir sollten zuerst mit Egon sprechen. Vielleicht bekommen wir von ihm noch ein paar Informationen, die wir für die Vernehmung von Klara brauchen.«

»Hast du vor, sie direkt mit dem zu konfrontieren, was wir gerade erfahren haben? Oder willst du, dass sie sich in ihren Lügen verstrickt?«

Liv hörte selbst, wie aufgeregt sie klang, sie waren jetzt so kurz vorm Ziel.

»Ich weiß es noch nicht.«

Lilly, die leicht nach vorn gebeugt gegen Wind und Schnee anging, schien das Bedürfnis nach einem Themenwechsel zu haben.

»Wann hast du zuletzt mit Rickard gesprochen? Geht es allen gut?«, fragte sie.

Liv tat ihr den Gefallen.

»Wir haben gestern noch telefoniert«, sagte sie. »Felicia soll in der Schule ein Referat über Stürme und Starkregen halten und hat Rickard gefragt, ob ich Bilder von dem Unwetter hier in Skageby hätte. Sie wollte, dass ich dich auch frage. Aber da musste ich die beiden ja leider enttäuschen und ihnen erzählen, dass dein Handy spurlos verschwunden ist.«

Lilly schnitt eine Grimasse und nickte.

»Dadurch haben wir leider einiges an Material verloren«, fuhr Liv fort. »Die erste Vernehmung von Egon würde ich mir jetzt gern noch mal anhören. Hattest du sonst noch etwas Wichtiges darauf gespeichert?«

Sie hielt Lilly die Tür zum Supermarkt auf, und sie traten sich im Eingang den Schnee von den Schuhen. Auch hier war die Ordnung wiederhergestellt, alle Lampen leuchteten, und die Kühlregale waren reich gefüllt. Die Kassiererin erkannte sie wieder und begrüßte sie fröhlich.

»Ich glaube, ich hatte noch einen Teil des Gesprächs mit Klara aufgenommen und dann natürlich die Vernehmungen von Stina Rudberg. Außerdem waren jede Menge Fotos drauf«, sagte Lilly und entschied sich für ein abgepacktes Sandwich aus dem Kühlregal mit Lunch-Mahlzeiten.

Sie streckte sich, um noch etwas aus dem obersten Fach zu angeln, stutzte plötzlich und blieb stehen. Liv gab ihr einen freundschaftlichen Knuff in die Seite.

»Leidest du neuerdings unter Entscheidungsproblemen, oder was?«

Langsam klappte Lilly die Tür des Kühlregals zu und als sie sich umdrehte, sah Liv, dass das Gesicht ihrer Freundin kreideweiß geworden war.

»Ich habe mich gerade an etwas erinnert. Es war plötzlich da, einfach so aus dem Nichts. Kennst du das? Man sieht etwas, und in dem Moment denkt man sich gar nichts dabei, aber irgendwo im Hinterkopf speichert man es ab, und wenn man am wenigsten damit rechnet, dann taucht es wieder auf?«

Liv hörte auf zu lächeln. Etwas in der Stimme ihrer Kollegin ließ ihren Puls steigen.

»Wovon redest du?«

»Zu Hause bei Stina haben ganz oben auf dem Gewürzregal Kerzen gebrannt.«

Liv zuckte mit den Schultern.

»Ja und? Klara hat sie wahrscheinlich angezündet.«

»Nein, an dem Tag war noch niemand vom Pflegedienst bei ihr gewesen.«

»Okay, aber worauf willst du hinaus?«

Lillys Stimme wurde hitzig vor Aufregung.

»Was ist, wenn sie nur so tut als ob? Wenn es ihr in Wahrheit gar nicht schwerfällt, aufzustehen und zu gehen?« Sie schnappte nach Luft, ihre Augen wurden noch größer. »Wir dachten, sie würde Klara schützen, indem sie ihr ein Alibi gibt. Aber was, wenn sie Klara auf ganz andere Weise beschützt hat?«

Liv brachte für einen Moment keinen Ton heraus. Der Gedanke traf sie wie ein Blitz. Die ältere Frau hatte sich mühevoll allein vom Auto in den Rollstuhl gekämpft und auf keinen Fall gewollt, dass Liv sie auf den Armen die Treppe hochtrug. Was hätte Liv womöglich entdeckt, wenn sie darauf bestanden hätte?

Die Freundinnen sahen sich eine endlose Sekunde lang an. Und dann ließ Lilly auf einmal fallen, was sie in den Händen hielt, und sie rannten beide los. Die Kassiererin rief ihnen etwas nach, aber alles, was sie hörten, waren ihre dröhnenden Schritte, ihre klopfenden Herzen. Es waren nur ein paar hundert Meter, aber der peitschende Schnee ließ den Weg unendlich erscheinen, und der kräftige Wind drängte sie förmlich zurück. Liv war als Erste im Treppenhaus, nahm mehrere Stufen auf einmal. Als sie die Tür aufriss, erschien ihr die Stille im Büro geradezu bizarr. Die Kollegen von eben waren noch da, unterhielten sich leise, packten ihre Lunchboxen aus. Liv sah sich hektisch um, stutzte verwirrt. Warum saß Egon immer noch allein in dem kleinen Raum mit der Glaswand? Axel kam mit zwei Tassen Kaffee in den Händen auf sie zu und blieb stehen, als er sie sah.

»Wo ist Stina Rudberg?«, keuchte Liv.

»Als sie gesehen hat, dass Prellberg im Konferenzraum ist, hat sie darum gebeten, noch kurz ein paar Worte mit ihm wechseln zu dürfen. Ich bringe den beiden gerade einen Kaffee. Ich dachte, es wäre vielleicht eine gute Idee, ihn mit der Pastorin reden zu lassen. Wenn sie Egon ermutigen kann, seine Aussage zu machen, dann hilft es vielleicht auch Joel …«

Im selben Augenblick stürzte Lilly durch die Tür der Büroetage. Sie schien genauso überrascht zu sein wie Liv, Egon allein in dem kleinen Zimmer zu sehen.

»Wo …«, setzte sie an.

Doch plötzlich erfüllte ein kurzes, durchdringendes Geräusch den Raum. Ein gellender Schrei, der schlagartig verstummte. Alle erstarrten.

77

Sie rannten los, rissen die Tür auf. Axel, der vor Liv stand, schnappte beim Anblick der Szene nach Luft, tastete nach der Waffe an seinem Gürtel. Liv schob ihn zur Seite. Das, was sie sah, schlug ihr mit brutaler Wucht entgegen.

Joel Prellberg lag neben dem Tisch auf dem Boden, in einer Lache aus dunkelrotem Blut. Seine Hand bewegte sich matt, sein Kopf zitterte, als versuchte er, sich aufzusetzen. Er röchelte etwas, das nicht zu verstehen war. Und dann Stina Rudberg. Sie stand aufrecht da wie eine Statue, erhaben über Joels gefallener Gestalt. Ihr Blick war vollkommen ruhig. In der einen Hand hielt sie ein kräftiges, leicht gebogenes Messer. Die Klinge glänzte blutig, und auch auf ihrer geblümten Tunika waren rote Flecken. Jetzt, wo sie stand, sah man, was für eine große, kraftvolle Erscheinung sie war.

Livs Finger schlossen sich um den Taser im Holster. Sie stürmte in den Raum, schrie Stina an, das Messer fallen zu lassen, schrie so laut, dass es im Hals weh tat. Adrenalin rauschte durch ihren Körper. Aber die pensionierte Pastorin unternahm keinen Versuch, Widerstand zu leisten. In einer langsamen Bewegung legte sie das Messer auf den Tisch, hob die Hände und trat ein Stück zurück.

Liv war mit schnellen Schritten bei ihr, drehte ihr die Arme auf den Rücken und legte ihr Handfesseln an. Jetzt war ihr klar, warum Stina Rudberg die ganze Zeit so auffällig Abstand zu ihnen gehalten und ihren Körper in weiten Kleidern versteckt hatte, warum sie nicht getragen werden wollte. Diese Frau hatte nicht nur ein Messer versteckt gehabt. Nein, ihr schlanker Körper war außerdem sehnig und stark, das merkte Liv sofort.

Lilly war unterdessen zu Joel gerannt und drückte mit beiden Händen die Wunde in seinem Hals ab. Ihre Finger färbten sich rot, ihre Arme waren verschmiert. Auch der hellgraue Teppichboden änderte vor ihren Augen die Farbe. So schnell wie das Blut aus Joels Körper quoll, musste Stina die Halsschlagader getroffen haben, dachte Liv hektisch. Lilly riss sich ihre Jacke vom Leib, nutzte sie als Kompresse. Joel war beängstigend blass. Er gab nur noch gurgelnde Laute von sich und verdrehte die Augen, bis nur noch das Weiße zu sehen war. Sein Körper zuckte.

Hinter sich hörte Liv, wie Axel ins Funkgerät schrie und einen Helikopter anforderte. Dann warf er sich neben Joel auf den Boden und begann mit der Herz-Lungen-Massage.

»Manchmal hat es doch seine Vorzüge, in so einer abgelegenen, vergessenen Gegend zu wohnen«, sagte Stina lächelnd, genauso unbeschwert, als redete sie übers Wetter. »Es dauert eine Weile, bis man im Krankenhaus ist.«

»Schafft sie hier raus!«, brüllte Lilly.

Liv packte Stina hart am Arm, führte sie quer durch die Büroetage, die jetzt voller Menschen zu sein schien, die hektisch hin- und herrannten, Erste-Hilfe-Kästen holten und in ihre Funkgeräte redeten. Die alte Frau hatte keinerlei Schwierigkeiten zu gehen. Egon war aus dem kleinen Zimmer gekommen, lehnte an der Glaswand und starrte sie mit großen, verängstigten Augen an.

»Stina?«, fragt er mit dünner Stimme.

»Gehen Sie, Egon, und setzten Sie sich dort drüben an die Wand«, fuhr Liv ihn scharf an und schob Stina in den kleinen Raum. Sie drückte sie unsanft auf einen der Bürostühle und blieb breitbeinig neben ihr stehen, eine Hand auf der Elektroschockpistole, die jetzt wieder im Holster steckte. Die ehemalige Pastorin atmete in einem langen Seufzer aus und unternahm einen Versuch, eine bequemere Haltung für die gefesselten Hände hinter dem Rücken zu finden.

»Diese Handschellen sind vollkommen überflüssig, ich werde keine Dummheiten machen«, sagte sie sanft.

Liv antwortete nicht, blickte nur unverwandt zu der offenen Tür des großen Konferenzraums. Sie hörte laute, aufgebrachte Stimmen. Ein paar Minuten verstrichen. Vielleicht zehn. Vielleicht mehr. Ihr Herz klopfte hart. Die Zeit schien zu kriechen und gleichzeitig zu rasen. Ab und zu trommelte Stina mit den Fingern gegen die Stuhllehne.

Schließlich erschien Lilly. Ihre langen Haare und ihre Uniform waren blutverschmiert. Sie ging langsam auf den Raum zu, in dem Stina und Liv sich befanden, öffnete die Tür und trat ein.

»Er ist tot«, sagte sie tonlos.

Stina schien sich noch ein wenig gerader aufzurichten. In ihren Augen spiegelte sich eine Mischung aus Trauer und Triumph.

»Es ist vollbracht. Es ist endlich vollbracht«, sagte sie.

78

Lilly hatte sich schnell abgewaschen, das Blut von den Händen gespült und versucht, kurz durchzuatmen. Sie war erschüttert, aber verhältnismäßig ruhig. In dem großen Konferenzraum wurde gerade Joel Prellbergs Leichnam in eine Plane eingepackt und für den Abtransport vorbereitet. Sie kehrte in das kleine Besprechungszimmer zurück und fing an, Stina Rudberg routiniert über ihre Rechte aufzuklären. Die ältere Frau wischte ihre Worte mit einem Kopfschütteln beiseite. Zeigte deutlich, dass diese Formsache überflüssig war.

»Fragen Sie einfach«, sagte sie ruhig.

Dann lächelte sie.

»In meiner Handtasche finden Sie übrigens Ihr Handy, Frau Hed. Es fällt mir so schwer zu lügen, und ich dachte, wenn Sie sich unser Gespräch noch einmal anhören, dann würde Ihnen auffallen, dass ich es mit der Wahrheit nicht so genau genommen habe. Deshalb habe ich Egon gebeten, ihr Telefon eine Weile aus dem Verkehr zu ziehen. Aber es war nur geliehen, nicht gestohlen«, sagte sie und sah ihnen fest in die Augen.

Lilly spürte, wie der Adrenalinpegel langsam sank, und auf einmal war sie so erschöpft, dass sie sich kaum noch auf den Beinen halten konnte. Sie schaltete das Aufnahmegerät ein und ließ sich auf den Stuhl gegenüber von Stina fallen. Liv saß schräg hinter der pensionierten Pastorin, ihr Blick war wachsam.

»Ich hätte eigentlich gedacht, dass das Gebot ›Du sollst nicht töten‹ höher im Kurs steht als ›Du sollst nicht falsch Zeugnis reden wider deinen Nächsten‹«, sagte Lilly, rieb sich die Augen und verschränkte die Hände dann vor sich auf dem Tisch.

Stina Rudberg schien auf ihrem Stuhl zu wachsen.

»Der Herr beurteilt uns nach unseren Taten, das stimmt. Aber er ist in dieser ganzen Zeit nicht einen Augenblick von meiner Seite gewichen.«

Lilly stützte den Kopf auf die Hände, versuchte, ihre ausgelaugten Sinne wiederzubeleben.

»Fangen Sie von vorn an.«

Stina räusperte sich.

»Zuallererst: Ich bin Klaras Mutter.«

Lillys Augen wurden größer, während sich die Puzzleteile nach und nach zu einem Bild zusammenfügten. Bis eben hatte sie die Pastorin noch nie aufrecht stehen sehen, aber jetzt wurde ihr bewusst, dass sie und Klara nahezu gleich groß waren. Und die Herzlichkeit zwischen den beiden Frauen war bedeutend mehr als nur ein Arbeitsverhältnis. Aber wusste Klara das auch? Lilly sah, dass Liv genauso verdutzt war wie sie selbst. Natürlich hatten sie beide vermutet, dass Hedda nicht Klaras leibliche Mutter war, auch wenn die Bestätigung noch ausstand, aber mit dieser Enthüllung hätten sie niemals gerechnet.

»Als ich 1988 ungewollt schwanger wurde, dachte ich, mein Leben wäre vorbei. Ich hatte endlich mein Ziel erreicht – ich war Pastorin, hatte meine Gemeinde gefunden, und nun sollte eine einzige Unachtsamkeit bei einem Besuch in einer anderen Stadt mir das alles kaputtmachen? Niemand hätte eine alleinstehende Pastorin respektiert, die sich schwängern lässt und ein uneheliches Kind zur Welt bringt, nicht zu dieser Zeit. Das war ganz klar. Aber um nichts in der Welt hätte ich mir vorstellen können abzutreiben. Und dann fand ich eine Lösung. Entschuldigung, könnte ich vielleicht einen Schluck Wasser haben?«

Liv warf Lilly einen fragenden Blick zu, die nickte und aufstand.

»Ich sitze hier mit der gezogenen Elektroschockwaffe in der Hand«, sagte Liv leise zu Stina. »Wenn Sie irgendetwas versuchen, wird es sehr weh tun, das verspreche ich Ihnen.«

Lilly kam mit einem Glas Wasser zurück und stellte es auf den Tisch. Dann löste Liv Stinas Handfessel. Die alte Pastorin verzog leicht das Gesicht, rieb sich die Handgelenke und trank einen Schluck.

»Viel besser, danke«, sagte sie, ehe sie fortfuhr. »Wo war ich? Ach ja, Hedda Dörner hatte mir über viele Jahre im Vertrauen von ihrem Kampf, schwanger zu werden, erzählt. Sie hatte eine Fehlgeburt nach der anderen erlitten. Also suchte ich sie auf und schilderte ihr meine Situation. Gemeinsam konnten wir das Problem lösen, aber sie musste mir versprechen, nie einer Menschenseele zu verraten, von wem sie das Kind bekommen hatte. Nicht einmal ihrem Mann. Als es schwerer wurde, meinen wachsenden Bauch zu verstecken, behauptete ich, zu Bibelstudien nach Dänemark zu reisen, während Hedda gleichzeitig anfing, sich die Kleider auszustopfen. Rechtzeitig zur Entbindung kam sie zu mir nach Dänemark. Wir hatten uns darauf geeinigt, dass sie ihrem Mann sagen würde, sie hätte dort die Möglichkeit einer informellen Adoption aufgetan, ein ungewolltes Kind, das sie aufnehmen dürften, ohne etwas dafür bezahlen zu müssen. Ich glaube nicht, dass Gunnar viele Fragen gestellt hat. Das Einzige, was Hedda ihm eingeschärft hat, war, dass die Leute glauben mussten, das Baby wäre ihr leibliches Kind. Vermutlich dachte er, sie hätte in ihrer Verzweiflung etwas Ungesetzliches getan, und wollte schon allein deshalb keine Details wissen. Mein Bruder, ein Oberarzt, hat uns geholfen, die Formalitäten zu regeln. Hedda und Gunnar bekamen eine kleine Tochter. Ich kehrte in meine Gemeinde zurück. Und konnte mein Kind aus nächster Nähe aufwachsen sehen. Zu Anfang schien alles gut.«

Stinas Augen bekamen einen warmen Glanz, als sie von Klara sprach, ihre Stimme wurde weich.

»Sie war hinreißend. Beredt, lustig und schlau, hat in den Gottesdiensten alle zum Lachen gebracht. War schon in der Grundschule groß und so hübsch wie kein anderes Kind. Sie liebte es, wenn sie Aufmerksamkeit bekam, stand gern im Mittelpunkt. So war es ... bis Hedda starb. Klara war zwölf, als es passierte.«

Sie faltete die Hände vor der Brust, schien Anlauf zu nehmen für das, was als Nächstes kam.

»Klara veränderte sich vor meinen Augen. Sie nahm ab. Wurde blass und still. Über mehrere Jahre hinweg konnte man ihr zusehen, wie sie zu schrumpfen und in sich zusammenzufallen schien. Ich überlegte, ihr die Wahrheit zu sagen, aber wie erklärt man einem Teenager, der um seine Mutter trauert, dass sein ganzes Leben eine Lüge war?«

Lilly sah, wie Liv die Augen schloss, die Zähne zusammenzubiss. Vielleicht dachte sie an Felicia zu Hause, die im selben Alter war.

»Ich bin damals vor Sorge fast gestorben. Ich habe alles getan, um mit der Familie in Kontakt zu bleiben, habe versucht, einen Einblick zu bekommen, wie es ihnen ging. Am schlimmsten wurde es, als Klara etwa 15 war. Ich wusste ja, dass Gunnar kein begeisterter Familienvater war. Er war kalt. Und sie verkümmerte immer mehr.«

Sie presste die Lippen zusammen.

»Und dann, mit 16, wurde sie auf einer Klassenfahrt in Stockholm von einem Modelscout entdeckt und war ein paar Jahre weg. Aber sie kam zurück. Und da begriff ich, wie schlecht es ihr ging. Sie betrank sich ohne Sinn und Verstand, schlimmer als ihre Freunde. Ein paarmal wäre es um ein Haar böse ausgegangen. Egon war noch ein kleiner Junge, als er zu mir gerannt kam, um mir zu sagen, dass sie mit zwei fremden Männern auf dem Weg zu deren Auto sei. Ich habe sie dort rausgeholt, und sie durfte sich bei mir ausnüchtern. Egon hatte seine Eltern durch Krebs verloren, und nun machte er es sich zur Aufgabe, auf Klara aufzupassen. Sie wirkte so verloren. Ich dachte damals noch, es wäre die Trauer um Hedda, die so tiefe Narben hinterlassen hätte.«

Lilly beugte sich vor.

»Wir wissen, was Klara widerfahren ist, Frau Rudberg.«

Jetzt war es an Stina, überrascht auszusehen. Dann bekam ihr Blick etwas Hartes. Für einen Moment starrte sie vor sich ins Leere.

»Aha, nun gut. Obwohl ich alles getan habe, um die Spuren der Dinge zu beseitigen, die diese Männer meinem Mädchen angetan haben. Die wenigen, die ich finden konnte.«

Sie trank noch einen Schluck Wasser.

»Klara blieb hier im Dorf und war nur noch ein Schatten ihrer selbst. Sie war 31, als ich die Wahrheit erfuhr. Es war der Säufer Sverker Persson, der mir offenbarte, was geschehen war. Er kam eines Nachmittags in meine Kirche getorkelt und war in Beichtlaune. Ein schrecklicher Mensch. Keine Frau konnte sich in seiner Gesellschaft sicher fühlen. Aber ich nahm mir trotzdem die Zeit, ihm zuzuhören, versuchte herauszufinden, was ihn bedrückte. Soll ich erzählen, was er zu mir gesagt hat?«

Lilly nickte.

»›Weißt du, was man mit Kuckuckskindern macht? Vögeln.‹ Und dann hat er gegrinst.«

Mit fester Stimme und ohne zu blinzeln, fuhr Stina fort:

»Gunnar verabreichte Klara Schlafmittel und ließ die Männer gegen Bezahlung mit ihr ›verkehren‹. Sverker. Joel. Emil.«

Lilly drehte sich der Magen um, aber sie versuchte, sich nichts anmerken zu lassen.

»Wie viele Erinnerungen hat Klara an die Übergriffe?«, fragte Liv von hinten.

Stina rieb sich die Augen, wie um die Bilder zu vertreiben, die sie gerade heraufbeschworen hatte.

»Vermutlich einige, aber so, wie sie mit ihren Dämonen kämpft, werden es wohl eher diffuse, verschwommene Bilder sein«, sagte Stina. »Als ich Sverker das nächste Mal traf, war er wieder ganz der Alte, unangenehm und aufdringlich wie immer. Er schien sich nicht daran zu erinnern, worüber er mit mir gesprochen hatte. Und natürlich wusste er nicht, dass er das alles Klaras Mutter anvertraut hatte.«

Sie sah Lilly durchdringend an.

»Die Wahrheit ist mir nicht zufällig in der Kirche zuteilgeworden. Es war ein Zeichen. Gott wollte, dass ich erfahre, was meiner Tochter angetan wurde. Und er hat mir gezeigt, was zu tun war.«

Ihr Blick war wieder hart. In ihren Augen lag kein Zweifel, keine Bedenken.

»Also schritt ich zur Tat. Diese Männer sollten sterben für das, was sie getan haben. Und Gunnar zuerst.«

79

Lilly versuchte, auf dem harten Plastikstuhl eine bequemere Position zu finden, betrachtete ihre blutverschmierte Uniform. Rieb sich das Gesicht. Immer wieder tauchten die Bilder der Ereignisse, die gerade erst passiert waren, vor ihrem inneren Auge auf und raubten ihr für einen Moment die Luft. Das Blut, das aus Joel Prellbergs Hals quoll. Der verzweifelte Blick, mit dem er sie angesehen hatte. Sein stummes Flehen um Hilfe. Sie hatte alles getan, was in ihrer Macht stand, aber nichts hatte geholfen. Vor ein paar Minuten hatte ein Kollege angeklopft und ihnen diskret das Ergebnis des DNA-Tests hineingereicht. Es hatte bestätigt, was sie schon wussten: Hedda und Klara Dörner waren nicht miteinander verwandt.

Ihr gegenüber drehte Stina Rudberg den Kopf und sah sie und Liv abwechselnd an.

»Ich habe einen Autounfall arrangiert, damit mein Handicap eine glaubhafte Ursache hatte. Eine unklare Rückenverletzung, die im Röntgenbild nicht zu sehen war, die mich im Alltag aber stark einschränkte. Zwei Dinge wollte ich damit erreichen: Punkt eins, es war der ideale Vorwand, um meine Tochter regelmäßig um mich herum zu haben, nachdem sie ihre Stelle bei dem Pflegedienst angetreten hatte. Punkt zwei, niemand nimmt eine alte, pflegebedürftige Frau als Bedrohung wahr. Ich tat so, als wäre ich schwach und behindert, aber zu Hause im oberen Stock trainierte ich mich stark und wartete geduldig, bis meine Zeit gekommen war.«

Sie legte die Hände vor sich auf den Tisch. Ein Ausdruck des Bedauerns huschte über ihr Gesicht, zum ersten Mal während dieser Vernehmung.

»Es gibt Dinge, die ich bereue. Vor allem, dass ich Egon in die ganze Sache mit hineingezogen habe. Aber es ging nicht anders. Ich brauchte Augen und Ohren in der Stadt, und seit dem Tod seiner Eltern war ich seine Stütze im Leben. Egon ist, trotz seines Lebenswandels, sehr religiös. Er hat mir vertraut und alles getan, was ich ihm aufgetragen habe. Er hielt geschäftlichen Kontakt zu diesen Männern, damit ich einen Einblick in ihren Alltag bekam. Aber ich habe Egon nie erzählt, was ich plante oder warum. Ich habe ihn nur einfach gebeten, mir den einen oder anderen Gefallen zu tun. Mit der Zeit schien er zu begreifen, wozu er beigetragen hatte. Aber er ahnte immer noch nicht, welche Rolle ich dabei spielte, denn ich ließ selbst ihn in dem Glauben, gehbehindert zu sein. Er war davon überzeugt, dass ich noch einen weiteren Komplizen hatte, und stellte immer öfter Fragen. Und obwohl ich mich weigerte, sie ihm zu beantworten, ließ er mich nicht im Stich.«

Lilly unterbrach sie mit einer Frage, und ihre Stimme war scharf.

»Er hat also nicht in Ihrem Auftrag gemordet?«

Stina schüttelte entschieden den Kopf.

»Nein. Es war allein meine Aufgabe, die Männer zu bestrafen.«

Lilly wollte sichergehen, dass sie das volle Geständnis auf Band hatten.

»Wie sind Sie vorgegangen?«, hakte sie nach.

Stina verschränkte die Hände.

»Ich habe die vier studiert. Habe ihre Gewohnheiten aufgeschrieben. Ich habe mir die Dunkelheit zunutze gemacht, bin eingebrochen, habe mich angeschlichen. Ich habe auf sie eingestochen und zugesehen, wie das Leben aus ihnen herausgesickert ist.

Und im Augenblick des Todes habe ich es ihnen gesagt: ›Ich bin Klaras Mutter.‹ Genau wie bei Joel heute.«

Sie lächelte.

»Sie beide haben wieder und wieder nach diesem Abend gefragt, an dem Gunnar Dörner starb, wollten wissen, ob ich mir mit Klaras Alibi wirklich sicher sei. Dabei war sie es ja, die *mir* ein Alibi gegeben hat. Ich habe dasselbe getan wie diese erbärmlichen Kreaturen. Ich habe ihr heimlich eine Schlaftablette verabreicht. Sie hat so friedlich auf dem Sofa gelegen, als ich gegangen bin und Gunnar die Strafe bekommen hat, die er verdiente. Dann habe ich sein Haus durchsucht, um sicherzugehen, dass die Polizei keine Spuren finden würde, die darauf hindeuteten, was er Klara angetan hat. Ich wusste ja, dass er immer alles aufgeschrieben hat. Jetzt spielt das alles keine Rolle mehr, aber ich hatte wahnsinnige Angst, dass Sie mir auf die Schliche kommen würden, ehe alle Männer tot sind. Es war so dumm von mir, dass ich diesen Kalender übersehen habe, aber schlussendlich ist ja doch noch alles gut gegangen. Ich habe dann noch ein paar Wertsachen mitgenommen, um die Polizei auf eine falsche Fährte zu locken und es wie einen Raubmord aussehen zu lassen. Auch dass ich Stiefel in Herrengröße getragen habe, sollte Sie und Ihre Kollegen in die Irre führen. Sie in dem Glauben lassen, der Täter wäre ein großer, kräftiger Mann gewesen. Die Zeitpunkte waren mit Bedacht gewählt. Ich habe auf Regen gewartet, der meine Spuren verwischen und den Suchhunden die Arbeit erschweren würde«, sagte Stina und trank noch einen Schluck Wasser. Für einen Moment starrte sie ins Leere. Lächelte. Dann fuhr sie fort.

»Während sie blutend am Boden lagen, habe ich alles gründlich durchsucht. Bei Emil Niskanen habe ich nichts gefunden, aber Sverker Persson hatte Fotos von Klara gemacht, während er …«

Sie verstummte, hob trotzig das Kinn. »Ich habe sie verbrannt. Danach erwähnte ich beiläufig gegenüber Klara, wann sie eingeschlafen war, eine Zeit, die mich entlastete, und die gab sie gegenüber der Polizei an. Alibi – natürlich.«

Lilly gab sich mit dieser Antwort zufrieden.

»Und was war Egons Rolle?«, fragte sie.

»Er hat andere Aufgaben für mich erledigt. Hat mir Ihr Handy beschafft, Frau Hed. Hat Sie beide im Auge behalten. Hat dafür gesorgt, dass das Überwachungsvideo vom Hundezwinger gefunden wurde, damit Sie nach spezieller Kleidung Ausschau halten würden. Er hat die Sachen gewaschen, die ich getragen hatte, und zusammen mit den Stiefeln hinter Valdemars Haus deponiert, um eine weitere falsche Spur zu legen. Er ist ein großes Risiko eingegangen, als er im Wald die Masten sabotiert hat.« Sie machte eine kurze Pause, fügte dann hinzu: »Und weil er mich schützen wollte, ist er in den Erdkeller eingebrochen und hat die Leichen gestohlen.«

»Das hat er also nicht getan, weil Sie ihn darum gebeten haben?«

Erneutes Kopfschütteln.

»Nein, der Junge ist aus Sorge um mich in Panik geraten, als er mitbekommen hat, dass Verstärkung auf dem Weg ist. Er hat sich Joels Auto ausgeliehen und die Leichen geholt. Sie liegen ein paar hundert Meter von der Hundezucht entfernt im Wald vergraben. Ich habe ihm deshalb Vorwürfe gemacht, aber andererseits war mir schnell klar, dass es sein Gutes hatte. Vielleicht würde Egon mir so eine Möglichkeit verschaffen, Joel zu treffen.«

Stina senkte den Kopf, wie zum Gebet.

»Ich kann nur hoffen, dass ich das Schlimmste von ihm abwenden kann. Dass es mir gelingen wird, das Gericht davon zu überzeugen, dass ich den Jungen gelenkt habe. Denn so war es ja auch.«

Sie trank noch einen Schluck.

»Was ich ebenfalls bereue, ist, dass ich den Verdacht auf Valdemar gelenkt habe. Es hat mir etwas Zeit verschafft, aber es hatte furchtbare Folgen für ihn. Das war nie meine Absicht. Valdemar ist ein guter Mann.«

Aus reiner Neugier stellte Lilly ihre nächste Frage, obwohl sie für die Ermittlungen eigentlich nicht wichtig war.

»Warum haben Sie Klara nicht erzählt, dass Sie ihre Mutter sind? Denn sie weiß es ja nicht?«

Stina sah ihr direkt in die Augen, ihr Tonfall war sanft.

»Ich wollte die liebevolle Erinnerung an die Frau nicht zerstören, die für sie ihre Mutter war. Wir hatten ja trotzdem ein inniges Verhältnis und standen uns nah. So dachte ich zumindest lange.«

Durch das Fenster sah Lilly, dass der Schneefall endlich nachließ. Stina Rudberg konnte in die Untersuchungshaft überführt werden. Sie spürte, wie eine neue Welle der Müdigkeit über sie hinwegrollte. Dachte, dass sie am liebsten hundert Jahre schlafen würde. Sie stand auf.

»Ich glaube, wir haben alles, was wir brauchen.«

Auch Stina stand auf. Liv legte ihr die Handfesseln wieder an und ging die Formalitäten mit ihr durch. Stina beantwortete alles mit einem Nicken.

Liv stellte ihr eine letzte Frage.

»War es das wirklich wert?«

Die Pastorin legte den Kopf schief. Musterte Liv, mit einem leisen Lächeln auf den Lippen.

»Ich denke, Sie kennen die Antwort auf diese Frage schon, nicht wahr? Ja. Wer sein Kind liebt, würde alles tun, um es zu beschützen.«

80

Als sie die Tür öffneten, stand Klara Dörner vor ihnen, links und rechts von Polizisten flankiert. Eben noch war sie die Hauptverdächtige in einer Mordermittlung gewesen, dachte Lilly. Jetzt gehörte sie stattdessen zu den Opfern.

Plötzlich weiteten sich Klaras Augen, der Schock stand ihr ins Gesicht geschrieben. Stina Rudberg wurde in Handschellen abgeführt, die Kleider von oben bis unten blutverschmiert. Die Pastorin ging aufrecht, mit energischen Schritten, aber als sie Klara sah, stockte sie. Für ein paar Sekunden sahen sich die beiden Frauen wortlos an.

»Da bist du ja, mein Kind«, sagte Stina sanft. »Die Polizei wird dir alles erzählen. Sobald sie dir erlauben, mich zu besuchen, bin ich für dich da und werde alle deine Fragen beantworten. Wenn du das willst. Das entscheidest allein du.«

Klara öffnete den Mund und schloss ihn wieder.

»Wieso kannst du ... Was geht hier vor?«

Dann wurde Stina weggebracht, und Klara sah ihr noch lange nach. Lilly bat sie mit einer Geste in den Raum, den sie gerade erst verlassen hatten, und dort sank Klara auf einen Stuhl, stützte den Kopf auf die Hände.

»Hat ... hat Stina ihre Behinderung die ganze Zeit nur vorgetäuscht?«, fragte sie gedämpft.

Liv setzte sich neben sie.

»Das und noch einiges mehr. Sie verdienen, die ganze Wahrheit zu erfahren. Stina Rudberg wurde verhaftet, sie hat die Morde an Ihrem Vater, an Emil Niskanen und an Sverker Persson gestanden, und sie hat Joel Prellberg getötet.«

Sämtliche Farbe wich aus Klaras Gesicht. »Joel ist tot?«, fragte sie ungläubig.

Lilly nickte.

»Und den Mord an meinem Vater?«, hakte Klara nach.

Liv legte behutsam eine Hand auf ihre Schulter.

»Atmen Sie tief durch«, sagte sie.

Lilly setzte sich auf die Tischkante, verschränkte die Arme vor der Brust. Sie hatte noch keine Zeit gehabt, sich umzuziehen, und erst als Klara voller Entsetzen das Blut an Lillys Kleidern sah, schien sie langsam zu begreifen, was passiert war.

»Stina Rudberg behauptet, sie hätte das alles Ihretwegen getan. Sie hat von Dingen erfahren, denen Sie als junges Mädchen ausgesetzt waren. Dingen, die mit Emil, Sverker und Joel zu tun haben. Können Sie sich an irgendetwas davon erinnern?«

Klara wurde noch blasser. Mehrere unterschiedliche Gefühlsausdrücke huschten über ihr Gesicht. Zorn, Ekel, Qual. Sie schien zu zweifeln, ob sie antworten sollte oder nicht.

»Als Sie mir den Kalender gezeigt haben, da habe ich plötzlich Sverker vor mir gesehen«, sagte sie schließlich. »Sein grinsendes Gesicht und helle Blitze. Und da war das Gefühl von Händen. Danach habe ich mich übergeben, also nachdem ich mit Ihnen beiden geredet hatte.«

Sie sprach leise.

»Ich werde seit meiner Jugend von seltsamen Erinnerungen heimgesucht und habe mit einer Angststörung und Panikattacken zu kämpfen. Ich erinnere mich an Gerüche. An das Gewicht eines Körpers und daran, wie fremd sich mein eigener Körper manchmal angefühlt hat. Aber alles ist wie im Nebel. Es ging mir lange Zeit sehr, sehr schlecht. Ich habe mich selbst nie geliebt. Oder meinen Körper.«

Als sie weitersprach, war ihre Stimme nur noch ein Flüstern.

»Einmal habe ich meinen Vater gefragt. Gunnar. Ob mir etwas passiert wäre. Ob mir jemand etwas angetan habe. Er sagte nur, ich hätte wohl geträumt.«

»Sie haben nicht geträumt, und Ihre Erinnerungen täuschen Sie auch nicht«, sagte Liv ruhig.

So behutsam wie möglich schilderte Lilly, was sie über das Mordmotiv erfahren hatten. Klara kamen die Tränen, und dann liefen sie ihr in einem steten Strom die Wangen hinunter, während sie stumm dasaß und zuhörte.

»Ich weiß, dass das jetzt krank klingt«, sagte sie schließlich mit Bitterkeit in der Stimme, »aber irgendwie bin ich Stina dankbar. Sie haben bekommen, was sie verdient haben, jeder Einzelne von ihnen. Wie konnte er mir so etwas antun. Ich bin froh, dass er tot ist.«

Mit dem letzten Satz meinte sie eindeutig den Mann, den sie bis zum heutigen Tag ihren Vater genannt hatte. Gunnar Dörner.

Nachdenklich fuhr sie fort: »Aber ich verstehe nicht, warum sie meinetwegen so viel riskiert hat?«

Lilly zögerte. Sie merkte, dass Liv sie ansah und sich dieselbe Frage stellte. Sollten sie Klara erzählen, dass die Pastorin in Wahrheit ihre leibliche Mutter war? Dass sie aus Liebe zu ihrem Kind zur Mörderin geworden war? Nein. Sobald die Ermittlungen es zuließen, würden diese beiden Frauen wieder miteinander reden können, und es deutete viel darauf hin, dass Klara sich ein Treffen wünschen würde. Schon allein, um die ganze Wahrheit zu erfahren.

»Wenn Sie mehr wissen wollen, fragen Sie Stina am besten selbst, sobald Sie die Gelegenheit dazu haben.«

81

Rickard saß auf dem Sofa im Wohnzimmer und warf einen Blick über die Schulter. Felicia musste eigentlich jeden Moment in die Schule gehen, aber gerade stand sie noch vor dem Spiegel im Flur. Sie hielt ein Blatt Papier in den Händen und sah sich selbst fest in die Augen. Heute nach der Mittagspause war sie mit ihrem Referat an der Reihe.

»Schweden an Starkregenereignisse anzupassen ist eine von vielen Arten, sich auf den Klimawandel vorzubereiten, der unser Leben in Zukunft immer stärker beeinflussen wird«, sagte sie laut und deutlich und schielte dann auf das Blatt, nickte für sich und fuhr fort: »Wenn sich die Erdatmosphäre erwärmt, dann kann sich dort mehr Wasserdampf halten. Gleichzeitig verdampft mehr Wasser aus den Meeren und Seen, das in die Atmosphäre aufsteigt, was dann zu vermehrten und stärkeren Regenfällen führt.«

»Sehr gut, Frau Meteorologin«, sagte Rickard, und sie lächelte siegessicher.

Sein Handy klingelte. Er griff danach, erkannte die Nummer.

»Hallo«, sagte er.

»Ja, hallo Rickard, also das hat sich jetzt doch schnell wieder erledigt«, sagte die Abteilungsleiterin des Jugendamts fast unangemessen fröhlich.

Rickards fühlte sein Herz klopfen, wagte kaum zu hoffen, aber fragte trotzdem nach.

»Was ist passiert?«

»Die Mutter ist nicht zur vereinbarten Zeit zum Drogentest erschienen. Beim Hausbesuch war sie dann … entschuldige meine Wortwahl, ich zitiere nur die Sozialarbeiterin … zugedröhnt bis obenhin. Sie hatte eine Menge unterschiedlicher Drogen im Haus – Haschisch, Kokain, Amphetamin. Auf dem Tisch lag eine Spritze, gut sichtbar. Kompletter Rückfall.«

Rickard atmete aus, spürte, wie seine Schultern nach unten sanken.

»Für uns sind das wirklich gute Neuigkeiten. Wir werden so schnell wie möglich versuchen, das Sorgerecht auszuweiten. Wir wollen, dass Felicia ganz und gar unsere Tochter wird«, sagte er.

»Ja, das, was da jetzt dokumentiert wurde, ist klar zu eurem Vorteil«, sagte die Stimme am anderen Ende. Rickard bedankte sich und beendete das Gespräch. Erst da bemerkte er, dass Felicia verstummt war und ihn ansah.

Er ließ das Telefon sinken, gerade noch rechtzeitig, um die Kanonenkugel von einer Umarmung abzufangen, als sich das Mädchen in seine Arme warf. Sie war überraschend stark, wenn sie sich an ihn klammerte. Er grinste von einem Ohr zum anderen.

»Was haben wir über das Belauschen von Telefonaten gesagt?«, fragte er sie lachend. Dann wurde er ernst. »Aber Süße, du wusstest doch schon, dass wir uns das sehr wünschen, oder nicht?«

Er schämte sich nicht im Geringsten dafür, ihre Mutter mit einer Monatsration Drogen versorgt zu haben. Er hatte in seiner eigenen Kindheit umgeben von Süchtigen genug enttäuschende Erfahrungen gemacht. Und genau wie erwartet, hatte sie nicht mehr widerstehen können, als die Drogen auf dem Silbertablett vor ihr lagen. Die Sucht war ihr immer noch wichtiger als ihre Tochter. Aber er hatte sich ein für alle Mal für seine Familie entschieden.

82

Lilly zog die Jacke an und warf ihre langen Haare über den Kragen. Die Vernehmung von Egon Larsson war abgeschlossen, genauso wie eine schnelle Besprechung mit den Kollegen, auch der erste Bericht war geschrieben. Stina Rudberg und Egon Larsson wurden ins Untersuchungsgefängnis überführt, Axel und drei weitere Polizisten überwachten den Transport. Auch Stinas Bruder, der Oberarzt, würde bald Besuch von der Kripo bekommen.

Alles weitere lag jetzt in den Händen der Kriminaltechniker. Sie war zum Umfallen müde. Lillys Blick fiel auf ihr Spiegelbild im Glas der Tür, und im selben Moment, als ihr der erste Kamerablitz entgegenschnalzte, bemerkte sie, dass sie immer noch einen kleinen Blutfleck auf der Wange hatte. Draußen vor dem Bürogebäude wartete eine ganze Horde von Journalisten. Mikrophone wurden ihr vor die Nase gehalten, Fernsehkameras fingen ihr blasses Gesicht ein. Liv tauchte neben ihr auf, hakte sich bei ihr unter und zog sie ins Auto, das schon vor der Tür bereitstand. Lilly sank auf den Beifahrersitz, Liv setzte sich ans Steuer.

»Wir beide fahren jetzt nach Hause und packen, Lilly. Wir sind hier fertig«, sagte sie sanft.

Lilly sah sie von der Seite an.

»Warum bist du nicht wütend?«

Liv legte den Rückwärtsgang ein und manövrierte sich mit Hilfe des Rückspiegels durch die Gruppe von Journalisten und Kollegen.

»Es ist nicht so gelaufen, wie wir gehofft haben. Klar werden Helge und die anderen Blitzbirnen in der Truppe die Korken knallen lassen. Aber wir sind hierhergekommen, um einen Mörder zu finden, und die Schuldige sitzt jetzt hinter Gittern. Klara kann endlich anfangen, alles zu verarbeiten, und erfährt die Wahrheit über ihre Vergangenheit. Und ich darf nach Hause zu meiner Familie, nach der ich wirklich schreckliche Sehnsucht habe.«

Sie bog auf die Straße ab und winkte den Kollegen im Vorbeifahren zu.

»Und, tut mir leid, wenn ich gerade eine schlechte Polizistin bin, aber ich werde bestimmt nicht schluchzend in mein Kissen weinen, weil ein paar Typen gestorben sind, die eine Fünfzehnjährige vergewaltigt haben.«

Lilly runzelte die Stirn, aber zugleich konnte sie sich ein Lächeln über Livs Unverblümtheit nicht verkneifen. Die Freundin erwiderte das Lächeln.

»Es ist wie nach einem Wettkampf. Man lernt jedes Mal etwas dazu. Was man falsch gemacht hat, was man gut gemacht hat. Aber du kannst das Band nun mal nicht zurückspulen.«

Liv fuhr schnell, warf zwischendurch einen Blick in den Spiegel, um sicherzugehen, dass ihnen kein Reporter gefolgt war.

»Soll ich dir noch eine lustige Geschichte erzählen? Gestern hat Axel mich gefragt, ob ich Single bin.«

Lilly, die merkte, wie ihre Lebensgeister langsam zurückkehrten, grinste.

»Oha!«

»Ich habe ihm gesagt, dass ich so vergeben bin, wie man nur sein kann«, sagte Liv gut gelaunt. »Aber ich finde, das ehrt ihn. Es sollte viel mehr Männer geben, die auf Frauen stehen, von denen sie besiegt wurden.«

Livs Laune war ansteckend. Lilly wurde bewusst, dass sie noch einen Teil des Abends mit Jesper verbringen konnte, wenn sie sich mit dem Packen beeilten. In seinen Armen schlafen. Liv hatte recht. Sie sollten diesen Fall als Erfahrung verbuchen und daraus lernen, statt sich den Kopf über Dinge zu zerbrechen, die sie übersehen hatten. Auch wenn die Medien sicher alles daransetzen würden, sie immer wieder darauf aufmerksam zu machen. Sie schaltete ihr Handy ein. Sie hatte es erst einmal ans Ladekabel hängen müssen, nachdem der Diebstahl von einem Techniker ordnungsgemäß dokumentiert worden war. Das Display leuchtete auf.

Hunderte von verpassten Anrufen. Die Nachrichten prasselten nur so auf sie ein und erinnerten sie an alles, was sie zu Hause erwartete. Eine der Nachrichten stach heraus.

Ich habe nachgedacht. Es gibt einiges zu erzählen, und vielleicht können wir uns gegenseitig helfen. Was er Frauen antut, muss ein Ende haben. Ein für alle Mal. Rufen Sie mich an. Margot

Svantes Ex-Frau! Wenn eine weitere Frau Anzeige erstattete, eine weitere Zeugin seine seelischen und körperlichen Übergriffe schilderte, dann konnte das der alles entscheidende Vorteil sein. Ein kribbelndes Gefühl von Hoffnung breitete sich in ihrer Brust aus, während sie weiter die Meldungen in ihrem Handy abarbeitete. Aber noch etwas verlangte ihre Aufmerksamkeit. Ihre Gesundheitsapp wies sie darauf hin, dass sie vor 39 Tagen zum letzten Mal ihre Periode gehabt hatte. Aber das konnte doch gar nicht sein, oder?

Die Fahrt bis zu ihrem Zuhause auf Zeit dauerte nicht lang. Liv parkte ordentlich in der Auffahrt.

Lilly rechnete zurück. Kam zu dem Schluss, dass die App tatsächlich recht haben könnte. Sie stiegen aus. Lilly war so in Gedanken, dass sie die Gestalt zuerst gar nicht bemerkte, die an der Hauswand lehnte und sich jetzt sich aus dem Schatten löste.

Ein groß gewachsener Mann im Anzug, mit militärisch kurz rasierten Haaren und kantigem Gesicht. Er sah sie mit durchdringenden Augen an, die so dunkelgrau waren, dass sie fast schwarz wirkten. Als ihre Blicke sich trafen, taumelte sie, als hätte ihr Körper einen Schlag abbekommen. Plötzlich funktionierte nichts mehr. Wie durch einen Nebel sah sie, dass Liv ums Auto rannte und sich mit gezogenem Taser vor ihr aufbaute.

»Gib mir einen Grund, du mieses Schwein«, zischte ihre Freundin.

Svante Sandstöm ignorierte Liv, ließ Lilly nicht einen Moment aus den Augen. Der Oberstaatsanwalt hatte die Menschen schon immer in zwei verschiedene Kategorien eingeteilt: Solche, die ihm nützlich waren, und solche, die ihm im Weg standen. So auch jetzt.

»Mein Liebling, ich hatte gehofft, wir könnten in aller Ruhe über die ganze Sache reden. Und alles hinter uns lassen«, sagte er voller Wärme und streckte die Hände aus.

Es erforderte geübte Ohren, um die Drohung in seiner Stimme herauszuhören. Es war wie ein fein justierter Ton, der unter der Oberfläche mitschwang und Lillys Puls in die Höhe trieb. Sie wusste, dass sich die Wärme in Sekundenschnelle in eisige Kälte verwandeln konnte. In Gewalt. Weil sie sich in seinen Augen lächerlich gemacht hatte. Weil er einen Fehler bemerkt hatte. Weil sie für etwas bezahlen musste, das sie getan hatte. Ihr Körper war jetzt eiskalt, wie festgefroren.

Eine Situation tauchte vor ihrem inneren Auge auf. Ein Gespräch mit Mats, an dem Tag, als Joel fluchtartig zu Klara gefahren war, nachdem sie ihm den Kalender gezeigt hatten. »Es riecht nach Verzweiflung.«

Langsam fand sie ihren Atem wieder. Was sollte das hier anderes sein als ein Zeichen von Panik? Svante Sandström war so viele Kilometer gefahren, um sie einzuschüchtern und sie zum Schweigen zu bringen, weil er panische Angst vor ihr hatte. Und sie hatte reagiert wie damals, als er noch Macht über sie hatte. Aber er konnte ihr nichts mehr tun. Nicht ohne sich dabei selbst zu sabotieren. Denn sie war nicht mehr länger bereit, den Mund zu halten. Liv stand immer noch vor ihr, bereit, bei jeder noch so kleinen Regung von ihm zu reagieren. Behutsam schob Lilly die Freundin zur Seite.

»Fahr nach Hause, Svante. Alles, was ich dir noch zu sagen habe, wirst du vor Gericht erfahren.«

Und mit einem Mal war das, was sich zwischen ihnen verändert hatte, eine Tatsache. Svantes Augen weiteten sich bei ihren Worten. Seine Fäuste ballten sich. In seinem Blick brodelte es, aber er war machtlos. Sie wusste es, er wusste es.

Liv nahm ihr Handy. Klick. Klick. Klick. In schneller Folge machte sie Bilder von ihm.

»Es wird keinen guten Eindruck machen, dass du hier aufgetaucht bist. Jetzt sieht jeder, was für ein Stalker du bist, war dir das nicht klar, du Null?«, fragte sie, sichtlich erfreut darüber, sich über ihn lustig machen zu können.

Lilly ging an Svante vorbei. Er streckte eine Hand nach ihr aus, aber sie schüttelte ihn ab, ehe er sie auch nur berühren konnte. Sie öffnete die Haustür, hörte Liv dicht hinter sich.

Lilly hatte das Gefühl zu schweben. Als wäre eine tausend Kilo schwere Last von ihr abgefallen.

Jetzt wollte sie nach Hause, nach Nynäshamn. Und unterwegs würde sie Jesper anrufen und ihn bitten, einen Schwangerschaftstest zu kaufen.

DANK

Ist es möglich, die fortschreitende Klimaerwärmung mit menschlichen Gräueltaten in einer Krimiserie zu kombinieren? Danke, Romanus & Selling, dass ihr Feuer und Flamme wart (no pun intended), als ihr meine Idee gehört habt, und einen besonderen Dank an meine Verlegerin Åsa Selling für die schöne Zusammenarbeit. Mein großer Dank geht außerdem an die Lektorin Annie Murphy, an Lina Rönning und das ganze Team im Marketing sowie die Bonnier Rechteabteilung.

Zwei Warnzeichen haben mich zu der Krisensituation inspiriert, in die Lilly Hed und Liv Kaspi geraten: Forscher erwarten, dass sowohl Starkregen als auch Sturmschäden im Rahmen der Klimaerwärmung immer häufiger auftreten werden. Die Entwicklung dieses Romans erforderte unendlich viel Recherche und wenn ich etwas übersehen habe, dann liegt der Fehler ganz allein bei mir, denn ich hatte großartige Hilfe bei meiner Arbeit.

Danke an Feuerwehrmann Kim Ekman für die lehrreichen Schilderungen deines wichtigen und gefährlichen Berufs.

Danke an Jan-Olof Olsson, Experte der Versorgungsbereitschaft beim Katastrophenschutz MSB, dass ich dich mit Fragen bombardieren durfte und du mich im Gegenzug mit Links bombardiert hast.

Danke an Kriminalinspektor Ludvig Sandberg, deine Erfahrung und dein Wissen haben mich sehr beeindruckt (und deine Geduld mit all meinen Fragen).

Danke an die Journalistin Hanna Hallin, die mir so bildhaft beschrieben hat, wie es sich angefühlt hat, 2019 den Sturm Alfrida in Roslagen mitzuerleben.

Danke an meine Mentorin Lena Anderfelt – ich habe so viel von dir gelernt und schätze dich auch jetzt, wo du in der Seenotrettung aktiv bist, als unerschöpfliche Wissensquelle.

Mein großer Dank geht auch an den Kampfsportler, Autor und Programmleiter Musse Hasselvall, dafür, dass du dir die Zeit genommen hast, die Kampfszenen mit mir durchzugehen. Es ist immer sehr lehrreich – manchmal schmerzhaft! –, und die Szenen sind danach immer besser.

Danke an meinen lieben, wunderbaren Schreibzirkel, der immer meinen Stift spitzt: Johanna Mossman, Rebecka Edgren Aldén und Hanna Lindberg.

Danke dem Autor Christoffer Carlsson, für kluge Tipps in den letzten heißen Minuten während des Lektorats.

Danke an meinen Bonuspapa Nils Fröman, deine Erzählungen aus den Jahren bei der Feuerwehr haben mir jede Menge Anregungen geliefert.

Danke meiner ganzen restlichen geliebten Großfamilie für eure Unterstützung: Mama, Papa, Tina, Marie, Daniel, Sigge, Maiken, Niklas, Catrin, Bea, Niklas, Ylva, Martin, Tive, Tilde, Marcus.

Danke meinen lieben Freunden für eure Geduld, wenn ich mich zum Schreiben zurückziehe.

Danke meinen wunderbaren Kollegen beim *Aftonbladet*, es ist ein Geschenk, so viel Spaß bei der Arbeit zu haben.

Pernilla Ericson

Im Feuer

Ein Fall für Lilly Hed. Der brandheiße Bestseller aus Schweden

Hitzewelle, Feuer und lodernde Rache:
Skandinavien erlebt einen Rekordsommer, die Brandgefahr ist hoch. Die junge Ermittlerin Lilly Hed hat sich aus Stockholm ins idyllische Nynäshamn an der Schärenküste versetzen lassen. Doch sie entkommt weder ihrer belastenden Vergangenheit noch den Feuern, die bald den ganzen Ort bedrohen. Menschen sterben in den Flammen – waren es Unglücksfälle? Lilly gerät in eine fieberhafte Ermittlung, während Feuerwehrchef Jesper mit seinen Leuten gegen die unerbittlichen Brände kämpft. Aber was machst du, wenn alle Spuren buchstäblich in Rauch aufgehen?
Der erste Fall für Ermittlerin Lilly Hed

Aus dem Schwedischen
von Friederike Buchinger
400 Seiten, Klappenbroschur

Weitere Informationen finden Sie auf
www.fischerverlage.de